Knaur.

Über den Autor:
Jo Kramer hat nach einem geisteswissenschaftlichen Studium, das ihn langweilte, einige Jahre als Handwerker gearbeitet. Heute lebt er als freier Autor in Hamburg.

Jo Kramer

Der Neurosen-kavalier

Roman

Knaur Taschenbuch Verlag

Besuchen Sie uns im Internet:
www.knaur.de

FSC
www.fsc.org
MIX
Papier aus verantwortungsvollen Quellen
FSC® C083411

Originalausgabe Oktober 2012

Ein Unternehmen der Droemerschen Verlagsanstalt
Th. Knaur Nachf. GmbH & Co. KG, München

Redaktion: Dr. Heike Fischer
Umschlaggestaltung: ZERO Werbeagentur, München
Umschlagabbildung: FinePic®, München
Satz: Adobe InDesign im Verlag
Druck und Bindung: CPI – Clausen & Bosse, Leck
Printed in Germany
ISBN 978-3-426-50929-6

2 4 5 3

Teil 1

Die Wette

(Mitte April)

I

An einem Freitagabend griff das Schicksal in mein Leben ein. Das traf mich unvorbereitet, denn bis dahin hatte ich nicht viel am Hut gehabt mit dem Schicksal. Ich lebte mein Leben, wie es kam, und machte mir wenig Gedanken darüber, dass es vielleicht von einer unsichtbaren Macht gelenkt werden könnte. Das Schicksal, das war in meiner Vorstellung so ein putziges Comic-Wesen, eine Art Frau Holle, die uns zwar manchmal die ein oder andere Prüfung bestehen lässt, dies aber immer in einem vertretbaren Rahmen und auch nur, um uns anschließend mit einer Tüte Bonbons zu belohnen und dann wieder in Ruhe zu lassen. Es dauerte noch fast ein Jahr, bis ich begriff, dass das Schicksal ein richtig launisches Miststück ist.

Die Geschichte begann dort, wo sonst die meisten Geschichten enden: an einem Tresen. Immerhin handelte es sich dabei nicht um irgendeinen Tresen, sondern um den Tresen des *Montmartre!* Und es war auch nicht irgendein Abend, es war der Vorabend meines achtunddreißigsten Geburtstags. Eine Tatsache, die wesentlich zu dem beitrug, was Waldo später die »mörderische Wette« nannte. Das war natürlich ein wenig dramatisiert. Aber so war Waldo eben. Eric meinte einmal, dass Waldo mit solchen Wichtigtuereien seine kümmerliche Körpergröße kompensieren wollte. Woraufhin Waldo entgegnete, dass Eric mit solchen Klugscheißereien seine kümmerliche männliche Ausstattung kompensieren wolle. Waldo neigte manchmal zu drastischen Kommentaren. Zumindest in Bezug auf die weibliche Anatomie hatten wir ihn allerdings zu einem Re-Education-Programm verdonnert, das an diesem Abend endlich Früchte trug. Und zwar, als eine Frau das Café betrat.

»Wow!«, stieß er voller Inbrunst hervor und griff nach meinem

Arm, womit er mich daran hinderte, von meinem Wodka Martini zu trinken. »Alex, schau dir mal diese …« Dann aber begann er zu stocken. »… diese …«
Ich hatte die Frau bereits gesehen und wusste daher, welche Zone ihres Körpers ihm so imponierte. Auch Tom und Eric, die sich gerade über die Farbe der Bremssättel bei Porsche austauschten: »Nur die roten sind echt.« »Rot? Ist doch etwas für Schwuchteln. Schwarz eloxiert hingegen …«, waren jetzt aufmerksam geworden. Gebannt warteten wir nun alle drei darauf, wie Waldo seinen verbalen Interruptus überwand.
»Jaah, und weiter?«, fragte Eric lauernd.
Hin- und hergerissen zwischen seinen natürlichen Impulsen und unseren Erziehungsbemühungen, verzerrte sich Waldos Gesicht. Alles in ihm drängte danach, das böse T-Wort auszusprechen, doch das stand ganz oben auf der verbotenen Liste.
»… diese …«
»Du schaffst es, Waldo«, ermunterte Eric ihn. Es schien zu helfen, denn nach einem letzten Aufbäumen seines inneren Machos entfuhr ihm schließlich die Lösung.
»… diese Augenbrauen an.«
Augenbrauen?
Eric sah mich an, ich sah Tom an und Tom wiederum Eric. Augenbrauen! Wir akzeptierten dieses mehr als kreative Synonym mit einem Achselzucken und konnten uns nun endlich auch dem Objekt von Waldos Bewunderung widmen. Ein paar Schritte von uns entfernt war die dunkelhaarige Frau, die gerade das *Montmartre* betreten hatte, stehen geblieben und ließ einen suchenden Blick über die fast vollständig besetzten Tische schweifen. Sie präsentierte sich uns im Profil, wobei der von Waldo hervorgehobene Teil dieses Profils tatsächlich ausgesprochen gelungen war.
Statt nun einer von vier Typen zu sein, die an der Bar standen

und eine neu eintretende Frau angafften, machte ich mir einen Spaß daraus, die Gesichter meiner Freunde zu studieren. Die waren nämlich so gebannt von dem Anblick, der sich ihnen bot, dass ihre Mimik in seltener Offenheit ihre Gedanken verriet.
Der Gesichtsausdruck meines Lieblingskumpels Tom war erwartungsgemäß kritisch. Er hatte nämlich eine Vorliebe für Blondinen mit eher kleinen »Augenbrauen«. Dennoch ließ sein Blick und die Art, wie er die Unterlippe vorschob, eine gewisse Anerkennung erkennen. Tom war Halbspanier. Auch wenn eine Frau nicht seinem Geschmack entsprach, würde er ihr nie weniger als seine volle Aufmerksamkeit widmen.
Eric war sein Interesse am wenigsten anzusehen. Das war sein Markenzeichen, er hatte eine Buster-Keaton-Mimik. Dahinter aber verbarg sich ein ungeheuer scharfer Intellekt, dessen abgründiger Witz so manche Bresche in weibliche Verteidigungsanlagen zu schlagen wusste. Es war nie vorherzusehen, ob er diese Bresche nutzte, um die Festung zu stürmen. Oder ob er einfach kalt lächelnd weiterging.
Und Waldo? Waldo war nicht besonders groß, nicht besonders gut gebaut und nicht besonders attraktiv. Aber immerhin wusste er diese Mängel mit Schlagfertigkeit und Humor wieder wettzumachen.
»Die ist genau mein Kaliber«, seufzte er jetzt.
Eric betrachtete ihn mit gerunzelter Stirn. »Das ist ein Scherz.«
»Erstens mache ich über Frauen nie Scherze, und zweitens hatte ich gerade eine Vision.«
»Nach deiner Einleitung ahne ich, worum es dabei geht.«
»Schweig, Ungläubiger, und höre, was ich zu sagen habe. Dieses Rasseweib und ich sind füreinander bestimmt. Ich fühle es, ich weiß es.«
Eric legte ihm die Hand auf die Schulter. »Waldo, erkenne die Realitäten.«

»Was kann denn die Realität gegen die Macht der Vorsehung ausrichten? Du kannst mich nicht davon abbringen, es ist Schicksal, dass diese Frau und ich heute Abend an diesem Ort zusammentreffen. Ich habe es sofort gewusst, als ich sie gesehen habe.«

»Du hast den Teil ihres Körpers gesehen, der sich auf deiner Augenhöhe befindet. Und das Schicksal pflegt sich in Karten, Glaskugeln oder meinetwegen in Hühnerknochen zu offenbaren, aber doch nicht in – wie sagtest du? Augenbrauen?«

»Das war halt das Erste, was hier zur Tür reingekommen ist. Ich hatte genug Zeit, mich auf den Rest einzustellen.«

»In diesem Rest, wie du es nennst, mein ebenso geschätzter wie kümmerlicher Zwerg, findet aber die Entscheidung statt, wer sich an der exponierten Partie erfreuen darf. In diesem Fall gilt es nämlich, das Pferd vom Schwanz her aufzuzäumen.«

»Okay, du kümmerst dich um den Schwanz und ich …«

In diesem Moment winkten zwei Frauen an einem der hinteren Tische der neu Angekommenen zu, woraufhin die sich zwischen den anderen Gästen hindurchschlängelte, um zu ihren Freundinnen zu gelangen. Eric und Waldo schauten ihr in stummer Bewunderung hinterher. Tom hingegen starrte nur gedankenverloren auf das leere Glas in seiner Hand. Ich gewann den Eindruck, dass der Gute auf irgendetwas herumkaute, und nahm mir vor, ihn im Laufe des Abends darauf anzusprechen. Vorerst aber kümmerte ich mich um die Drinks.

Ich gab dem Barmann, Hugo, einen Wink, dass er uns eine neue Runde klarmachte. Während ich wartete, beobachtete ich im Spiegel, wie die Kellnerin den drei Ladys die Speisekarten brachte. Das sah nach einem richtig schönen Weiberabend aus. Nachdem ich die Gläser verteilt hatte, schaute ich noch einmal auf und registrierte gerade noch, wie die Dunkelhaarige über die Speisekarte hinweg kurz in unsere Richtung schaute. Für eine Nanosekunde trafen sich unsere Blicke im Spiegel, flüchtig wie ein Wimpernschlag. Dennoch war ich mir sicher. Ohne mir etwas anmerken zu lassen, wandte ich mich meinen Compañeros zu: »Prost, ihr Spinner!« Unsere Gläser klickten aneinander. Wir grinsten uns an und fühlten uns wie die vier Musketiere, die gerade ihre Klingen kreuzten. Dann tranken wir, und für einen kurzen Augenblick blieb jeder in seiner eigenen, stummen Welt, während um uns herum das Stimmengewirr den hohen Raum erfüllte. Hugo mixte mit schnellen, professionellen Bewegungen die Drinks, die sofort an der Bar verteilt oder zu den Tischen gebracht wurden. Unaufhörlich klappte die Schwingtür zur Küche auf und zu. Die mit weißen Schürzen gegürteten Kellner trugen Schalen mit eisgekühlten Austern oder Teller mit dampfenden Steaks. An den Tischen mischten sie frischen Tartar oder ließen Weine verkosten. Jeder der Kellner sprach Französisch, das war Voraussetzung, wenn jemand im *Montmartre* arbeiten wollte. Und zumindest die Jungs hinter der Bar, Hugo und Ives, Fabrice und Nicolas, waren echt, wenn auch nicht unbedingt aus Frankreich. Ives war Senegalese, und Hugo legte Wert auf seine korsische Abstammung. Aber das waren Feinheiten, die keine Rolle spielten. Wir alle kannten uns seit Jahren, es hatten sich Freundschaften gebildet, so leicht und unbeschwert, wie das vielleicht nur bei Franzosen der Fall war. Mit Ives konnte ich ewig und drei Tage über die Bars am Montparnasse reden, mit Nicolas über die Melancholie im Finistère, doch es war der Korse, Hugo, der mir die Namen lieferte. Und darum wusste ich, dass die Dunkelhaarige, die sich mit ihren Freundinnen getroffen hatte, Natalie hieß. Denn sie war nicht zum ersten Mal im *Montmartre.* Und das letzte Mal hatte sie mit ihrer Kreditkarte bezahlt.

Ich beglich bei Hugo meine Runde und gab ihm, ohne dass meine Compañeros es mitbekamen, einige Anweisungen für den

Damentisch. Bevor ich mich auf den Weg machte, musste ich hoch und heilig versprechen, dass ich vor Mitternacht wieder zurück wäre. Sonst, so drohte Waldo, würden sie meinen Geburtstag mit dem gesamten Lokal auf meine Rechnung feiern.
Während ich mir ein Taxi heranwinkte, dachte ich an die drei Frauen, denen Hugo wahrscheinlich in diesem Moment eine Runde Champagner servierte. Auf die Frage, von wem der käme, würde Hugo sich umschauen und dann hilflos mit den Achseln zucken. Der Monsieur sei leider fort. Nun ist aber nichts so interessant wie ein geheimnisvoller Verehrer. Natalies Freundinnen würden mit Sicherheit allerhand Spekulationen anstellen, an denen Natalie selbst sich aber – wenn ich sie richtig einschätzte – nicht beteiligen würde. Mein Plan bestand darin, dass sie nicht nur den Urheber dieser Geste erraten würde, sondern auch, dass eine Botschaft damit verbunden war.
Es war, zugegebenermaßen, ein etwas gewagter Plan. Wie sollte eine Frau, mit der ich noch nie ein Wort gewechselt hatte, anhand einer spendierten Runde Champagner erkennen, dass ich später am Abend noch einmal wiederkommen würde und sie auf jeden Fall bleiben sollte? Aber so war nun mal das Spiel, das im *Montmartre* ablief. Und wer die Regeln nicht kannte und damit nicht jonglieren konnte, blieb ein Außenseiter. Ob Natalie dieses Spiel begriff, würde ich bald wissen.
Während das Taxi mich durch den dichten, abendlichen Verkehr nach St. Pauli fuhr, machte ich mir klar, dass ich in wenigen Stunden achtunddreißig werden würde. Das war schon fast vierzig. Machte mir das etwas aus? Ich war mir nicht sicher. Vierzig, das hatte schon einen anderen Klang. Früher hatte ich bei Menschen in diesem Alter immer eine gewisse Reife vorausgesetzt, von der ich mir nicht sicher war, ob ich sie in den verbleibenden zwei Jahren noch erwerben würde. Andererseits – und das sprach gegen die Theorie einer automatisch erworbe-

nen Reife – waren die Vierziger ein gefährliches Jahrzehnt, zumindest für mein Geschlecht. Ich wusste von Männern, die Frau und Kinder verließen, die ihren Job hinschmissen und irgendeine alternative Lebensweise ausprobierten. Meist mit einer wesentlich jüngeren Frau.

Ich habe nie begriffen, was Menschen dazu trieb, aus einem Leben auszubrechen, das sie sich doch selbst geschaffen hatten? Ich konnte es mir nur so erklären, dass sie, sei es aus Opportunismus, sei es aus Bequemlichkeit, auf dem falschen Platz gelandet waren. Oder dass sie, ohne es zu merken, irgendwann falsch abgebogen waren. Und dass sie dann, nachdem sie die unsichtbare Lebensmitte überschritten hatten, quasi nach der Halbzeit, feststellten, dass in ihrer Bilanz etwas Wichtiges fehlte. Leider waren die Aktionen, mit denen dann viele vermeintlich Versäumtes aufholen wollten, ziemlich kopflos. Schließlich konnten sie alles Mögliche zurücklassen, aber nicht sich selbst. Darum befanden sie sich auch oftmals sehr schnell wieder in einer ähnlichen Situation wie der, die sie gerade hinter sich gelassen hatten.

Zumindest diese Gefahr bestand bei mir nicht. Ich hatte weder eine Frau noch Kinder, die ich verlassen konnte. Und ich wäre ein Idiot, wenn ich meinen Job hinschmeißen würde. Nein, ich, Alex Toben, hatte allen Grund, mit meinem Leben zufrieden zu sein. Als erfolgreicher Talentscout eines großen Musikverlages und höchst freiwilliger Single befand ich mich genau dort, wo ich immer hatte sein wollen: anerkannt in einem Beruf, den ich liebte, umgeben von Freunden, die mich schätzten, und beschenkt mit vielfältigen Angeboten aus dem Reich der Weiblichkeit. Nein, ich hatte wirklich nicht das Geringste an meinem Leben auszusetzen. Allerdings hatte ich meine Zweifel, ob meine Compañeros das genauso sahen. Irgendwann einmal hatte Tom mich gefragt, ob es mich nicht störte, alleine zu leben.

»Wieso alleine?«, hatte ich erwidert.
»Na ja, ohne Frau.«
Das war etwas, was ich bei meinen Freunden nicht verstand. Alle drei waren sie liiert. Dennoch hielten sie ständig Ausschau nach anderen Gelegenheiten und nutzten diese auch, wenn sie sich ergaben. Was ich ihnen ja von Herzen gönnte, nur warum lebten sie dann in festen Beziehungen? Es wäre doch viel einfacher, ein Leben ohne Lügen und Täuschereien zu führen.
»Ich will niemanden betrügen«, hatte ich zu Tom gesagt.
»Ich betrüge nur eine Frau«, hatte er daraufhin erklärt, »du dagegen betrügst sie alle.«
Solche Sprüche waren Toms Spezialität. Sie hörten sich gut an, aber man musste sie nicht immer für bare Münze nehmen. Denn die Wahrheit war viel simpler. Ich misstraute einfach der traurigen Dauer. Was ich schätzte, war die kleine Liebe. Die für einen Tag, eine Woche oder drei Monate. Doch spätestens ab da begann die traurige Dauer. Davor war ich immer auf der Hut.
An einer Kreuzung, die durch eine Baustelle verengt war, hatte sich ein Stau gebildet, so dass das Taxi bei jeder Grünphase nur wenige Meter vorankam. Dabei fiel mein Blick auf das Paar in dem Wagen neben uns. Der Typ am Steuer pulte ungeniert mit dem kleinen Finger in den Zähnen herum. Die Frau neben ihm schien es nicht zu bemerken, oder es war ihr egal. Daraus schloss ich, dass sie verheiratet waren. Vielleicht war es nur eine unbedeutende Momentaufnahme, aber beide wirkten völlig gleichgültig gegenüber dem, was der andere tat. Womöglich dachte er gerade an eine andere Frau. Und sie an ein anderes Leben. Ich konnte es ihr nicht verdenken. Da wandte sie den Kopf und schaute mich an. Ich erschrak über die Leere in ihrem Blick und begriff, dass sie die Hoffnung auf ein anderes Leben längst aufgegeben hatte. Dann fuhr das Taxi weiter und schaffte

es über die Kreuzung. Ohne besonderen Grund wünschte ich der Frau, dass sie einen Liebhaber fände.
Das Summen meines Handys riss mich aus meinen Gedanken. Das Display zeigte Marions Nummer an. Ich zögerte kurz, dann nahm ich das Gespräch an. Die Sache mit Marion war etwas, was ich noch in diesem Lebensjahr klären sollte.
»Hi Alex, hier ist Marion.«
»Hey Marion, wie geht es dir?«
»Nicht so gut. Ich habe mehrfach versucht, dich zu erreichen.«
Das stimmte. »Ich habe über das, was du mir gesagt hast, nachgedacht. Und ich verstehe es nicht.«
»Ich glaube nun mal, dass es mit uns auf Dauer nicht funktionieren würde.«
»Ich habe nie etwas von Dauer gesagt.«
Nein, aber du hattest diesen Blick …
»Aber es wäre so gekommen, vielleicht unabsichtlich, denn irgendwann wird es immer verbindlich zwischen zwei Menschen.«
»Das ist es also, du fürchtest die Verbindlichkeit.«
Ich atmete einmal tief durch. Früher hatte ich mich über derartig verdrehte Argumente aufgeregt. Bis ich begriffen hatte, dass es der Art entspricht, wie Frauen denken. Und das konnte man ihnen ja schlecht verübeln.
»Es bedeutet mir nicht so viel wie dir.«
Einige Sekunden Stille. »Und was war das dann die ganze Zeit?«, fragte sie schließlich.
Eine kleine Liebe, so leicht wie eine Daunenfeder. Ich hatte sie im *Montmartre* kennengelernt. Sie hatte an einem Tisch mit zwei Kerlen gesessen, die sich die ganze Zeit unterhielten, während sie nur hin und wieder lächelte. An ihrer Körpersprache erkannte ich, dass einer der beiden ihr Freund war. Später trafen wir an der Garderobe zusammen. Sie versuchte, ihren Mantel

von den voll behängten Haken zu befreien, während die beiden Jungs ihre Jacken schon angezogen hatten und sich immer noch unterhielten. Ich fand das unhöflich und bot ihr meine Hilfe an. Sie dankte mit einem Lächeln, und da spürte ich ein vertrautes Kribbeln in der Magengegend. Während ich ihr den Mantel hielt, damit sie hineinschlüpfen konnte, sagte ich leise: »Ich würde Sie gerne wiedersehen. Allein.«

Sie wandte sich überrascht um. »Warum?«

Das war ein gutes Zeichen. Sie hätte ablehnen oder einfach gehen können. Aber sie zeigte Interesse, während ihr Typ drei Meter weiter dastand und nichts mitbekam. Meine Ahnung hatte mich nicht getäuscht. Jetzt musste ich den Überraschungseffekt nutzen. Also sagte ich mit einem freundlichen Lächeln: »Weil ich Sie schön finde und weil ich das Funkeln in Ihren Augen mag. Ich möchte mehr von Ihnen erfahren, und ich möchte sehen, wie sich Ihre Lippen beim Sprechen bewegen. Ich möchte mit Ihnen essen gehen, weil ich sehen will, wie Sie es genießen. Und dann, nicht gleich, aber irgendwann, möchte ich mit Ihnen schlafen.«

Ich beobachtete ihre Reaktion. Merkwürdigerweise habe ich auf solch eine Ouvertüre noch nie eine Ohrfeige bekommen. Und auch Marion würde mir keine kleben. Eine Sekunde lang starrte sie mich mit offenem Mund an, dann lachte sie. Noch ehe sie etwas sagen konnte, holte ich eine meiner Visitenkarten hervor, auf die ich handschriftlich meine private Handynummer notiert hatte, und schob sie ihr in die Manteltasche, und zwar so, dass sie es mitbekam, aber nicht ihr Freund. Dann wandte ich mich ab, um mich um meinen eigenen Mantel zu kümmern. Damit ersparte ich es ihr zu reagieren. Als ich mich anzog, bemerkte ich, dass ihr Typ sie mit einem Blick zu mir hin etwas fragte. Sie schüttelte den Kopf. Dann gingen die drei. Am nächsten Tag rief sie mich an.

Ein paar Wochen ging es gut. Wir verbrachten aufregende Stunden miteinander oder gingen einfach nur spazieren und warfen Kiesel ins Wasser. Bis sie mir vor zwei Wochen verkündete, dass sie sich von ihrem Freund getrennt hatte. Ihr erwartungsvolles Lächeln hatte mich traurig gemacht, denn ich wusste, dass damit eine wunderschöne Zeit zu Ende ging.

»Ich verstehe das alles nicht, Alex«, sagte sie nun mit einem kleinen Beben in der Stimme. »Können wir uns nicht treffen und reden?«

»Nein, Marion, das ändert nichts. Wir sollten es dabei belassen. Bitte!«

In ihr Schweigen hinein verabschiedete ich mich. In diesem Moment hielt das Taxi vor den *Fliegenden Bauten.* Ich bezahlte den Fahrer, stieg aus und sammelte meine Gedanken. Dann schaltete ich in den Profi-Modus um. Denn jetzt musste ich mich um die größte Nervensäge diesseits des Bosporus kümmern.

»Er will zurück nach Anatolien!«, rief Freddy verzweifelt mit seiner heiseren Fistelstimme.

»Serdar hat Anatolien noch nie gesehen«, wandte ich ein, aber das schien den Veranstalter nicht zu trösten.

»Mein Gott, Alex, tu irgendetwas. Da draußen warten fünfhundert Leute.«

Als ich kurz zuvor den Backstage-Bereich betreten hatte, drängelten sich bereits ein paar ziemlich aufgeregte Leute im Korridor vor Serdars Garderobe. Und Freddy war sofort händeringend auf mich zugekommen, begleitet von seiner Assistentin und Serdars Agenten. Alle drei redeten hektisch auf mich ein. Nach und nach bekam ich mit, dass Serdar sich in seiner Garderobe eingeschlossen hatte und sich weigerte aufzutreten.

Serdar war einer der Künstler von *Esthers,* dem Musikverlag, für den ich arbeitete, und er war mein persönlicher Schützling. Heute Abend gab er sein erstes großes Konzert, das zudem vom NDR-Rundfunk live übertragen wurde. Das war natürlich eine großartige Chance, zumal der Sender den Auftritt auch noch sponserte. Serdar war verständlicherweise mächtig aufgeregt gewesen, weshalb ich ihm auch versprochen hatte, rechtzeitig da zu sein, um vielleicht noch ein bisschen Händchen zu halten oder etwas in der Art. Damit war es nun aber wohl nicht getan.

Während sie mich drängten, mit Serdar zu reden, weil er anscheinend nicht auf sie hören wollte, fiel mir die junge Frau auf, die gegenüber der Garderobentür an der Wand lehnte. Sie hatte lange, schwarze Haare und einen ziemlich erschreckten Gesichtsausdruck. Außerdem wirkte sie ein wenig blass. Ich beugte mich zu Freddy, wies unauffällig mit dem Daumen auf die Kleine und fragte ihn, wer das sei.

»Anna ist die Visagistin«, erläuterte er mir hastig. »Sie war gerade mit Serdar am Arbeiten, als der seinen Anfall bekam. Es hat sie fürchterlich mitgenommen, aber kümmere dich nicht um Anna. Kümmere dich um Serdar. In zehn Minuten muss er auf die Bühne.«

Ich nickte und klopfte dann an die Tür. »Hey Serdar, hier ist Alex. Was ist los?«

Eine Weile war Stille. Dann hörte ich eine dünne Stimme: »Bist du allein?«

»Jo!«, antwortete ich und wedelte die Hektiker fort. Etwas widerstrebend zogen sie sich zurück. Die Visagistin zögerte, biss sich auf die Lippen und schien noch etwas sagen zu wollen, aber der Agent zog sie mit sich.

»Mach schon auf, Serdar.«

Die Tür öffnete sich einen schmalen Spalt. Serdars dunkle Augen spähten ängstlich in den Korridor hinter mir.

»Nun komm schon, was ist los? Heute ist dein großer Auftritt.«

Er ließ mich ein und schloss gleich hinter mir die Tür wieder ab. Dann ließ er sich mit hängenden Schultern auf den Stuhl vor dem Schminktisch sacken. »Scheiße, Alex, ich bin am Arsch.«

Ich griff mir einen Stuhl und setzte mich ihm gegenüber. Dann packte ich ihn mit der Linken am Genick und zog ihn zu mir ran. »Hey Mann, es gibt nichts, was wir nicht zusammen wieder auf die Reihe kriegen.«

Er kriegte ein schiefes Grinsen hin. »In diesem Fall wird es selbst für Süper-Alex schwierig werden.«

Bevor ich ihn traf, hatte Serdar hauptsächlich auf türkischen Hochzeiten und Beschneidungsfesten gesungen. Als ich ihn dann mit richtigen Musikern zusammenbrachte und wir die ersten Aufnahmen machten, konnte er selbst kaum glauben, was dabei herauskam. Seitdem war ich für ihn Süper-Alex. Und als solcher musste ich ihn jetzt irgendwie auf die Bühne kriegen. Aber mir war klar, dass ich mit Drängeln nicht weiterkam. »Okay, was ist los?«

Er brauchte noch ein bisschen, verzog das Gesicht, rang die Hände, aber dann kam er langsam in die Gänge. »Alex, du weißt doch, dass ich meine Frau liebe?«

Diese Eröffnung führte in eine Richtung, die ich ganz und gar nicht erwartet hatte. Ich konnte nur hoffen, dass er jetzt nicht ein paar Ratschläge für ein gutes Eheleben von mir hören wollte. Dafür war ich nun wirklich die denkbar ungeeignetste Person.

»Sicher, Leyla ist eine Wucht. Wo ist das Problem?«

Er fuhr sich mit der Hand durch seine gestylten Haare, was vermutlich die Arbeit der Visagistin versaute, aber das war nicht mein Problem.

Dachte ich.

Serdar wiegte den Kopf und schaute mich dann wie ein geprü-

gelter Hund an. »Wenn ich singe, wenn ich Musik mache, das ist …« Sein Gesicht mit der hohen Stirn und dem dunklen Bartschatten wirkte nun gar nicht mehr so männlich und souverän wie auf unseren Covern. Stattdessen offenbarte es das Leid eines verwundeten Tieres. »Sie versteht es nicht, Alex. Sie macht mir Vorwürfe. Ich soll mich mehr um Maali kümmern. Ich liebe Maali!« Es war ein beinah verzweifelter Ausruf.
»Jaja, schon gut«, sagte ich. »Maali ist ein tolles Kind und Leyla eine Frau wie aus ›Tausendundeiner Nacht‹, aber wo, verdammt noch mal, ist das Problem?«
Seine Schultern sackten noch ein Stück tiefer. »Ich habe Mist gebaut«, flüsterte er.
Es klopfte an der Tür. »Hey Jungs, der Laden ist brechend voll und die Leute vom Sender …«
»Mach 'ne längere Anmoderation, Freddy!«, rief ich und wandte mich wieder Serdar zu. »Hör mal, Serdar, ich verspreche dir, dass ich dir helfe. Aber du musst mir jetzt erzählen, was los ist.«
Kaum jemand wusste, was für ein Hase der kernige Serdar mit seiner rauhen Stimme im Grunde war. Er brauchte immer einen Halt, und er wusste, dass er sich auf mein Wort verlassen konnte. Also packte er aus. Offenbar hatte ihm Leyla schon seit einiger Zeit wegen seiner weiblichen Fans die Hölle heißgemacht. So war genau das passiert, was sie ihm immer unterstellt hatte. Eines dieser Mädels hatte sich wohl mächtig an ihn rangeschmissen. Und als er dann einmal mit Leyla einen besonders unschönen Streit gehabt hatte, war die andere sofort bereit gewesen, ihn zu trösten. Einmal? Oder mehrmals? Da wich er ein wenig aus. Jedenfalls hatte sie ihm heute Abend offenbart, dass sie schwanger war.
»Kannst du dir vorstellen, was das bedeutet?«, sagte er verzweifelt. »Ich werde meine Familie verlieren. Ich werde alles verlieren, was …«

»Moment mal«, unterbrach ich ihn. »Sie war heute Abend hier?«
»Aber ja«, jammerte er. »Anna hat mich für den Auftritt geschminkt.«
Die Visagistin!
Natürlich. Ihr merkwürdiges Verhalten, ihre Blässe. Ich hatte sie nur kurz gesehen und kein Wort mit ihr gewechselt, aber ich wäre jede Wette eingegangen, dass sie auf ihr Geständnis hin eine andere Reaktion erwartet hatte. Und das bedeutete, dass sie es nicht auf Geld abgesehen hatte, sondern sich tatsächlich etwas anderes von ihm erhoffte. Das war einerseits gut, weil sie keine berechnende Abzockerin war. Andererseits war das aber auch schlecht, weil sie damit nur schwer einzuschätzen war. Ging mich das etwas an?
Eigentlich nicht. Aber ich hatte Serdar versprochen, ihm zu helfen. Außerdem mochte ich ihn, von seiner Frau, Leyla, mal ganz abgesehen, die wirklich ein Juwel war. Dass Serdar außerdem einen Aktivposten für unsere Firma darstellte, spielte natürlich auch eine Rolle. Also packte ich ihn wieder am Genick.
»Hör mir zu, Serdar!«, sagte ich. Dann, als sein Blick immer noch umherirrte, verstärkte ich den Druck: »Hörst du mir zu?«
Er nickte etwas verkrampft, sah mich aber direkt an.
»Ich werde mit dieser Anna reden«, sagte ich eindringlich. »Und wir werden die Lösung finden, die für alle am vernünftigsten ist.«
So langsam kam ich mir vor wie Don Corleone. Aber in Serdars Augen glomm ein Funken Hoffnung auf. Diesen Funken musste ich nun vorsichtig zu einem Feuer entfachen.
»Alex, wenn du das für mich regelst«, flüsterte er, »werde ich dir immer dankbar sein.«
»Gut«, nickte ich. Dann zog ich ihn an mich heran, so dass unser beider Stirnen sich berührten. Serdar war ein Mensch, der

auf Berührung und Nähe reagierte. Die nächsten Worte sprach ich sehr leise, aber ich legte meinen ganzen Willen in sie hinein: »Dann geh jetzt da raus und liefere die Show deines Lebens ab!«

Ich knetete ihn, ich pushte ihn, redete von seiner Musik, von seinem Können. Dass die Menschen ihn brauchten, auf ihn warteten, nur auf ihn. Ihn ganz allein. Ich erklärte ihn zu Jesus, Mohammed und Elvis in einer Person. Kurz, ich machte ihn so heiß, dass er kaum noch still sitzen konnte. Dann schob ich ihn zur Tür.

Ich spähte in den Gang, Freddys Assistentin war kurz vor dem Herzinfarkt. Ich schubste ihr Serdar in die Arme: »Bring ihn raus!«

Als von der anderen Seite die Visagistin heraneilte, stoppte ich sie mit einer Handbewegung. Während die Assistentin mit Serdar den Korridor entlanghastete, wies ich mit dem Daumen in die nun leere Garderobe hinter mir. Vorsichtig und misstrauisch gehorchte sie meinem Wink. Sie wusste, dass sie nicht an mir vorbeikam. Von fern vernahm ich das Gejohle des Publikums. Serdar war angekommen.

Ich folgte der Frau in die Garderobe und schloss die Tür hinter uns. Der Lärm blieb draußen. Sie stand vor dem Spiegel, die Hände in den Taschen ihrer Jeans, und sah mich trotzig an. Anscheinend hatte sie begriffen, dass ich Bescheid wusste. Sie wartete ab.

Ich musste mich nach der ziemlich anstrengenden Geschichte mit Serdar auch erst mal auf sie einstellen und musterte sie ebenfalls. Was hatte sie vor? Was wollte sie? Ein paar lange Sekunden lang taxierten wir uns gegenseitig, dann stieß sie hervor: »Ich liebe ihn.«

Ich nickte langsam, wartete, ob noch etwas kam. Doch sie hielt die Lippen zusammengepresst und sah mich halb wütend, halb

ängstlich an. Also lud ich sie mit einer Geste ein, sich zu setzen, griff mir auch wieder meinen Stuhl, drehte ihn um und setzte mich rittlings drauf, die Arme auf der Lehne aufgestützt.
»Ich bin Serdars Freund«, erklärte ich dann ruhig, »aber ich bin nicht dein Feind. Erzähl mir deine Geschichte, Anna.«
Ebenso wie Serdar brauchte sie ein Weilchen, bevor sie mit der Sprache rausrückte. Aber diesmal hatte ich Zeit, denn da war keiner, der vor der Tür drängelte, kein Publikum, das ungeduldig werden konnte. Also schwieg ich einfach und hörte zu, wie sie, anfangs stockend, dann aber immer leidenschaftlicher, ihre Version zum Besten gab. Und die unterschied sich ganz erheblich von der, die mir Serdar erzählt hatte.
Aus Annas Sicht hatte sich binnen kurzer Zeit eine tiefe und innige Liebe zwischen ihnen entwickelt, nur getrübt durch die krankhafte Eifersucht seiner herrischen Frau, dic seine Kunst nicht im mindesten erkannte. Anna hingegen war bereit, alles für Serdar zu tun. Mit ihr würde er endlich frei sein, und darum wollte sie nun um ihn und für ihn kämpfen.
Mittlerweile standen ihr die Tränen in den Augen, aber ihre Hände waren zu Fäusten zusammengeballt und die Lippen störrisch zusammengekniffen. Innerlich verfluchte ich zwar Serdar, der ihr wahrscheinlich erst die Ohren vollgejammert und es dann nicht geschafft hatte, seinen Schwanz in der Hose zu behalten. Aber das ließ ich mir nicht anmerken. Stattdessen musste ich Anna jetzt irgendwie beibringen, dass sie sich da in etwas verrannt hatte. Dazu musste ich ihr erst mal die Wahrheit vor Augen führen.
»Egal, was Serdar dir erzählt hat, Anna«, sagte ich, »er wird seine Familie niemals verlassen.«
»Aber er hat doch gesagt …«
»Eben«, unterbrach ich sie. Jetzt brach sie wirklich in Tränen aus.

Ich ließ ihr ein wenig Zeit, damit sie es begriff. Dabei vermied ich es, sie zu trösten oder ihr mein Mitleid zu zeigen. Das empfand ich nämlich durchaus. Und ich war wütend auf Serdar. Er hatte nicht nur Leyla hintergangen, er hatte auch die Kleine hier mächtig verarscht. Daran änderte auch der Umstand nichts, dass er es nicht absichtlich getan hatte. Auf seine Art war Serdar wahrscheinlich sogar unschuldig. Er war unfähig, etwas anderes als seine eigenen Bedürfnisse wahrzunehmen. Aber genau das war es, was mich aufregte. Und dass ich mich jetzt auch noch für ihn in die Bresche werfen musste.

Ich versuchte, ihr zu erklären, warum Serdar seine Familie nicht verlassen würde. Dabei bediente ich mich völlig ungeniert aller Klischees, die es über Türken, ihre Ehrbegriffe und Glaubensgrundsätze gab. Danach wurde es Zeit, ihr einen Ausweg zu zeigen: »Er wird dich aber auch nicht im Stich lassen. Er wird für dein Kind aufkommen. Ich weiß noch nicht, wie wir das alles regeln, aber du bist auf keinen Fall allein.«

Sie hob schniefend den Kopf: »Was für ein Kind?«

»Na ja, er hat mir erzählt, dass du schwanger bist und …«

»Das habe ich doch nur gesagt, damit er es schafft, seine Frau zu verlassen.«

»Heißt das etwa, du bist gar nicht … heiliger Strohsack!« Ich warf die Arme in die Luft und sprang von meinem Stuhl auf. »Haben wir diese ganze Aufregung etwa wegen …« Ich hielt inne, weil die Kleine inzwischen zu einem heulenden Häufchen Elend zusammengesackt war.

»Ich liebe ihn doch so sehr«, greinte sie.

In meinem Job muss man auch für solche Fälle gerüstet sein. Also zog ich ein Stofftaschentuch aus meinem Jackett, schlug es mit einer kleinen, geübten Bewegung auseinander und reichte es ihr. Als ich sah, wie sie es inbrünstig vollschneuzte, schrieb ich es ab und machte gleich einen inneren Vermerk, dass ich Nachschub besorgen musste. Während ich wartete, dass sie sich so weit beruhigte, dass ich sie nach Hause bringen konnte, wunderte ich mich, wie dumm sich manche Menschen doch benahmen, wenn sie verliebt waren. Eine Schwangerschaft konnte man nun mal nicht besonders lange vortäuschen. Oder hatte sie etwa vorgehabt, die Lüge im Nachhinein noch wahr werden zu lassen? Wie auch immer, so etwas konnte einfach nicht gutgehen.

Immerhin aber hatte Anna ihre Dummheit begangen, weil sie Serdar liebte. Dessen Motive hingegen waren weitaus weniger romantisch, und ganz gleich, was ich Anna zuvor über sein angeblich türkisches Ehrgefühl erzählt hatte, das, was er sich hier geleistet hatte, war nicht im mindesten ehrenhaft.

Ich schaffte Anna nach draußen, setzte sie in ein Taxi und gab dem Fahrer einen Geldschein. Danach beugte ich mich noch mal vor dem heruntergekurbelten Fenster zu ihr hinab.

»Die nächste Zeit wird für dich sehr schwierig werden. Du wirst schlecht schlafen und viel weinen. Und immer wieder wird es dich dazu drängen, Serdar anzurufen, weil du nicht verstehst, dass er nicht mit dir zusammen ist. Aber er wird dir den Grund dafür nicht sagen, darum tue ich es.«

Am Blick ihrer geröteten Augen erkannte ich, dass sie die Wahrheit ahnte. Dennoch musste ich es ihr sagen. Es musste einmal ausgesprochen werden, sonst würde sie es nicht begreifen.

»Weil er dich nicht liebt.«

Als sich ihre Augen daraufhin wieder mit Tränen füllten, richtete ich mich auf und gab dem Fahrer ein Zeichen. Während ich dem Taxi hinterherschaute, nahm ich die Musik, den Jubel und das Kreischen wahr, das aus dem Konzertsaal nach draußen drang. Zwar hatte ich Serdar versprochen, mir das Konzert anzuschauen, aber mir war die Lust dazu vergangen. Ein Weilchen stand ich noch unschlüssig herum, dann entschloss ich mich, zu Fuß in die Stadt zurückzukehren. Ich wollte ein Weil-

chen allein sein, außerdem hatte ich das dringende Bedürfnis, nicht nur meinen Geist, sondern auch mein Gehör zu reinigen. Ich holte meinen iPod hervor und wählte eine Musik, die mich mit der Unvernunft und dem Chaos des Lebens wieder versöhnen würde. Als schließlich Ellas glockenklare Stimme in meinen Kopfhörern erklang, setzte ich mich in Bewegung.
Ein leichter Nieselregen hatte eingesetzt. Er ließ die Lichter der vorbeifahrenden Autos und der Straßenlaternen wie zerfasert wirken. Ella sang von einem anderen April, einem April in Paris, von *chestnuts in blossom* und Tischen unter Frühlingsbäumen. Ich hob den Kopf und hielt dem Regen mein Gesicht entgegen. Er berührte mich wie die kühle Hand einer verlorenen Geliebten. Ich mochte den Regen, den weichen ebenso wie den wilden, launischen. Der Regen veränderte die Welt. Denn mit ihrem Blendwerk aus Licht und Lärm erschien mir die Welt oftmals wie eine grell geschminkte Frau. Erst der Regen offenbarte ihr wahres Gesicht.
Und das hatte mich noch nie enttäuscht.

II

Der Typ machte sie wahnsinnig.

»Ich kann das nicht«, jammerte er. Elli biss sich auf die Lippen, um nicht laut loszuschreien. Das konnte doch nicht wahr sein!

»Du musst da rausgehen, Arnold«, sagte sie mit beschwörender Stimme. »Sie sind alle wegen dir gekommen. Sie wollen deine Musik hören, wollen erleben, wie du deiner Violine diese unglaublichen Zaubertöne entlockst. Sie bewundern dich, sie lieben dich. Sie wollen dich. Gib ihnen, wonach sie sich sehnen.«

Elli wusste selber nicht mehr, wo sie diesen Schwachsinn herhatte. Wahrscheinlich aus den schnulzigen Serien, die sie sich manchmal nachts anschaute, wenn sie nicht schlafen konnte.

Arnold, der in seinem Frack vor ihr auf dem Stuhl hockte und die Schultern hängen ließ, sah nun mit großen Triefaugen zu ihr auf. »Alle wollen mich, Ellionore!«, rief er gequält. »Sie wollen Arnold Sprengel, den großen Geiger.« Seine Stimme wurde lauter. »Aber wissen sie denn, wie es hier drin aussieht?« Er schlug sich gegen die Brust.

Elli überlegte kurz, ob ein paar kräftige Ohrfeigen die Situation vielleicht bereinigen könnten, entschied sich dann aber dagegen. Die würden nur ihr helfen.

»Ich leide, Ellionore, ich leide so sehr. Ich bin ausgelaugt, ich bin leer. Ich bin ein zerbrochener Krug, mein Zauber ist erloschen.« Er packte ihre Arme und umklammerte sie. Elli fragte sich, ob sie damals vor zwei Jahren nicht doch besser die Umschulung zur Physiotherapeutin hätte machen sollen.

»Oh, Ellionore!« Arnold rutschte vom Stuhl, ging in die Knie und legte ihre Hände an sein Gesicht. Elli versuchte, sich ihm zu entziehen. Sie hätte eine lausige Physiotherapeutin abgegeben.

»Oh, Ellionore!«, stammelte Arnold wieder und bedeckte ihre Hände mit Küssen.

»Arnold, du musst jetzt da ...«

Arnold ließ ihre Hände los, robbte auf den Knien näher an sie heran und umfasste ihre Hüften. Obwohl ... es waren weniger ihre Hüften als vielmehr ihr Po.

»Arnold, steh jetzt auf! Alle warten auf dich. Das Orchester, das Publikum, der Dirigent ...«

»Sie sind mir alle egal. Ich brauche dich jetzt, Ellionore.« Seine Hände rutschten nach unten, umfassten ihre Kniekehlen, glitten aufwärts unter ihren Rock.

»ARNOLD!«

Sie stieß ihn so heftig an den Schultern zurück, dass er auf den Rücken fiel. In diesem Moment flog die Tür zur Garderobe krachend auf.

»Verdammt, wo bleibt er denn?«, rief Berger, der Konzertmanager. Elli widerstand gerade noch der Versuchung, ihren Rock gerade zu zupfen. Dabei hoffte sie inständig, dass Arnolds hornige Geigerfinger ihr keine Laufmasche gerissen hatten. Gleichzeitig registrierte sie, dass Bergers Smoking perfekt saß. Wie immer.

Jetzt hatte der Konzertmanager den am Boden liegenden Arnold bemerkt. Er runzelte die Stirn: »Was, zum Teufel ...?«

»Herr Sprengel ist jetzt fertig«, versuchte sie, die Situation zu erklären, was aber ziemlich albern wirkte, weil Arnold einfach kraftlos auf dem Boden zusammengesunken war.

»Das sehe ich«, kommentierte Berger trocken. »Meinen Sie, wir können ihn dazu bewegen, eine aufrechte Haltung einzunehmen?«

Arnold machte nicht den Eindruck, dass er dazu alleine in der

Lage war. Und Berger schien nicht bereit, ihr dabei zu helfen. Vermutlich, um sich den Smoking nicht zu zerknittern. Was sollte sie tun? Arnold unter den Achseln packen und hochwuchten? Abgesehen davon, dass sie nicht sicher war, ob sie das schaffen würde, war sie mit ihren hochhackigen Schuhen und dem engen Rock für eine solche Gymnastik denkbar schlecht ausgestattet. Schon sich zu bücken oder gar in die Knie zu gehen, um auf Arnold einzureden, war riskant. Ihr Rock war nicht nur eng, er war auch kurz. Verdammt, ihre Klamotten waren nicht dazu gemacht, hier die Physiotherapeutin zu geben. Sondern um souverän und elegant neben Berger in seiner Loge zu sitzen und einen erfolgreichen Konzertabend zu erleben.

Der Konzertmanager musterte sie scharf. Er hatte ihr deutlich zu verstehen gegeben, dass sie nur auf Bewährung hier war. Mit seiner Agentur *ArteForum,* mit der er diesen Saal bespielte, konnte Berger über Aufstieg oder Fall eines Musikers oder eines Orchesters entscheiden. Indem Berger ihr eine Chance gab, hatte er sich nicht nur Freunde gemacht. Nun gab er ihr wortlos zu verstehen, dass es ihre Aufgabe war, Arnold Sprengel auf die Bühne zu bringen.

Elli sah auf das Häufchen Elend im Frack herab, bemerkte Bergers Assistenten, der im Eingang der Garderobe stand, und hinter ihm einen grinsenden Bühnenarbeiter. Sie sprach die beiden Männer direkt an: »Tragt ihn auf die Bühne!«

Berger lüpfte eine seiner sorgfältig gezupften Augenbrauen. »Elli, glauben Sie wirklich, dass der Mann das schafft?«

»Den Weg zur Bühne? Nein. Auf der Bühne? Ja. Er ist ein Bühnentier. Sobald er das Publikum vor sich hat, wird er spielen wie ein Gott. Schafft ihn nach oben!«, wiederholte sie energisch ihre Aufforderung.

»Aber Ellionore …«, Arnold versuchte, sich aufzurappeln.

Berger wandte sich um. »Stefan! Bringt ihn raus.«

Bergers Assistent und der Arbeiter kamen in die Garderobe, packten Arnold unter den Armen und zogen ihn hinaus.
»Lasst mich los, ich kann nicht.« Die Schöße seines Fracks schleiften über den Boden, als die beiden Männer ihn mehr raustrugen als führten. Berger rief ihnen hinterher: »Ihr sorgt dafür, dass er auf die Bühne kommt!« Dann wandte er sich an Elli: »Was ist das denn für ein Spinner?«
Elli zuckte hilflos mit den Schultern. »In Wien hat er ein fantastisches Konzert abgeliefert.«
Wenigstens hatten Berger und die beiden anderen nicht gesehen, wie Arnold ihr unter dem Rock herumgefummelt hatte. Das hätte sofort die Runde gemacht, und sie konnte sich in etwa vorstellen, was für Witze daraufhin über sie kursiert wären. Witze, in denen in immer neuen Variationen ihr Unterleib mit den jeweils zu bespielenden Instrumenten in Verbindung gebracht worden wäre. Die Musikszene war ziemlich erbarmungslos.
Als sie am Bühneneingang vorbeikamen, bedachte Berger sie mit einem fragenden Blick. Ihre innere Stimme sagte ihr, dass sie besser bei Arnold bleiben sollte, um sicherzugehen, dass er tatsächlich auftrat. Aber dann hätte sie nicht mehr in die Loge gekonnt. Und sie WOLLTE neben Berger in der Loge sitzen. Verdammt, es war das, worauf sie zwei Jahre lang hingearbeitet hatte. Also zwang sie sich zu einem Lächeln und nickte Berger nur zu. Der akzeptierte wortlos ihre Entscheidung.
Der Saal war bis auf wenige Sitze voll. Und obwohl es bereits zehn Minuten über der Zeit war, ließ das Publikum keinerlei Unmut erkennen. Bergers Logenplätze befanden sich direkt neben der Bühne, im ersten Rang. Erst jetzt, als sie an der Seite des Managers Platz nahm, konnte sie, während sie ihren Rock zurechtzog, ihre Strümpfe kontrollieren. Gott sei Dank war alles in Ordnung.

Applaus setzte ein, als die Musiker auf die Bühne kamen. Während diese ihre Instrumente stimmten, versuchte Elli, sich zu entspannen. Es wollte ihr nicht recht gelingen. Und das lag nicht nur daran, dass sie sich um Arnold sorgte.

Die ungewohnte Nähe zu Berger, der sich etwas vorgebeugt hatte, um das Geschehen auf der Bühne besser überblicken zu können, trug auch nicht gerade zu ihrer Beruhigung bei. Zweifellos war der Konzertmanager ein gutaussehender Mann, und sie hatte längst gespürt, dass auch er sie attraktiv fand. Sie vermutete sogar, dass dies bei seiner Entscheidung, sie zu engagieren, eine Rolle gespielt hatte. Doch auch wenn sie nur wenig Skrupel deswegen empfand, wusste sie sehr wohl, dass sie sich auf einem schmalen Grat bewegte. Berger war nicht der Typ Mann, der sich von einer schönen Frau manipulieren ließ. Hinter seiner Beherrschtheit lauerte ein kaltes, rücksichtsloses Naturell. Ihr Instinkt warnte sie vor dieser Sorte Mann. Leider hatte sie in ihrer Vergangenheit nicht immer auf diesen Instinkt gehört.

Jetzt kam der Dirigent auf die Bühne und verneigte sich vor dem applaudierenden Publikum. Er stellte sich neben das Pult. Das war der Moment für Arnold. Unwillkürlich krallte Elli die Finger fester ineinander. Auch Nacken- und Schultermuskeln verkrampften sich, wohingegen ihr Magen hin und her zu hüpfen begann, als hätte er seinen Halt verloren. Komm, Arnold!, betete sie lautlos. Bitte, komm auf die Bühne! Und Arnold kam. Aber wie!

Es begann mit einem Tumult am Zugang zur Bühne. Die Orchestermusiker, die bisher mit stoischer Gelassenheit darauf gewartet hatten, dass es losging, wandten sich der Quelle der Unruhe zu. Dann wurden erste Blicke getauscht, Köpfe zusammengesteckt. Der Dirigent spähte zur Bühnenseite und runzelte die Stirn. Da tauchte Arnold auf, mit dem Rücken zum Pu-

blikum. Zerzauste Haare, ein verrutschter Frack, Violine und Bogen mit beiden Armen vor die Brust haltend. Er schien wieder fortzuwollen, doch ein paar Hände hinderten ihn daran.
Das Publikum im Parkett bekam von diesen Details nichts mit. Es sah nur einen Mann die Bühne betreten, zweifellos den erwarteten Künstler, und begann folgsam zu applaudieren. Die Besucher der oberen Ränge fielen vereinzelt mit ein, der größte Teil jedoch schien irritiert vom Verhalten des Geigers zu sein, der sich nun umwandte und mit weit aufgerissenen Augen in den Saal schaute. Seine Violine hielt er immer noch umklammert, als wolle er sie beschützen. Elli wagte kaum zu atmen.
Arnold machte zwei tapsende Schritte nach vorne, wandte sich um, wollte wieder zurück. Aber da wurde Bergers Assistent sichtbar, wie er den Musiker mit ausgestreckten Armen aufhielt und mit sanfter Gewalt wieder zurückdrängte. Der Dirigent, der die Malaise zu begreifen schien, ging ihnen – ebenfalls mit ausgestrecktem Arm – entgegen. Arnolds Gesichtsausdruck bekam etwas Gehetztes. Die Musiker fingen an zu grinsen und stießen sich mit den Ellbogen an. Elli versuchte, sich an die Adresse der Schule für Physiotherapie zu erinnern.
Unten auf der Bühne schaffte es der Assistent nun gemeinsam mit dem Dirigenten, Arnold nach vorne zu bugsieren. Der Applaus schwoll noch einmal kräftig an, dann verebbte er. Stille breitete sich aus, unterbrochen von einzelnen Hustern. Arnold stand neben dem Dirigentenpult und schaute mit großen, erschreckten Kinderaugen auf die ihm zugewandten Köpfe der Konzertbesucher. Die merkten langsam, dass da etwas nicht stimmte.
Ellis Magen hatte zu rotieren begonnen, ihr wurde schlecht. Sie wagte nicht, Berger anzuschauen, der reglos neben ihr saß. Tu mir das nicht an, Arnold!, dachte sie verzweifelt.
Mittlerweile hatte der Dirigent seine Position am Pult wieder

eingenommen. Mit leicht erhobenem Taktstock wartete er darauf, dass Arnold sich bereitmachte. Der aber schien paralysiert. Auf seiner Stirn und den Wangen glänzte der Schweiß. Selbst auf die Entfernung spürte Elli die geradezu bodenlose Verzweiflung, die den Geiger erfasst hatte. Es hielt sie kaum noch auf ihrem Sitz. In ihrem Bauch raste ein Kreisel.

Das Publikum begann unruhig zu werden. Der Dirigent beugte sich zu Arnold, flüsterte ihm etwas zu. Die anderen Musiker hielten ihre Instrumente bereit und starrten wie gebannt auf den Stargeiger. Da bewegten sich Arnolds Lippen. Erst glaubte Elli, dass er dem Dirigenten antwortete. Doch dann erkannte sie, dass sich lediglich sein Unterkiefer auf und ab bewegte. Immer noch hielt er mit beiden Armen die Violine umklammert. Da blickte er mit einem Mal zu ihr hinauf. Sie erkannte, wie seine Lippen ihren Namen formten, es war ein lautloser Schrei um Hilfe, der ihr tief ins Herz fuhr. Im nächsten Moment entrang sich ihm ein inbrünstiges »Oh, mein Gott!«. Seine Knie begannen zu zittern, und dann breitete sich ein dunkler Fleck in seinem Schritt aus.

Elli war wie erstarrt. Fassungslos sah sie, wie das Zittern in Arnolds Beinen dessen ganzen Körper erfasste und er vor den erstaunten Augen des Publikums und der Musiker in die Knie sackte. Schluchzend wiegte er sich langsam vor und zurück. Der Dirigent winkte hektisch Bergers Assistenten herbei. Der kam mit demselben Bühnenarbeiter nach vorne, mit dem er Arnold zuvor schon aus der Garderobe geschleppt hatte. Sie fassten ihn unter den Armen, richteten ihn auf. Mit gesenktem Haupt und gehalten von den beiden Männern, schlurfte der Musiker von der Bühne.

Während der Dirigent dem ersten Geiger ein paar rasche Anweisungen erteilte, damit dieser Arnolds Part übernahm, machte Elli sich klar, dass dies für lange Zeit ihr letztes Konzert in diesem Saal gewesen war. Sie hätte wütend sein sollen auf Arnold. Aber sie war es nicht. Er tat ihr einfach nur unendlich leid. Noch bevor das improvisierte Konzert begann, erhob sie sich von dem Platz, der ihr so viel bedeutet hatte. Jetzt kreuzte sich zum ersten Mal seit Beginn des Fiaskos ihr Blick mit dem von Berger. Dessen Augen waren wie Gletschereis. Es gab nichts mehr zu sagen. In dem Moment, in dem sie die Loge verließ, setzte die Musik ein.

Während sie die Treppe hinuntereilte, stellte sie erstaunt fest, dass sich der Kreisel in ihrem Bauch beruhigt hatte. Alle Organe schienen wieder fest an ihrem Platz verankert zu sein. Auch ihre Anspannung war verschwunden. So fühlt es sich also an, dachte sie, wenn man gescheitert ist. Mit einem Mal verspürte sie den Impuls, laut aufzulachen. Es wurde zwar nur ein Kichern daraus, aber das hielt sich auf dem ganzen Weg bis zu Arnolds Garderobe. Verdammt, das war wirklich ein starkes Stück: Ihr Musiker hatte sich auf der Bühne in die Hose gepinkelt!

Vor der Garderobentür hielt sie inne und bemühte sich um Haltung. Sie durfte Arnold auf keinen Fall auslachen. Der Typ machte sie zwar wahnsinnig mit seinen Zicken. Aber er war nun mal ihr Klient. Und sie würde sich um ihn kümmern. Sie hätten nun zwar beide eine sehr schwierige Zeit vor sich, aber ihren Glauben an sein Können hatte selbst dieses peinliche Ereignis nicht erschüttert.

Sie straffte sich, atmete einmal tief durch, dann legte sie die Hand auf den Türgriff. In diesem Moment surrte ihr Handy. Als die Stimme sich meldete, verhärteten sich schlagartig wieder ihre Nackenmuskeln.

Es war Berger.

III

Wir haben uns etwas überlegt«, verkündete Eric. »Statt eines schnöden materiellen Geschenkes werden wir dir ein paar erbauliche Ratschläge mit auf den weiteren Lebensweg geben.«

»Das freut mich sehr, Eric, mein Freund und Bruder im Geiste«, stieg ich auf seinen salbungsvollen Ton ein. »Aber ich hätte lieber ein schnödes materielles Geschenk.«

»Schweig, Alex, und profitiere von der Weisheit deiner älteren Gefährten.«

»Soviel ich weiß, bist du gerade einmal vierzig. Zieht man davon noch die Zeit ab, in der du einfach nur vor dem Spiegel gestanden hast, um dich zu bewundern, bist du nicht älter als ein Teenager. Tom hier ist meines Wissens fünfunddreißig, aber als Spanier wird er vermutlich immer fünfzehn bleiben ...«

»Halbspanier.«

»... also dreißig. Und Waldos Alter kennt niemand, wahrscheinlich nicht einmal er selber. Wo, bitte schön, soll denn da die Weisheit herkommen?«

»Aus der Bereitschaft zur Verantwortung«, konstatierte Eric.

Damit schaffte er mich. Auf diese Dreistigkeit fiel mir tatsächlich keine passende Replik ein. Eric grinste zufrieden.

Wir hatten uns an einem Tisch niedergelassen, in dessen Mitte eine Eisschale mit zwei Dutzend Belon-Austern thronte, von denen allerdings die Hälfte schon leer geschlürft waren. Die erste Champagnerflasche steckte kopfüber im Kühler, die zweite war im Anmarsch.

»Okay«, sagte ich schließlich und langte nach einer Auster. »Aber macht es bitte kurz. Längere Texte kann ich mir heute nicht mehr merken. Überhaupt, wie wäre es, wenn ihr eure Ratschläge aufschreibt und mir morgen in einem hübschen, diskreten Kuvert überreicht. Ich verspreche auch, es nicht sofort ins Altpapier zu werfen.«

»Alex, Alex«, machte Eric und schüttelte sorgenvoll den Kopf, »versteh doch, dass wir uns Sorgen um dich machen.«

Ich war kurz vor zwölf wieder ins *Montmartre* zurückgekehrt. Der Ärger über Serdars Dummheit war schlagartig verflogen, als ich entdeckte, dass Natalie meine Botschaft verstanden hatte. Sie saß mit ihren Freundinnen zwei Tische weiter und hatte sofort aufgeschaut, als ich eintraf. Und wenn ich jetzt an Tom vorbei zu ihr hinüberspähte, zeigte sie mir mit kleinen Gesten, dass sie meine Aufmerksamkeit genoss. Ich hatte gerade überlegt, sie und ihre beiden Freundinnen zu unserer kleinen Feier einzuladen, aber da hatte Eric mich mit seiner Bemerkung aus dem Konzept gebracht.

»Sagt mal, ihr Komiker«, fragte ich darum in die Runde, »was wird das hier?«

Die drei tauschten Blicke. Mir ging langsam auf, dass da etwas im Busch war.

»Wir haben uns ein paar Gedanken gemacht, während du unterwegs warst«, meinte Eric, der anscheinend der Wortführer dieser kleinen Verschwörung war. »Und wir sind der Meinung, dass es nun an der Zeit ist, dein Lotterleben in halbwegs anständige Bahnen zu lenken.«

»Wovon, zum Teufel, redest du?«

»Alex«, assistierte Waldo jetzt, »ist dir schon mal aufgefallen, dass du der Einzige von uns bist, der nicht in einer festen Beziehung lebt? Das ist doch nicht normal.«

»Jetzt weiß ich endlich, welchen Körper sich meine Mutter für ihre Wiedergeburt ausgesucht hat. Immerhin, die Größe stimmt schon mal.«

»Deine Mutter ist gestorben?«, fragte Tom alarmiert.
»Nein, aber vielleicht hat sie das vorab schon mal klargemacht. Man kann sich ja auch seinen Sarg schon vorher aussuchen.«
Eric legte die Finger an die Schläfen. »Irgendwie entgleitet uns das Gespräch.«
Ich nutzte die Desorientierung meiner Kumpels, um am Nebentisch nach dem Rechten zu schauen. Natalie, die im Profil zu mir saß, stützte ihre Ellbogen auf den Tisch, was ihre von Waldo bewunderten Augenbrauen voll zur Geltung brachte. Mein Instinkt sagte mir, dass es an der Zeit war, die Sache anzugehen. Dazu musste ich aber erst mal die Jungs wieder auf Linie bringen. Ein Tischgespräch über Moral war in der Balzphase extrem unvorteilhaft.
»Hört mal, ihr Süßen, ich glaube …«
»Ich werde heiraten«, sagte Tom.
»… wir sollten …«
Tom sah nicht so aus, als wollte er einen Witz machen. Zudem war er katholisch. Zwar nicht so katholisch wie seine Freundin Lisa, aber katholisch genug, um keine Witze über das Heiraten zu machen. Leider konnte ich gerade nicht sprechen, weil ich etwas im Hals hatte. Also räusperte ich mich erst mal. »Warum?«
»Warum?« Die Frage schien ihn zu erstaunen. »Weil es an der Zeit ist.«
Dann ging ihm wohl auf, dass das eine ziemlich schlappe Begründung war.
»Was ich meine, ist …« Er dachte einen Moment nach. »Wisst ihr«, fuhr er dann fort und zeigte sein melancholisches Lächeln, »ich hatte mal einen Haufen Träume, was ich alles machen wollte. Die sind nicht alle in Erfüllung gegangen. Ich bin zum Beispiel nie in einem Sportwagen durch Paris gefahren, während der warme Wind in meinem Haar spielte.«

»Marianne Faithful, *The ballad of Lucy Jordan.*«
»Ja, aber vielleicht gibt es ja auch Träume, die nie Realität werden sollten. Weil sie sonst ihre Schönheit verlieren. Andere Träume muss man dagegen verwirklichen, weil sie sonst hässlich werden. Ich wollte immer eine Familie haben. Und Kinder. Und ich glaube, es ist an der Zeit, damit anzufangen. Darum.«
Darauf blieb mir nicht mehr viel zu sagen außer: »Ich gratuliere.«
»Danke.«
»Bin ich eingeladen?«
»Das will ich meinen, schließlich bist du mein Trauzeuge.«
Ich hatte auf einmal das dringende Bedürfnis nach etwas Stärkerem als diesem Schlabberchampagner. Ich sah mich nach der Kellnerin um, aber die verschwand gerade in der Küche. Dann fiel mir auf, dass Eric und Waldo mich geradezu schadenfroh anglotzten.
»Ihr findet das normal, oder?«, fragte ich.
»Völlig.«
»Einer muss ja der Erste sein.«
Einer muss ja der Erste sein? Das klang irgendwie bedrohlich.
»Seit wann wisst ihr es?«
»Er hat es uns erzählt, während du dich mit türkischer Rockmusik amüsiert hast. Tja, da haben wir uns dann mal ein paar Gedanken gemacht.«
Zwei Tische weiter strich Natalie sich gerade scheinbar gedankenverloren mit dem Mittelfinger über die kleine Kuhle an ihrem Hals. Kurz durchzuckte mich die Vision, wie ich mit der Zunge der Spur ihres Fingers folgte. Aber mittlerweile war mir klar, dass es nicht mehr so einfach sein würde, den Dreh zu einer launigen Flirtebene hinzubekommen. Glücklicherweise brachte die Kellnerin in ebendiesem Moment die neue Flasche

Champagner. Ich nutzte die Gelegenheit und bestellte bei ihr einen doppelten Whisky ohne Eis.
»Dann schießt mal los. Was genau wollt ihr mir sagen?«
»Dass das der Lauf der Dinge ist. Wir sind alle beruflich fest im Sattel, da gründet man irgendwann Familien, ob mit oder ohne Ehering.«
»Also, Lisa und ich sind da eher konservativ.«
»Wissen wir. Aber Silke zum Beispiel legt keinen Wert aufs Heiraten.«
»Ach, warum denn nicht?« Waldo schien aufrichtig interessiert.
»Hat sie gesagt.«
»Du hast sie gefragt?«
»Jo.«
»Wann?«
»Als sie mir erzählte, dass sie schwanger ist.«
Tom und Waldo starrten Eric verblüfft an. Mich beachteten sie gar nicht mehr.
»Von dir?«, fragte Waldo.
»Nein, du Hornochse, vom Heiligen Geist.«
»Hey, keine Witze über den Heiligen Geist.«
»Schon gut, Tom.«
»Und da hast du sie gefragt, ob sie dich heiraten will?«
»Ja, letztes Wochenende, als wir in Berlin waren. Ich hatte alles geplant. Ein Essen im italienischen Restaurant, Kerzenschein, Musik, Romantik pur. Ich bin sogar vor ihr auf die Knie gegangen.«
»Und sie …«
»… hat abgelehnt.«
»Aber warum? Ich meine, hat sie einen anderen oder … hat sie sich etwa von dir getrennt?«
»Nein, keineswegs, wir sind weiterhin zusammen. Es ist nur so, dass sie mich nicht heiraten will.«

»Wie hat sie denn reagiert?«
»Sie hat sich über meinen Antrag amüsiert, hat mir die Wange getätschelt und gemeint, ich solle mir keine Sorgen machen. Das mit der Schwangerschaft würde sie schon hinkriegen. Und ich hätte noch genug Gelegenheit, ihr meine Hingabe zu beweisen.«
»Was meinte sie damit?«
»Keine Ahnung, aber es hörte sich nicht gut an.«
»Tja«, meinte Tom, »das ist dann wohl die moderne Frau. Was ist mit dir, Waldo?«
Ich fragte mich langsam, ob ich die drei nicht alleine lassen sollte. Damit sie sich über Brautkleider und Schwangerschaftskurse unterhalten könnten, während ich zwei Tische weiter meinen Geburtstag in einer sehr viel charmanteren Runde feiern würde.
»Na ja, irgendwann wollen Mariechen und ich natürlich schon heiraten.« Waldo nannte seine Freundin tatsächlich Mariechen. Und irgendwie passte das, sie war nämlich noch kleiner als er. »Wir haben das zwar noch nicht so konkret geplant, aber wenn ich euch jetzt so reden höre, könnte man das eigentlich gleich mit erledigen.«
»HA!«, entfuhr es mir, woraufhin sich die drei endlich bequemten, der Hauptperson dieses Abends wieder ihre Aufmerksamkeit zu widmen.
»Und damit kommen wir zu dir«, meinte Eric. »Was soll aus dir werden?«
Tom legte mir die Hand auf den Arm. »Du wirst doch mein Trauzeuge sein, oder? Das ist mir sehr wichtig.«
»Das führt uns direkt zu der Frage nach den Brautjungfern.« Waldo hatte sein Mariechen bereits wieder komplett vergessen. »Und ich hätte dich gerne als Patenonkel für meinen Sohn«, schob Eric nach.

»Woher weißt du, dass es ein Sohn wird?«, hakte Waldo nach. »Habt ihr einen Ultraschall machen lassen?«
»Klar.«
»Und?«
»Ein drei Zentimeter großer Schleimklumpen mit einem Riesenschwanz.«
»Dann kann er unmöglich von dir sein.«
Die drei brachen in schallendes Gelächter aus. Ich konnte das Ganze dagegen nicht besonders witzig finden.
»Was ist los mit dir, Alex?«, fragte Eric. »Heute ist dein Geburtstag, du solltest gute Laune haben.«
»Ich freue mich eben lieber still.«
»Also noch mal, was machen wir mit dir?«
»Ich finde einen ledigen Kumpel ganz praktisch. Man kann ihn als Babysitter benutzen oder ihn vollquatschen, wenn einem die Familie mal auf die Nerven geht.«
»Sagt mal, seid ihr noch ganz dicht?«
»Alex, sieh doch einmal die Realitäten.« Das war einer von Erics Lieblingssprüchen. »Du bist achtunddreißig und warst noch nie länger als drei Monate mit einer Frau zusammen. Das wird nichts mehr.«
Glücklicherweise brachte die Kellnerin endlich den Whisky. Ich nahm einen kräftigen Schluck. Sofort begann ich mich besser zu fühlen.
»Lächerlich.« Das war zwar ein treffender Kommentar, aber mir war klar, dass ich mich argumentativ noch steigern musste. »Das lag ja nicht daran, dass die Frauen genug von mir hatten. Sondern daran, dass ich ihnen nichts vormachen wollte.«
»Hört, hört!«
»Das ist wahrscheinlich etwas, an das ihr euch nicht erinnert, weil ihr schon zu lange mit euren Mädels zusammen seid. Aber nach wenigen Wochen setzt ein schleichender Prozess ein. Viel-

leicht beginnt es damit, dass die Lady vorschlägt, etwas zu kochen. In meiner Wohnung, weil die so schön ist. Also gebe ich ihr den Schlüssel, damit sie rechtzeitig loslegen kann. Den Schlüssel behält sie dann, und ich finde es kleinlich, ihn zurückzufordern. Das nächste Mal fragt sie nicht mehr, wenn sie in meine Wohnung geht, sie sagt nur: ›Ich koche heute.‹ Danach stehen die ersten Sachen im Bad, und in meinem Schrank hängen Frauenklamotten. Als Nächstes heißt es: ›Brauchten wir nicht einen größeren Schrank?‹ Und dann bittet sie mich ganz beiläufig, doch den Klodeckel nach der Benutzung runter zu machen.«

Ich hatte es geschafft, die drei zum Schweigen zu bringen.

»Versteht ihr? Aus Gesten werden Gewohnheiten, aus Gewohnheiten Rechte. Sagt mir nicht, dass euch das nicht klar ist. Denn genau so seid ihr doch in eure Beziehungen reingeschlittert. Oder hat einer von euch etwa irgendwann einmal gesagt: ›Wow, mit der Frau will ich jetzt Bett, Schrank und Badezimmer teilen?‹«

»Das ändert nichts am Resultat.« Mit diesem schwachen Argument bewies Eric, dass er ins Schleudern gekommen war.

»Und ob es das tut.« Ich nahm noch einen Schluck Whisky. Das Zeug sollten die mal im Bundestag ausschenken. Es bringt ordentlich die Synapsen in Gang. Ich gab der Kellnerin einen Wink, mir noch einen zu bringen.

»Ich habe überhaupt nichts dagegen, mit einer Frau zusammenzuleben.« Ich war mir nicht sicher, ob das jetzt stimmte, aber es hörte sich richtig gut an. »Aber ich will selber entscheiden, wann und wie und mit wem das geschieht. Bisher war das nur nie notwendig. Warum auch? Ich konnte ja nicht ahnen, dass ihr bereits in Torschlusspanik geratet.«

»Du meinst also, du könntest so ohne weiteres das schaffen, wofür wir Jahre gebraucht haben?«

»Überhaupt kein Problem!«, verkündete ich und breitete die Arme aus. »Ich kenne alle Fehler, die man machen kann. Ich brauche sie bloß zu vermeiden.«
Die drei tauschten wieder Blicke. Sie sahen nicht so aus, als ob sie mir das abnahmen. Konnte ich verstehen, ging mir ähnlich.
»Ganz schön große Klappe«, meinte Waldo.
»Zur Not brauche ich nur daran zu denken, wie ihr es handhabt, und es genau anders machen.«
»Beweis es«, meinte Eric.
»Jetzt gleich?«, fragte ich vergnügt und nahm der Kellnerin das Glas ab. Dadurch entging mir wohl der lauernde Ausdruck in Erics Augen.
»Nicht gleich. Tom, wann wollt ihr heiraten?«
»Irgendwann im Herbst.«
»Hm, zu knapp. Das ist entschieden zu wenig. Er müsste mindestens ein Jahr durchhalten.«
»Wie sollen wir das überprüfen? Wir sind ja nicht von der Einwanderungsbehörde.«
Dieser Whisky war wirklich ausgezeichnet.
»Und was sollen wir machen, wenn er es nicht schafft? Was sehr wahrscheinlich ist?«
»Fünf Jahre Babysitten.«
»Die Brautjungfern an mich abtreten.«
»Jeden Sonntag mit Lisa zum Gottesdienst gehen.«
»Jungs, ihr habt ein Problem.«
»Schau an, und wir sind der Ansicht, dass du eines hast. Jedenfalls ab heute.«
Ich machte eine Geste wie Don Corleone und nuschelte mafiosomäßig: »Ich werde euch einen Vorschlag machen, den ihr nicht ablehnen könnt.«
»Na, da sind wir aber mal gespannt.«

Ich schaute sie der Reihe nach an. Dann sagte ich wieder mit normaler Stimme. »Ich biete euch eine Wette an.«
Erics Augen begannen zu leuchten. Das war ganz nach seinem Geschmack.
»Ich werde eine Frau finden. Und zwar die Richtige. Mit der ich keine anderen Frauen mehr brauche. Die mich nicht mal mehr daran denken lässt, etwas mit anderen Frauen haben zu wollen. Ich werde diese Frau finden, und ich werde sie heiraten.«
»Und wann soll dieses Jahrhundertprojekt stattfinden?«
Ich trank einen Schluck, genoss den rauchigen Geschmack und sagte: »In einem Jahr.«
»In einem Jahr?«, fiepte Waldo.
»Si.«
»Bist du sicher?«, fragte Tom.
»Absolut.«
Ich hatte Eric noch nie so breit grinsen sehen.
»Zu einer Wette gehört ein Preis.«
»Na ja.« Ich mimte ein wenig den Harmlosen. »Babysitten, Brautjungfern, Kirche. Das hört sich nicht so richtig spannend an. Ich meine, wetten wir hier etwa darum, eine Frau ins Bett zu kriegen? Um eine Kerbe in den Bettpfosten zu schnitzen? Nein, hier geht es um die Frau meines Lebens. Was soll denn das für eine Frau sein, wenn ich nur Babysitten dafür riskiere. Da muss schon ein bisschen mehr eingesetzt werden. Seid ihr dazu bereit?«
Alle drei sahen mich erwartungsvoll an. Eric grinste immer noch. Doch das würde er nicht mehr lange.
»Lass hören!«, meinte er nur.
Ich nahm noch einen Schluck, dann sagte ich: »Ich setze meine Plattensammlung.«
Toms Kinnlade klappte runter. »Du meinst …«

»Richtig«, gab ich lächelnd zurück. »Meine Vinylplattensammlung, die mit den netten Grüßen der Künstler drauf.«
Ich hatte die Sammlung von meinem Onkel geerbt, der nicht nur ein bekannter Musikjournalist, sondern auch ein leidenschaftlicher Jazzfan gewesen war. Er hatte sie alle gekannt, Ella und Louis, John Coltrane, Chet Baker und all die anderen. Und von jedem hatte er sich eine Platte signieren lassen. Die Sammlung war fast hunderttausend Euro wert. Ich sah den Gesichtern meiner Kumpels an, dass sie mich endlich ernst nahmen. Eric fasste sich als Erster und setzte wieder sein überhebliches Lächeln auf.
»Und was willst du, das wir dagegen setzen?«
Ich zögerte den Moment ein wenig hinaus. Dann, mit dem Whiskyglas in der linken Hand, richtete ich den Zeigefinger auf ihn: »Deinen Porsche.«
Augenblicklich fiel sein Lächeln in sich zusammen. Ehe er protestieren konnte, fügte ich hinzu: »Natürlich müssen die anderen beiden hier dir je ein Drittel seines Wertes ersetzen.«
Damit hatte ich sie. Entweder würde Eric, der die ganze Geschichte initiiert hatte, nun kneifen. Oder ich war in einem Jahr Besitzer eines 911er Targa Porsche.
»Das schafft er nie«, flüsterte Waldo Eric zu. Der war mittlerweile blass geworden. Ich betrachtete ihn über mein Glas hinweg.
»Ich bin dabei«, meinte Tom nur. Jetzt hing alles von Eric ab. Der kniff die Augen zusammen.
»Du bist wahnsinnig.«
Ich rührte mich nicht, sah ihn nur an.
»Einverstanden«, flüsterte er.
»Wie bitte?«
»Ich sagte: einverstanden.«
Er knallte die flache Hand auf den Tisch.

»Ich will dein Ehrenwort, dass du nicht bescheißt. Und dass du die Frau nicht kaufst.«
Ich legte meine Hand auf seine. »Die Wette gilt.«
Tom und Waldo schlossen sich an. Jetzt waren wir wirklich wie die Musketiere. Danach lehnten wir uns wieder zurück.
»Scheiße, Alex«, meinte Eric kopfschüttelnd. »Das ist ein dickes Ding.«
Ich schüttete den Whisky runter. Es war ein bisschen zu viel, so dass mir die Tränen in die Augen schossen. Während ich nach Luft schnappte, dachte ich mir, dass ich eigentlich gleich heute Abend damit anfangen könnte, nach der Frau meines Lebens zu suchen. Ich schaute zu dem Nachbartisch rüber. Aber die drei Ladys hatten bereits ihre Jacken angezogen und machten sich auf den Weg. Natalie warf mir noch einen Blick zu, der ziemlich angepisst wirkte.
Mist!

Als das Taxi irgendwann vor dem Haus hielt, in dem ich wohnte, sah ich, dass hinter den Vorhängen im Hochparterre des Hauses noch Licht brannte. Entweder knallte sich meine Nachbarin zusammen mit ihrer bescheuerten Damenrunde wieder die Hucke voll, oder sie war vor dem Fernseher eingeschlafen. Ich entschied, dass es meine Christenpflicht war, sie daran zu erinnern, wie spät es war, damit sie sich zu Bett begeben konnte.
Kurz bevor ich die Haustür erreichte, simulierte ich einen lautstarken Hustenanfall. Dann stocherte ich umständlich mit dem Schlüssel im Schloss herum, bevor ich die Tür öffnete. Dadurch bekam meine Madame Zeit, sich aus ihrem Sessel zu hieven und zur Wohnungstür zu stapfen. Dabei brummte ich auf launige Weise irgendein blödes Lied. Als ich schließlich auf ihrem Treppenabsatz ankam und somit voll im Blickwinkel des Tür-

spions war, hielt ich mich schwankend am Geländer fest, gähnte mit weit aufgerissenem Mund und kratzte mich dabei ausgiebig im Schritt. Ihre Empörung quoll geradezu hinter der geschlossenen Tür hervor. Den Rest meines Weges in den dritten Stock legte ich mit einem äußerst zufriedenen Grinsen zurück. Diese kleinen Spielchen mit Frau Dornbach genoss ich wirklich sehr.

IV

Sie hatte kein wirklich gutes Gefühl bei der Sache. Aber sie hatte Bergers Einladung unmöglich ablehnen können. Nach dem Desaster des gestrigen Abends hatte sie nicht einmal mehr damit gerechnet, dass es überhaupt noch ein Gespräch zwischen ihnen geben würde.

»Ich möchte mit Ihnen über Ihre weiteren Pläne sprechen«, hatte er ihr am Telefon gesagt und sie zum Essen eingeladen. Ins *Haerlin* im Hotel »Vier Jahreszeiten«. Das war nicht irgendeine Adresse. Das war der Logenplatz unter den Hamburger Restaurants. Und von einem solchen Logenplatz hatte sie sich letzten Abend bereits verabschiedet. Nun schien er ihr wieder offenzustehen. Aber zu welchem Preis?

Sie stand unter den Bäumen gegenüber dem Hotel und schaute zu den erleuchteten Fenstern des Restaurants hinauf. Hinter ihr erstreckte sich die Binnenalster, das flüssige Herz Hamburgs. Die Häuser, die dieses Herz umstanden, waren weiß und voller Stuck – eine ehrwürdige Hanseatenkulisse. Es war dieser Anblick gewesen, mit dem auf dem Wasser glitzernden Licht der Herbstsonne, bei dem sie sich einst in die Stadt verliebt hatte. Siebzehn war sie damals gewesen und voller wundersamer und verrückter Ideen. Die meisten davon hatte sie hinter sich gelassen. Doch der Traum von den Häusern an dieser Lagune des Nordens war geblieben. Es hatte zehn Jahre gedauert, bis sie hierher hatte zurückkehren können. Es war ihr Platz, und den würde ihr niemand nehmen.

Sie griff in ihre Manteltasche und holte die Zigaretten hervor. Während sie rauchte, versuchte sie, sich darüber klarzuwerden, was sie erwartete. Berger hatte sie ganz sicher nicht eingeladen, um ihr eine Freude zu machen. Er wollte etwas von ihr, und sie machte sich keine Illusionen darüber, was das sein könnte. Aber was würde er ihr dafür anbieten?

Sie konnte sich nicht vorstellen, dass er so plump sein würde, ihr eine zweite Chance in der Musikhalle zu offerieren, wenn sie mit ihm nach dem Essen in ein von ihm angemietetes Zimmer ginge. Dennoch stellte sie sich die Frage, ob sie dazu bereit wäre, mit ihm zu schlafen.

Es würde sie keine große Überwindung kosten. Er sah gut aus und schien seinen Körper in Schuss zu halten. Augen zu und durch, wie ihre Tante zu sagen pflegte, wenn auch nicht in diesem Zusammenhang. Doch sie war davon überzeugt, dass es falsch war, aus beruflichen Gründen mit einem Mann ins Bett zu gehen. Konnte man sich doch viel leichter nach unten schlafen als nach oben. Außerdem widerstrebte es ihr, so leichtfertig mit ihrem Körper und ihren Gefühlen umzugehen. Nein, wenn das Geschäft darin bestünde, berufliche Gefälligkeiten gegen Sex zu tauschen, würde es ihr leichtfallen abzulehnen. Sie trat ihre Zigarette aus und überquerte die Straße. Sie würde es sich nicht nehmen lassen, diesen Abend und das Essen zu genießen. Schon als sie durch die schwere Drehtür ins Foyer trat und die gedämpfte und gepflegte Atmosphäre sie umgab, begann sie, sich wohl zu fühlen. Sie gab ihren Mantel an der Garderobe ab und überprüfte im Spiegel noch einmal ihr Aussehen. Sie hatte sich für ein elegantes, aber auch geschäftsmäßiges Outfit entschieden: ein schwarzes Etuikleid mit nicht zu hohen Schuhen. Eine einzelne Perle an einem Silberkettchen schimmerte auf der Haut ihres Dekolletés. Ihr kurzes, dunkles Haar betonte ihren schlanken Hals. Auf Schminke und Lippenstift hatte sie verzichtet, nur ein wenig Eyeliner aufgetragen. Sie wusste, dass sie auch mit dieser zurückgenommenen Aufmachung Eindruck machen würde. Vielleicht gerade weil weniger oft mehr ist, dachte sie mit einem kleinen Lächeln.

Berger erwartete sie verabredungsgemäß in der Bar des Hotels. Auf dem Tresen vor ihm perlte bereits der Champagner in zwei Gläsern. Er begrüßte sie mit einem leichten Händedruck, während seine graublauen Augen sie intensiv musterten. Immer noch ihre Hand haltend, führte er sie zu ihrem Barhocker und ließ sie erst dann wieder los. Ihr Gehirn registrierte diese bestimmende und dennoch höfliche Geste.

»Wie schön, dass Sie kommen konnten«, bemerkte er glatt und fügte ein perfekt moduliertes Standardkompliment hinzu: »Sie sehen bezaubernd aus.«

»Danke«, erwiderte sie ernst und lächelte dann, um ihm das erste Mal in die Parade zu fahren. »Auch wenn ich nicht weiß, womit ich diese Einladung verdient habe.«

Als er einmal kurz blinzelte, wusste sie, dass sie mit ihrer Vermutung recht gehabt hatte. Er hätte Arnolds Auftritt mit keinem Wort erwähnt. Zumindest nicht bis zu dem Zeitpunkt, da er mit seinem Ansinnen, was auch immer es war, herausgerückt wäre. Eine Andeutung auf das peinliche Ereignis, in etwas arroganter Gleichgültigkeit vorgebracht, hätte ihre Verhandlungsposition sofort geschwächt. Diesen Trumpf hatte sie ihm gerade aus der Hand genommen. Doch Berger griff ihre Bemerkung nun geschickt auf.

»Abgesehen davon, dass ich Ihre Gesellschaft schätze, glaube ich, dass in Ihnen mehr steckt, als Sie bisher preisgegeben haben.«

»Und das möchten Sie gerne herausfinden.«

Er neigte zustimmend den Kopf, während er ihr gleichzeitig das Glas reichte. »Auf einen inspirierenden Abend.«

Das war das wenigste, was Elli später über den Abend sagen konnte. Ab dem Moment, da der erste Schluck Champagner ihre Zunge umspielte und ihren Gaumen kühlte, geschah etwas Rätselhaftes mit ihr: Sie begann, sich zu verwandeln. Es war, als würde das herbe, prickelnde Getränk eine andere Persönlichkeit in ihr freisetzen – und zwar eine Frau, die es einfach genoss, bewundert zu werden, ohne sich darüber Gedanken machen zu müssen, ob diese Aufmerksamkeit ihre berufliche Zukunft bedrohte. Dabei waren weder ihr Urteilsvermögen noch ihr Denken im mindesten getrübt. Sie registrierte, dass Bergers Interesse an ihr nicht nur dem galt, was er an fachlichen Fähigkeiten in ihr vermutete, und nahm es gelassen als Kompliment. Mit traumwandlerischer Sicherheit balancierte sie sich durch das Gespräch mit ihm. Erst in der Bar, danach im Restaurant, in das er sie führte. Bei alldem ließen ihre Sinne sich nichts von dem entgehen, was das Lokal und der Service ihr boten. Das schneeweiße Porzellan, das blitzende Geschirr, das kostbare Papier der Speisekarte. Sie genoss es in vollen Zügen. Die Lichter, die sie umgaben, das leise Stimmengewirr, die vollkommene Bedienung. Berger dirigierte die Konversation, ohne sich in den Vordergrund zu spielen. Zu den Jacobsmuscheln sprachen sie über Wien und Bayreuth, Frankfurt und Leipzig. Dann erzählte Berger ihr von den Anfängen seiner beruflichen Laufbahn. Sie lauschte aufmerksam, während das Gänseleberparfait auf ihrer Zunge zerging, und ohne dass es ihr Vergnügen störte, fragte sich ihr wacher Geist immer wieder, was er mit alldem bezweckte.

Als der Kabeljau mit Maronencrème serviert wurde, hatte er bereits begonnen, sie zu ihrer Vita zu befragen. Sie gab ihm freimütig Auskunft, denn sie hatte nichts zu verbergen. Dass sie ihre Liebe zur klassischen Musik von ihrer Mutter geerbt hatte, die bis zu ihrem frühen Tod als Musiklehrerin gearbeitet hatte. Dass sie von Kindesbeinen an Klavier spielen gelernt hatte, es aber nie auf jenes Niveau gebracht hatte, das ihr die Karriere als Berufsmusikerin ermöglicht hätte.

»Irgendwann ist mir dann aufgefallen, dass ich durch die Beschäftigung mit der Musik die Fähigkeit entwickelt hatte zu

erkennen, ob ein Musiker das Zeug zu etwas Großem hat oder nicht.« Sie legte ihr Besteck beiseite, griff nach dem Weinglas und bewunderte den leicht goldenen Farbton des Sauvignon. Dann richtete sie über das Glas hinweg ihre Augen wieder auf Berger, der sie aufmerksam beobachtete.
»Ich denke, gerade weil ich diese Qualität nicht in mir gefunden habe, kann ich sie bei anderen erkennen. Dann setze ich mich mit aller Kraft für sie ein, denn ich ertrage den Gedanken nicht, dass diese Gabe auch nur ein einziges Mal vergeudet wird.«
Auch Berger griff jetzt nach dem Weinglas. »War es ein schwerer Moment für Sie?«
»Was meinen Sie?«
»Als Sie erkannten, dass Sie diese Gabe nicht besitzen.«
Sie nahm einen Schluck Wein, denn er hatte mit seiner Frage ins Schwarze getroffen. »Ja«, sagte sie deswegen nur.
Beim Dessert kam er zur Sache: »Ich nehme an, es ist nicht einfach, mit einer Künstleragentur erfolgreich zu sein.«
In ihrem Mund sorgte gerade eine Portion »Jade«-Schokolade für eine mittlere Geschmacksexplosion. Sie kostete den Nachklang dieses Ereignisses genüsslich aus, bevor sie antwortete: »War das eine Frage?«
Berger lächelte nicht. Offenbar fand er diese Erwiderung unpassend.
»Ihr Einsatz für die Musiker ehrt Sie«, fuhr er kühl fort, indem er ihre Bemerkung ignorierte. »Und Ihre Überzeugungskraft ist beträchtlich. Dennoch wird beides nicht ausreichen, um Ihre Agentur so zu plazieren, dass Sie Ihre Ziele erreichen können.«
Er stützte die Ellbogen auf den Tisch und faltete die Hände. Es waren sehr gepflegte Hände.
»Und Sie haben doch Ziele, nicht wahr?«
Sie hatte nicht den Eindruck, dass er eine Antwort erwartete. Darum schwieg sie. Dies war nun sein Auftritt.

»Was Sie brauchen, sind Kontakte, eine solide Verbindung zu den Häusern. Ein Netzwerk, wenn man so will, in dem Sie die Strippen ziehen können.«
Sie hatte keine Ahnung, worauf er hinauswollte. »So etwas baut sich doch mit der Zeit von ganz alleine auf«, meinte sie deswegen nur.
»Mit der Zeit«, griff er ihr Argument auf, »ja, das stimmt. Nur wie viel Zeit?« Er lehnte sich zurück und legte die Serviette auf den Tisch. »Ich schätze, so an die zehn Jahre werden Sie dafür schon brauchen. Wollen Sie wirklich so lange warten?«
Es wurde langsam interessant. »Kennen Sie denn eine Abkürzung?«, fragte sie.
»Vielleicht«, meinte er knapp.
Es war so weit. Gleich würde sie wissen, was Berger im Sinn hatte. Ein leichtes Kribbeln wanderte von ihrem Hinterkopf den Nacken hinab.
»Ich möchte Ihnen ein Angebot machen«, sagte er schließlich. »Ein Angebot, das Ihnen die Möglichkeit bietet, sich die Kontakte aufzubauen, die Ihnen zurzeit noch fehlen.«
Er machte eine kleine Pause. Sie wartete.
»Ich möchte, dass Sie für das *ArteForum* arbeiten. Dabei denke ich an einen Zeitraum von circa zwei bis drei Jahren. Länger«, nun zuckte ein kleines Lächeln um seine Mundwinkel, »könnten Sie Ihren Wunsch nach Eigenständigkeit ohnehin nicht zurückstellen.«
Das war in der Tat ein sehr interessantes Angebot. Elli erkannte sofort die Möglichkeiten, die sich ihr dadurch bieten würden. *ArteForum* war der größte freie Konzertveranstalter Hamburgs, der praktisch mit allen großen Orchestern und internationalen Künstlern zusammenarbeitete. Tatsächlich würde ihr das viele Türen öffnen.
»An was für eine Arbeit hatten Sie dabei gedacht?«, fragte sie.

»Ich möchte Sie als meine Assistentin haben.«
Jetzt war Elli wirklich überrascht. Als Assistentin des Geschäftsführers wäre sie in alle Verhandlungen und Entscheidungen mit einbezogen. Sie würde das Geschäft von genau der Seite her kennenlernen, die ihr bisher verschlossen geblieben war. Allerdings war die Position nicht unproblematisch. Sie wäre allein Berger unterstellt, was Neid bei den anderen Angestellten wecken konnte.
Außerdem hatte ein Assistent jederzeit zu spuren, wenn sein Meister ihn rief.
»Was ist mit Ihrem jetzigen Assistenten?«
»Stefan sieht seine Zukunft in der Intendanz eines anderen Hauses. Er hat ein Angebot … aus Bonn.«
Die leichte Verachtung, mit der Berger den Namen der Stadt aussprach, verriet ihr, was er von diesem Vorhaben hielt.
»Er wird im Sommer dort anfangen.« Er stützte wieder seine Ellbogen auf. »Nun, wie sieht es aus? Habe ich Ihr Interesse geweckt?«
»Eine solche Arbeit wäre natürlich sehr interessant«, antwortete sie. »Aber was ist mit meiner Agentur?«
»Die müssten Sie während dieser Zeit auf Eis legen. Das heißt, dass Sie für Ihre Agentur keine neuen Künstler mehr annehmen dürften. Von denen, mit denen Sie jetzt zusammenarbeiten, könnten wir die Interessantesten in unser Programm übernehmen. Das müssten wir von Fall zu Fall entscheiden. Wenn Sie meinen, dass Sie dann irgendwann wieder in die Künstlervermittlung zurückwollen, können Sie sie wieder mitnehmen. Aber wer weiß«, meinte er mit einem ziemlich überzeugten Lächeln. »Vielleicht gefällt es Ihnen ja bei uns, zumal wir auch noch in Berlin und anderen Städten aktiv werden möchten.«
Sie überlegte ein paar Sekunden. Dann sagte sie: »Sie halten mir da einen reichlich gefüllten Brotkorb hin. Das tun Sie doch

nicht nur wegen meiner hübschen Augen. Was erwarten Sie von mir?«

»Oh, über einen Mangel an Erwartungen werden Sie sich nicht beschweren müssen. Ich erwarte nicht weniger als Ihren vollen Einsatz. Ich erwarte, dass Sie Ihren Verstand, Ihre Kraft und Ihr Gespür zu hundert Prozent einbringen. Sie werden außerdem feststellen, dass ich es nicht mag, wenn man mir widerspricht. Trotzdem erwarte ich genau das von Ihnen. Doch sollten Sie Ihren Standpunkt in einem solchen Fall sehr gut begründen können. Ich erwarte nicht nur, dass Sie sich in jeder Hinsicht voll einsetzen, sondern für diesen Einsatz auch geradestehen. Das Einzige, was Sie nicht werden tun müssen, ist, Musiker von der Bühne zu tragen.«

Also doch. Er hatte es sich nicht verkneifen können. Wieder zeigte er sein überlegenes Lächeln. Mit dieser letzten Bemerkung wollte er die Hierarchie zwischen ihnen festklopfen. Das empfand sie als unnötig, und es wunderte sie auch etwas. Also reagierte sie nicht darauf.

»Was sagen Sie?«, fragte er abschließend.

Er hatte sich wieder in seinen Stuhl zurückgelehnt und betrachtete sie mit hochgezogenen Augenbrauen. Ihm war natürlich klar, welche Bedeutung dieses Angebot für sie haben musste. Aber er erwartete mit Sicherheit keine sofortige Zusage.

»Dass ich sehr genau über Ihren Vorschlag nachdenken werde«, antwortete sie ruhig.

»Natürlich.« Er sah auf, als der Kellner an ihren Tisch trat und nach ihren Wünschen fragte. »Wie wäre es mit einem Brandy?«, meinte Berger.

Nachdem sie sich von Berger verabschiedet hatte, zündete Elli sich als Erstes eine Zigarette an und inhalierte tief den Rauch. Dann machte sie sich langsam auf den Weg. Berger hatte ihr angeboten, sie im Taxi mitzunehmen, aber das hatte sie abgelehnt. Nicht etwa, weil sie befürchtete, er würde mit in ihre Wohnung kommen wollen, sondern weil sie allein sein wollte. »Ich möchte noch ein wenig spazieren gehen«, hatte sie gesagt und ihm die Hand zum Abschied gereicht, um zu verhindern, dass er sich ihr als Begleitung anbot. Doch er hatte sich nicht aufgedrängt. Seinem Blick nach zu urteilen, schien er sich recht sicher zu sein, dass sie sein Angebot annehmen würde. Und genau das war es, über was sie jetzt nachdenken wollte.

Sie schlug den Kragen ihres Mantels hoch und schlenderte Richtung Jungfernstieg. Zwar war es etwas kühl geworden, doch das gute Essen, der Wein und der Brandy wärmten sie ausreichend, um die frische Luft genießen zu können. Sie musste sich eingestehen, dass der Abend anders verlaufen war, als sie erwartet hatte. Sie wollte alles durchdenken, solange es noch frisch in ihrem Gedächtnis war. Denn neben den objektiven Vor- und Nachteilen hatte die ganze Geschichte noch eine andere Ebene. Die war hier und da im Gespräch auch kurz aufgeblitzt, doch galt es, diese wenigen, wichtigen Momente des Abends noch genauer herauszuschälen.

Zuerst einmal aber überwog die Menge der Vorteile. Egal wie Berger als Mensch zu beurteilen war, in ihrer Branche gehörte er zweifellos zu den Besten. Sie würde ungeheuer viel von ihm lernen können. Von den Kontakten, die er aufgeführt hatte, einmal ganz abgesehen. Das alles würde ihr helfen, etwas für talentierte Musiker zu tun, und zwar auch für die, mit denen sie jetzt schon zusammenarbeitete. Zweifellos gäbe es sehr viel zu gewinnen. Und die Nachteile?

Da war zunächst einmal Berger selbst. Seine Persönlichkeit, ohne die es dieses Angebot nie gegeben hätte, stellte das größte Problem dar. Denn die Frage, ob es zu diesem Gespräch auch dann gekommen wäre, wenn sie ein Mann gewesen wäre,

brauchte sie sich gar nicht erst zu stellen. Er wollte sie, weil sie eine Frau war – und obwohl sie eine Frau war. Sie glaubte ihm, dass er auf ihre Fähigkeiten vertraute. Aber ihr war auch klar, dass ihre Attraktivität das letztendlich entscheidende Argument für ihn war. Dabei ging es keineswegs einfach nur um Sex. Dass er sie aus dem vorgeschlagenen Arbeits- und Abhängigkeitsverhältnis heraus zu einer intimen Beziehung nötigen würde, glaubte sie nicht. Abgesehen davon, dass er sich damit in eine schwierige Position manövrieren würde, schätzte sie ihn durchaus so ein, dass es unter seiner Würde war, sie auf diese Weise zu bekommen. Wahrscheinlich baute er darauf, dass ihre weibliche Empathie sie mit der Zeit dazu führen würde, ihn in seinem Mannsein zu akzeptieren. Und dass dann daraus mehr entstünde, ganz nach seinem Gusto. Konnte sie das ausschließen?
Elli war erwachsen genug, um sich diese Frage mit Nein zu beantworten. Ihr war außerdem klar, dass es eine erotische Anziehung zwischen ihnen gab. Zwar fühlte sie sich von seiner Überheblichkeit und Egozentrik abgestoßen, doch es bedurfte nur eines kleinen Bruches in seinem Panzer, um ihn ihr menschlicher erscheinen zu lassen. Und damit auch ihren Panzer zu öffnen. Wäre das wirklich so schlimm?
Sie zwang sich, auch diese Möglichkeit zu durchdenken. Und ohne sich jetzt schon endgültig zu entscheiden, kam sie zu dem Schluss, dass es immer in ihrem Ermessen liegen würde, wie weit diese »Assistenz« ginge. Sie war davon überzeugt, dass Berger es akzeptieren würde, wenn sie ihm ihr Bett verweigerte. Er wäre ungehalten darüber, aber er würde es akzeptieren. Das hatte er auch angedeutet, als er über ihre Pflicht zum Widerspruch philosophierte. Er würde ohnehin sehr viel akzeptieren. Bis auf eines: dass sie sein Angebot ablehnte.
Als sie sich klarmachte, welche Konsequenzen eine Ablehnung seiner Offerte haben würde, durchfuhr sie ein Schauer. Sie blieb

stehen und zündete sich eine weitere Zigarette an. Während sie den Rathausplatz überquerte, dachte sie daran, wie abfällig sich Berger über seinen bisherigen, seiner Ansicht nach wohl abtrünnigen Assistenten Stefan geäußert hatte. In diesem Moment hatte sie erkannt, wie nachtragend der Mann sein konnte. Wenn sie sich weigerte, für ihn zu arbeiten, wäre nicht nur das *ArteForum* für sie verloren. Berger würde auch dafür sorgen, dass kein Veranstalter, mit dem er kooperierte, sie noch engagieren würde. Selbst wenn sie dies für sich in Kauf nahm, für ihre Musiker wäre es eine Katastrophe. Ihr wurde eiskalt, als sie zu der Erkenntnis kam, dass sie im Grunde keine Wahl hatte.
Sie musste mit dem Teufel paktieren!
Ohne nachzudenken, bog sie in eine der Seitenstraßen ein, die vom Platz abzweigten. Die Euphorie, die sie während des Essens und ihres gesamten Aufenthaltes im stuckverzierten »Vier Jahreszeiten« noch empfunden hatte, war verflogen. Sie sah sich nun eher wie ein gehetztes Tier, das zwar noch nicht aufgegeben hatte, aber schon den Moment erahnte, in dem es stehen bleiben würde, um mit zitternden Flanken den Blattschuss zu erwarten.
»Unsinn«, schalt sie sich mit erwachendem Zorn. Niemand würde sie unterkriegen, schon gar nicht dieser Berger. Aber sie wusste auch, dass dies nur ein Pfeifen im Wald war. Verdammt, wieso musste sie als Frau immer wieder diese beschissenen Kämpfe ausfechten? Gab es denn nicht einmal einen Moment der Ruhe, der Stille, des Luftholens?
Und als hätte ein gnädiges Schicksal für diesen verzweifelten Gedanken eine Antwort bereit, erblickte sie auf der anderen Straßenseite die hell erleuchteten Fenster eines Restaurants oder besser einer Bar. Sie blieb stehen und schaute ins Innere. Es saßen nur noch wenige Menschen an den Tischen. Doch gerade diese etwas müde Atmosphäre machte es ihr sympathisch. Es handelte sich um das *Montmartre,* wie sie wusste, ein sehr

angesagter Laden, in dem, nach allem, was sie gehört hatte, fröhlich abgeschleppt wurde. Deswegen hatte sie ihn auch immer gemieden. Nun aber kam ihr das Lokal wie eine wärmende Oase vor. Ihr war kalt, und sie hatte Durst. So beschloss sie, noch einen Drink zu nehmen. Oder auch zwei.
Sie schnippte ihre Zigarette fort und überquerte die Straße. Noch bevor sie die Tür öffnete, um in die Wärme einzutreten, fiel ihr eine weitere Bemerkung Bergers ein. Dass sie keine Musiker von der Bühne würde tragen müssen. Diesen Satz hatte sie im ersten Moment als Machtdemonstration interpretiert. Nun aber brachte sie ihn mit einem anderen Satz Bergers über ihre Künstler zusammen: »Von denen, mit denen Sie jetzt zusammenarbeiten, könnten wir die Interessantesten in unser Programm übernehmen. Das müssten wir von Fall zu Fall entscheiden.«
Es lief darauf hinaus, dass sie Arnold opfern musste.

V

Ich schwor mir, das *Montmartre* nie wieder zu betreten. Das war der erste Gedanke, den ich hatte, als ich am Morgen meines achtunddreißigsten Geburtstages erwachte. Dieser heilige Vorsatz hielt so lange, bis ich den Inhalt meines Kühlschrankes inspizierte. Mit einem leisen Stöhnen in die geöffnete Kühlschranktür hinein machte ich mir die Alternativen klar, die ich hatte. Entweder ging ich jetzt einkaufen, um mir ein anständiges und unbedingt notwendiges Frühstück zubereiten zu können – das hieß Supermarkt, Schlange stehen, Taschen tragen –, oder aber …

Ich entschied mich für Variante Nummer zwei: ein opulentes und sehr ungesundes Frühstück in diesem grässlichen Café mit seinen heruntergekommenen, französischen Bediensteten. Auf dem Weg dorthin begegnete ich im Treppenhaus vor den Briefkästen der Frau, die am besten dafür geeignet war, meine schlechte Laune abzukriegen.

»Guten Morgen, Frau Dornbach!«, brüllte ich. »Sie sehen bezaubernd aus.«

Meine Nachbarin, die auch gleichzeitig meine Vermieterin war, kniff die Augen zusammen. »Nanu, Herr Toben, so früh schon auf den Beinen«, zischte sie. Dann linste sie demonstrativ an meiner Schulter vorbei die Treppe hinauf. »Und noch dazu allein?«, fügte sie leicht hämisch hinzu.

»Mein Gott, Frau Dornbach«, rief ich mit gespieltem Erschrecken, »das hätte ich doch glatt vergessen! Die arme Frau ist ja immer noch am Bettpfosten angekettet.«

Kurz weiteten sich ihre Augen vor Empörung, dann rauschte sie mit zusammengekniffenem Tabaksbeutelmund an mir vorbei zu ihrer Wohnung im Hochparterre.

»Das ist nicht witzig, Herr Toben!«, rief sie noch, bevor sie die Tür hinter sich zuknallte.
Schon fühlte ich mich besser. Draußen schnurrte mir Emily um die Beine. Ich ging in die Knie, um sie zu begrüßen. Emily gehörte zwar offiziell unserer Vermieterin, führte aber ein ziemlich eigenständiges Leben. Wir trafen uns ab und zu in meiner Wohnung, um über ihre Chefin herzuziehen. Dafür hatte ich sogar extra eine Planke von meinem Balkon zu der Buche in unserem Vorgarten gelegt. Natürlich hatte Frau Dornbach ihr Missfallen darüber geäußert. Ich hatte sie im Gegenzug auf den Mietvertrag verwiesen, in dem nichts davon stand, dass man keine Planken zwischen Bäumen und Balkonen anbringen durfte. Worauf sie ein Zusatzprotokoll erstellte, das zu unterzeichnen ich mich weigerte. Eine Zeitlang amüsierten wir uns mit diesem Plankenstreit, dann schlief die Sache ein. Emily war das einzige weibliche Wesen, das freien Zugang zu meiner Wohnung hatte. Aber wenn ich wirklich getan hatte, was ich glaubte, in der vergangenen Nacht getan zu haben, dann hätte ich in spätestens einem Jahr eine Frau in der Wohnung. Oder wäre meine extrem wertvolle Schallplattensammlung los. Die Wahl zwischen diesen beiden Möglichkeiten war nicht ganz so schlimm wie die zwischen Pest und Cholera, ging aber in die gleiche Richtung. Keine gute Voraussetzung für den Start in ein neues Lebensjahr!
Die Serviererin im *Montmartre* hatte ich noch nie gesehen, aber sie schien wie ich schlechte Laune zu haben. War mir recht. Ich bestellte Lachs, Rührei und Schinken. Kaum war sie abgezogen, ging mein Handy, und auf dem Display erschien Serdars Name. Das musste ich nun wirklich nicht haben. Ich ignorierte den Anruf und stellte das Telefon ab. Ich war gerade bei meinem Lachs, als er auf einmal vor meinem Tisch stand, an der Hand seine Tochter Maali. Das verhinderte zumindest, dass ich fluchte.

»Sag mal, was ist das für eine komische Frau in deinem Haus? Sie sagte, ich würde dich in diesem französischen …«, er beugte sich zu seiner Tochter hinab und hielt ihr die Ohren zu, »… in diesem französischen Bordell finden.« Maali riss seine Hände von ihrem Kopf. »Papa!«, rief sie empört.
»Das war Frau Dornbach«, erklärte ich. »Sie steht auf mich.«
Ich bot den beiden Platz an und kümmerte mich zunächst onkelmäßig um Maali. Die Kleine war sechs und hatte glücklicherweise mehr von ihrer Mutter abbekommen als von ihrem Vater. Wir versorgten sie mit Waffeln und Orangensaft, damit war sie erst mal beschäftigt. Dann kam Serdar zur Sache.
»Hör mal, wegen gestern Abend …«
Ich winkte ab. »Das hat sich erledigt.«
Er richtete sich verwundert auf, warf einen Blick auf Maali und runzelte die Stirn. Ich wusste, was in ihm vorging. Er hätte jetzt nur allzu gerne gewusst, wie ich das gemacht hatte, traute sich aber nicht, danach zu fragen. Zwar machte seine Tochter den Eindruck, als wäre sie ausschließlich mit den Waffeln beschäftigt, aber er war lange genug Vater, um zu wissen, dass Kinder immer irgendetwas von der Unterhaltung der Erwachsenen aufschnappen. Und zwar meist das Falsche, um es dann in einem völlig unpassenden Moment wieder auszuposaunen. Er beugte sich zu mir.
»Du meinst, sie wird … sie wird nicht … sie hat …?«
Den Mund voller Rührei und Weißbrot, betrachtete ich dieses Schauspiel. Ich konnte mir schon denken, was er wissen wollte: Ob ich Anna Geld gegeben hatte? Diese das Kind wegmachen lassen oder austragen würde? Und ob es am Ende gar nicht von ihm war?
Ich hatte nicht die Absicht, ihm auf die Sprünge zu helfen. Genau genommen hatte ich nicht einmal die Absicht, ihm überhaupt etwas zu erzählen, nicht einmal, dass es diese Schwanger-

schaft gar nicht gab. Serdar sollte noch möglichst lange in seinem eigenen Saft schmoren. Außerdem wollte ich den Vorteil, den ich mir auf diese Weise verschafft hatte, nicht so leicht aus der Hand geben. Was er dann aber brachte, haute mich um.
»Sie geht nämlich nicht ans Telefon«, nuschelte er seitlich aus dem Mund.
Ich ließ beinah das Besteck fallen. »Du hast sie angerufen?«, zischte ich und schielte nun auch prüfend zu Maali. Die riss gerade mit spitzen Fingern ein Stück Waffel ab.
»Ich muss doch wissen, was los ist. Verstehst du das nicht?«
»Ich habe dir gesagt, ich regele das. Also pfusch mir da jetzt bloß nicht rein.«
Dass wir beide raunten und nuschelten, war völlig idiotisch, denn so leise, dass Maali nichts mitbekam, konnten wir gar nicht sein.
»Pfuschrein!«, sagte sie und stopfte sich Waffel in den Mund.
»Ich mache mir eben Sorgen, es ging ihr so schlecht.«
Ich beäugte Serdar misstrauisch. »Sag mal, dir ist doch wohl klar, dass ihr euch nicht mehr sehen dürft?«
Serdar verzog missmutig das Gesicht.
»Heiliger Strohsack!«, schimpfte ich. »Das darf doch nicht wahr sein.«
»Onkel Alex?«
»Ja.«
»Was ist ein heiliger Strohsack?«
»Ein Strohsack? Ja, also …«
»Dachte ich mir doch, dass ich dich hier treffe«, vernahm ich mit einem Mal Erics Stimme. »Dein Drachen von Nachbarin meinte, du wärst wahrscheinlich in irgendeinem Bordell zu finden.«
»Was ist ein Bordell?«
Serdar stöhnte auf. Ich meinte nur: »Bravo, Eric.«

Der sah auf die Kleine herab, kapierte sofort die Situation und ließ sich grinsend auf dem nächsten freien Stuhl nieder. »Kindermund tut Wahrheit kund.«

»Danke, Eric, willst du dich nicht setzen?«

»Gerne«, erwiderte er und winkte mit der Lässigkeit eines New Yorker Snobs die Kellnerin herbei.

»Ihr kennt euch?«, fragte ich und wedelte mit der Hand zwischen Serdar und ihm hin und her. Da das offenbar nicht der Fall war, stellte ich sie einander vor. Die beiden gaben sich die Hand.

»Und wer ist die bezaubernde junge Dame?«, wandte sich Eric mit einem Lächeln an Maali. Die bezaubernde junge Dame stellte sich stumm. Der Neuankömmling war ihr offenbar nicht geheuer. Kluges Mädchen.

»Hör mal«, wandte sich Eric an mich. »Ich wollte mit dir über gestern Abend reden. Das war ja ein ziemlich starkes Stück.«

»Was soll das?«, fragte mich Serdar finster. »Hast du etwa deinen Freunden von der Sache erzählt?«

»Von was für einer Sache?«, meinte Eric hellhörig.

»Beruhige dich, ich habe natürlich nichts erzählt. Wir haben gestern noch ein wenig in meinen Geburtstag hineingefeiert und da …«

»Du hast Geburtstag? Mann, warum sagst du das denn nicht?« Er sprang auf, zog mich vom Stuhl hoch und fiel mir um den Hals.

»Hey, ist ja gut.«

»Geburtstag! Geburtstag!«, piepste eine Kleinmädchenstimme.

»Serdar!«, rief ich erstickt. Langsam erregten wir Aufsehen.

»Mann, Alter.« Er klopfte mir auf dem Rücken herum, zerwühlte meine Haare und zog mich an den Ohren. Als er mich dann auch noch küssen wollte, setzte ich mich zur Wehr. Die

Kellnerin, die den ganzen Zirkus mitbekommen hatte, kam mit einem Schmunzeln zu unserem Tisch, um Erics Bestellung aufzunehmen. Dabei sah sie Serdar zum ersten Mal richtig an. Ihre Augen wurden kugelrund. »Sind Sie nicht …«

Serdar schaltete sofort auf Bühnenmodus. »Hey Süße.«

»Hey Süße«, echote Maali. Ihr Vater räusperte sich und schlürfte seinen Tee. Eric konnte sein Feixen gar nicht mehr abstellen, während er sich Frühstück bestellte.

»Also, um auf gestern Nacht zurückzukommen«, meinte er, nachdem die Kellnerin wieder abgezogen war, nicht ohne noch einen schmachtenden Blick auf Serdar zu werfen. »Ich glaube, da sind uns ein wenig die Pferde durchgegangen.«

»Das scheint ja hoch hergegangen zu sein«, grinste Serdar, der sich wieder gefangen hatte.

Ich zuckte mit den Schultern und wartete. Worauf wollte Eric hinaus?

»Vielleicht sollten wir die Sache canceln«, meinte er dann.

»Kann mich mal einer einweihen, worum es hier geht?«

Ich hielt mich an meiner Kaffeetasse fest und betrachtete Eric. Die Sache abzublasen war eine gute Idee, eine verdammt gute Idee. Und dass der Vorschlag von Eric kam, würde auch meine Ehre retten. Oder? Ich versuchte, meine Gedanken zu sortieren, um das mit mir klarzumachen, als Serdar wieder dazwischenfunkte.

»Hallo! Serdar an Erde. Kann mich jemand hören?«

»Ich kann dich hören, Papa.«

Weil ich immer noch nichts sagte, fühlte sich Eric bemüht, Serdar aufzuklären.

»Wir haben Alex gestern Nacht ein wenig hochgenommen.«

Hochgenommen?

»Ein Wort gab das nächste, und auf einmal hatten wir eine Wette auf dem Tisch. Und jetzt soll Alex heiraten.«

»Heiraten?«, fragte Serdar verblüfft. »Das ist ja großartig. Mensch, Alex, ich freue mich für dich. Und das an deinem Geburtstag.«
Er begann bereits, wieder auf meiner Schulter herumzuklopfen. Doch bevor das mit den Ohren und der Knutscherei wieder losging, bremste ich ihn aus.
»Das ist noch ganz frisch, Serdar, und – wie soll ich sagen – noch nicht ganz in trockenen Tüchern.«
»Alter, ich finde das großartig«, sagte der verheiratete Mann, der heute Vormittag versucht hatte, seine Geliebte anzurufen, die gestern versucht hatte, ihn mit einer vorgetäuschten Schwangerschaft zu erpressen. »Wer ist die Glückliche?«
»Tja, das ist der Haken an der Sache«, gab Eric trocken zu Protokoll. »Wir wissen es nicht.«
Serdars Begeisterung war ungebrochen. »Alex, du alter Geheimniskrämer, jetzt spuck es schon aus. Wer ist sie?«
Ich sagte immer noch nichts, schaute nur Eric über meine Kaffeetasse hinweg an. Der beugte sich vertraulich zu Serdar.
»Der Punkt ist, dass Alex diese Frau erst noch finden muss.«
Serdar brauchte ein paar Sekunden, um das zu verdauen. Dann fragte er mit einem Seitenblick auf mich: »Du meinst, er hat …?«
»Hat er, hat er«, nickte Eric.
»Hatta, hatta«, äffte Maali ihn nach. Eric warf ihr einen irritierten Blick zu. Serdar stieß einen kleinen Pfiff aus. Dann nickte er mir anerkennend zu. »Cool.«
»Also, was denkst du?«, fragte mich Eric.
»Worüber?«
»Sollen wir die Sache vergessen?«
»Warum?«, mischte Serdar sich ein.
»Weil das eine völlig blödsinnige Wette ist«, gab Eric etwas gereizt zurück. »Er soll in einem Jahr eine Frau zum Heiraten finden?«

»Ja und?«
»Was: ja und? Ich will nicht, dass er sich wegen einer blöden Wette ins Unglück stürzt.«
»Hey Mann, wenn Alex heiraten will, soll er heiraten. Wo ist dein Problem?«
Eric hatte keine Ahnung, in welche Richtungen Serdars Temperament ausschlagen konnte. Das Gespräch fing an mich zu amüsieren. Ich fand, dass ich ein Recht darauf hatte. Schließlich war heute mein Geburtstag.
»Das Problem besteht darin, mein Guter«, setzte Eric in seiner typisch arroganten Manier an, »die richtige Frau zu finden.«
Serdar wandte sich an mich. »Ich besorge dir innerhalb von drei Monaten eine Frau. Und zwar«, er küsste seine Fingerspitzen, »eine Superfrau.«
»Ich weiß nicht, ob das zählt«, mäkelte Eric.
»Was willst du damit sagen? Glaubst du, ich will meinen Freund verarschen?«
»Nein, aber ...«
»Oder hast du etwas gegen türkische Frauen?«
»Um Gottes willen, nein. Ich kenne überhaupt keine türkischen Frauen.«
»Das hat auch seinen Grund. Keine türkische Frau würde sich mit einem Arschloch abgeben.«
»Hey, Jungs ...«
»Arschloch! Arschloch!«
»Maali, du sollst solche Worte nicht in den Mund nehmen.«
Glücklicherweise brachte die Kellnerin jetzt Erics Frühstück. Das lenkte Serdar ab und gab Eric die Gelegenheit zu begreifen, dass er mit dem türkischen Sänger lieber etwas vorsichtiger umgehen sollte.
»Hört mal, Jungs«, sagte ich, als wir wieder unter uns waren,

»heute ist mein Geburtstag. Darum lasst uns jetzt keinen Streit vom Zaun brechen.«

Serdar warf Eric noch einen finsteren Blick zu, hielt aber den Mund. Eric widmete sich mit gerunzelter Stirn seinem *Croque Monsieur.* Eine Zeitlang herrschte ein etwas ungemütliches Schweigen, dann fragte Serdar: »Um was habt ihr eigentlich gewettet?«

»Um seinen Porsche.«

Serdar fiel die Kinnlade runter. »Um seinen WAS?«

»Ein Porsche ist ein Auto!«

Unsere Köpfe ruckten synchron zu Maali herum.

»Überleg es dir«, hatte Eric zum Abschied gesagt. »Das Angebot steht.«

»Hör nicht auf den Saftsack!«, meinte Serdar anschließend. »Ein Mann braucht eine Frau.«

»Saftsack. Saftsack«, sang tanzend Maali.

»Ihre Mutter wird mich umbringen«, murmelte Serdar.

Und was machte ich? Ich ging erst mal ins Fitnessstudio. Ein bis zwei Stunden Schweiß und Schmerz sollten ausreichen, meinen Kopf zu klären.

Ich trabte mich zunächst einmal auf dem Laufband warm. Dabei dachte ich etwas unbestimmt darüber nach, dass ich einfach nur Erics Angebot annehmen müsste, und alles wäre wieder so wie früher. Wie früher?

Während ich meine Gewichte stemmte, rotierten diese beiden Worte in einem immer höhnischer werdenden Kreislauf durch meinen Kopf. Nichts wäre wie früher. Ich legte ein paar Kilo drauf und ächzte unter der Last. Tom wäre bald verheiratet. Dann wäre Schluss mit dem nächtelangen Herumhängen in Bars. Ich kannte nämlich seine Freundin und jetzige Verlobte Lisa. Wir waren nie recht warm miteinander geworden. Wie

Tom war auch Lisa katholisch. Aber anders als Tom, der zum lieben Gott ein eher lockeres, dafür aber ehrliches Verhältnis hatte, war Lisa durchdrungen von der Rechtschaffenheit ihres geistlichen Lebens. Gemeinde hier, Chorprobe da, und der Pater kam ohnehin in jedem zweiten Satz vor. Lisa ging sogar zu einer kanonisierten Therapeutin, die ihren Knall meiner Meinung nach noch verstärkte.

Dass sie meiner säkularen Oberflächlichkeit zutiefst misstraute, war nicht weiter verwunderlich. Ich nahm ihr ihre Rechtschaffenheit nämlich nicht ab, und das merkte sie natürlich. Was Tom an ihr fand, war mir ein Rätsel. Zwar gab es die Theorie, dass sich die Leidenschaft einer Frau oft komplementär zu ihrem Alltagsverhalten verhielt, was interessante Spekulationen über Lisas Libido zuließ. Aber erstens taugen die meisten Theorien über Frauen überhaupt nichts, und zweitens konnte ich mir Lisa als Wildkatze im Bett nun wirklich nicht vorstellen. Außerdem war sie nicht nur dünn, sie war geradezu dürr. Und bis auf die Knochen abgemagerte Frauen sind selten sinnlich. Das war mal eine Theorie über Frauen, die etwas taugte.

Ich knallte die Gewichte in ihre Halterungen und beguckte mich in der Spiegelwand, die extra für eventuelle Muskel-Narzissten angebracht worden war. Dieses »Wie früher«, das war vorbei. Es waren nämlich nicht nur Tom, Eric und wahrscheinlich auch Waldo, die irgendwann vom Tresen des *Montmartre* verschwinden würden. In diesem Moment, da ich meine angestrengte Visage im Spiegel meines Fitnessstudios betrachtete, wurde mir klar, dass das *Montmartre* keine Insel der Seligen war, sondern eine Durchgangsstation. Wir kamen dorthin, weil wir etwas suchten: Vergnügen, Abenteuer oder eben Liebe. Aber irgendwann würde jeder sein Plätzchen finden. Und im schlimmsten aller Fälle wären meine Compañeros und ich in einem Jahr nicht mehr die vier Musketiere, sondern ich wäre

der letzte Mohikaner. In diesem Lichte gesehen, kam mir die Wette auf einmal gar nicht mehr so blöde vor.
Unter der Dusche versuchte ich, mir vorzustellen, was das wohl alles für mich bedeuten könnte, kam aber nicht richtig damit weiter. Das wurmte mich. War ich nicht Süper-Alex, der jedes Problem lösen konnte? Ich saß auf der Holzbank in der Umkleidekabine und trocknete mir gerade die Füße ab, als ich mir die geniale Frage stellte, ob das Heiraten überhaupt jemals auf der Agenda meiner Lebensplanung gestanden hatte.
»Ich habe noch nicht wirklich darüber nachgedacht«, antwortete ich dem offenstehenden Spind vor meiner Nase.
»Worüber?«, fragte der Ein-Meter-neunzig-Typ, der sich gerade neben mir anzog.
»Was ich von der Ehe halte.«
Der Typ lachte. »Dann fang mal an.«
»Wieso?«
Er zuckte mit den Achseln. »Na, weil das anscheinend fällig ist.«
Ich schaute auf seine Hand, kein Ehering. »Hast du eine Meinung?«
»Klar, die Ehe ist nichts für mich. Ich schätze die Abwechslung.«
Also, das gefiel mir. Endlich mal jemand, der nicht gleich in Jubelrufe ausbrach, sobald das Wort »Heiraten« fiel. »Sehe ich auch so, aber im Moment scheinen sie alle verrücktzuspielen.«
»Das geht vorbei.«
Ich sah ihn mir genauer an. Er war etwas jünger als ich, hatte aber doppelt so viele Muskeln. Die führte er wahrscheinlich in knappen T-Shirts in Diskotheken und Strandbars spazieren. Er hätte auch gut einer von den Jungs im *Montmartre* sein können. Mit einem Mal hatte ich eine Vision, in der er zehn, zwanzig Jahre älter war. Wahrscheinlich wären seine Muskeln

noch ein bisschen größer. Nur die Haut darüber wäre nicht mehr ganz so frisch. Er würde nicht mehr in Strandclubs und Diskotheken rumhängen, sondern dort, wo einsame Frauen mittleren Alters nach Liebe hungerten. Da würde er dann abräumen und sich mächtig gut dabei fühlen. Denn er wäre sich treu geblieben.

Ich schüttelte den Kopf, um diese Bilder loszuwerden. Irgendetwas stimmte nicht mit mir, wenn ich mir den Kopf darüber zerbrach, womit ein wildfremder Muskelmann in zwanzig Jahren seine Zeit verbringen würde.

»Hey, alles klar?«, fragte der Muskelmann.

»Jaja«, sagte ich, »mir geht's prima.«

»Na dann.« Er schnappte sich seine Tasche und marschierte los. Als er die Tür öffnete, wandte er sich noch mal um.

»Und denk dran«, meinte er breit grinsend.

»Ja, an was denn?«, fragte ich.

»Heiraten ist was für Schwuchteln.«

Sprach's und verschwand.

Ich hatte einen echten Philosophen kennengelernt.

Ich saß in dem Sessel am Fenster und starrte in die Nacht. Regentropfen perlten in Bahnen an der Scheibe herab. Es tat gut, ihren unvorhersehbaren Bewegungen zu folgen und einfach an nichts zu denken. Die letzten Stunden hatten mir nämlich ein paar Erkenntnisse zu viel gebracht. Deshalb hatte ich unbedingt etwas gebraucht, um mich zu erden. Nun perlten die Regentropfen auch über Mathilda, die sich in der Fensterscheibe spiegelte.

Als ich sie anrief, hatte ihre Stimme überrascht geklungen, aber auch ein klein wenig spöttisch: »Alex, bist du es wirklich?«

»Hm, ich überlege gerade, welch wunderbares Wesen wohl einen alten, einsamen Wolf bei sich aufnehmen würde?«

Sie lachte: »Das hört sich nach einem Notfall an.«
»Im Ernst, können wir uns sehen? Ich fühle mich ein bisschen komisch.«
»Natürlich können wir uns sehen, das weißt du doch. Komm vorbei, ich mache uns etwas zu essen, und dann kommst du mit mir unter die Decke. Hört sich das gut an?«
»Fantastisch, du bist meine Rettung.«
»Und du der beste Liebhaber, den ich je hatte. Bis gleich.«
Und jetzt saß ich in dem kleinen Sessel am Fenster ihres Schlafzimmers und schaute den Regentropfen zu.
»Geht es dir besser?«, fragte Mathilda. Ihre Stimme hatte diesen weichen Klang, den sie nur annahm, nachdem wir miteinander geschlafen hatten. Ich antwortete ihr nicht sofort, weil ich erst wieder zurück ins Hier und Jetzt finden musste.
»Mehr als besser«, antwortete ich, indem ich mich ihr zuwandte. »Wie machst du das, dass du geben kannst, ohne zu fordern?«
Mathilda lachte dunkel. Das gefiel mir. Überhaupt gefiel mir, was ich sah. Sie hatte sich seitlich auf dem zerknüllten Laken ausgestreckt, ihren Ellbogen aufgestützt, die Beine etwas angezogen. Ihre Hüfte hob sich in leichtem Schwung, und ihre Brüste lagen sanft aneinander. Sie war eine schöne und sinnliche Frau. Ich habe sie nie gefragt, ob sie ihrem Freund von unseren sporadischen Begegnungen erzählte.
»Was war denn los?«, erwiderte sie, ohne auf meine Frage einzugehen. Wir hatten natürlich nichts gegessen, wir waren sofort ins Bett gegangen.
»Weiß nicht. Wahrscheinlich habe ich zu viel über die Zeit und die Vergänglichkeit nachgedacht.«
Sie bedachte mich mit einem etwas spöttischen Blick. »Das hängt doch nicht etwa damit zusammen, dass du dich der magischen Vier näherst?«

Ich versuchte, über ihre Frage hinwegzulächeln, merkte aber, dass es misslang. Mathilda hatte mich schon immer durchschauen können.
»Mich stört es eigentlich nicht, aber die anderen fangen an zu spinnen.«
»Für dich könnte einfach alles so weitergehen, nicht wahr?«
»Hm«, nickte ich.
Sie ließ sich zurück auf das Kissen sinken. »Man altert immer zuerst in den Augen der anderen.«
Ich hatte Mathilda nie gefragt, wie alt sie war. Aber ich war mir sicher, dass sie die magische Vier schon überschritten hatte. Dennoch war sie mir nie wie eine »ältere« Frau vorgekommen. Mathilda war Mathilda, schön, sinnlich, klug. Während ich sie betrachtete, keimte eine Idee in mir.
»Warum haben du und Zawa eigentlich nie geheiratet?« Zawa, ihr Freund, arbeitete als Chirurg in einer Berliner Klinik. Er war Libanese und, soweit ich es mitbekommen hatte, ein hochbezahlter Herzspezialist. Er hatte Mathilda diese Eigentumswohnung gekauft und ließ sie ihre schriftstellerischen Ambitionen ausleben.
Sie sah mich nicht an, als sie antwortete. »Weil Zawa schon verheiratet ist. Er hat eine Frau und zwei erwachsene Söhne in Damaskus.«
Vielleicht war Zawa kein Libanese, sondern Syrer, aber das war mir eh egal.
»Wärst du gerne verheiratet?«
Sie richtete sich wieder auf und betrachtete mich mit hochgezogenen Augenbrauen. »Alex, was ist los mit dir?«
Ich erzählte ihr von der Wette. Ihre Augen glitzerten vergnügt. »Das ist ja großartig.«
»Findest du? Ich bin drauf und dran, die Sache abzublasen.«
»Warum? Befürchtest du vielleicht, dass es funktioniert?«

»Auf die Idee bin ich noch gar nicht gekommen. Aber es stimmt. Was ist, wenn es funktioniert?«

»Dann bist du in einem Jahr verheiratet, und ich habe keinen Liebhaber mehr.«

»Wer sagt das? Alle möglichen Leute sind verheiratet und haben nebenher noch einen Liebhaber oder eine Liebhaberin.«

»Du nicht.«

»Wieso nicht?«

»Weil du die Frauen nicht betrügst. Das mag ich ja gerade so an dir.«

Darüber musste ich nachdenken. Möglich, dass sie recht hatte.

»Vielleicht.«

»Sicher. Darum ist dir das mit dem Heiraten auch so unheimlich. Du bist nämlich ein Romantiker. Deswegen glaube ich, dass du es tun solltest, ob mit oder ohne Wette.«

»Warum?«

Sie bedachte mich mit einem rätselhaften Blick. Dabei spielte wieder ein kleines spöttisches Lächeln um ihre Lippen. Als sie antwortete, hatte ihre Stimme einen schnurrenden Unterton bekommen, der mir augenblicklich unter die Haut fuhr. »Ich wusste von Anfang an, dass ich dich nicht für immer haben konnte. Auf dich wartet ein anderes Schicksal. Aber es wartet nicht ewig. Das ist das Merkwürdige am Schicksal: Man hat die Wahl, sich ihm zu verweigern. Aber das ist dumm.«

Ich verstand nicht wirklich, was sie mir damit sagen wollte, weil sie mit ihrer Hexenstimme ganz andere Körperteile als mein Gehirn erreichte. »Du willst also, dass ich mich auf die Suche nach einer Ehefrau mache, obwohl wir uns dann nicht mehr sehen werden? Was soll das? Willst du mich loswerden?«

»Ganz bestimmt nicht«, antwortete sie und öffnete leicht ihre Beine. Mein Körper reagierte prompt. Und zwar so, dass es ihr

nicht entging. »Aber noch schlimmer wäre es, dich einfach verwelken zu sehen, weil du dich dem Leben nicht stellst. Bis dahin aber möchte ich möglichst viel von dir haben.«
Ich hörte längst nicht mehr, was sie sagte, sah nur ihren Körper, der mich rief. Ich ging zu ihr, beugte mich über sie. Ihre Hand griff nach mir, sie hatte sehr geschickte Finger.
»Ich verstehe kein Wort von dem, was du mir sagen willst«, flüsterte ich und begann, an ihrer Unterlippe zu nagen. »Kannst du mir das noch mal erklären?«
»Später«, hauchte sie und zog mich auf sich.

Später? Später lagen wir schweigend nebeneinander und lauschten der Nacht. Neben dem Sex war dies eine weitere Qualität unseres Verhältnisses, wir konnten zusammen schweigen.
Ich war Mathilda am Tresen eines Frühstückscafés begegnet. Sie stand hinter mir in der Schlange, und als ich den letzten Muffin orderte, vernahm ich auf einmal ihr enttäuschtes: »Ooch.« Also hatte ich ihn ihr überlassen. Daraufhin meinte sie: »Ich revanchiere mich.« An dem Tag waren wir zum ersten Mal miteinander ins Bett gegangen. Hinterher erzählte sie mir, dass sie einen Freund namens Zawa hätte, der in Berlin arbeitete. Es hatte mich nicht gestört, aber ich bin nie bis zum Morgen bei ihr geblieben.
Nun sagte sie kein Wort, als ich mich erhob und anzog. Aber ihre dunklen Augen folgten jeder meiner Bewegungen. Ich war schon fast an der Tür, als mir klarwurde, dass ich sie noch etwas fragen musste: »Würdest du mich heiraten?«
»Nein«, erwiderte sie, ohne zu zögern.
»Warum nicht?«
»Weil ich dich nicht liebe. Ich liebe Zawa. Das ist mein Schicksal.«
»Du bist auch eine Romantikerin.«

Danach landete ich natürlich doch noch im *Montmartre.* Wo sonst soll man auch hin um diese Zeit? Im *Montmartre* war aber auch schon Endzeit angesagt. Die abgekämpft wirkenden Kellner bedienten nur noch eine größere Tischrunde, einige Pärchen oder Gestrandete wie mich. Ives reichte mir über den Tresen die Hand, als ich mich an die Bar setzte. Ich orderte einen Wodka Bitter Lemon. Das gab mir die Illusion, etwas Gesundes zu mir zu nehmen.
Ein wenig gedankenverloren nippte ich an meinem Drink, als die Tischrunde hinter mir in Gelächter ausbrach. Ich schaute auf und betrachtete sie im Spannerspiegel. Die Runde war bunt zusammengewürfelt: vom Anzug und Kostüm bis hin zur Cordhose und ärmellosem Top war so gut wie alles vertreten. Und nach den Flaschen auf ihrem Tisch zu urteilen, hatte sie schon einiges hinter sich. Hochgekrempelte Ärmel, gerötete Gesichter, glänzende Augen. Wie kleine Funken sprangen Worte und Sätze über den Tisch. Ich hatte das Gefühl, schon mit einem Bein außerhalb dieses Lebens zu stehen.
Ich ließ den Blick, immer noch auf den Spiegel gerichtet, weiterwandern. Ein Paar, das zu müde war, um sich noch zu streiten, und drei Jungs, die anscheinend bei der Jagd nach erotischen Abenteuern erfolglos gewesen waren und nun in den Resten des Abends nachschauten, ob nicht noch irgendetwas für sie übrig wäre. Dabei hatten sie es offenbar auf eine Frau abgesehen, die allein an einem Tisch direkt am Fenster saß. Sie hatte kurzes, dunkles Haar, dessen kecker Schnitt sie wie eine Schauspielerin aus einem Film von Truffaut wirken ließ. Ich wunderte mich, dass sie ihren dunkelblauen Trenchcoat nicht abgelegt hatte, aber dann sah ich die Packung französischer Zigaretten auf ihrem Tisch. Offenbar ging sie hin und wieder zum Rauchen vor die Tür. Neben den Zigaretten stand ein halb geleertes Weißweinglas.

Die Unbekannte saß mit überschlagenem Bein am Tisch und schaute nach draußen, so dass ich ihr Gesicht nur im Profil sehen konnte. Es war ein schönes Profil, und es waren sehr schöne Beine. Darum konnte ich verstehen, dass sie die drei jungen Rüden unruhig machte. Dass diese aber nicht bei ihr würden landen können, war auf den ersten Blick zu erkennen. Nicht weil sie offensichtlich von außerhalb kamen und mit den hiesigen Flirtmodalitäten nicht vertraut waren, sondern weil die Frau so vollständig in ihrer eigenen Gedankenwelt versunken war, dass sie deren Bemühungen, ihre Aufmerksamkeit zu gewinnen, gar nicht wahrnahm.
Was mochte sie um diese Stunde hierher verschlagen haben? Ein misslungenes Date? Ein Streit? Eine verlorene Liebe? Ihre Melancholie umhüllte sie wie ein Kokon. Doch gleichzeitig wirkte sie wie eine Kriegerin, die zwar einen Kampf verloren hatte, die aber, sobald sie diese Niederlage verkraftet haben würde, wieder aufstünde, um weiterzukämpfen. So verlor ich mich ein wenig in ihrem Anblick, als ich auf einmal bemerkte, dass sich ihr Gesicht in der Fensterscheibe widerspiegelte. Und dass ihre Augen genau auf mich gerichtet waren.
Fasziniert erwiderte ich ihren Blick, erkannte die Verlorenheit in ihrem Gesicht und gleichzeitig den Willen, dagegen zu bestehen. Ich verspürte den Impuls, sie zu trösten, und sei es nur durch ein Lächeln.
Sie reagierte nicht.
Sie schaute aber auch nicht weg, was sie sicher getan hätte, wenn ihr unser Blickkontakt unangenehm gewesen wäre. Sie starrte einfach nur unverwandt vor sich hin. Und da begriff ich, dass sie gar nicht mich sah. Sie sah die Straße, die Dunkelheit und den Regen. Und wahrscheinlich war sie in Gedanken bei den Ereignissen, die sie heute hierhergeführt hatten. Dass ich

sie gerade über zwei Spiegelungen hinweg anlächelte, hatte sie überhaupt nicht auf dem Schirm.

Diese unabsichtliche Nichtbeachtung einer Unbekannten ernüchterte mich schlagartig. Ich entschied, dass das für einen Geburtstag genug verstörende Erlebnisse waren, schob Ives einen Geldschein über den Tresen und verabschiedete mich mit einer Geste. Er verstand meine Wortlosigkeit und winkte zurück.

Ich war schon ein Stück gegangen, als ich mich noch einmal umwandte. Diesmal stand ich genau im Blickfeld der Unbekannten. Sie sah mich immer noch nicht. Also ging ich weiter. Manchmal sollte man einem Menschen einfach seine Einsamkeit lassen.

VI

Sie hatte lange nachgedacht, zuerst in diesem seltsamen Café, danach weitere Stunden, während sie sich im Bett hin und her wälzte, und sogar noch den ganzen nächsten Vormittag über. Und sie war immer noch zu keiner Entscheidung gelangt. Elli saß an ihrem Schreibtisch und starrte blicklos auf den Bildschirm ihres Computers. Dabei war sie sich doch schon so sicher gewesen, dass sie Bergers Angebot annehmen würde. Warum zögerte sie nur, ihn anzurufen?
Sie hatte sich überlegt, dass sie mit Arnold reden würde, um ihm zu sagen, dass er für die nächsten zwei, drei Jahre erst mal mit einem anderen Agenten arbeiten müsste. Wenn sie dann wieder fest im Sattel säße, würde sie ihm die Chancen geben, die er brauchte. Leider hatte sie so ihre Zweifel, ob Arnold das verstehen würde. Und wie sollte sie ihn auch von etwas überzeugen können, an das sie selber nicht recht glaubte?
Sie schob diese quälenden Gedanken beiseite und versuchte, sich auf die E-Mail zu konzentrieren. Ein Kammerorchester aus Arles fragte an, ob sie ihm Engagements in Deutschland verschaffen könnte. Der Pianist, Marcel Stoltz, hätte sie empfohlen. Elli konnte sich partout nicht daran erinnern, jemals mit einem Pianisten namens Marcel Stoltz geredet, geschweige denn irgendwann einmal mit ihm zusammengearbeitet zu haben. Doch mit einem Mal fiel es ihr siedend heiß ein. Augsburg, das Festival, die Franzosen und, oh, Gott, sie schloss gequält die Augen. Sie hatte mit einem von ihnen geschlafen, sein Name war Marcel gewesen.
Sie hatte das völlig verdrängt, weil Marcel zwar ein lustiger Kerl, aber ein lausiger Liebhaber gewesen war. Dabei war er auch noch überzeugt davon gewesen, ihr ein außergewöhnli-

ches Erlebnis beschert zu haben. Sie hatte sich danach geschworen, nie wieder etwas mit einem Franzosen anzufangen. Und dieser Marcel hatte sie nun einem Kammerorchester aus Arles empfohlen? Was, um alles in der Welt, hatte er da erzählt? Sie entschied, diese Anfrage zu ignorieren. Sie wäre ohnehin obsolet, wenn sie bei Berger … verdammt, sie musste Berger anrufen. Aber vorher noch mit Arnold sprechen. Der war längst wieder in Wien. Sie griff nach dem Telefon, um ihn anzurufen, als das im selben Moment zu klingeln begann.

Erschrocken fuhr sie zusammen, war das etwa Berger? Als sie im Display die Nummer erkannte, atmete sie erst einmal erleichtert auf. Dann nahm sie ab.

»Hallo Tantchen.«

»Hallo Kleines, wie geht es dir?«

»Prima, ich habe gut zu tun.«

Schweigen. Elli biss sich auf die Lippen. Sie hatte Tante Sophie noch nie etwas vormachen können.

»Ellionore, lüg mich nicht an!«, kam es prompt aus dem Hörer.

»Also gut, ich hatte ein Konzert mit einem tollen Geiger. Leider hat er sich, statt zu spielen, in die Hosen gemacht und musste von der Bühne getragen werden. Daraufhin hat mir der größte Konzertveranstalter von Hamburg einen fantastischen Job angeboten. Dummerweise mit dem Nachteil, dass ich dafür meine Agentur aufgeben soll, um mindestens drei Jahre lang nach seiner Pfeife zu tanzen. Nebenbei will mich noch ein wollüstiges, französisches Kammerorchester engagieren, ich weiß aber nicht, wofür. Und eigentlich möchte ich es auch gar nicht erfahren. Das war jetzt die Kurzfassung.«

Tante Sophie schnaufte in den Hörer. »Die Franzosen kannst du vergessen. Das sind alles eitle und selbstgefällige Angeber. Und geh um Himmels willen mit keinem Franzosen ins Bett.

Die meisten taugen nichts.« Elli schaute irritiert auf das Telefon in ihrer Hand, aber Tante Sophie redete unbarmherzig weiter. »Das mit dem Geiger ist natürlich unangenehm, aber ich kann dich trösten: Kein Mann pinkelt sich zweimal in die Hosen. Das hast du also hinter dir. Aber jetzt erzähl mal, was mit diesem Konzertmenschen ist. Was genau will der?«
Elli verkniff sich ein Lachen. Ihre Tante hatte mal wieder genau den springenden Punkt herausgehört. Das konnte keine so wie sie. Elli war nach dem Tod ihrer Eltern von der Schwester ihrer Mutter aufgezogen worden, die damals bereits geschieden gewesen war. Über ihre unglückliche Ehe hatte Tante Sophie nie mit ihr gesprochen, und als elfjährige Waise hatte sich Elli auch nicht dafür interessiert. Doch als Erwachsene begriff sie, dass nicht nur die Tante für sie, sondern auch sie für die von der Liebe enttäuschte Sophie ein Halt gewesen war. In der Erziehung der Halbwüchsigen fand ihre Tante eine Aufgabe, die sie erfüllte und in die sie all ihre Kraft legte.
Sie war streng gewesen, und ihre Urteile waren scharf wie Fallbeile. Nicht selten lag sie richtig damit, nur was die Männer anging, bewahrte Elli sich eine gewisse Skepsis. Tantchens Anforderungen an einen Mann waren in einem anderen Jahrhundert geformt worden und ließen sich nicht immer auf das übertragen, was die heutige Männerwelt an Auswahl bot. Doch interessant waren ihre Einschätzungen allemal. Also erzählte ihr Elli die ganze Geschichte von Berger und dem neuen Job. Als sie fertig war, schwieg Tante Sophie wieder eine Zeitlang. Elli wusste, dass das Gehirn ihrer Tante gerade auf Hochtouren lief und dass Entscheidungen vorbereitet wurden.
»Dieser Berger, ist der verheiratet?«
»Tante Sophie! Er hat mich gefragt, ob ich für ihn arbeiten, nicht, ob ich ihn heiraten will.«

»Nun denk doch nicht immer gleich, dass ich dich verheiraten will. Es geht darum, was für ein Typ Mann er ist. Wie alt ist er?«
»Ich schätze, Mitte vierzig.«
»Hm. Also, egal was er dir erzählt, seine Motive sind nicht nur rein beruflicher Natur.«
»Wie willst du das wissen?«
»Meinst du, er hätte einen Mann ins ›Vier Jahreszeiten‹ eingeladen, um über einen Job zu sprechen?«
Das war Elli allerdings klar. Sie erzählte ihrer Tante, dass sie auch durchaus mit einem zweideutigen Angebot gerechnet hatte.
»Nach dem zu urteilen, wie du ihn beschrieben hast, wäre ihm das zu wenig.«
»Danke, das ist ja wirklich sehr schmeichelhaft.«
»Sei nicht albern. Natürlich will er mit dir ins Bett. Aber ihm geht es nicht um Sex, er will Macht über dich haben. Damit er mit dir machen kann, was er will.«
Zu dieser Auslegung fiel Elli nichts weiter ein; sie war von bedrohlicher Klarheit.
»Es wäre natürlich etwas anderes, wenn du verheiratet wärst.«
Elli stöhnte innerlich auf. »Tantchen, für so etwas habe ich im Moment wirklich keine Zeit.«
»Kindchen, du bist jetzt dreiunddreißig …«
»Zweiunddreißigeinhalb.«
»… und es wird wirklich Zeit, dass du mal an etwas anderes als an deinen Beruf denkst.«
»Das mag ja sein, aber aktuell muss ich mir erst einmal darüber klarwerden, ob ich für ihn arbeiten soll oder nicht.«
»Wenn du die Agentur aufgibst, um für ihn zu arbeiten, lieferst du dich ihm aus. Das ist doch genau das, was er will.«
Auch wenn Elli ahnte, dass ihre Tante recht hatte, sträubte sich etwas in ihr gegen diese Erkenntnis.

»Ist das nicht ein wenig dramatisch? Schließlich geht es um einen Job, und zwar um einen Job, für den andere ihre Tante verkaufen würden.«
Sie biss sich auf die Lippen, der letzte Satz war ihr so herausgerutscht.
»Kindchen«, erwiderte Tante Sophie eine Spur kühler, »du solltest die Finger von der Sache lassen.«
»Wahrscheinlich habe ich keine andere Wahl, als zuzusagen.«
»Rede keinen Unsinn, du hast immer eine Wahl.«
Das war typisch für Tante Sophie. Die hatte sich noch nie in die Enge treiben lassen. Wahrscheinlich lebte sie deswegen auch allein, dachte Elli in einem Anflug von Bosheit, die ihr sofort leidtat.
»Also gut«, gestand sie deswegen ein. »Ich werde darüber nachdenken.«
»Ich bin sicher, du wirst das Richtige tun«, erwiderte ihre Tante in einem etwas distanzierten Ton, den Elli sehr gut kannte. Sie waren schon früher so manches Mal aneinandergeraten, weil sie die Fürsorge ihrer Tante als übergriffig empfunden hatte. Meist hatte sie dann erst recht getan, was sie wollte. Leider hatte sich genau das oft als falsch erwiesen. Immerhin war Tante Sophie nie so unklug gewesen, ihr das hinterher unter die Nase zu reiben. »Weißt du«, fuhr Tante Sophie nun fort, und Elli wusste, dass jetzt eine kleine Lebensweisheit folgen würde, »Männer wie dieser Berger sind Wölfe. Das ist die zweitgefährlichste Sorte Mann, die es gibt.«
»Welche ist denn die gefährlichste?«, fragte Elli brav.
»Die, die wir für harmlos halten.«
»Danke für die Warnung, Tante Sophie. Aber ich glaube nicht, dass mir dieser Fehler unterlaufen wird.«
Nachdem sie aufgelegt hatte, durchdachte Elli noch einmal ihre Situation. Möglicherweise hatte ihre Tante ja recht. Dennoch

war sie davon überzeugt, dass sie es ewig bereuen würde, wenn sie diese Chance nicht ergriff. Ja, vielleicht würde sie scheitern, aber sie war bereit, dieses Risiko einzugehen. Also würde sie Bergers Angebot annehmen.

Elli seufzte. Jetzt musste sie nur noch Arnold anrufen.

Tante Sophie lief nach dem Telefonat unruhig in ihrer Küche auf und ab. Es gefiel ihr gar nicht, was ihre Nichte da erzählt hatte. Sie kannte Ellionore gut genug, um zu wissen, dass sie trotz ihrer Intelligenz dazu neigte, sich in Schwierigkeiten zu bringen. Vor allem, wenn es um Männer ging. Ratschläge nahm sie dabei nur selten an.

Sophie seufzte, schon als kleines Mädchen war Ellionore dickköpfig gewesen. Aber diese Eigenschaft war es auch, die sie so liebenswert machte. Denn gejammert hatte sie nie, wenn sie sich ihre blauen Flecken und Blessuren geholt hatte. Und später als junges Mädchen? Die Verletzungen, die sie in dieser Zeit davongetragen hatte, konnte man nicht sehen. Aber Sophie waren sie natürlich nicht verborgen geblieben. Und sie hatte immer vorher gewusst, wenn es dazu kommen würde. So war es auch diesmal.

Sophie war davon überzeugt, dass dieser Konzertmensch ein Lump war, der ihre Kleine ausnutzen wollte. Es machte sie verrückt, dass sie nichts tun konnte, um sie zu beschützen. Zu allem Unglück schien er auch noch der Typ Mann zu sein, von dem Elli sich angezogen fühlte. Wenn sie mit diesem Menschen ein Verhältnis einginge, konnte es gut sein, dass sie diesmal mehr als nur ein paar blaue Flecken kassieren würde.

Wieder seufzte Sophie. Wenn sie doch nur wüsste, was sie tun könnte.

Als sie auf ihrer unruhigen Wanderung ins Wohnzimmer kam, drang auf einmal ziemlich fremdartige Musik durch das geöffnete Fenster an ihre Ohren. Sie runzelte verärgert die Stirn. Das war doch wieder dieser unmögliche Mensch von oben. Sie schloss das Fenster und ging kopfschüttelnd zurück in die Küche. Dieser Bursche war doch wirklich zu gar nichts nutze.

VII

Ich hatte mich entschieden! Vorerst allerdings nur dafür, dass ich mich an diesem Tag entscheiden würde.

Es war Sonntag, ein laues Lüftchen wehte durch die geöffnete Balkontür herein, ein paar Vögel zwitscherten in der Buche herum, und es gab niemanden, der mich heute nerven würde. Denn meine Telefone waren auf stumm gestellt, und unser Hausdrachen würde vermutlich jeden Besucher vertreiben. Ich hatte genug Zeit, alles noch einmal zu durchdenken und eine weise Entscheidung zu treffen. Dummerweise gingen die ersten zwei Stunden völlig ergebnislos vorbei.

Gerade als mein Frustpegel unangenehm anzusteigen begann, riss mich ein klagendes Maunzen aus meinen Gedanken. Erleichtert darüber, dass ich nicht mehr über blödsinnige Wetten und das Ende meines unbeschwerten Lebens nachdenken musste, sah ich, wie Emily über die Planke zu mir herüberlief.

»Du kommst gerade recht«, begrüßte ich sie. Sie antwortete mit einem freudigen Laut, der wie ein Gurren klang, und machte sogleich ihren Kontrollgang durch die Wohnung. Da ich ihre Gewohnheiten kannte, öffnete ich schon mal eine Dose mit ihrem Lieblingsfutter. Angelockt vom Geruch, kam Emily angetrabt. »Ihr macht das richtig«, sagte ich zu ihr, während ich ihren Napf füllte und sie mir um die Beine strich. »Ihr trefft euch zweimal im Jahr, lasst es richtig schön krachen, und danach lasst ihr euch wieder in Ruhe.«

Während Emily sich über das Futter hermachte, fragte ich mich, ob eine zeitlich begrenzte Paarungszeit auch eine praktikable Lösung für uns Zweibeiner wäre, kam damit aber nicht richtig weiter. Ich konnte einfach nicht umhin, mir einzugestehen, dass das Leben, so, wie ich es kannte, nicht weitergehen konnte. Und das lag nicht nur an der Wette, sondern vor allem daran, dass in meinem Freundeskreis äußerst unschöne Veränderungen stattfanden. Vielleicht war dies der letzte Geburtstag gewesen, den wir in trauter Runde gefeiert hatten. Tom würde bald heiraten, und gemäß den päpstlichen Maßgaben zum Thema Verhütung wäre er auch bald Vater. Eric sowieso, wenn auch ohne Ehering, und Waldo würde vermutlich mitmachen, weil er nicht allein rumhängen wollte. Wir alle würden faltiger werden und uns die schütter werdenden Haare färben, was die Frauen im *Montmartre* aber völlig kaltlassen würde, weil längst jüngere Hengste das Revier dominierten.

»Emily«, sagte ich zu der schwarz-weiß Gefleckten, die mittlerweile ihr Mahl beendet hatte, »das Leben als Zweibeiner kann manchmal ganz schön kompliziert sein.«

Emily begann, sich hingebungsvoll zu putzen. Ich hatte mir schon gedacht, dass sie mir nicht weiterhelfen konnte. Also machte ich das, was mir bisher noch immer geholfen hatte. Ich schloss meinen iPod an die Musikanlage an und suchte mir etwas Passendes aus. Dann setzte ich mich in meinen Sessel und ließ mich von der Musik davontragen.

Sobald Sammy Davies junior mit seinem *Oum chickeching, oum chickeching* das Orchester eintaktete, setzte jene Magie wieder ein, die sich wie ein roter Faden durch mein Leben flocht. Das vertraute Rieseln in meinem Rücken, das leichte Ziehen einer namenlosen Sehnsucht und dann die schwerelose Reise in die Welt der Musik.

I knew a man, Bojangles and he danced for you.

Da sprang mir die gesättigte Emily auf den Schoß, wir teilten den gleichen Musikgeschmack. Während ich sie kraulte und sie mir brusttretend die Haut unter dem Hemd zerstach, dachte ich darüber nach, wie eine Frau sein müsste, damit ich für im-

mer mit ihr zusammenleben könnte. Doch schon dieses »für immer« bereitete mir Schwierigkeiten.
Ich kannte keine »Für immer«-Beziehungen, die als Vorbild wirklich etwas taugten. Selbst meine Eltern schienen nur eine Zweckgemeinschaft eingegangen zu sein, deren Sinn darin bestanden hatte, ihren einzigen Sohn zur Hochschulreife zu erziehen. Kurz nachdem ich ausgezogen war, hatten sie sich getrennt. Soweit ich es mitbekam, verstanden sie sich weiterhin sehr gut, nur hatte das eben nichts mit Liebe zu tun.
Ich war damals, bevor ich zu studieren begann, mit einem Kumpel ein paar Monate durch die Welt gereist. In dieser Zeit hatte ich mir überlegt, wie ich leben wollte. Eines Abends hatten wir in irgendeinem Wald in Portugal einen Platz zum Übernachten gefunden. Wir leerten eine Flasche Wein, dann schlüpften wir in unsere Schlafsäcke. Bald fing mein Kumpel an zu schnarchen. Ich aber lag noch lange wach und schaute hinauf in den Sternenhimmel, der über den Wipfeln der Bäume glitzerte. Dann fiel mir auf, dass die Bäume der kleinen Lichtung, auf der wir mit unserem alten Opel Platz gefunden hatten, einen perfekten Kreis bildeten, in deren Mitte ich lag. In dieser Nacht entschied ich, dass ich frei bleiben wollte. Dass ich keine faulen Kompromisse eingehen würde, nur um nicht allein zu sein oder irgendwelchen Ansprüchen zu genügen. Damals dachte ich, dass es zwar schön wäre, eine Frau zu finden, die ebenso dachte wie ich. Doch wenn es nicht so käme, wäre es auch nicht schlimm. Ich hatte meinen eigenen Kreis gefunden, und er war perfekt.
Emilys Schnurren massierte sanft mein Zwerchfell, während Sammy Davies in einer Zelle in New Orleans Mister Bojangles kennenlernte. Sowohl er als auch Emily taten das, was ihnen gefiel. Ich strich ihr mit dem Mittelfinger ganz leicht über die Stirn und dachte daran, dass es genau das war, was mir an mei-

nen Freunden und den meisten anderen Menschen missfiel: Sie folgten alle nicht ihrem eigenen Weg. So zumindest sah es für mich aus. Tom heiratete, weil sein Glaube und vermutlich auch Lisa ihm das vorgaben. Eric blieb bei Silke, weil sie von allen Optionen die beste war. Und Waldo machte ohnehin, was die anderen taten. So zu leben war ja auch einfacher, und selbst ich spürte die Versuchung, es genauso zu machen. Aber das war falsch. In diese Falle durfte ich nicht gehen.

Eric wollte nicht, dass ich mich wegen einer Wette ins Unglück stürzte. Aber es war nicht nur eine Wette. Gut, ich war in diese Sache hineingestolpert. Vielleicht war das eine Dummheit gewesen. Aber es war nun mal geschehen. Jetzt musste ich auch dafür geradestehen. Außerdem hasste ich es zu kneifen. Es gab nur eine Möglichkeit, die Sache zu Ende zu bringen. Ich musste das, was ich mir eingebrockt hatte, zu meiner Angelegenheit machen. Das hieß, ich würde alles tun, um die Wette zu gewinnen. Wenn es misslang, hatte ich zwar verloren. Aber ich hatte nicht gekniffen.

Then he let go a laugh.
Lord, he let go a laugh.

Schon fühlte ich mich besser. Ich hatte ein Jahr Zeit, mir eine Frau zu suchen, und zwar die richtige. Das sollte doch wohl zu schaffen sein. Ich begann, mich zu fragen, was das für mich bedeutete: die richtige Frau.

»Also, meine Süße«, sagte ich zu Emily, die mir daraufhin mit genussvoll geschlossenen Augen das Gesicht zuwandte, »die Frau, mit der ich mir vorstellen könnte, mein Leben zu teilen, sollte so klar fordernd wie du sein. Und ebenso eigenständig.«

Ich formulierte noch ein paar andere Eigenschaften, die mir wichtig erschienen. Wenn man schon bei der sphinxartigen Katzengöttin eine Frau bestellte, sollte man sich nicht lumpen lassen. Sexy sollte sie sein und intelligent. Was schon fast ein Synonym war, denn Dummheit war einfach nicht sexy. Aber egal, ich ließ alles raus. Sogar, dass sie eigenwillig sein sollte, denn ich mochte es nicht, wenn mir eine Frau einfach immer nur zustimmte. Ich glaube, während ich an diesem sonnendurchströmten Frühlingstag mit einer Katze auf dem Bauch meinen Fantasien freien Lauf ließ, hatte ich auch ein wenig die melancholische Kriegerin im dunklen Trenchcoat vor Augen. So ungefähr stellte ich mir die Frau meines Lebens vor.

Das alles erzählte ich meiner schnurrenden Freundin und war insgeheim froh darüber, dass sie mich nicht verstand. Ich konnte ja nicht ahnen, dass sie nicht die Einzige war, die meine Worte vernahm.

Das launische Schicksal hörte aufmerksam zu.

Mr. Bojangles,
come back and dance.

Teil 2

Die Suche
(Mitte Juni)

I

Sie hat nach deinem Aszendenten gefragt?«
»Ja.«
Waldo runzelte die Stirn. »Warum?«
»Weil, ähm, ich weiß auch nicht.«
»Weil für gewisse Menschen, meist Frauen, die Aszendenten mit bestimmten Charaktereigenschaften verbunden sind, die …«
»Alle, die wissen wollen, was Eric zu diesem Thema zu sagen hat, mögen die Hand heben.«
Ich steckte die Hand in die Hosentasche, Tom nestelte an seinem Gürtel, Waldo kratzte sich am Sack.
»Ignoranten«, murmelte Eric.
»Und? Was hast du für einen Aszendenten?«
»Jungfrau.«
»Echt?«
»Hm.«
»Scheiße.«
»Hab ich auch gedacht. Darum habe ich Löwe gesagt.«
»Gute Wahl«, meinte Tom anerkennend.
»Dachte ich auch, ging aber völlig daneben.«
»Wieso? Löwe ist doch super.«
»Schon, harmoniert aber überhaupt nicht mit Widder.«
»Wieso Widder?«
»Na ja, sie war Widder. Und Löwe und Widder, das passt nicht.«
»Und Widder und Jungfrau?«
»Passt prima.«
»Oha.«
Uns allen war die Tragweite dieses Missverständnisses bewusst. Darauf nahmen wir erst mal einen Schluck von unseren Drinks.

»Und? Hast du noch die Kurve gekriegt?«, fragte Tom.
»Nein, das wollte ich auch nicht mehr. Wenn sie sagt, dass das nicht zusammenpasst, dann passt es eben nicht. Da muss ich doch nicht mit meiner Jungfrau-Existenz rumbetteln, die mir ohnehin scheißegal ist.«
»Gut gebrüllt, Löwe!«, prostete mir Eric zu.
Wir stießen grinsend an. Die Erzählungen über meine Eheanbahnungsversuche waren der Kitt, der uns noch im *Montmartre* zusammenhielt. Es ließ sich nicht mehr leugnen, dass in den zwei Monaten seit meinem Geburtstag unsere Tresen-Freundschaft Auflösungserscheinungen zeigte. Tom und seine Hochzeit, Eric und seine Schwangerschaft und Waldo, der auf einmal sein Mariechen zu schätzen lernte. Wahrscheinlich wäre es ohne unsere Wette sogar noch schlimmer geworden.
»Verrückte Weiber«, konstatierte Waldo kopfschüttelnd.
»Das ist ja noch gar nichts. Ihr kennt ja noch nicht die Geschichte von der Frau, die in ihrem früheren Leben eine Schweinehirtin gewesen ist.«
Drei Köpfe wandten sich mir interessiert zu.

In den vergangenen Monaten war ich zu einem alten Hasen in Sachen Brautschau geworden. Und auch wenn ich bisher noch keinen Erfolg aufweisen konnte, so hatte ich doch zumindest eine neue Freundin gewonnen. Und zwar eine, von der ich es ganz und gar nicht erwartet hätte.
Gleich nach meinem Geburtstag hatte ich mich an die Arbeit gemacht und einen Plan entworfen. Als Erstes entschied ich, auf keinen Fall vom *Montmartre* aus zu operieren. Zum einen hatte ich keine Lust, unter den Augen meiner feixenden Compañeros der Frau meines Lebens zu begegnen, zum anderen fand ich es irgendwie unpassend. Es ging schließlich um eine Eheanbahnung, und das *Montmartre* war nun mal ein Lotterladen.

Also suchte ich mir als Nächstes drei Restaurants aus, die für die entsprechenden Begegnungen geeignet waren. Einen Italiener für die Romantik, wobei mich Erics Schilderung seines Heiratsantrages beim Italiener kurz nachdenklich gemacht hatte. Aber seine Silke war offenbar keine Romantikerin, für sie wäre ein Lokal in einem modernen und edlen Brasserie-Stil passender gewesen. Ein solches Restaurant kannte ich im Univiertel. Dann brauchte ich noch etwas Lockeres. Ich wurde in Eimsbüttel fündig. Jetzt konnte ich loslegen. Ich beschloss, mit dem Naheliegendsten anzufangen: mit Natalie.
Hugo hatte mir nicht nur ihren Vornamen genannt, so dass ich sie mit ein bisschen Recherche recht schnell fand. Und ich staunte nicht schlecht. Sie war Ärztin und betrieb mit zwei Kollegen eine Gemeinschaftspraxis. Das hätte natürlich eine Möglichkeit geboten, sie aufzusuchen. Leider war sie Urologin. Die Situation wäre irgendwie … unsexy. Ich entschied mich deshalb für die direkte Variante und wartete mit einer weißen Rose in der Hand mittags vor ihrer Praxis.
Sie erkannte mich sofort, ein amüsiertes Lächeln spielte um ihre Lippen, als ich auf sie zutrat. »Geben Sie einem Idioten eine zweite Chance?«, fragte ich und reichte ihr die Rose. Sie nahm sie an. Drei Tage später trafen wir uns in der Brasserie.
Ich hatte mir ein paar Gedanken darüber gemacht, wie ich vorgehen sollte. Immerhin war dies keine gewöhnliche Flirtsituation, bei der es nur darum ging, ein wenig Spaß miteinander zu haben. Diesmal hatte ich ernste Absichten, und dafür konnte ich auf keinerlei Erfahrungswerte zurückgreifen. Aber ich hatte mal gehört, dass Vertrauen das Fundament einer erfolgreichen Beziehung ist. Vertrauen wiederum basierte auf Ehrlichkeit. Und das war auch schon mein ganzer Plan: Ich würde ehrlich sein.
»Sie sehen bezaubernd aus«, begann ich meinen Balztanz, was

in der Tat ehrlich war. Denn mit dem blauen Pünktchen-Kleid und dem hochgesteckten Haar war sie für ein erstes Date perfekt gekleidet. Was mir auch bewies, dass sie diese Verabredung durchaus ernst nahm.
Als der Kellner, der leider nicht Émile, François oder wenigstens Fabian, sondern ganz schnöde Klemens hieß, als Klemens also an unseren Tisch kam, dachte ich kurz daran, einen Whisky als Aperitif zu bestellen, entschied dann aber, dass das falsch ankommen konnte. Ich war schließlich nicht ein charmant verlotterter Dean Martin, sondern ein ernsthafter Mann auf Brautsuche. Also plauderten wir uns bei einem Prosecco warm. Dabei setzte sie ebenso dezent wie entzückend ihr Dekolleté ein, was ihre »Augenbrauen« sehr gut zur Geltung brachte und meine Gedanken auf weniger ernste Absichten lenkte, als ich ursprünglich vorhatte. Unwillkürlich begann ich, darüber nachzudenken, welche Möglichkeiten dieser Abend noch bieten könnte. Und das wiederum führte mich zu der Frage, ob eine intime Fortsetzung dieses Dates meinen Absichten förder- oder hinderlich sein würde.
Ich hatte nämlich ursprünglich keineswegs geplant, diesen Abend in ihrem oder meinem Bett ausklingen zu lassen. Jetzt aber, angesichts ihrer Körpersprache, kam ich ins Nachdenken. Manche Frauen bevorzugten nun mal den direkten Weg, dem musste man sich als Mann stellen. Oder die ganze Geschichte abhaken. Denn eine solche Frau abzuweisen würde garantiert keine zweite Chance nach sich ziehen. Vor allem weil dies nach dem missratenen ersten Anlauf an meinem Geburtstag ohnehin schon die zweite Chance war. Andererseits ging es hier nicht nur um ein erotisches Abenteuer …
Während mir diese Gedanken durch den Kopf gingen, unterhielten wir uns zwanglos weiter. Sie hatte mich nach meinem Beruf gefragt, und nach einer kurzen Beschreibung meiner Ar-

beit hatte ich das Gespräch auf ihren Musikgeschmack gelenkt. Ich halte es nämlich für klüger, gerade bei einem ersten Date, die Frau reden zu lassen. Erstens erfährt man so mehr über sie, zweitens fühlt sie sich ernst genommen, und drittens hat man Zeit, sich Gedanken über das weitere Vorgehen zu machen. Genau das tat ich gerade ausgiebig und hatte dabei wohl ein wenig in meiner Aufmerksamkeit nachgelassen. Denn mit einem Mal erwischte sie mich kalt.

Es war während des Hauptganges, einem Rinderfilet mit grünem Spargel, als sie mit zuckersüßem Lächeln fragte: »Wie haben Sie mich eigentlich gefunden?«

Verdammt! Das hatte ich in meiner sorgfältigen Planung nicht bedacht. Ich konnte ihr unmöglich sagen, dass ich ihre Kreditkarte ausspioniert hatte. Das würde nicht nur mich, sondern auch Hugo in Teufels Küche bringen. Ich musste improvisieren. Glücklicherweise hatte ich gerade eine Ladung Spargel im Mund, was mir ein paar Sekunden Zeit verschaffte.

»Zufall«, meinte ich dann und nahm erst mal einen Schluck Wein, während mein Gehirn auf Hochtouren lief. War da nicht irgendetwas mit Ehrlichkeit gewesen? »Einer meiner Freunde aus dem *Montmartre* ist Patient in Ihrer Praxis.«

Auf eine eventuelle Nachfrage ihrerseits hatte ich mir vorgenommen, Waldo zu nennen. Erstens war er am ehesten zu übersehen, zweitens konnte ich ihn im schlimmsten Fall ohne weiteres der Lüge bezichtigen. Er würde es verstehen.

»Bei mir?«, hakte sie nach.

Ich fragte mich, ob es Waldo wohl gefallen würde, wenn Natalie ihren Finger … Ich unterdrückte mein Grinsen, indem ich mit spitzen Lippen den Wein schmatzte.

»Nein, es war einer Ihrer Kollegen.« Ich erinnerte mich, dass sie mit zwei männlichen Ärzten zusammenarbeitete. Aber waren die auch Urologen? Ich hatte keine Ahnung, hatte mich nicht interessiert. Bevor sie weitere Fragen stellen konnte, fügte ich an: »Er hat mir aber nicht gesagt, was ihm fehlte. War wohl nicht so schlimm.«

Sah ich da Skepsis in ihrem Blick? Sie nickte langsam, dann schenkte sie mir wieder ihr Lächeln.

»Sie sind wohl oft im *Montmartre?*«

Wenn ich es recht bedenke, begann bereits an diesem Punkt in meinem Inneren ein kleines Warnlämpchen zu blinken. Aber ich nahm es nicht wahr, weil ich ein wenig aus dem Tritt geraten war.

»Ja schon, es ist ein schöner Treffpunkt, entweder um den Abend einzuleiten oder ihn abzuschließen.« Wahrscheinlich war ich froh, dass wir mit diesem Thema die delikate Schwachstelle meiner Annäherung umschifft hatten. Jedenfalls glaubte ich das.

»Ihre Freunde sind auch recht häufig dort, oder?«

»Ein paar von ihnen schon.« Jetzt horchte ich doch etwas auf, weil ich nicht begriff, was meine Freunde in diesem Gespräch zu suchen hatten. »Warum fragen Sie?«

»Es wirkte so vertraut, als Sie neulich Abend zusammensaßen. So, als ob Sie schon oft dort gesessen hätten.«

Dabei zeigte sie wieder ihr entwaffnendes Lächeln, was mich augenblicklich beruhigte.

»Das war meine Geburtstagsrunde.« Ich überlegte kurz, ihr zu gestehen, dass ich sie und ihre Freundinnen eigentlich hatte einladen wollen, sah aber davon ab. Konjunktive halfen hier nicht weiter, außerdem wäre es dadurch nur kompliziert geworden.

»Wir haben uns über Sie unterhalten.«

»Ach ja?«, machte ich verblüfft. »Wer ist wir?«

»Ich und meine Freundinnen, Carla und Benni.« Dann korrigierte sie sich: »Benita.«

»Und worüber haben Sie sich unterhalten?«

»Na, zum Beispiel, dass Sie und Ihre Freunde für Ihre Eroberungen bekannt sind.« Sie betrachtete mich über ihr Glas hinweg und fügte an: »Sie besonders.«
Jetzt endlich sprang meine Warnsirene mit einem lauten Heulton an. Dieses Date basierte anscheinend auf anderen Voraussetzungen, als ich angenommen hatte. Nur auf welchen? Ich versuchte, die für mich neue Situation einzuschätzen. Wenn Natalie meinen Lebenswandel verurteilen würde, hätte sie sich wohl kaum mit mir getroffen. Es sei denn, um mir eine Standpauke im Dornbachschen Sinne zu halten. Danach sah es aber nicht aus. Im Gegenteil, sie schien hochgradig amüsiert. Offenbar gab es etwas an meiner Promiskuität – die übrigens weitaus weniger spektakulär war, als sie es anklingen ließ –, das sie reizte. Das war nach meinen Erfahrungen nicht ungewöhnlich. Frauen vertrauen durchaus dem Urteil anderer Frauen. An einem Mann, auf den viele Frauen stehen, musste einfach etwas dran sein. Es ist so ähnlich wie mit den Fliegen und dem Kuhfladen. Je mehr sich draufstürzen, desto leckerer muss er sein. Ich war der Kuhfladen, Natalie die Fliege. Jetzt musste ich ihr nur noch begreiflich machen, dass sie von nun an die einzige Fliege sein sollte.
»Wissen Sie«, begann ich mit meiner Erklärung, mit der ich die Metapher von der Fliege und dem Kuhfladen etwas stilvoller verdeutlichen wollte, »so ein Ruf verselbständigt sich irgendwann. Das ist wie mit den Stars im Musikgeschäft. Je mehr Menschen einen Sänger toll finden, desto eher sind andere Menschen bereit, ihn auch toll zu finden. Ihnen traue ich zu, dass Sie diesen Mechanismus durchschauen und sich Ihr eigenes Urteil bilden.«
»Genau deswegen habe ich Ihre Einladung angenommen«, erwiderte sie.
»Das erleichtert mich. Ich fände es nämlich tragisch, wenn ...«

»Können wir noch mal auf den Abend neulich im *Montmartre* zurückkommen?«
»Ja natürlich, ähm … was speziell meinen Sie?«
»Den Zeitpunkt, als Sie mit Ihren Freunden zusammensaßen und, wie Sie sagten, Ihren Geburtstag feierten.«
Ich versuchte herauszufinden, worauf, zum Teufel, sie hinauswollte. Es gelang mir aber nicht.
»Na ja, wir haben meinen Geburtstag gefeiert.«
»Und Sie haben eine Wette abgeschlossen.«
Oha.
Ich räusperte mich. »Eine Wette?« Wie konnte sie davon wissen? Hatte etwa einer meiner Compañeros … nein. Unmöglich. Die Bedienung? Hatte die etwas aufgeschnappt? Aber selbst wenn, das trug man doch nicht weiter. Ich war ratlos. »Ich verstehe nicht …«
»Hören Sie, Alex«, sagte sie nun ernst, »ich bin kein Teenager mehr, und ich weiß, dass es im *Montmartre* leicht hergeht. Das finde ich ja auch nicht unsympathisch. Und dass Sie sich für mich interessieren, haben Sie mich ja auch durchaus spüren lassen.«
An dem, was sie sagte, war nichts Falsches. Ich wollte aber auch kein Risiko eingehen und nickte daher einfach nur.
»Ich finde Sie ja auch sehr ansprechend …«
Ansprechend?
»… und noch vor zwei, drei Jahren wäre ich, ohne zu zögern, auf Ihren Flirt eingestiegen. Wir hätten eine Nacht zusammen verbracht oder ein Wochenende. Oder vielleicht sogar ein paar Tage in Rom. Nur mittlerweile ist das anders.«
Ich überlegte, ob ich irgendetwas tun sollte. Wein nachschenken? Etwas sagen? Einen Psychologen anrufen?
»Ich bin jetzt fünfunddreißig. Ich habe beruflich das erreicht, was ich erreichen wollte. Ich möchte nicht mehr experimentieren.«

Sie sah mich an. Jetzt sollte ich wohl etwas sagen.
»Ich verstehe.«
Ich verstand überhaupt nichts.
»Schon gar nicht möchte ich Gegenstand einer Wette sein.«
»Das haben Sie falsch verstanden, ich …«
»Wie alt sind Sie geworden?«
Das verblüffte mich jetzt. »Achtunddreißig. Wieso?«
»Finden Sie da ein solches Verhalten nicht ein wenig kindisch?«
Mittlerweile wusste ich überhaupt nicht mehr, wie ich reagieren sollte. Wollte sie jetzt etwas von mir oder nicht? Wenn nicht, was sollte das dann alles?
»Ich meine, so etwas macht man doch als Zwanzigjähriger.« Sie karikierte mit wenigen Gesten das Aufplustern eines jungen Angebers. »Wetten wir einfach darum, die Frau ins Bett zu kriegen.«
»Ähm, ich habe nicht …«
»Alex, ich möchte nicht einfach nur rumvögeln, selbst wenn es noch so toll ist. Ich möchte einen Mann, der zu dem steht, was er tut. Ich möchte einen Mann, mit dem ich ein gemeinsames Leben aufbauen kann. Mit dem ich zusammenleben und, ja, auch eine Familie haben kann. Ich will nicht einfach nur eine Trophäe sein.«
»Eine Trophäe?« Ich kapierte überhaupt nichts mehr. »Was meinen Sie mit Trophäe?«
Sie wirkte etwas genervt. »Sie haben doch an dem besagten Abend mit Ihren Freunden gewettet, dass Sie es schaffen, mich rumzukriegen?«
»Wie bitte?«
»Kommen Sie, Alex. Sie haben mich angeschaut, als Sie Ihren Freunden diese Wette vorschlugen. So weit saßen wir nicht voneinander entfernt, dass ich nicht mitbekommen hätte, worüber Sie sprachen. Ich sollte die nächste Kerbe in Ihrem

Revolver werden. Was haben Sie gesetzt? Eine Flasche Champagner?«

Ich glaube, ich sah nicht besonders intelligent aus in diesem Moment. Ehe mir irgendeine Erwiderung einfiel, fuhr sie fort: »Hören Sie auf, den dummen Jungen zu spielen, Alex. Seien Sie ein Mann. Es ist das Letzte, was Ihnen noch fehlt, um ein wunderbarer Mensch zu werden. Und hören Sie auf zu lügen, um Ihr Ziel zu erreichen. Was sollte diese dumme Geschichte von Ihrem Freund, der zufällig in meiner Praxis gewesen ist. Das alles haben Sie doch gar nicht nötig.«

Zwar war ich immer noch ein wenig durcheinander, sowohl von dem, was sie mir hier vorsetzte, als auch von ihrer Direktheit. Aber gleichzeitig begann ich, Aufwind zu spüren. Sie wollte genau das, was ich auch wollte. Zwar hatte ich den Mittelteil ihrer Ausführungen, das mit der Familiengründung, noch nicht so wirklich durchdacht. Doch das waren nur Details, Hauptsache, das große Ganze stimmte. Innerlich jubilierte ich. Sie war es! Jetzt musste ich nur noch dieses kleine Missverständnis aus der Welt schaffen.

»Natalie«, begann ich, schob den Teller mit den verbliebenen zwei Spargelstangen und einem Rest Rinderfilet beiseite, wobei ich mich um einen ernsten, wenn auch nicht zu ernsten Gestus bemühte. »Sie ahnen gar nicht, wie sehr mich Ihre Offenheit freut. Denn das erlaubt mir gleichfalls, offen zu sein.«

Sie schob nun ebenfalls ihren Teller beiseite, sechs Spargelstangen und kein Stück Filet. Sie war eindeutig karnivor. Ob das mit ihrem Beruf … Ich verdrängte diesen Gedankengang. Nun hatte ich ihre ganze Aufmerksamkeit, und mehr als das: Es funkelte wieder ein kleines Lächeln in ihren Augen. Sie war eindeutig interessiert.

»Was Sie an jenem Abend mitbekommen haben, ist völlig falsch bei Ihnen angekommen. Ja, es gab eine Wette. Aber die galt nicht Ihnen. Und ja, ich war an Ihnen interessiert, seit ich Sie das erste Mal gesehen habe. Diese beiden Dinge haben sich in Ihrer Wahrnehmung vermischt. Ich versichere Ihnen, dass es nicht mein Ziel ist, Sie zu erobern, um eine weitere Kerbe in meinen Revolver zu ritzen.«

Na! War das ehrlich? Ihr Blick war immer noch offen, interessiert, amüsiert. Nach meinem Kalkül musste sie nun fragen, was denn sonst mein Ziel sei. Woraufhin ich dann …

»Und worum ging es dann bei dieser Wette?«

Verdammt.

»Also gut.« Ich kam zu dem Schluss, dass die Wahrheit in diesem Fall kontraproduktiv wäre. Ich meine, bei dem, was sie von mir dachte, würde sie zwangsläufig die falschen Schlüsse ziehen. Hier ging es nicht anders: Ich musste lügen. Ich sagte mir, dass es für die Sache war.

»Dass Schalke die Champions League gewinnt. Das interessiert mich nicht wirklich, weil ich kein Fußballfan bin, aber ich wollte kein Spielverderber sein. Außerdem hätte ich mich viel lieber mit Ihnen unterhalten. Also habe ich eingeschlagen, was mich vermutlich einen Haufen Geld kosten wird. Aber vergessen wir doch jetzt mal diese blöde Wette. Vergessen wir meine zumindest teilweise noch blöderen Kumpels. Wir sind hier. Es geht um uns. Und es gibt etwas, was ich Ihnen sagen möchte.«

Ich legte eine Kunstpause ein, auch um zu überprüfen, ob meine Ansprache bis hierhin funktioniert hatte. Sie zeigte mir ein Lächeln, das ich noch nicht ganz zu deuten wusste. Vielleicht war sie noch nicht ganz überzeugt. Ich entschloss mich, aufs Ganze zu gehen.

»Es stimmt zumindest zum Teil, was Sie über mich gehört haben. Aber auch ich bin älter geworden, und ich will Ihnen etwas sagen: Ich bin es leid. Ja, es stimmt, ich habe in häufig wechselnden Beziehungen gelebt. Und wenn ich oder die Frau gemerkt haben, dass es nicht mehr passt, haben wir uns getrennt. Warum auch nicht? Dies ist eine Großstadt, der oder die Nächste wartet vielleicht schon an der nächsten Straßenecke. Und dann geht das Spiel von neuem los.«

Ich war mir nicht sicher, ob das, was ich da so von mir gab, noch meinem Plan entsprach. Aber ich war in Fahrt gekommen, und irgendwie tat es gut.

»Was ist das für ein bescheuertes Spiel? Wir stellen uns alle die perfekte Beziehung vor und rennen ihr hinterher. Und das, was wir ausprobieren ... ja, das probieren wir eben nur aus. Wir müssen nicht Ernst machen. Es gibt ja genug Alternativen. Wenn's nicht passt, nehmen wir uns einen neuen Partner. So wie wir einen neuen Anzug oder ein neues Auto kaufen. Und wissen Sie was? Ich bin diese Beliebigkeit von ganzem Herzen leid!«

Wow, ich war richtig gut.

»Als ich Sie das erste Mal sah, fand ich Sie einfach nur sexy, zugegeben. Und ja, ich dachte daran, wie es wäre, mit Ihnen eine Nacht, ein Wochenende oder vielleicht, wie Sie sagten, ein paar Tage in Rom zu verbringen. Nur leider ist es nicht mehr das, worauf ich aus bin. Ich habe mich mit Ihnen getroffen, weil ich wissen wollte, ob es vielleicht mehr werden kann. Ich will nicht mehr beliebig sein. Ich will eine Geschichte mit Hand und Fuß. Und zwar mit allen Konsequenzen.«

Das war jetzt vielleicht etwas dick aufgetragen, aber es hatte sich so ergeben. Und es war ja nicht gelogen. Es war NICHT GELOGEN!

Ich lehnte mich zurück und wartete ihre Reaktion ab. Sie hatte ihre Ellbogen auf den Tisch gestützt, ihr Kinn ruhte auf den zusammengelegten Händen. In ihren Augen stand ... Neugier? Verwunderung? Hatte ich sie jetzt?

»Wow«, sagte sie schließlich und lehnte sich ebenfalls in ihrem Stuhl zurück. »Das war richtig gut.«

Richtig gut klang zwar richtig gut, aber irgendwie hatte ich das Gefühl, dass das nicht stimmte.
»Ich war beinah so weit, Ihnen zu glauben.«
Beinah? Wieso beinah? Ich hatte es sogar geschafft, mich selbst zu überzeugen.
»Ich habe nichts dagegen, wenn ein Mann versucht, mich aufzureißen, vor allem nicht, wenn er es so charmant macht wie Sie. Aber ich habe mich nicht mit Ihnen getroffen, um mich aufreißen zu lassen. Ich dachte mir, dass es zumindest unterhaltsam wäre, und ich war gespannt, wie Sie darauf reagieren, dass ich Sie durchschaut habe. Ich habe Ihnen zugetraut, dass Sie auf stilvolle Weise kapitulieren, das wäre eines Gentlemans würdig gewesen. Und vielleicht, ja, vielleicht habe ich sogar gehofft, dass sich dann aus Ihrem gescheiterten Vorhaben etwas anderes entwickeln könnte. Aber das, was Sie da gerade abgeliefert haben, ist wirklich das Allerletzte.«
Ich wollte etwas einwenden, aber sie hob die Hand und gebot mir auf diese Weise zu schweigen.
»Schon allein, dass Sie annehmen, ich würde Ihnen diesen Unsinn mit der Fußballwette abnehmen, beleidigt meine Intelligenz. Aber dass Sie, ausgerechnet Sie, die Beliebigkeit eines oberflächlichen Lebens verurteilen.« Der Ton ihrer Stimme nahm auf beunruhigende Weise an Schärfe zu. »Dass ausgerechnet Sie mir hier mit ernsten Absichten daherkommen, ist eine Frechheit.«
Ich registrierte, dass einige der anderen Gäste bereits auf uns aufmerksam wurden, und überlegte verzweifelt, wie ich sie wieder beruhigen konnte. Doch das Problem nahm sie mir ab.
»Alex«, zischte sie und griff nach dem Weinglas, »Sie sind jämmerlich.«
Es ging zu schnell. Ich realisierte es erst, als mir der Wein ins Gesicht klatschte. Glücklicherweise hatten wir Weißwein be-

stellt. Während ich noch blinzelte, erhob sie sich, schnappte ihre Handtasche und rauschte mit hocherhobenem Kopf davon. Ich ließ sie gehen, nicht nur, weil mir nichts einfiel, was ich hätte tun oder sagen können, sondern auch, weil alles, was ich jetzt noch tun oder sagen konnte, mich noch lächerlicher dastehen lassen würde. Außerdem dachte ich mir, dass man einer Frau einen solchen Abgang nicht mit Plattitüden versauen sollte. Also tupfte ich mir mit der Serviette den Wein aus dem Gesicht, nahm die Stille um mich herum wahr und winkte den Kellner herbei.

»Klemens, bringen Sie mir bitte einen doppelten Whisky. Aber ohne Eis.«

Das war meine erste Lektion in Sachen Eheanbahnung.

II

In einem Punkt hatte ihre Tante sich getäuscht: Berger machte keine Anstalten, seine Macht ihr gegenüber zu demonstrieren oder sie gar zu knechten. Im Gegenteil, er ließ ihr mehr Freiraum, als sie erwartet hatte. Tatsächlich war sie, als sie ihre neue Stelle antrat, nervös und angespannt gewesen. Ihre ursprünglichen Zweifel waren durch Tante Sophies Worte noch verstärkt worden. Deshalb hatte sie sich darauf gefasst gemacht, dass sie vom ersten Moment an mit Berger einen nervenaufreibenden Machtkampf auszutragen hätte. Doch ihr neuer Boss überraschte sie, kaum dass sie sein Eckbüro mit Blick auf den Hafen betreten hatte.

»Trauen Sie sich zu, die Organisation der *Herbsttöne* zu übernehmen?«

Kurz verschlug es ihr die Sprache. Die *Herbsttöne* waren ein neues Festival, das Berger als alljährliches Ereignis etablieren wollte. Ihr war klar, dass er ihr damit eine enorme Verantwortung übertrug.

»Sie meinen eigenständig?«, fragte sie sicherheitshalber. Berger nickte.

»Ich muss Ihnen aber gleich sagen, dass Sie sich damit ziemlich viel aufhalsen. Stefan hat die Vorbereitungen in den letzten Wochen ziemlich schleifenlassen. Ich weiß nicht, ob er damit überfordert war oder ob er keine Lust mehr hatte. Jedenfalls wird das kein Spaziergang für Sie. Sie können sich natürlich jederzeit an mich wenden, wenn Probleme auftauchen.«

Sie verstand sofort, was er ihr damit sagen wollte. Dass sie gefälligst selber klarkommen und ihn in Ruhe lassen sollte. Die Leine, an der er sie hielt, war lang. Aber sie endete trotzdem in seiner Hand. Natürlich nahm sie die Herausforderung an und sagte zu.

Dass ihr Vorgänger die Sache hatte »schleifenlassen«, war eine Untertreibung. Er hatte praktisch nichts getan. Es existierte nicht einmal so etwas wie ein rudimentäres Programm. Das Einzige, was sie vorfand, waren die verbindlichen Zusagen zweier namhafter Orchester, eines Tenors und einer Sopranistin. Zu wenig, um ein fünftägiges Festival damit bestreiten zu können. Große Namen würde sie jetzt auch nicht mehr bekommen, die waren bereits Jahre im Voraus ausgebucht. Aber das empfand sie nicht einmal als Nachteil. Wenn sie schon ein neues Festival aufziehen sollte, durften da auch neue Talente auftreten. Sie kannte genug Musiker, von denen sie sicher war, dass sie ein Publikum gut unterhalten, wenn nicht sogar begeistern konnten. Und die nur darauf warteten, eine solche Chance zu bekommen. Außerdem beabsichtigte sie, neben den professionellen Künstlern einige begabte Nachwuchstalente zu präsentieren. Zusammen mit den bekannteren Namen als Zugpferde könnte sie ein neues und ungewöhnlich frisches Programm zusammenstellen. Als Nächstes ging es um die musikalische Ausrichtung.

Sie entschied sich für ein Programm, das von Komponisten der Romantik dominiert wurde. Nicht nur, weil sie wusste, dass das Hamburger Publikum ein Faible für die Romantik hatte, sondern weil ihr auch eingefallen war, dass sowohl der Tenor als auch die Sopranistin in dieser musikalischen Stilrichtung sehr versiert waren. Der Tenor war Spezialist für die »Kindertotenlieder« von Mahler. Und die Sopranistin hatte sich mit einer Einspielung der »Vier letzten Lieder« von Richard Strauss einen Namen gemacht. Um diese Highlights herum begann Elli, das Programm zu erstellen.

Gleichzeitig verhandelte sie mit den Künstlern – diesmal aus der Warte der Veranstalterin. Danach mussten die Säle ausgestattet, die jeweiligen Hausmusiker und die Techniker eingewiesen werden. Programmhefte wurden entworfen und verworfen. Unterkünfte mussten bestellt, der Transport vom Flughafen zum Hotel organisiert werden. Nebenbei galt es, sich mit Bergers Mitarbeitern zu arrangieren. Das war nicht einfach, weil – so mutmaßte sie zumindest – einige davon ausgingen, dass sie ihre Position dem Weg über Bergers Bett zu verdanken hatte. Doch mit derartigen Unterstellungen, egal ob sie laut geäußert wurden oder nicht, wusste sie umzugehen. Sie vertraute auf die chinesische Methode, Probleme kleinzumachen statt sie aufzubauschen. Nach vier Wochen hatte sie den Laden einigermaßen im Griff. Allerdings hatte sie in diesen vier Wochen auch keine freie Minute mehr gehabt.

Sie stand jeden Morgen um sechs Uhr dreißig auf, um acht war sie im Büro. Oft traf sie sich mittags mit Berger zum Essen. Anfangs hatte sie ihn über den Fortgang ihrer Arbeit noch in Kenntnis gesetzt. Dafür hatte er nur beiläufiges Interesse gezeigt, was sie verwunderte. Hatte er tatsächlich so viel Vertrauen in sie? Oder wollte er mit diesen Dingen nicht belästigt werden? Ihr kam sogar der Gedanke, dass er sie vielleicht scheitern sehen wollte, um durch ihre Niederlage über sie triumphieren zu können. Aber das schien ihr dann doch etwas zu theatralisch. Vielleicht wollte er einfach nur, dass sie ihn um Rat fragte oder um Hilfe bat. Immerhin hatte er ihr für diesen Fall Unterstützung zugesagt. Genau das aber wollte sie vermeiden. Einem anderen Chef gegenüber wäre eine solche Bitte um Hilfe völlig normal gewesen. Doch Berger war kein normaler Chef, und sie traute ihm nicht. So befand sie sich nun doch in einem subtilen und darum auch anstrengenden Machtkampf. Denn die Fallen waren weitaus schwieriger zu erkennen.

Doch je weiter sie mit den Vorbereitungen vorankam, umso mehr trat dieses Problem in den Hintergrund. Es wurde nebensächlich. Denn die Arbeit begeisterte sie immer mehr. Oft ar-

beitete sie bis acht, manchmal bis neun oder sogar bis zehn Uhr abends. Es war ein Leben wie im Rausch. Himmel, sie organisierte ein Festival! Sie konnte Musikern eine Chance geben. Sie konnte gestalten, konnte jedem den Platz zuweisen, an dem er seine Wirkung optimal zu entfalten vermochte. Sie konnte endlich das tun, wofür sie immer gekämpft hatte. Sie hätte glücklich sein sollen.
Aber es gab drei Dinge, die das verhinderten: Arnolds Tränen bei ihrem letzten Gespräch. Tante Sophies Schweigen, nachdem sie ihr mitgeteilt hatte, dass sie entgegen ihrem Rat Bergers Angebot annehmen würde. Und diese merkwürdigen Momente manchmal in der Nacht. Wenn sie hochschreckte und in die einsame Dunkelheit keuchte.
Weil sie das Gefühl hatte, an einer Gabelung ihres Lebens falsch abgebogen zu sein.

III

Den nächsten Zusammenstoß mit Frau Dornbach hatte ich kurz nach dem katastrophalen Date mit Natalie. Nicht dass mich diese Pleite entmutigt hätte. Aber ein bisschen angeschlagen war ich schon. In dieser Stimmung begegnete ich meiner Vermieterin.

Es war gegen sieben Uhr abends. Ich hatte ewig nach einem Parkplatz suchen müssen, was meine ohnehin nicht gerade blendende Laune noch mehr verschlechterte. Als ich schließlich eine Straße weiter aus dem Auto stieg, vernahm ich eine wohlbekannte Stimme hinter mir: »Na, Herr Toben, so früh am Tag schon auf den Beinen?«

Frau Dornbach stapfte mit zwei Einkaufstüten den Gehsteig entlang. Nun hatte ich normalerweise auf jeden Spruch meiner Vermieterin eine passende Replik parat. Nur an diesem Tag hatte ich keine Lust dazu. Darum sah ich sie nur stumm an. Sie blieb stehen, wirkte irritiert. Blinzelte, als ich immer noch nicht reagierte. Das war ein Trick, den ich manchmal bei meinen narzisstischen Musikern anwendete. Ich fasste sie ins Auge und schaute sie so lange regungslos an, bis sie mürbe wurden. Bei Frau Dornbach funktionierte das relativ schnell, aber sie war ja auch keine Narzisstin.

»Frau Dornbach«, brach ich schließlich das Schweigen. »Was habe ich Ihnen eigentlich getan, dass Sie mir ständig an den Karren fahren?«

Ich hatte das Vergnügen, sie rot werden zu sehen.

»Aber ich habe doch gar nicht … ich wusste doch nicht …«

»Wissen Sie was?« Ich trat einen Schritt auf sie zu. »Ich kann Ihnen etwas erzählen, das Sie richtig freuen wird. Ich habe eine richtig beschissene Abfuhr bekommen. Von einer Frau. Und zwar, weil ich mich ernsthaft für sie interessiert habe. Weil ich – und jetzt hören Sie gut zu, das wird Sie besonders amüsieren –, weil ich dachte, sie wäre die Frau meines Lebens. Die, die ich irgendwann heiraten würde.«

Frau Dornbachs Augen waren kugelrund.

»Diese Frau hat mich nicht nur abgewiesen, sie hat mich sogar jämmerlich genannt, und als ich ihr sagte, was ich mit ihr vorhabe, hat sie mir ein Glas Wein ins Gesicht geschüttet. Mitten im Restaurant. Ich saß da wie der sprichwörtlich begossene Pudel. Das müsste Ihnen doch jetzt richtig Spaß machen, Frau Dornbach, oder?«

Zugegeben, das war nicht die ganze Wahrheit. Und für mich selbst überraschend, war eine gehörige Portion Selbstmitleid in meine Worte mit eingeflossen. Dennoch war es ehrlich gemeint. Und das verblüffte Frau Dornbach wahrscheinlich am meisten. Sie fasste mich genauso ins Auge, wie ich das umgekehrt gerade bei ihr gemacht hatte. Hinter ihrer Stirn drehten sich vermutlich viele kleine Rädchen. Dann sagte sie: »Mein Junge, wir sollten uns mal so richtig unterhalten.«

So begann meine Freundschaft mit Sophie Dornbach.

»Eine Wette?«, fragte sie entgeistert.

»Na ja«, wand ich mich, »das war eigentlich nur der Anlass, nicht der Grund.«

Frau Dornbach musterte mich geschlagene zwanzig Sekunden lang mit ihrem Scharfrichterblick. Ich rührte mich nicht, wich ihrem Blick nicht aus, saß da auf ihrem Sofa mit den fünf Kissen, während sie mir gegenüber in einem Sessel Platz genommen hatte – mit zwei Kissen –, zwischen uns ein Chippendale-Tisch mit gehäkeltem Deckchen. Darauf standen zwei Sherrygläser mit klebrigem Likör aus einer Flasche, deren Etikett ein Name zierte, der so klang, wie der Inhalt vermutlich schmeckte.

Ich weiß auch nicht, warum ich mich ausgerechnet dem Schreckgespenst meines Hauses anvertraut hatte. Vielleicht wollte ich mich einfach jemandem anvertrauen. Vielleicht auch, weil sie auf mich wie eine moralische Autorität wirkte und ich den kindischen Impuls verspürte, ihr meine Missetaten zu gestehen, um auf diese Weise Absolution zu erhalten. Vielleicht aber war einfach nur mein inneres Navigationssystem durcheinandergeraten. Auf alle Fälle saß ich jetzt auf dem Sofa meiner Vermieterin und erwartete mein Urteil. Würde sie mich aus der Wohnung expedieren? Mich an den Pranger stellen? Müsste ich unter Brücken schlafen? Schließlich schürzte sie die Lippen.

»Es gibt blödere Gründe für eine Heirat«, verkündete sie.

Wie bitte?

»Ich hatte eigentlich erwartet, dass Sie mich jetzt ins ewige Feuer schicken.«

»Ach, Herr Toben, was glauben Sie, warum ich damals geheiratet habe?«

»Sie sind verheiratet?«

»Ich war es.« Sie schien unangenehm berührt, als ob sie unfreiwillig etwas preisgegeben hätte. Hatte die moralische Autorität etwa ein dunkles Geheimnis?

»Es hat nicht funktioniert«, fügte sie knapp hinzu.

»Okay, und was war der Grund dafür, dass Sie in den heiligen Stand und so weiter?«

Sie knetete ihre Finger. »Seine Uniform.«

»Seine Uniform?«

»Ja, eine Fliegeruniform. Sie war blau. Er sah so schmuck darin aus. Herrgott, ich war neunzehn!«

»Okay«, sagte ich langsam und dann: »Ist doch beruhigend zu wissen, dass auch Frauen auf Äußerlichkeiten abfahren. Ich meine …«

»Aber eine Wette? Das ist so ... unernst. Wollen Sie denn wirklich heiraten? Oder nur die Wette gewinnen?«
»Tja, also eigentlich hatte ich das mit dem Heiraten nicht auf dem Schirm. Ich meine, ich habe es nicht ausgeschlossen, aber eben auch nicht ernsthaft in Erwägung gezogen. Ehrlich gesagt, habe ich mir gar keine Gedanken darüber gemacht. Ich sagte mir, vielleicht heirate ich einmal, vielleicht auch nicht.«
Sie rümpfte die Nase. »Ich hatte befürchtet, dass Männer das so sehen. Und was ist jetzt? Sehen Sie es anders?«
»Na ja, zumindest denke ich seit einiger Zeit darüber nach, und wissen Sie was? Seitdem passieren mir die merkwürdigsten Dinge. Ich habe noch nie in einem Restaurant eine Ladung Wein ins Gesicht bekommen. Also, das ist doch filmreif.«
»Solange der Wein nicht mehr in der Flasche ist, geht's ja noch«, gluckste sie.
»Ich wusste, dass ich Ihnen mit dieser Geschichte eine Freude machen würde.«
»Ach, kommen Sie, Herr Toben, das ist doch nicht so schlimm. Die Frau hatte Temperament und Stolz. Das spricht nicht gegen sie.«
»So gesehen ...«
»Sie haben mir aber meine Frage noch nicht beantwortet. Meinen Sie es wirklich ernst?«
»Ja, ich denke schon. Es muss natürlich passen, aber ja, doch. Ich will wirklich heiraten.«
»Na gut«, meinte sie und griff nach ihrem Glas. »Aber das mit der Wette sollten Sie lieber nicht erzählen.«
»Habe ich auch nicht vor.«
Sie hob das Glas zum Toast. »Prost.«
Ich verzog das Gesicht.
»Mögen Sie wohl nicht?«
Ich schüttelte den Kopf.

Sie seufzte und stellte das Glas wieder ab. »Ich auch nicht so besonders. Meine Freundinnen wollen dieses Omazeug immer trinken. Wie wäre es mit einem Whisky?«
Mit einem Mal war ich mir sicher, dass dies der Beginn einer langen, wundervollen Freundschaft sein würde.

Ich sah ein, dass ich die Sache anders angehen musste. Meine bisherige Planung hatte sich als ungenügend erwiesen. Schließlich hatte ich keine Lust, mir jedes Mal das einzufangen, was ich insgeheim als Urologen-Watsche bezeichnete. Als Erstes nahm ich mir den Rat von Frau Dornbach zu Herzen: Niemand durfte von der Wette erfahren. Darum knöpfte ich mir meine Compañeros vor.
»Kein Problem«, meinte Eric nur.
»Hast du es schon jemandem erzählt?«
»Was? Dass ich dir meinen Porsche zur Hochzeit schenken will? Bist du verrückt?«

»Null problemo«, meinte Tom.
»Auch nicht Lisa?«
Tom grinste. »Ganz bestimmt nicht. Du weißt doch, was sie von dir hält. Sie würde es sofort dem Popen beichten, damit der es im Kirchenblatt veröffentlicht.«
»Sag mal, Tom …«
»Ja?«
»Bist du dir wirklich sicher, dass du … also dass du und Lisa …«
Er legte mir die Hand auf die Schulter. »Alex, wer von uns beiden hat hier denn gerade etwas richtig Bescheuertes vor?«

Auch Waldo hob sofort die Hand zum Schwur.
»Du hast es doch noch niemandem erzählt?«
»Natürlich nicht.«

»Gut.«
»Nur dem Mariechen.«
»Verdammt, Waldo!«
»Beruhige dich, ich sage ihr, dass sie es für sich behalten soll.«
Glaubte Waldo wirklich, dass man eine Frau auf diese Weise davon abhalten konnte, etwas weiterzuerzählen? Andererseits war es unwahrscheinlich, dass ich je Kontakt zu irgendeiner Freundin von Mariechen haben würde. Im Übrigen war es jetzt nicht mehr zu ändern. Und als guter Stratege wusste ich, dass man das Unberechenbare nie ausschließen konnte.
Der nächste Punkt, den ich anpackte, betraf die Auswahl der möglichen Kandidatinnen. Es schien mir ratsam, dabei besonders sorgfältig vorzugehen. Und von der Annahme, dass es gleich beim ersten Schuss sitzen würde, hatte ich mich sowieso verabschiedet. Außerdem hielt ich es für sinnvoll, mehrere Aspirantinnen zu prüfen und miteinander zu vergleichen, bevor ich mich für eine entschied. Auch sonst wollte ich meine bisherigen Erfahrungen optimal auswerten. Das betraf zum Beispiel die Frage, ob ein solches Date in eine gemeinsame Nacht münden durfte. Ich entschied mich dagegen, weil dies eine Vorauswahl bedeuten könnte und weil es um mehr ging als nur um Sex.
Das Einfachste wäre natürlich gewesen, mich bei einer Partnervermittlung im Internet anzumelden. In diesem Fall wäre das mit der Heiratswilligkeit schon mal geklärt gewesen, und man brauchte sich an das Thema nicht mehr heranzupirschen. Aber ich traute dem Braten nicht. Am Ende lief es nämlich immer darauf hinaus, dass man sich in einem Restaurant gegenübersitzen würde. Außerdem fand ich, dass das Ganze durch diese programmierte Suche seinen sportlichen Charakter verlor. Damit kam ich zum schwierigsten Punkt: zur Auswahl der Kandidatinnen.

Eine gute Woche lang knobelte ich an diesem Problem herum, durchforstete mein Telefon- und E-Mail-Register, ging meine beruflichen Kontakte durch und überlegte, welche meiner flüchtigen Bekanntschaften vielleicht ausbaufähig wären. Kurz, ich nahm alles auf. Erst danach begann ich zu sortieren. Am Ende hatte ich eine Liste von neun Kandidatinnen, denen ich danach eine Wertung zuwies, um die Reihenfolge der Verabredungen zu bestimmen. Während dieser Arbeit rief Serdar an.

»Alex, ich habe dein Problem gelöst!«, verkündete er aufgekratzt. »Ich habe eine Braut für dich.«

»Serdar, ich bin dir sehr dankbar, aber das geht so nicht. Ich möchte mir selber aussuchen, mit wem ich mich treffen will, und da habe ich wirklich schon …«

»Ist eine Türkin darunter?«

»Nein.«

»Siehst du, du kannst dir aussuchen, was du willst. Aber ohne meine Hilfe wirst du niemals eine Türkin kennenlernen. Und du weißt nicht, was dir da entgeht. Ich schwöre dir, es gibt keine besseren Ehefrauen.«

Er begann, die Vorzüge aufzuzählen: Sie seien fleißig, gebildet und modern. »Selbst wenn sie ein Kopftuch tragen. Und sie leben dafür, mit einem Mann zusammen zu sein. Außerdem«, sagte er vertraulich raunend, »sind sie im Bett eine Wucht.«

Ich versicherte ihm, dass sich das großartig anhörte, fragte aber sicherheitshalber, ob es da nicht noch ein kleines religiöses Problem gäbe. Er wiegelte ab.

»Das mit den Gebeten kannst du halten, wie du willst«, meinte er. »Schließlich bist du der Mann. Und für die Sünnet kann ich dir einen hervorragenden Arzt empfehlen.«

Die Sünnet? Einen Arzt?

Als dann herauskam, welches Opfer ich zu bringen hätte, fiel mir beinah das Telefon aus der Hand.

»Sei nicht so ein Waschlappen«, meinte er. »Das ist sowieso hygienischer. Und was ist schon ein kleines Stück Haut, wenn man dafür eine treue Ehefrau bekommt.«
Ich gab ihm ganz entschieden zu verstehen, dass ich meine Vorhaut zu behalten gedachte. Aber das prallte an seiner brüderlichen Fürsorge ab. Er versicherte mir, dass alle meine Bedenken schwinden würden, sobald ich seine Cousine zweiten Grades sähe. »Dreiundzwanzig Jahre alt, schön und zart wie eine orientalische Prinzessin und aus sehr guter Familie. Ihr Vater ist Professor an der Galatasaray-Universität.«
Ich kannte einen Fußballverein dieses Namens, dachte mir aber, dass Serdar etwas anderes meinen musste. Doch was immer das sein mochte, es würde mich nicht überzeugen. Denn egal, wie schön diese Cousine zweiten Grades auch immer war, hinter ihr lauerte ein Mann mit einem Skalpell. Ich versuchte, mich herauszuwinden: »Weißt du, Serdar, ich bin da ein wenig konservativ und …«
»Das ist überhaupt kein Problem, Mann. Dafür hat doch jeder Verständnis. Ich maile dir ein Foto.«
Obwohl ich das Gefühl hatte, dass wir uns missverstanden hatten, widersprach ich nicht, gab mir das doch die Möglichkeit, das Telefonat zu beenden. Hinterher sinnierte ich ein wenig über interkulturelle Kommunikationsprobleme. Doch dann schob ich alle Gedanken über Serdars Cousine beiseite und inspizierte noch einmal meine Liste. Neun Meerjungfrauen, eine von ihnen würde es werden.
Ich nahm den Bleistift und machte einen Kreis um den obersten Namen:
Marielle.

IV

Das Programm stand. Fast jedenfalls. Aber Elli war noch nicht zufrieden. Irgendetwas stimmte noch nicht. Irgendetwas fehlte. Dabei war sie sich sicher, dass sie mit diesem Programm alle Erwartungen erfüllen würde. Die von Berger, die des Publikums und sogar die ihrer Neider. Doch das war ihr nicht genug. Sie hatte den Ehrgeiz, schon mit ihrer ersten Arbeit allen klarzumachen, was in ihr steckte. Berger, dem Publikum und den Neidern. Dafür brauchte sie noch etwas, was kein anderer als sie diesem Festival geben konnte. Etwas skurril Abseitiges, das dennoch das Zeug hatte …

Die Idee blubbte in Ellis Geist nach oben wie der Pups eines Mondfisches. Sie schob den Gedanken sofort wieder beiseite. Doch er kehrte zurück. Sie kaute darauf herum. Was wäre, wenn? Doch nein, um Himmels willen. Andererseits, wenn sie es nicht wenigstens versuchte, würde das ewig an ihr nagen. Schließlich entschied sie, dass sie es versuchen musste. Dafür aber musste sie nun wirklich Berger fragen.

»Puh«, machte sie und griff zum Telefon.

Berger saß zurückgelehnt in seinem Schreibtischstuhl und musterte sie schweigend. Elli hielt seinem Blick stand.

»Und taugen die etwas?«, fragte er schließlich.

»Ich weiß es nicht«, gestand sie wahrheitsgemäß. »Darum will ich ja dorthin fahren, um es zu überprüfen.«

»Nach Arles?«

»Richtig.«

»Das ist in …?«

»Südfrankreich.«

Berger nickte. »Hübsche Idee.«

Sie war zu dem Schluss gekommen, dass sie mit diesem Vorschlag wenig riskierte, aber viel gewinnen konnte. Sollte sich ihre Idee als Flop erweisen, nun ja, dann würde er sie das spüren lassen. Vielleicht hin und wieder auch mal darauf herumreiten, wenn sie ihm neue Vorschläge unterbreitete. Aber das schreckte sie nicht. Sie hatte keine Lust, diesen Job mit zusammengekniffenen Pobacken zu machen. Ein Fehlgriff konnte immer mal vorkommen.
Zudem würde sie mit diesem Schritt einiges in Erfahrung bringen. Erstens, ob Berger ihr wirklich so weit traute, dass er sie diese Reise machen ließ. Nicht nur wegen der Kosten, sondern auch, weil sie sich dadurch seinem Einfluss, wenn auch nur vorübergehend, entzog. Zweitens würde sie sich im Falle seines Einverständnisses dadurch weiteren Freiraum erschließen. Was einmal möglich war, würde beim zweiten Mal schon viel einfacher sein. Und drittens würde sich dabei zeigen, ob er bereit war, neue Talente anzunehmen. Es war ein Schachspiel. Und sie hatte gerade eine Figur gezogen.
»Und Sie denken …?«, tastete er sich vor.
»Ich denke, dass das ein paar Amateure aus der tiefsten Provinz sind, die einfach mal einen Schuss ins Blaue versucht haben. Ich gehe davon aus, dass sie schrecklich sind. Dass sie mich quälen werden mit einer unerträglich schmalzigen und schräg gespielten Dorfplatzmusik. Wahrscheinlich spielt der Schullehrer das Cello, der Bürgermeister die Violine, und was der Fleischer für ein Instrument in den Händen hält, möchte ich mir lieber gar nicht erst vorstellen. Ich denke, dass Sie besser daran täten, mir zu sagen, dass ich mich um meine Arbeit kümmern soll, und mich danach aus diesem Büro winken. Ich denke, dass Sie diesen Vorschlag ablehnen sollten.«
Berger schien amüsiert. »So, denken Sie das?«
»Ja.«

Er öffnete mit einer sparsamen Geste seine Hände. »Gut, dann werde ich Ihnen also sagen, dass Sie sich um Ihre Arbeit kümmern sollen, und Sie aus diesem Büro winken. Es sei denn ...«
Elli ersparte es sich, auf seine dramatische Pause einzusteigen.
»... Sie liefern mir noch einen Grund, mich anders zu entscheiden.«
Sie ließ sich ein paar Sekunden Zeit, in denen sie das tat, was sie mittlerweile als einen seiner Tricks durchschaut hatte: Sie musterte ihn schweigend.
»Weil ich glaube«, sie betonte das letzte Wort, »dass ebenso gut die Möglichkeit besteht, dass dieses bescheuerte Provinzorchester es draufhat. Weil die winzige Chance existiert, dass dort eine Perle im Mist vergraben ist. Und weil ich davon überzeugt bin, dass genau das zu unseren Aufgaben gehört: Perlen im Mist zu finden.«
Natürlich war Berger weit davon entfernt zu lächeln, aber er schien tatsächlich amüsiert. Wie es aussah, hatte sie einen Punkt gemacht.
»Also gut«, meinte er, »wie wollen Sie vorgehen?«
»Ich werde mich ankündigen, einen Flug buchen, vermutlich nach Marseille oder Montpellier, von dort mit einem Mietwagen nach Arles weiterfahren und mir das Orchester anhören. Nach ungefähr drei Minuten werde ich wissen, ob sie etwas taugen. So oder so werde ich mir danach ein Zimmer nehmen, sehr gut essen, köstlichen Wein trinken und am nächsten Tag zurückfliegen. Das ist mein Plan.«
»Gut, einverstanden.«
Er beugte sich wieder über seine Unterlagen, und obwohl er sie nicht aus dem Zimmer winkte, verstand sie das als Aufforderung zu gehen. Sie hatte schon den Türgriff in der Hand, als er sagte: »Buchen Sie bitte zwei Plätze im Flieger.«
Sie hielt inne. »Zwei? Ich verstehe nicht.«

»Sie glauben doch nicht etwa, dass ich mir dieses Schauspiel entgehen lasse. Ich werde Sie selbstverständlich begleiten.«

Es kostete sie alle Mühe, sich nichts anmerken zu lassen. »Schön.«

Dann machte sie, dass sie rauskam. Im Vorzimmer musste sie noch an Bergers Sekretärin vorbei, die ihr mit gespielter Freundlichkeit zulächelte. Sie lief den Flur entlang in ihr Büro, einen etwa zwölf Quadratmeter großen Raum. Sie trat an das Fenster, von dem aus sie auf einen geteerten Hinterhof mit mehreren Garagen blicken konnte.

»Verdammt, Elli«, sagte sie zu sich selbst, »du hast wirklich ein Talent, dich in die Bredouille zu bringen.«

V

Herr Toben, haben Sie einen Moment Zeit?«
»Natürlich, kommen Sie rein.«
Es war das erste Mal seit meinem Einzug, dass Frau Dornbach meine Wohnung betrat. Ihre Art, sich umzuschauen, erinnerte mich an unsere Hauskatze, Emily. Es hätte bloß noch gefehlt, dass meine Vermieterin einen Rundgang machte und in allen Ecken herumschnupperte. Ich führte sie in die Küche.
»Möchten Sie einen Kaffee?«
»Ja, gerne«, meinte sie und ließ sich auf den Stuhl plumpsen. Während ich den Kaffee aufgoss, erzählte sie mir von unserem Vorgarten und was sie demnächst darin zu pflanzen gedachte. Dann dass Emily beinah eine Amsel erlegt hätte, und dass immer irgendwelche Passanten Abfall über die Hecke warfen. Es waren durchweg Informationen, die mich nicht im mindesten interessierten. Aber ich schätze, sie erzählte mir diese Dinge auch nicht, um mir etwas mitzuteilen, sondern um so etwas wie ein Überbrückungsgeräusch zu erzeugen. Anscheinend hatte sie etwas auf dem Herzen, mochte damit aber noch nicht herausrücken.
Ich reichte ihr einen Becher Kaffee und setzte mich ihr gegenüber.
»Haben Sie Milch und Zucker?«
Ich nickte. Dann sah ich ihr dabei zu, wie sie meinen sanft gerösteten äthiopischen Hochland-Sidamo mit einer Unmenge Milch und Zucker versaute.
»Wie geht es voran?«, fragte sie.
»Womit?«
»Na, mit den Heiratsplänen?«
»Ach so.« Ich zögerte, weil ich es immer noch nicht gewohnt

war, mit ihr meine Privatangelegenheiten zu besprechen. Aber erstens hatte ich selbst den Anstoß dazu gegeben, dass sie nun in meiner Küche saß. Da konnte ich nun nicht mehr kneifen. Und zweitens hatte ich mittlerweile einen türkischen Sänger am Hals, der meinte, über den Verbleib meiner Vorhaut mitentscheiden zu können. Meine Definition von Intimsphäre hatte sich ohnehin geändert.

»Ich gehe jetzt etwas überlegter an die Sache heran«, verkündete ich und erzählte ihr von der Liste. Die wollte sie natürlich sehen.

»Es sind nur Namen.«

»Wie? Keine weiteren Anmerkungen? Kommentare?«

»Nein. Wieso? Was für Kommentare?«

»Na ja, um wen es sich handelt. Was die jeweilige Dame macht. Vorlieben, Schwächen, halt alles, was Sie über sie wissen, damit Sie nicht durcheinanderkommen.«

Vielleicht war es doch keine schlechte Idee, die Sache mit Frau Dornbach durchzusprechen. Immerhin war sie eine Frau. Ich holte die Liste hervor. Frau Dornbach stellte außerordentlich interessierte Fragen: Woher ich die jeweilige Dame kannte? Warum ich sie ausgewählt hatte? Und: »Hatten Sie denn mit denen allen etwas?«

»Nein!«

Ich fand, dass Frau Dornbach nicht mehr nur interessiert, sondern auch ausgesprochen neugierig war.

»Mit keiner?«

»Nein. Warum?«

»Warum nicht? Ich meine, wieso haben Sie keine Ihrer zahlreichen Damenbekanntschaften in der Liste.«

»Frau Dornbach, Sie sind ganz schön neugierig.«

»Wollen Sie nun, dass ich Ihnen helfe, oder nicht?«

Ich konnte mich nicht daran erinnern, sie um Hilfe gebeten zu haben.

»Sehen Sie!«, bestätigte sie und fuhr fort: »Also, warum nicht?«
Eigentlich ging sie das ja nichts an, dummerweise war die Frage aber nicht unberechtigt. Ich suchte noch nach einer Antwort, als mir Frau Dornbachs listiger Blick auffiel.
»Verbrannte Erde, nicht wahr?«
Ich hatte nicht die Absicht, darauf zu antworten.
»Möchten Sie noch einen Kaffee?«
Sie mochte. Und dann zeigte sie mir, was sie draufhatte. Es fing ganz harmlos damit an, dass sie mir vorschlug, Karteikarten anzulegen. »Aber große. Sie brauchen Platz, damit Sie nach dem Treffen weitere Details eintragen können. Stellen Sie sich vor, diese …«, sie nahm einen Namen von der Liste, »Kathleen erzählt Ihnen von ihren drei Brüdern. Wenn Sie sich das nicht notieren, kann es passieren, dass Sie sie bei einem eventuellen zweiten Treffen nach der Schwester fragen. Dann können Sie gleich einpacken.«
Außerdem sollte ich neben sachlichen Informationen auch meine subjektiven Eindrücke eintragen. »Es sind letztlich die Kleinigkeiten, die es ausmachen. Vielleicht gefällt Ihnen die Frau. Sie sieht gut aus, ist charmant. Alles stimmt, bis auf die eine Kleinigkeit, dass sie manchmal an ihren Zähnen saugt. Macht nichts, werden Sie denken, man kann ihr ja bei Gelegenheit mal sagen, dass sie damit aufhören soll. Aber das wird nicht geschehen, und genau dieses Detail wird irgendwann dazu führen, dass Sie die gemeinsame Wohnung verlassen und nie mehr zurückkehren.«
»Sie meinen, ich soll mir notieren, ob sie an den Zähnen saugt?«
»War ja nur ein Beispiel.«
»Na gut, ähm …«
»Wirklich wichtig ist etwas ganz anderes.« Sie schob die Karteikarten, die wir auf dem Tisch ausgebreitet hatten, beiseite und stützte sich mit den Ellbogen auf, um mir mit festem Blick in die Augen zu schauen.

»Hören Sie mir zu?«

Ich stützte mich auch auf.

»Ich höre Ihnen zu.«

»Was immer zwischen zwei Menschen geschehen wird, entscheidet sich am Anfang.«

Ich wartete, ob sie dem noch etwas Erhellendes hinzufügen wollte. Wollte sie aber anscheinend nicht.

»Aha«, machte ich.

»Haben Sie das verstanden?«

»Klar.« Ich hatte nichts verstanden.

»Gut.« Sie lehnte sich entspannt zurück. Aber ihr Blick war immer noch sehr wachsam.

»Haben Sie eigentlich irgendwelche Vorlieben?«

»Inwiefern?«

»Na ja, blond oder braun, dick oder dünn, große … Sie wissen schon, oder eher nicht?«

»Frau Dornbach, Sie sind ein Macho.«

»Unsinn, man macht sich doch nicht auf die Suche nach einer Frau, wenn man nicht irgendeine Vorstellung davon hat, wie sie aussehen und wie sie sein sollte.«

Ich dachte an den lauen Sonntagnachmittag zurück, an dem ich mir eine Frau ersonnen hatte, fand aber, dass das ein wenig zu spleenig für meine Vermieterin klingen würde. Also zählte ich ihr erst mal ein paar der Eigenschaften auf, die ich mir vorgestellt hatte. Sie unterbrach mich mit einer energischen Handbewegung.

»Das ist ja alles schön und gut, aber das meine ich nicht. Was Sie da sagen, hört sich an wie technische Daten. Aber Sie suchen doch kein Auto, sondern eine Frau. Sie müssen doch ein Bild haben, irgendetwas, das Ihre Sehnsucht weckt. Das Sie träumen lässt. Oder haben Sie so etwas nicht? Das würde mich enttäuschen.«

Wie hatte ich diese Frau nur so lange unterschätzen können? Und woher wusste sie so viel über die Menschen? Woher wusste sie so viel über mich?
»Also gut«, begann ich. Und erzählte von einer Frau mit dunklen, kurzen Haaren und einer Frisur, die irgendwie französisch aussah. Ich erzählte von Kraft und Verletzlichkeit und von dem Mut, den man aufbringen muss, um auch einmal eine Niederlage zu riskieren. Ich erzählte von der Frau, die ich gesehen und mir ersonnen hatte. Kurz, ich erzählte von meiner Kriegerin.
Als Reaktion auf mein Gerede hatte ich alles Mögliche erwartet, von einem trockenen »Aha« bis hin zu einem: »Sie spinnen ja, Herr Toben.« Was ich nicht erwartet hatte, war, dass sie mich hocherfreut anstrahlte.
Darüber vergaß ich doch direkt, sie zu fragen, was sie eigentlich von mir gewollt hatte.

Es gibt Sätze, die schlagen ein wie eine Bombe. Wenn zum Beispiel eine Frau ihrem Mann verkündet: »Ich liebe einen anderen!« Da kracht mit einem Mal die Welt zusammen. Dann aber gibt es auch Sätze, die sind wie eine Bombe mit Zeitzünder. Oder eher mit mehreren Zeitzündern, so dass sie nach und nach immer noch weitere und größere Detonationen erzeugen. Von dieser Sorte war der Satz, den mir Frau Dornbach an meinem Küchentisch vorgesetzt hatte.
»Was immer zwischen zwei Menschen geschehen wird, entscheidet sich am Anfang.«
Aus irgendeinem Grund ließ mich dieser Satz nicht mehr los. Ich dachte auch noch darüber nach, als ich Tage später mit Tom am Tresen des *Montmartre* stand.
»Alex?«
»Ja. Was?«

»Ich fragte, in welches Restaurant du diese Marielle geführt hast.«
»Ach so, entschuldige, ich war gerade in Gedanken. Ich bin mit ihr zu dem Italiener.«
»Hm«, machte er zustimmend. Ihm hatte der Plan mit den drei verschiedenen Restaurants sofort eingeleuchtet.
»Warum?«, fragte er dann.
»Weil ich sie für eine Romantikerin hielt. Mein Gott, sie sah aus wie aus einem Film von Bertolucci. Dunkle, volle Haare, große, mandelförmige Augen mit einem Schmelz, ich kann es nicht beschreiben. Und diese Lippen! Wie gemalt.«
»Und auch sonst?« Toms Hände zeichneten die Konturen eines Frauenkörpers in die Luft.
»Ja, auch sonst. Wahrscheinlich nichts für dich, aber auch nichts in der Richtung von Waldos Dolly-Buster-Geschmack. Sie war einfach eine unglaublich attraktive und sehr nette Frau. Ich hatte sie auf einem Empfang bei den Kaffeeleuten im Hafen kennengelernt. Sie arbeitet dort im Marketing. Das war aber schon zwei Monate her.«
»Hat es sie nicht gewundert, dass du dich erst jetzt bei ihr gemeldet hast?«
»Oh doch.«

»Ich muss gestehen, dass es mich ein wenig gewundert hat, als Sie anriefen, Alex.«
Auf diese Frage hatte ich mich natürlich vorbereitet. Dabei war mir aufgefallen, dass der Grund, weswegen ich mich zwei Monate nicht gemeldet hatte, der gleiche war wie der, der mich nun veranlasst hatte, mich mit ihr zu verabreden. Wir hatten uns seinerzeit ein Weilchen unterhalten, und ich hatte durchaus ihr Interesse registriert. Doch für meinen Geschmack war sie ein wenig zu bieder-unschuldig gewesen. Trotz ihrer Posi-

tion und ihrer offensichtlichen Tüchtigkeit im Beruf hatte sie etwas von einem kleinen Mädchen an sich, das alles glaubte, was man ihm erzählte. Sie war mit Sicherheit nicht auf der Suche nach einem kurzen Abenteuer. Sie suchte etwas Ernsthaftes, einen festen Freund, einen Verlobten, einen Ehemann, gar einen Vater ihrer noch ungeborenen Kinder. Spätestens an diesem Punkt meiner Überlegungen war damals mein Interesse erloschen.

Jetzt aber sah das ganz anders aus. Obwohl mir diese Sache mit den ungeborenen Kindern noch ein wenig unheimlich war. Aber das musste ja nicht gleich entschieden werden. Auf jeden Fall war ich mir sicher, dass sie meine tatsächlichen Beweggründe kaum verstehen würde. Ich musste also improvisieren. Oder wie es Frau Dornbach formulierte: »Jede Frau ist anfällig für das Romantische. Auch wenn sie es nicht zugibt. Statt ihnen die Wahrheit zu sagen, bringen Sie sie lieber zum Träumen. Seien Sie romantisch.«

Genau das hatte ich jetzt vor.

»Darf ich offen sein?«, fragte ich Marielle.

»Nur zu.«

Bevor ich offen sein konnte, brachte der Kellner – er hieß tatsächlich Enrico – den Wein, was dramaturgisch gesehen gar nicht mal so schlecht war. Die kleine Pause erhöhte die Spannung.

Wir kosteten den Wein, bekundeten uns gegenseitig unsere Zufriedenheit, dann legte ich los.

»Seit unserer Begegnung habe ich oft an Sie gedacht«, erklärte ich. »An unser Gespräch, an Ihr Lachen oder daran, wie Sie den Kopf ein wenig zur Seite legen, wenn Sie aufmerksam zuhören. So wie jetzt.«

Sie richtete sich auf, als hätte ich sie bei etwas Schlimmem ertappt, war aber nicht wirklich verlegen.

»Sicher, ich hätte Sie längst anrufen können. Wir hätten uns auf einen Kaffee getroffen oder auf einen Aperitif. Einfach so. Nur leider …«, kleine Kunstpause, »wäre es kein ›einfach so‹ gewesen.«
Ich nippte an dem Wein und schwieg einen Moment, so als ob ich erst meine Gedanken sammeln müsste. Der Kellner war so freundlich, genau jetzt die Vorspeise zu servieren, Salat für sie, Carpaccio für mich.
»Ich war zu dieser Zeit verstrickt. In eine Beziehung, die mich sehr viel Kraft gekostet hat. Wenn wir uns getroffen hätten, hätte ich Ihnen das wahrscheinlich verschwiegen, und mit Sicherheit hätte ich es der Frau verschwiegen, mit der ich damals noch zusammen war. Das wollte ich nicht.«
»Und jetzt sind Sie nicht mehr verstrickt?«
»Nein, jetzt nicht mehr.«
»Gut«, meinte sie lächelnd und spießte mit ihrer Gabel ein Stück Tomate aus ihrem Salat auf. »Dann ist das hier ein richtiges Date?«
»Ja, natürlich? Was hatten Sie gedacht?«
»Ich weiß nicht. Ich werde manchmal eingeladen, weil jemand etwas von mir will, für ein Projekt, für ein Geschäft. Da bekomme ich erst eine Menge Zuckerguss zu hören, bevor das eigentliche Thema angesprochen wird. Das ist also bei Ihnen nicht der Fall?«
»Äh … nein, ich will nichts von Ihnen. Also kein Geschäft oder Projekt jedenfalls.«
»Alles klar«, meinte sie und schob sich das Tomatenstück in den Mund. »Dann kann ich mich ja entspannen. Woran hakte es denn?«
»Was?«
»Na in der Beziehung, in die Sie verstrickt waren.«
Damit brachte sie mich etwas aus dem Konzept. Ich hatte es

eigentlich bei rätselhaften Andeutungen belassen wollen. Wer konnte auch ahnen, dass sie so indiskret sein und nachhaken würde. Um mich nicht in irgendeiner waghalsigen Geschichte zu vergaloppieren, entschied ich mich dafür, im Ungefähren zu bleiben.

»So genau kann ich das gar nicht sagen. Aber es war alles so festgefahren. Es ging nicht mehr weiter. Wir hatten uns nichts mehr zu sagen, hatten keine gemeinsamen Ideen mehr. Wir waren an einem toten Punkt.«

»Oje«, meinte sie und schob sich eine Portion Salat in den Mund. »Und im Bett lief vermutlich auch nichts mehr?«

»Nicht so richtig, aber das war nicht ...«

»Ich weiß, was Sie durchgemacht haben. Ich war auch mal in so einer Beziehung. Puuh!«

Und dann bekam ich einen sehr ausgiebigen Einblick in Marielles Hinterlassenschaften. Nachdem Enrico unsere Salatteller abgeräumt und den Hauptgang gebracht hatte – Saltimbocca auf Spinat mit Kartoffelpüree –, erzählte sie mir von Klaus, dem Redakteur einer Lokalzeitung, mit dem sie drei Jahre liiert gewesen war.

»Er wollte mich tatsächlich heiraten, machte aber ständig mit irgendwelchen Praktikantinnen herum. Wenn ich etwas von ihm wollte, erledigte er das wie eine Pflichtübung.«

»Das ist ja ...«, setzte ich an, aber sie war noch nicht fertig.

»Das ist noch nicht alles«, ergänzte sie und zeigte dabei mit der Gabel auf mich.

Ich verspürte den Impuls zurückzuweichen, unterdrückte ihn aber. Sie meinte nicht mich.

»Als er spürte – und das ist das Einzige, was ich ihm zugutehalten muss: dass er eine Witterung für meine Stimmung hatte –, als er also merkte, dass ich dieses Leben nicht führen wollte, schlug er vor, mich anzubumsen.«

Tom fiel beinah das Glas aus der Hand.
»Sie hat tatsächlich ›anbumsen‹ gesagt?«, fragte er ungläubig.
»Das waren ihre Worte.«

»So hat er es natürlich nicht gesagt«, schränkte sie ein und belud ihre Gabel mit Kartoffelpüree, dem sie eine Haube Spinat aufsetzte. Während sie aß, schien sie in ihren Erinnerungen zu stöbern.
»Er verpackte das in sehr schön klingenden Formulierungen«, fuhr sie dann fort. »Dass er eine Familie mit mir gründen wolle. Dass er der Vater meiner Kinder sein will. Und ob ich mir nicht auch wünschen würde, die Frucht unserer Liebe in den Armen zu halten?«
»Die Frucht Ihrer Liebe?«
Sie nickte heftig. »Wortwörtlich. Aber die Wahrheit war, dass er mich anbumsen wollte, damit ich die Mutti mache, während er weiter Praktikantinnen flachlegen kann. Das habe ich ihm dann auch gesagt.«
»Das hat ihm vermutlich nicht gefallen.«
»Nö. Aber das war mir egal. Im Grunde hat er mir damit einen Gefallen getan.«
Sie schnitt sich ein Stück Fleisch ab, spießte es auf und baute dann zusammen mit Püree und Spinat einen Dreistöcker.
»Wenn er einfach nur gesagt hätte: Ich liebe dich, ich will von nun an mein Leben nur noch mit dir verbringen. Lass uns ein Kind machen. Dann hätte ich wahrscheinlich ja gesagt.«
Vorsichtig balancierend, führte sie das kleine Kunstwerk in den Mund und kaute andächtig. Während ich sie beobachtete, überlegte ich, ob ihre Art, zu essen, schon eine dieser Kleinigkeiten sein könnte, vor denen mich Frau Dornbach gewarnt hatte, konnte aber nichts Unangenehmes daran finden. Als sie schließlich weitersprach, wedelte sie wieder mit der Gabel her-

um, und da dachte ich, dass das schon eher etwas war, was man ihr abgewöhnen sollte. Schon allein wegen der Verletzungsgefahr.

»Es war dieses zuckersüße Gerede, mit dem er erkennen ließ, dass er mich für ein kleines Mädchen hielt, das alles glaubt, was der Onkel ihm sagt. Das hat mir meine Entscheidung enorm erleichtert.«

Ich beschloss, meine Strategie zu ändern. Diese Romantik-Masche war vielleicht doch nicht das Richtige. Außerdem machte ich mir einen inneren Vermerk, dass ich mit Frau Dornbach dringend noch etwas besprechen musste.

»Meine Mutter hat mir mal etwas gesagt – sie ist geschieden, wissen Sie, und deswegen habe ich das damals nicht so ernst genommen, habe gedacht, na ja, das kommt von ihrer Scheidung. Aber mittlerweile bin ich davon überzeugt, dass sie recht hatte. Sie hat gesagt, dass, wenn zwischen zwei Menschen etwas nicht stimmt, man es zuerst im Bett bemerkt.«

»Wow«, machte Tom.

»Jo«, gab ich zurück, lehnte mich neben ihn an den Tresen und ließ meinen Blick über das vollbesetzte Lokal gleiten. Dabei bemerkte ich, dass unser Tisch an der Wand bald frei werden würde. »Und wie ging es weiter?«

»Sie erzählte mir noch von ihren anderen Ex-Freunden. Von Jochen, der nie mit ihr schlafen wollte, aber ständig im Internet irgendwelche Pornoseiten aufrief. Von Wilfried, einem Theologiestudenten, der es irgendwie auch nicht so richtig brachte. Sie redete die ganze Zeit von Sex. Und zwischendurch guckte sie mich immer so komisch an. Ich hatte ständig das Gefühl, ich müsste ihr erklären, dass ich nicht so bin. Dass ich sie, wenn ich mit ihr zusammen wäre, immerzu vögeln würde, jetzt und alle Tage. Es war absurd. Ich hatte mich vollkommen in ihr getäuscht. Andererseits lag ich mit meiner ersten Entscheidung, sie nicht anzurufen, dennoch richtig. Nur aus den falschen Gründen.«

»Sie war also nicht die Frau, die du zum Altar führen willst?«

»Nein, das war sie nicht.«

»Habt ihr wenigstens ... ah, warte mit der Antwort. Da kommen Eric und Waldo.«

»Gut, unser Tisch wird auch gerade frei. Ich habe nämlich Hunger.«

Es war offensichtlich, dass Marielle sich durchaus mehr von diesem Date erhofft hatte als nur ein zugegebenerweise sehr gelungenes Abendessen. Leider war das bei mir nicht im mindesten der Fall. Während Enrico Espresso und Brandy servierte und Marielle mir aus ihren großen, mandelförmigen Augen bedeutungsvolle Blicke zuwarf, überlegte ich fieberhaft, wie ich meinen Hals aus der Schlinge ziehen konnte.

»Deinen Hals?«, fragte Eric spöttisch.

Schon während ich es ausgesprochen hatte, war mir klar gewesen, dass einer der drei Spinner einen Witz darüber machen würde.

»Und ich kapier nicht, wieso du nicht mit ihr ins Bett gehen wolltest. Sie sah gut aus, sie war nett, und sie war scharf auf dich. Wo ist das Problem, Mann?«

»Waldo, sie hat mir eine Stunde lang davon erzählt, wie der Sex mit ihren Ex-Freunden war. Das hat mich abgetörnt. Außerdem wollte ich es auf keinen Fall bei der ersten Verabredung zum Äußersten kommen lassen.«

»Warum denn nicht?«

»Zum Äußersten? Wie niedlich.«

»Weil es eine Vorentscheidung gewesen wäre. Erinnere dich

bitte: Es geht darum, eine Frau fürs Leben zu finden, nicht für eine Nacht. Mit ihr zu schlafen und dann zu sagen, sorry, das war's nicht, ist ja wohl ziemlich daneben.«

»Findest du? Also, mich hätte das nicht gestört.«

»Das liegt daran, dass Alex ein sensibler Mann ist. Verstehst du das, Waldo? SENSIBEL!«

»Ob ich das verstehe? Mein zweiter Vorname lautet sensibel. Aber was hat das damit zu tun?«

»Hört mal, Jungs«, ging Tom mit seiner bedächtigen Art dazwischen. »Ich finde, dass das ein interessantes Problem ist. Es ging dir doch darum, sie nicht zu kränken, nicht wahr, Alex?«

»Exakt.«

»Eben. Wie also bringt man einer Frau in einer solchen Situation bei, dass man sie nicht will, ohne sie zu verletzen? Ich erwarte Vorschläge, meine Herren.«

Nachdenkliches Schweigen. Ich nutzte die Pause, um allen Wein nachzuschenken.

»Also, ich verstehe zwar immer noch nicht, warum das nötig sein sollte, aber meinetwegen: Man könnte ein gesundheitliches Problem andeuten, natürlich eines, das nur vorübergehender Natur ist.«

Tom schüttelte den Kopf. »Das riecht doch geradezu nach Ausrede. Außerdem wird sie bestimmt ein paar Tage später nachhaken. Wenn sie es nicht schon gleich tut.«

»Du hattest ihr doch diese Geschichte mit der Verstrickung erzählt?«, fragte Eric.

Ich nickte.

»Na ja, du hättest sagen können, dass du noch nicht so weit bist. Dass du noch Zeit brauchst oder etwas in der Art.«

»Und warum hat er sich dann mit ihr getroffen? Er hat doch gesagt, dass er damit durch ist.«

»Hm, stimmt auch wieder.«

»Ich weiß die Lösung! Du erzählst ihr, was du mit ihr machen willst. Und zwar so richtig perverse Sachen, mit Ketten, Peitschen und Gruppensex.«
»Und was, wenn sie genau darauf steht?«
»Oh.«
»Also gut, erzähl. Wie hast du deinen Hals aus der Schlinge bekommen?«
»Im Grunde habe ich das gemacht, was Waldo gerade vorgeschlagen hat.«
»Du hast ihr einen perversen Vorschlag gemacht?«
»Na ja, in gewisser Weise. Auf jeden Fall hat sie so reagiert.«

In so einer Espressotasse ist ja nicht viel drin, die war ziemlich schnell leer. Also nippte ich noch an meinem Brandy. Mir war immer noch nichts eingefallen. Schließlich war es Marielle selbst, die mir die Lösung lieferte, wenn auch, ohne es zu wollen. Vielleicht wurde sie ungeduldig, weil ich immer noch an meinem Glas nuckelte, vielleicht hielt sie mich auch für schüchtern, jedenfalls fragte sie: »Sagen Sie, Alex, was haben Sie eigentlich mit diesem Date beabsichtigt?«
Der Moment der Wahrheit war also gekommen. Nun musste ich ihr sagen, dass ich mich getäuscht hatte, und dass sie doch nicht die Frau war, die ich heiraten … Mit einem Mal hatte ich eine Idee.
»Wissen Sie«, begann ich und griff über den Tisch hinweg nach ihrer Hand. Sie beugte sich erwartungsvoll vor. »Ich will Ihnen nichts vormachen. Sie waren so offen zu mir, wie man nur sein kann. Also werde ich es auch sein. Ich suche eine Frau fürs Leben.«
»Wie bitte?«, fragte sie irritiert.
»Ich bin es leid, einfach nur Sex mit Frauen zu haben. Ich will mehr. Ich will Nähe, Vertrauen, Zuverlässigkeit.«

Sie blinzelte, ihr Lächeln gefror etwas. Ihre Hand begann, sich von meiner zu lösen. Ich packte fester zu.
»Ich will eine Familie, Kinder, vielleicht ein Haus mit Garten. Es muss nicht groß sein, einfach nur ein Heim, in dem wir leben können. Ich wünsche mir Sommerabende, an denen wir mit den Nachbarn grillen, während die Kinder …«
»Alex, ich …«
»Warten Sie, ich meine es ernst. Natürlich müssten wir uns zu Anfang einschränken, weil in den ersten Jahren einer von uns, anstatt zu arbeiten, zu Hause bleiben würde, aber wir könnten uns ja abwechseln und …«
»Danke!« Sie riss sich los. »Danke, ich habe verstanden. Ein kleines Vorstadtidyll, wie?« Sie langte nach ihrer Handtasche. »Vielleicht ein Reihenendhaus? Wäre das nach Ihrem Geschmack?«
»Aber Marielle, hören Sie …«
»Nein danke, Alex.« Sie stand auf und zog ihre Jacke von der Stuhllehne. Dann hielt sie schwer atmend inne. Schließlich sagte sie: »Es tut mir leid, Alex, aber … das ist nicht das, was ich mir für diesen Abend und für mein Leben vorgestellt habe.« Und damit rauschte sie ab.

Die Jungs starrten mich mit offenem Mund an. Dann stieß Eric hervor: »Scheiße, das ist wirklich der perverseste Vorschlag, den ich je gehört habe.«

VI

»Da schaut, ich habe einen Satz mit vier Königen.«
»Lass mal sehen.«
»Die Hanne glaubt mir wieder nicht.«
»Du schummelst ja auch immer, Jule.«
»Gar nicht.«
»Na bitte, der Karokönig ist ein Bube.«
»Aber das ist doch ein König.«
»Nein, das ist ein Bube.«
»Ein Bube?«
»Ja doch.«
»Schaut aus wie ein König.«
»Das kann nicht der Karokönig sein, den habe nämlich ich.«
»Du hast den Karokönig?«
»Ja.«
»Aber es gibt zwei Könige.«
»Ja, aber das ist ein Bube. Wenn das nämlich ein König wäre, dann gäbe es drei Karokönige.«
»Lotte, was erzählst du denn da, das ist ein Bube und damit basta.«
»Mein Dieter hat immer gesagt, wenn Leute basta sagen, sind sie im Unrecht.«
»Dein Dieter hat auch gesagt, dass die Grünen nie in die Regierung kommen.«
»Gut, dass er das nicht mehr erlebt hat.«
»Na ja, ich weiß nicht. Vielleicht hätte er es doch ganz gerne noch erlebt.«
»Red nicht so von meinem Dieter.«
»Nun heul doch nicht.«
»Immer hackst du auf meinem Dieter herum.«

»Ich glaube, ich hätte jetzt gerne einen Likör.«
»Aber wir wollten doch erst Kaffee trinken.«
»Wo bleibt der denn?«
»Die Sophie wollte den Kaffee machen.«
»Wo bleibt denn die Sophie?«
»Habe ich jetzt einen Satz?«
»Nein, Jule, du brauchst noch einen König.«
»Und das ist kein König?«
»Himmelherrgott noch mal, nein!«
»Du sollst nicht immer fluchen, Hanne.«
»Wo bleibt denn die Sophie?«
»Die ist Kaffee machen gegangen.«
»Ach so.«
»So lang schon?«
»Ich glaube, das Telefon hat geklingelt.«
»SOPHIE!«
»ICH TELEFONIERE GERADE.«
»Siehst du, sag ich doch.«
»HANNE, GIESS MAL DEN KAFFEE AUF.«
»Habe ich jetzt einen Satz voll?«
»Nein, Jule, der Satz ist nicht vollständig. Du brauchst noch einen Buben.«
»Einen Buben?«
»Nein, ich meine einen König.«
»Ach so.«
»Ich mache jetzt mal Kaffee.«

»Was ist denn bei dir los?«, fragte Elli.
»Heute ist doch Mittwoch, da spielen wir immer Rommé.«
»Soll ich später noch mal anrufen?«
»Nein, die Mädchen kommen schon zurecht. Wahrscheinlich betrügt Jule gerade wieder. Sie tut dann immer so, als verstünde

sie die Regeln nicht. Hanne und Lotte fallen immer wieder darauf rein. Ich glaube, das macht Jule einen Heidenspaß. Also, wie geht es dir nun in der neuen Anstellung, ich habe ja lange nichts mehr von dir gehört.«
»Weißt du, es war mir unangenehm, weil … ja weil …«
»… weil du nicht auf dein altes Tantchen hast hören wollen«, gluckste Tante Sophie in den Hörer.
»Na ja, es ist halt so, dass …«
»Ach Schätzchen, mach dir mal darüber keine Gedanken. Ich weiß doch, dass du dich nicht unterkriegen lässt. Und trotzdem möchte ich dich manchmal eben beschützen.«
»Und das finde ich auch ganz wundervoll von dir. Es hat mir weh getan, dass da etwas zwischen uns stand.«
»Das tut es doch gar nicht.«
»Ich habe dich lieb, Tante Sophie.«
»Ich dich auch, Kleines, und … Hanne, was suchst du da? … Die Sahne? Na, im Kühlschrank, wo sonst. Also, Kleines, wie läuft es denn so?«
Elli erzählte ihr, was bisher passiert war, dass die Arbeit sie zwar in Anspruch nahm, sie aber auch sehr viel dabei lernte.
»Und der große, böse Wolf?«
»Lässt mich in Ruhe.«
»Ach ja?«
»Na ja … ich weiß nicht so recht, was ich davon halten soll, aber …«
»Hanne! Das Wasser kocht. … Weil der Kaffee aus Kaffeemaschinen scheußlich schmeckt. Du magst doch meinen Kaffee, also beschwer dich nicht. Entschuldige, Kleines, erzähl weiter.«
»Ich habe ihm vorgeschlagen, nach Arles zu fahren, um …«
»Wohin?«
»Arles, das ist in Südfrankreich.«
»Zu dem perversen Kammerorchester?«

»Genau. Ich wollte mir die Jungs mal anhören. Vielleicht können sie ja spielen, auch wenn sie pervers sind.«
»Da hast du recht, außerdem ist es dort sehr schön. Ich war in den Siebzigern mal da. Tolle Gegend. Und es gibt da köstliche Weinbergschnecken, *Escargots* heißen die.«
»Du isst Schnecken?«
»Na ja, hier würde ich sie mir nie kaufen. Aber da unten, da war das anders. Die Sprache, das Land, der Wein, es passte alles zusammen.«
»Na gut, ich werde das testen. Ich fand es ohnehin eine gute Idee, mal rauszukommen. Aber jetzt halte dich fest, er will mit.«
»Der Wolf?«
»Ja.«
»Oh, ihr fahrt zusammen?«
»Ja, wohnen aber natürlich in getrennten Zimmern.«
»Hm.«
Elli wartete. Sie saß in ihrem Büro, hatte die Schuhe ausgezogen und die Füße auf den Schreibtisch gelegt. Es war ein seltener Moment der Ruhe. Und den hatte sie genutzt, um ihre Tante anzurufen. Jetzt war sie unendlich erleichtert über diese Entscheidung.
»Schau an, der alte Grimmbart kommt aus der Deckung.«
»Wie meinst du das?«
»Er hat irgendetwas vor. Er wird sich an dich heranschleichen. Ein romantisches Essen, guter Wein, der Zauber des Südens, irgendetwas denkt er sich ganz sicher dabei. Sonst würde er das nicht machen.«
»Tja, ein bisschen habe ich auch den Verdacht.«
»Und wie denkst du darüber?«
»Ach Tantchen, du weißt doch, ich und die Romantik …«
»Nein, im Ernst, wie sieht es inzwischen aus? Wäre er etwas für dich?«

»O nein.«
»Ist das so ein Nein, das in einer lauschigen südfranzösischen Sommernacht zu einem Ja wird?«
»Tante Sophie, du bist ein Chauvi.«
»Komisch, das hat doch neulich schon mal jemand zu mir gesagt.«
»Etwa dein Pastor?«
»Den habe ich nicht mehr gesehen, seit ich vor dreißig Jahren versucht habe, mit ihm zu flirten.«
Elli prustete ins Telefon.
»Nun guck nicht so verschnupft, Hanne. Das war ein Scherz.« Dann wieder an Elli gewandt: »Also wird das nichts mit dir und deinem Konzertwolf?«
»Ich denke nicht«, gluckste Elli.
»Schön, dann möchte ich, dass du nächsten Samstag zum Kaffee zu mir kommst.«
»Nächsten Samstag?« Elli war alarmiert. Nicht weil ihre Tante sie zum Kaffee einlud, sondern weil sie es in diesem Zusammenhang tat. Sophies nächste Worte bestätigten ihre Befürchtung.
»Ich möchte dich mit jemandem bekannt machen.«
»Oh, nein!«, stöhnte Elli. »Bitte keinen Heiratskandidaten.«
»Ich möchte doch nur, dass ihr euch kennenlernt.«
»Aber Tante Sophie, ich will doch gar nicht heiraten. Und schon gar nicht irgendeinen Neffen einer deiner Freundinnen, der womöglich auch noch Dieter heißt.«
»Komisch, dass du das sagst.«
»Sag jetzt nicht, dass er wirklich Dieter heißt.«
»Nein, aber Lottes Mann hieß Dieter. Ein furchtbarer Holzkopf, sie sollte froh sein, dass sie ihn los ist. Aber ständig heißt es, mein Dieter hier, mein Dieter da.«
»Ich finde, das spricht nicht gerade fürs Heiraten.«

»Das kann man so nicht sagen. Jede Frau sollte wenigstens einmal verheiratet gewesen sein.«

»Warum DAS denn?«

»Weil sie es sonst bereut.«

»Das ist doch Unsinn.«

»Natürlich ist es Unsinn, aber schöner Unsinn. Also kommst du am Samstag?«

Elli seufzte. »Also gut, ich werde kommen. Aber ich werde diesen Dieter nicht heiraten. Und wenn er mir komisch kommt, kriegt er meine Torte ins Gesicht.«

»Das sind doch faire Bedingungen. Ich erwarte dich um halb vier.«

Nachdem Elli aufgelegt hatte, fragte sie sich, ob sie sich jetzt ärgern sollte. Grund genug hatte sie. Da rief sie bei ihrer Tante an, um sich mit ihr zu versöhnen, und die jubelte ihr gleich einen potentiellen Heiratskandidaten unter. Und das auch noch am Samstagnachmittag, womit ihr freier Tag ruiniert wäre. Doch dann beschloss sie, die Sache mit Humor zu betrachten. Sie würde sich sogar ein wenig zurechtmachen. Nicht zu sehr, nur so viel, dass diesem Dieter oder wie immer er hieß, das Wasser im Mund zusammenliefe. Und je nachdem wie dämlich er sich dann anstellte, würde sie ihn an der Nase durch den Kakao ziehen, um ihn schließlich mit dem Gesicht voran hineinzutunken.

Wenn sie sich schon auf so ein albernes Date einließ, wollte sie wenigstens ihren Spaß dabei haben.

»Da bist du ja endlich. Wir haben schon drei Runden gespielt.«

»Das sehe ich«, meinte Sophie mit einem Blick auf die Likörflasche und die drei Gläser.

»Hanne hat mit dem Kaffee so lange gebraucht.«

»Ich hatte einen ganz trockenen Hals.«

»Ist ja schon gut«, meinte Sophie und ließ sich auf ihrem Stuhl nieder.
»Mit wem hast du denn so lange telefoniert?«
»Mit Elli.«
»Ach, die kleine Ellionore, wie geht es ihr?«
»Gut, aber sie hat ein paar Probleme mit ihrem Chef.«
»Das kenne ich«, meinte Hanne, während sie die Karten austeilte.
»Ach ja?«, fragte Jule. »Wie das?«
Hanne wurde rot. Sophie sprang ihr bei. »Manche Chefs glauben, sie können sich alles erlauben.«
»Mein Dieter wollte nicht, dass ich arbeiten gehe.«
»Du hast es aber doch gemacht.«
»Ja, bei den Lehrern als Kinderfrau.«
»Die kleine Ellionore konnte so schön Klavier spielen.«
»Die kleine Ellionore ist jetzt dreiunddreißig.«
»Wirklich? Ist sie verheiratet?«
»Nein, sie ist ja immer nur am Arbeiten. Und jetzt will ihr Chef mit ihr verreisen.«
»Oh!«
»Ei, ei, ei!«
»Das ist aber ein netter Chef.«
»Oh, Jule!«
»Was denn?«
»Mir gefällt das jedenfalls nicht.«
»Meinst du, er könnte …«
»Könnte was?«
»Na ja, sie ist eine Frau und …«
»Ach, ob er sie ins Bett kriegen will?«
»Sophie!«
»Nun, komm schon, Lotte! Sicher will er das. Aber da kann die Elli schon drauf aufpassen. Nein, was mir Sorgen bereitet, ist,

dass er ihr auf die altmodische Tour kommen könnte und auf einmal einen Ring hervorholt.«

»Aber das wäre doch wunderbar.«

»Ich muss etwas unternehmen.«

»Das verstehe ich nicht. Du willst doch, dass sie heiratet.«

»Aber nicht ihren Chef.«

»Die Elli heiratet ihren Chef?«

»Eben nicht. Aber ich glaube, ich hätte da jemanden für sie. Jetzt muss ich die beiden nur noch an einen Tisch kriegen.«

»Wen denn?« Alle drei Damen hatten sich vorgebeugt. Sophie schenkte ihnen Likör nach, überlegte kurz und goss sich dann auch ein Glas ein.

»Herrn Toben aus dem zweiten Stock.«

»Kenne ich den?«, fragte Jule stirnrunzelnd.

»Doch nicht etwa den Wüstling?« Hanne war entsetzt.

»Er ist gar kein Wüstling«, wiegelte Sophie ab.

»Aber du hast doch erzählt, dass er immer betrunken ist und ständig Frauen mit nach Hause bringt.« Vor Schreck leerte Hanne ihr Glas auf einen Zug.

»Er ist halt ein junger, gesunder Mann. Da will man sich austoben.«

»Also, mein Dieter …«

»… und dem willst du die kleine Ellionore zum Fraß vorwerfen?«

»Also Hanne, jetzt übertreibst du aber wirklich.«

»Sie hat so schön Klavier gespielt.«

»… der hat so etwas nie gemacht.«

»Ha!«

»Was meinst du mit: Ha?«

»Dein Dieter hat doch jedem Rock hinterhergeschielt.«

»Das ist ja ungeheuerlich.«

»Jetzt streitet euch nicht, Mädchen.«

»Ich finde, die kleine Ellionore hat etwas Besseres verdient.«
»Ja, vielleicht einen Beamten.«
»Mein Dieter, also wirklich.«
»Der Herr Toben ist ein sehr netter Mensch.«
»Das hat sich neulich aber noch ganz anders angehört.«
»Er sucht eine Frau zum Heiraten.«
»Wirklich?«
»Das ist natürlich etwas anderes.«
»Und du glaubst, er wäre etwas für die Elli?«
»Na ja, er ist ein wenig unvernünftig, ein Lausbub halt. Aber bei der richtigen Frau, die ihn ein wenig erzieht, da könnte schon etwas aus ihm werden.«
»Ob die Elli das will?«
»Die Elli ist immer so ernst und denkt nur an die Arbeit. Die braucht jemanden, der sie mal da rausholt und ein paar Verrücktheiten mit ihr macht.«
»Also, ich weiß nicht.«
»Ist er denn Beamter?«
»Nein, er macht etwas mit Musik.«
»Mit Musik?«
»Ein Musiker? So einer verdient doch nichts.«
»Nein, er ist Manager.«
»Ich denke, er macht etwas mit Musik.«
»Na ja, ein Musikmanager.«
»So etwas gibt's?«
»Ich glaube, ein Beamter wäre besser für die Elli.«
»Kann ich noch einen Likör haben?«
»Und wenn ihm die Elli nicht gefällt?«
»Oh, da mache ich mir keine Sorgen. Sie wird ihm gefallen. Ich weiß nur nicht, wie Elli das sehen wird.«
»Wieso? Er ist jung und gesund. Und Geld verdient er auch als Manager.«

»Das kann die Elli nicht beeindrucken. Was Männer angeht, ist sie sehr wählerisch.«
»Das war ich auch. Erst als ich meinen Dieter kennenlernte …«
»Oh, mein Gott!«
»Hanne, was ist mit dir?«
»Wenn ich den Namen Dieter noch einmal höre, falle ich auf der Stelle tot um.«
»Also, das ist doch …«
»Kommt, Mädchen, trinkt noch einen Likör.«
»Weiß der Herr Toben denn schon von seinem Glück?«
…
»Sophie?«
»Nicht so richtig.«
…
»Nun schaut mich nicht so an. Ich werde schon noch mit ihm reden.«
»Da, ich habe vier Buben.«
»Zeig mal her.«
»Die Hanne glaubt mir wieder nicht.«

VII

Leise erklang Dean Martins *That's amore* in meinem dunklen Wohnzimmer, während ich mit einem Glas Wein in der Hand den Abend Revue passieren ließ. Ihr Name war Kathleen. Sie war die Nummer fünf auf meiner Liste gewesen. Und wenn mich nicht alles täuschte, hatte ich heute Abend meine Favoritin gefunden.

Genüsslich sog ich den fruchtigen Duft des Sauvignon ein, bevor ich meinen ersten Schluck nahm. Dann schaute ich versonnen durchs offene Fenster in den ruhigen nächtlichen Himmel, während Dean Martin mit diesem kleinen, für ihn typischen Glucksen in der Stimme davon sang, dass der Mond wie eine Pizza aussah.

Sie hatte ein helles, ärmelloses Kleid getragen; es betonte den Schwung ihrer Schultern und ihres Halses. Hochgesteckte Haare, zwei winzige Perlohrstecker in den Ohrläppchen, funkelnde Augen, mir gefiel alles an ihr. Während des Essens unterhielten wir uns über Musik, über die Weine des Périgord und das Licht in den Abruzzen.

Es gab keine Fragen nach Aszendenten oder vorgeburtlichen Erfahrungen, keine Aufzählungen sexueller Fehlgriffe und schon gar keine Urologen-Watsche. Nach dem Essen wollten wir noch einen Drink in einer Bar nehmen. Als ich ihr in die Jacke half, lehnte sie sich für einen winzigen Moment gegen mich. Und auf dem Weg hakte sie sich wie selbstverständlich bei mir unter.

Nach den Verrücktheiten der vergangenen Monate war dieses Date auf eine wohltuende Weise normal. Und obwohl wir kein Wort darüber verloren, was aus dieser Begegnung werden könnte, hatte ich keinen Zweifel, dass alles möglich war. Ir-

gendwann saßen wir nebeneinander auf dem Ledersofa der Bar, vor uns zwei Cocktails, halb geleert.
»Und wie beenden wir diesen Abend?«, fragte ich.
Ihre Augen schimmerten im Halbdunkel.
»Entscheide du«, sagte sie leise.
Und das hatte ich getan.
Dean Martin sang mittlerweile sein »Sway« in die Dunkelheit. *My eyes will see only you.* Ich hatte ihr erklärt, dass dieser Abend rund und schön und voll für mich war und dass ich das erst mal verkraften müsste. Sie lachte, aber ich erkannte die Skepsis in ihren Augen. Darum beugte ich mich zu ihr und sagte: »Das sollte jetzt nicht mein Text sein, aber ich brauche einfach ein Weilchen, ehe ich mich auf jemanden einlassen kann. Aber ich weiß jetzt schon, dass ich mich gerne auf dich einlassen würde.«
Sie bedachte mich mit einem Blick, den ich nicht zu deuten wusste. Dann zog sie die Augenbrauen hoch und fragte: »Einlassen?«
Ich nickte.
»Also gut«, sagte sie und lächelte. »Wir werden sehen.«
An diesem Abend schlief ich in dem Bewusstsein ein, dass ich auf dem besten Weg war, eine Wette zu gewinnen.

Als ich mich am nächsten Tag endlich aus der Firma loseisen konnte, um ins *Montmartre* zu gehen, war es bereits neunzehn Uhr. Schon von draußen entdeckte ich durchs Fenster Tom, der allein an der Bar lehnte. Er sah nicht so aus, als wenn er sich amüsieren würde.
»Hey Alex«, begrüßte er mich. »Ich war schon drauf und dran, wieder abzuhauen.«
»Was ist mit Eric und Waldo? Sind die schon los?«
»Waren gar nicht hier.«

Es kam in letzter Zeit immer seltener vor, dass Eric im *Montmartre* auftauchte. Er gab keine Erklärungen dafür ab, doch unausgesprochen stand das Wort »Schwangerschaft« im Raum. Auf eine schmerzlich nahe Weise machte uns anderen das klar, was eine solche Situation bedeutete: das Ende der Leichtigkeit. Am meisten litt Waldo darunter.
Ohne Eric als Konterpart verpufften die meisten seiner Witze und wirkten oft genug nur noch peinlich. Darum war auch er immer seltener im *Montmartre.* So kam es, dass Tom und ich so manches Mal allein am Tresen standen, was natürlich nicht halb so amüsant war wie ein Abend zu viert. Und das lag natürlich auch daran, dass Tom ebenfalls sein Päckchen zu tragen hatte. Darüber schwieg er sich zwar meist aus, doch heute wollte ich die Gelegenheit nutzen, um ihm auf den Zahn zu fühlen. Statt ihm also meine beglückenden Neuigkeiten unter die melancholische Nase zu reiben, tastete ich mich an die mögliche Ursache seines Trübsinns heran.
»Wie laufen die Vorbereitungen für die Hochzeit?«
Er schnaubte aus. »Du kannst dir nicht vorstellen, was das für ein Zirkus ist. Mann!«
Er schüttelte den Kopf, als könnte er es selbst nicht glauben.
»Lisa dreht total auf. Sie redet von nichts anderem mehr. Ständig gluckt sie mit ihren Freundinnen zusammen. Und wenn ich dazukomme, tuscheln sie, damit ich nicht mitbekomme, dass sie gerade wieder mit dem Hochzeitskleid am Rumprobieren waren. Das darf ich nämlich nicht sehen. Mensch, ich habe das Teil schon vor zwei Wochen entdeckt, weil es so lausig versteckt war.«
Ich hatte den Eindruck, dass da einiges war, was er rauslassen musste. Also ließ ich ihn einfach reden.
»Dann die Gästeliste; das Menü; wer wo sitzt. Außerdem trifft sie sich andauernd mit dem Priester und der Organistin. Und

der Blumenfrau. Dann ist ihre Mutter nicht einverstanden, dass Onkel Alfred neben Cousine Louise sitzt, weil der den Frauen unter dem Tisch immer an die Knie geht. Verstehst du? Es geht um nichts anderes mehr, von morgens bis abends. Lisa steht auf und redet über die Hochzeit, ständig ruft sie mich im Büro an, um irgendetwas mit mir zu besprechen, und neulich saß sie auf dem Klo und musste dabei durch die geschlossene Tür über die Musik mit mir reden. Und genau deswegen bin ich heute Abend hier.«

»Wieso das?«, fragte ich verdutzt. »Sitzt sie immer noch auf dem Klo?«

Tom starrte mich einen Moment mit offenem Mund an, dann prusteten wir beide los.

»Danke, Alter«, sagte er, als wir uns wieder beruhigt hatten. »Das hat gutgetan. Aber im Ernst, das mit der Musik ist ein Problem. Ich mache ja alles mit. Ich tanze mit der Mutter, der Oma und meinetwegen auch mit Onkel Alfred, aber ich habe keine Lust auf einen DJ, der Dieter heißt und den ganzen Abend einen auf Heidewitzka macht.«

»DJ Dieter?«, fragte ich ungläubig.

»Kein Witz, so nennt er sich. Anscheinend hat er bei der Karnevalssitzung im Gemeindehaus den Schwestern mächtig eingeheizt. Jetzt will Lisa ihn für die Hochzeit engagieren. Alex, das schafft mich. Hast du nicht eine Idee?«

Ich blies die Backen auf. »DJs kenne ich nicht. Und richtige Musiker?« Ich wiegte den Kopf. »Schwierig. Die sind sich entweder zu schade für eine Hochzeit, oder sie taugen dafür nicht. Ich könnte vielleicht Serdar fragen. Der ist mir einen Gefallen schuldig.«

»Der Türke?«

»Ja.«

»Vergiss es. Ein muslimischer Musiker? Lisa fällt in Ohnmacht und der Pope wahrscheinlich gleich mit. Ach, was sage ich, die ganze Familie fällt in Ohnmacht. Obwohl – jetzt, wenn ich so darüber nachdenke.«

»Wäre eine unvergessliche Hochzeit.«

»Stimmt, zumindest für die Überlebenden. Okay, schöne Vorstellung, geht aber leider nicht.«

»Tja, dann weiß ich auch nicht. Aber ich denke noch mal darüber nach.«

Als Tom sich ein Glas später verabschiedete – Lisa wollte, dass sie sich mit irgendeinem Zeremonienmeister zusammensetzten –, gab er mir noch einen Rat: »Himmel, Alex, wenn du heiratest, fahr bloß nach Las Vegas.«

So ein Tatsachenbericht eines Betroffenen dämpfte natürlich mein frisch erworbenes Hochgefühl. Ich machte mir klar, dass auch ich von den komplexen Problemen, die einer solchen Zeremonie vorausgingen, keine Ahnung gehabt hatte. Woher auch? Zwar gab es etliche Filme, die einem dieses Thema ausführlich vor Augen führten. Aber die waren immer sehr komisch, und außerdem weiß doch jedes Kind, dass die Wirklichkeit nie so ist wie im Film. Aber dass sie schlimmer sein könnte, hatte ich nicht angenommen.

Dann aber sagte ich mir, dass Tom sich mit Lisa einen extrem schwierigen Fall aufgeladen hatte. Ich war mir sicher, dass man das Ganze auch stressfreier gestalten konnte. Und auch wenn es noch entschieden zu früh dafür war, durchdachte ich die Möglichkeit, dass Kathleen die zweite Hauptrolle in diesem Stück spielen könnte. Das Summen meines Handys unterbrach mein Gedankenexperiment. Es war Serdar. Das hieß, dass er entweder ein Problem hatte oder dass er wegen seiner Cousine drängeln wollte. Was natürlich auch ein Problem war. Schon wollte ich seinen Anruf ignorieren, als ich mit einem Mal wusste, wie ich sowohl die türkische Cousine als

auch den Vorhautabschneider auf einen Schlag loswerden konnte.
Ich nahm ab und sagte: »Einen Moment, Serdar, ich gehe mal eben raus.«
Ich schnappte mir mein Glas, gab Nicolas einen Wink und ging auf die Straße.
»Ich bin so gut wie verlobt«, sagte ich ohne Begrüßung.
»Echt?« Serdar hatte keine Probleme mit meiner Direktheit. »Was ist sie für eine Frau?«
»Sie ist mittelgroß, mittelblond, sehr hübsch und arbeitet in einem Touristikunternehmen. Außerdem hat sie ganz tolle Zehen und …«
»Das meine ich doch nicht.«
»Was meinst du dann?«
»Ich meine, wird sie dir eine gute Frau sein? Wird sie dich achten und respektieren? Wird sie dir gesunde Kinder schenken und für dich da sein, wenn du alt bist? Das meine ich mit: Was ist sie für eine Frau?«
»Um ganz offen zu sein, über diese Punkte haben wir noch nicht gesprochen.«
»Kennst du ihre Familie?«
»Ihre Familie? Was habe ich denn mit ihrer Familie zu schaffen?«
»Jetzt sei nicht so naiv, Alex.«
»Naiv?« Ich konnte es nicht fassen, dass ausgerechnet dieser türkische Kindskopf mich als naiv bezeichnete!
»Sie ist doch nicht einfach nur eine Frau, die aus der Wüste kommt. Sie hat Vater und Mutter. Ist ihre Mutter zänkisch, ist ihr Vater streng? Du wirst mit ihnen zu tun haben. Wenn du sie heiratest, ist ihre Familie auch deine Familie. Hat sie Brüder? Wenn ja, was machen die? Sind sie vielleicht arbeitslos? Dann werden sie dich um Geld angehen und …«

»Serdar, jetzt mach mal halblang. Ich kann sie doch nicht schon am ersten Abend fragen, ob ihre Brüder arbeitslos sind.«
Während ich in die Stille des Telefonnetzes lauschte, ging mir auf, dass ich einen Fehler gemacht hatte. Da vernahm ich auch schon seine grabestiefe Stimme: »Du hast erst einen Abend mit ihr verbracht?«
»Na ja, aber was für einen.«
»Du kannst unmöglich wissen, ob du diese Frau heiraten willst«, verkündete Serdar entschieden. »Hast du dir meine E-Mail angeschaut?«
»Na klar«, log ich.
»Und? Wie findest du sie?«
Ich überlegte angestrengt, was er meinen könnte, aber dann fiel mir ein, dass Serdar mir das Foto einer seiner Cousinen hatte schicken wollen. Hatte ich mir natürlich nicht angeschaut.
»Toll«, sagte ich, »aber ich kann nicht zwei Frauen einen Heiratsantrag machen.«
Serdar war nicht zufrieden. »Ich habe Aische von dir erzählt. Sie würde dich gerne treffen. Was soll ich ihr jetzt sagen?«
»Sag ihr ...«, verdammt noch mal, was ging mich das an, »sag ihr, dass ich schon jemand anders kennengelernt habe.«
»Ey Alter, überstürze das jetzt nicht. Überlege dir genau, was du tust. Ich werde Aische sagen, dass du noch Zeit brauchst. Aber dafür bist du mir etwas schuldig.«
»Ich bin dir ... wie bitte?«
»Pass auf dich auf, Alex.«
Noch ehe ich etwas erwidern konnte, hatte er aufgelegt. Ich starrte verärgert auf das Handydisplay und schwor mir, ihn das nächste Mal mit seinen Schwangerschaftsproblemen alleinzulassen.

Es war kurz nach acht, als ich an diesem Abend in etwas gedrückter Stimmung nach Hause kam. Erst der trübsinnige Tom mit seinen Problemen, dann Serdar mit seiner Miesmacherei. Aber auch wenn er ein Spinner vor dem Herrn, beziehungsweise vor Allah war, hatte er in einem Punkt leider recht. Mit größter Wahrscheinlichkeit gäbe es bei Kathleen wohl tatsächlich einen familiären Anhang, mit dem ich schlagartig auf sehr vertrautem Fuß zu stehen hätte. Und die Geschichten von richtig lästigen Verwandten waren einfach um vieles zahlreicher als die von richtig tollen, supersympathischen. Wenn ich es recht bedachte, war mir aus der zweiten Kategorie kein einziger Fall bekannt.

Wahrscheinlich lag es an dieser Stimmung, dass ich mich entschloss, noch auf ein kurzes Hallo bei Frau Dornbach hereinzuschauen. Die würde sich bestimmt über meine Neuigkeiten freuen. Also klingelte ich an ihrer Tür.

Frau Dornbach machte einen gehetzten Eindruck. »Herr Toben, kommen Sie rein. Ich bin gerade am Kochen.«

»Ich wollte nicht stören, ich dachte nur …«

»Unsinn«, sie eilte bereits wieder in Richtung Küche. »Nehmen Sie sich einen Whisky, und setzen Sie sich zu mir.«

Das ließ ich mir nicht zweimal sagen. Frau Dornbachs bodenständiges Naturell war genau das, was ich jetzt brauchte. Also holte ich mir aus ihrem Wohnzimmerschrank Glas und Flasche und setzte mich zu ihr in die Küche. Bei dem Geruch von dem, was da in ihrem Topf blubberte, begann mein Magen zu knurren.

»Was kochen Sie denn da?«, fragte ich.

»Gulasch«, antwortete sie. »Kriegt gerade seinen letzten Schliff. In einer halben Stunde ist es fertig. Haben Sie Hunger?«

»Und wie.«

»Dann sind Sie eingeladen.«

Während Frau Dornbach Paprika schnitt, in das Gulasch gab und dabei erzählte, wie ihr eine waschechte Ungarin dieses Rezept auf einer Busfahrt zum Plattensee verraten hatte, schenkte ich mir von ihrem Whisky ein. Es war zwar ein ziemlicher Fusel, aber das störte mich nicht. Erstaunt registrierte ich, dass ich mich in dieser Küche wohler fühlte als im *Montmartre.* Das hätte mir zu denken geben sollen, aber jetzt setzte sich Frau Dornbach zu mir und hielt mir ihr Glas hin. Ich goss auch ihr ein.

»Gut, dass Sie vorbeigekommen sind«, meinte sie und prostete mir zu, »ich wollte etwas mit Ihnen besprechen …«

»Frau Dornbach, ich glaube, ich habe gestern einen Treffer gelandet.«

»Ach … wie? Sie meinen …?«

»Genau. Ich habe mich mit einer Frau getroffen, die sich als ganz heißer Favorit herausgestellt hat.«

»Wirklich?«

»Ja.« Ich begann, ein wenig von Kathleen zu erzählen. Dabei fiel mir auf, dass Frau Dornbach sich von meiner Begeisterung nicht so einfach anstecken ließ. »Ich werde mich natürlich wie geplant auch noch mit den anderen Frauen auf der Liste treffen. Aber diese Kathleen ist schwer zu toppen.«

Frau Dornbach beäugte mich über ihr Whiskyglas hinweg.

»Was ist los? Sie gucken so komisch.«

»Ich habe auch ein komisches Gefühl.«

»Ein komisches Gefühl? Wie das? Sie kennen sie doch gar nicht.«

»Es ist die Art, wie Sie über sie reden.«

Kurz war ich am Schwanken, ob ich jetzt ärgerlich werden sollte, weil auch sie mir nun noch die Stimmung vermieste. Aber dann überwog meine Neugier.

»Wie meinen Sie das?«

»Ich meine das so: Ist sie die Frau, von der Sie mir erzählt haben? Die Frau, die Sie sich wünschen?«
»Ich weiß nicht. Ich denke …« Verdammt, da gab es nichts zu denken. Sie war es nicht. Sie war nicht die Kriegerin.
Frau Dornbach beobachtete mich weiter über ihr Glas hinweg. Dann sagte sie: »Ich habe über Sie nachgedacht, mein Junge.«
»Also, dieses ›mein Junge‹, ich finde …«
Sie brachte mich mit einer Geste zum Schweigen. »Sie glauben mir doch, dass ich es gut mit Ihnen meine?«
»Ich schätze schon, obwohl«, schränkte ich mit einem Blick auf die Flasche ein, »wir über die Qualität geistiger Getränke noch mal ein Gespräch führen sollten.«
Sie fixierte mich mit zusammengekniffenen Augen.
»Entschuldigung«, murmelte ich, »fahren Sie fort.«
»Jetzt haben Sie mich durcheinandergebracht.«
»Ich glaube, Sie wollten mir einen Rat geben.«
»Richtig. Aber ich glaube, ich sollte Ihnen vorher etwas erzählen, damit Sie begreifen, was ich meine. Werden Sie sich von einer alten Frau eine Geschichte erzählen lassen?«
»Erstens höre ich mir gerne an, was Sie mir zu erzählen haben. Und zweitens möchte ich nie wieder hören, dass Sie sich als alte Frau bezeichnen.«
Sie klopfte mir auf die Finger.
»Schmeichler«, schmunzelte sie. »Ich habe Ihnen doch gesagt, dass ich mal verheiratet war?«
Ich nickte. Sie nahm einen Schluck, schien nachzudenken, seufzte einmal schwer und fragte: »Sie werden das, was ich Ihnen jetzt erzähle, doch für sich behalten?«
Ich hob meine Hand zu einem stummen Schwur. Daraufhin erzählte mir Frau Dornbach die Geschichte ihrer großen Liebe. Es war eine schöne, aber auch traurige Geschichte. Sie rührte

mich sehr. Darum merkte ich auch überhaupt nicht, was diese hinterlistige Lady im Schilde führte.

»Ich habe damals bei meinen Eltern im Restaurant gearbeitet«, begann sie. »Ganz in der Nähe gab es einen Fliegerhorst der Nato, und häufig kamen Soldaten, meist Offiziere zu uns zum Essen. Die flirteten natürlich gerne, aber mir war klar, dass ich ganz schnell einen schlechten Ruf weghätte, wenn ich mit einem von ihnen etwas anfangen würde. Ich lernte also, damit umzugehen. Die Höflichen bekamen ein freundliches Lächeln, die Frechen etwas auf die Finger. Und wenn einer von ihnen sich danebenbenahm, setzte mein Vater ihn vor die Tür. Aber dazu kam es so gut wie nie. Eines Tages aber betrat eine Gruppe von Offizieren das Lokal. Einer von ihnen sah besonders gut aus, und ich merkte bald, dass er mir hinterherschaute. Vor allem merkte ich, dass es mir gefiel, wenn er mir hinterherschaute.«

Ich stützte mein Kinn in die Hand und lauschte Frau Dornbachs Worten wie ein Junge der Märchentante. Auf dem Herd blubberte leise das Gulasch und verbreitete seinen würzigen Duft.

Der fremde Offizier war Franzose und hieß Aristide. Sein Deutsch hatte diesen typischen Akzent, den die Frauen so liebten. Mit diesem Akzent sowie seinem französischen Charme versuchte er, das kleine Fräulein rumzukriegen. Das darauf aber nicht hereinfiel.

»Als er sagte, dass er mit mir im Mondlicht tanzen wollte, habe ich ihn ausgelacht. Zwei Wochen später lud er mich zum Essen ein.«

Aristide fuhr mit Sophie zu einem edlen Restaurant, das etwas abseits an einem See lag. Sophie Dornbach entging nicht, dass an dieses Restaurant auch ein Hotel angeschlossen war, und

nahm sich vor, wachsam zu sein. Doch Aristide blieb den ganzen Abend über galant und unterhielt sie mit Geschichten aus seiner Heimat. Nach dem Essen bat er sie zum Tanz. Verwundert ließ Sophie sich auf die Terrasse führen, und dort erlebte sie eine Überraschung. Die Terrasse war von Kerzen erleuchtet, leise Musik kam aus den Lautsprechern.
»Was für ein Lied war es?«
»*Unforgettable* von Nat King Cole.«
»Gute Wahl.«
Frau Dornbach lächelte, und dabei sah sie aus wie ein junges Mädchen.
Während sie im Licht der Kerzen und eines großen, runden Mondes tanzten, verliebte sich Sophie in ihren Franzosen. Entgegen ihren Befürchtungen hatte Aristide kein Zimmer für sie gemietet, sondern brachte sie wieder nach Hause. Doch zwei Wochen später wurden sie ein Paar. Und schon ein halbes Jahr später beschlossen sie zu heiraten.
»Und dann?«, fragte ich, als Frau Dornbach ein wenig verträumt ihren Gedanken nachhing. Sie schürzte die Lippen und stand auf, um nach dem Gulasch zu sehen. Dann rührte sie im Topf herum. Ich hatte den Eindruck, dass sie das nur tat, um sich zu sammeln. Anscheinend begann nun der schwierigere Teil der Geschichte.
»Es begann während der Hochzeitsvorbereitungen«, fuhr sie fort, nachdem sie sich wieder an den Tisch gesetzt hatte. »Und vielleicht bekam ich es deswegen nicht mit.«
Anfangs waren es kleine Geschenke, die er ihr machte, ein Parfüm oder ein kleines Schmuckstück. Es folgten Seidenstrümpfe, die die junge, einfache Frau noch nie getragen hatte, und dann Kleidungsstücke, die sie nur aus Hochglanzzeitschriften kannte. Anfangs genierte sie sich in diesen eleganten Sachen, doch Aristide schien sie nur umso mehr zu lieben. Er brachte ihr ein

Kleid, Schuhe, einen Hut mit einem Schleier dran. Er empfahl ihr die Farbe des Lippenstiftes und des Nagellacks. Kurz vor der Hochzeit ging er mit ihr zum Friseur und erklärte dem zu ihrer Verwunderung ganz genau, was er sich vorstellte. Daraufhin bekam Sophie eine Lockenfrisur aus ihrem einfachen, aber kräftigen Haar gezaubert.

»Locken?«, fragte ich.

»Ja, so kleine Korkenzieherlöckchen. Außerdem hat er mein Haar rötlich getönt.«

Ich versuchte, mir Frau Dornbach mit rötlichen Löckchen vorzustellen.

»Ich merkte gar nicht, wie er mich nach und nach neu erschuf. Zwar haben mich meine Eltern auf die Veränderungen angesprochen. Aber ich wollte nichts von ihren Bedenken hören. In Aristides Augen war ich schön und elegant.«

Zur Hochzeit kam Aristides Familie angereist. Sophie war nervös, weil ihr Französisch noch so ungelenk war, und sie fürchtete sich zu blamieren. Doch alle waren sehr freundlich und nett zu ihr. Nur manchmal glaubte sie zu bemerken, wie sie mit nachdenklichen oder sogar mitleidigen Blicken gemustert wurde. Aber in ihrer Aufregung dachte sie nicht weiter darüber nach. Einige Wochen nach der Hochzeit entschlossen sie sich dann, Aristides Heimat zu besuchen.

»An einem wunderschönen Tag im Mai machten wir uns auf den Weg.«

Wieder versank Frau Dornbach in ihren Erinnerungen. Ich sagte nichts und schenkte ihr von dem Whisky nach. Als sie weitererzählte, sah sie mich nicht mehr an, war ganz in jener Zeit gefangen, in der sie mit ihrem Liebsten die große Reise gemacht hatte. Sie erzählte von der Landschaft, dem Licht über den Feldern, den schroffen Höhen und weichen Tälern. Sie sprach vom Duft des Lavendels und dem merkwürdigen Französisch, das die Menschen dort unten sprachen. Sie sagte, dass sie noch nie so glücklich gewesen wäre wie in diesen Tagen. Aristides Familie war bezaubernd, alle waren ganz vernarrt in sie, und sie glaubte sich geborgen und aufgehoben in der Liebe ihres Mannes und seiner Verwandten. Bis zu dem Tag, da sie Madame de Vauteuil traf.

»Die Vauteuils gaben ein großes Fest. Sie lebten außerhalb der Stadt auf einem Landgut. Aristides Familie sprach immer respektvoll von dem *château,* dem Schloss. Dass Aristide selbst gar nichts dazu sagte, dass er regelrecht in sich gekehrt wirkte, fiel mir gar nicht auf.« Frau Dornbach seufzte einmal tief, dann fuhr sie fort: »Ich weiß noch, dass wir alle im Garten des Hauses standen; es war ein schönes, großes Haus mit einem Park drum herum. Ich hatte mir besonders viel Mühe mit meinem Haar gemacht und mein schönstes Kleid angezogen. So stand ich inmitten meiner Verwandten, als die Hausherrin kam, um uns zu begrüßen.« Frau Dornbach sah auf ihr Glas hinab und nahm einen Schluck, bevor sie weitersprach. »Sie kam ein paar Stufen herab und bewegte sich wie eine Königin. Ich weiß nicht, wie es kam, dass ich auf einmal ganz vorne stand, vielleicht waren die anderen einen Schritt zurückgewichen. Ich hatte es nicht bemerkt, ich hatte nur noch Augen für die Frau, die auf mich zukam. Denn sie sah so aus wie ich. Oder anders: Ich sah so aus wie sie. Aber ich war die Kopie, und sie war echt.«

»Sie meinen …?«

Frau Dornbach nickte langsam. »Die ganze Zeit über hatte Aristide mich zu einem Ebenbild dieser Madame de Vauteuil geformt. Ich hatte ihre Haarfarbe und ihre Löckchen, ihren Lippenstift und ihren Nagellack. Und auch wenn mein Kleid dem ihren nicht glich, war doch offensichtlich, dass es völlig ihrem Stil entsprach. Später habe ich die ganze Geschichte erfahren. Aristide war in seiner Jugend in Marie Celeste, das war ihr Vorname, verliebt gewesen. Marie aber wollte ein elegantes Leben führen und heiratete reich. Natürlich kannten alle die Geschichte. Ich weiß nicht, ob es aus Bosheit oder einfach nur aus Neugier geschah, aber alle wollten sehen, wie ich auf diese Begegnung reagierte.«

»Und wie haben Sie reagiert?«

»Es war der schwerste Tag meines Lebens, aber ich habe durchgehalten. Habe keine Blöße gezeigt. Am nächsten Tag bin ich nach Deutschland zurückgefahren – allein. Aristide hat alles Mögliche versucht, um mich zurückzugewinnen, aber es ging nicht. Ich fühlte mich betrogen und hintergangen und bestand auf der Scheidung.«

Frau Dornbach atmete einmal tief durch und erhob sich. »Und jetzt gibt es etwas zu essen.«

Während sie uns zwei Teller füllte, dachte ich an die junge Frau, die von ihrem Mann verraten worden war.

»Was ist aus ihm geworden?«, fragte ich nach einer Weile.

»Irgendwann hörte ich, dass Marie Celeste Witwe geworden ist.« Sie zuckte mit den Schultern. »Ich hoffe, er ist mit ihr glücklich geworden.«

»Sie scheinen mir ja nicht sehr nachtragend zu sein«, sagte ich zwischen zwei Bissen. »Das Gulasch ist übrigens ausgezeichnet.«

»Nicht wahr? Und was Aristide betrifft, na ja, ich war natürlich unendlich gekränkt damals. Aber kurze Zeit später starb meine Schwester, und die kleine Ellionore kam zu mir. Da konnte ich mir kein Selbstmitleid mehr erlauben. Und irgendwann tat es auch nicht mehr weh.«

Ich war mir nicht sicher, ob ich ihr das glauben sollte. Aber noch viel dringender begann ich, mich zu fragen, warum sie mir diese Geschichte erzählt hatte.

»Was glauben Sie, warum ich Ihnen das alles erzählt habe?«, fragte sie auf einmal mit einem listigen Lächeln.

»Genau das ging mir gerade durch den Kopf.«
»Also?«
»Um mir klarzumachen, dass ich lieber die Finger vom Heiraten lassen soll?«
»Falsch. Um es besser zu machen.«
»Okay, ich werde darauf achten, dass mir meine Zukünftige keine Löckchen andrehen wird.«
»Alex, haben Sie denn gar nichts verstanden?«
Mir fiel auf, dass sie mich mit Vornamen ansprach. Gefiel mir aber irgendwie.
»Wieso? Ich kann nicht erkennen, dass Sie etwas falsch gemacht haben. Wie hätten Sie auch ahnen können, dass es da noch eine Madame Vauteuil gab?«
»Das sehen Sie richtig. Ich habe mich bis über beide Ohren in einen Mann verliebt und ihn geheiratet. Es war das größte Abenteuer meines Lebens, und ich möchte es nicht missen. Das ist es, was am Ende zählt: die Entscheidung, alles zu riskieren für eine solche Liebe. Wenn es trotzdem schiefgeht, braucht man sich keine Vorwürfe zu machen. Der schlimmste Vorwurf, den man sich machen kann, ist allein der, es nicht riskiert zu haben.«
»Aha, dann …«, begann ich zögernd, wusste aber nicht weiter. Worauf wollte sie bloß hinaus?
»Es geht nicht um mich«, sagte sie eindringlich. »Es geht um Aristide. Er hat die falsche Frau geheiratet. Ich bin meinem Herzen gefolgt, er nicht. Damit hat er nicht nur mich unglücklich gemacht, sondern auch sich selbst. Und damit kommen wir zu Ihnen.«
Ich fand, das klang wie eine Drohung. Frau Dornbach fuhr unbarmherzig fort.
»Was Sie mir von dieser Kathleen erzählt haben, hört sich immer noch so an, als würden Sie sich ein Auto kaufen.«

Das saß. Ich wusste zwar nicht, wieso, aber es saß.
»Und darum habe ich Sie gefragt, ob sie die Frau ist, von der Sie mir erzählt haben? Die Frau, die Sie sich wünschen?«
Sie tätschelte mir die Hand.
»Ich mag Sie gerne, mein Junge. Und ich glaube, Sie haben das Zeug für eine große Liebe. Vergeuden Sie sich nicht. Vor allem aber, betrügen Sie sich nicht, und betrügen Sie auch nicht die Frau, die Sie heiraten. So, und jetzt muss ich Sie rausschmeißen. Gleich kommt meine Lieblingsserie. Die will ich nicht verpassen.«
Noch etwas benommen ließ ich mich von ihr zur Tür bringen. Dann aber, ich war schon halb im Flur, sagte sie noch in beiläufigem Ton: »Ach ja, kommen Sie doch morgen zum Kaffee. Ich möchte Sie jemandem vorstellen.«
»Vorstellen?«, fragte ich alarmiert. »Wem?«
»Meiner Nichte, Ellionore.«
»Frau Dornbach, hören Sie …«
»Alex«, unterbrach sie mich, »ich darf doch Alex sagen, nicht wahr?«
»Äh, ja natürlich.«
»Meine Ellionore ist ein ganz tolles Mädchen, und ich möchte, dass Sie sie kennenlernen. Sie würden es andernfalls bereuen.«
»Ich fände es wirklich besser, wenn wir das auseinanderhalten würden.«
»Papperlapapp, kommen Sie zum Kaffee, um halb vier. Es ist alles ganz harmlos, nur ein Kaffee bei der Tante. Vertrauen Sie mir.«
»Also gut, aber …«
»Fein, dann bis morgen. Gute Nacht.«
»Gute Nacht«, sagte ich zu der verschlossenen Tür. Erstaunlicherweise dauerte es ziemlich lange, bis ich es kapierte: Frau Dornbach hatte mich reingelegt!

VIII

Ihre Tante hatte sie auf eine Idee gebracht. Zwar glaubte Elli nicht, dass Berger ihr auf die romantische Tour kommen würde. Dafür war er einfach nicht der Typ. Dennoch teilte sie Tante Sophies Einschätzung, dass er auf die passende Gelegenheit wartete. Und nicht zögern würde, wenn er sie für gekommen hielte. Zwar war sie durchaus imstande, mit einer solchen Situation umzugehen. Doch sie kannte sich gut genug, um zu wissen, dass ihr manchmal Fehler unterliefen. Es gab nun mal Momente, in denen sie sich nach Zärtlichkeit sehnte, und Berger war ein attraktiver Mann. Das Wissen, dass so etwas nur katastrophale Folgen haben konnte, war kein ausreichender Schutz. Sie war es leid, dass dieses Problem sie ständig begleitete. Es kostete sie Zeit und Energie. Sie wollte es ein für alle Mal aus der Welt schaffen. Und die Möglichkeit dazu entdeckte sie schließlich im Vorschlag ihrer Tante.

Während sie sich, in ihrem weißen Bademantel auf dem Sofa sitzend, die Fußnägel lackierte, durchdachte sie ihren Plan. Sie beabsichtigte nämlich, sich zu verloben! Natürlich nicht richtig. Eigentlich gar nicht. Genau genommen würde sie lügen und betrügen. Und das machte ihr durchaus zu schaffen. Nicht nur aus moralischen Gründen, sondern auch, weil sie wusste, dass man sich mit Lügen in höllische Schwierigkeiten bringen konnte. Also galt es, Risiko und Nutzen sorgfältig gegeneinander abzuwägen.

Anfangs hatte sie nur daran gedacht, Tante Sophie eins auszuwischen, damit die endlich aufhörte, ihr mit dem Thema Heirat auf die Nerven zu gehen. Sie hatte vorgehabt, diesem Dieter oder wie auch immer er hieß, zuckersüß gegenüberzutreten. Um ihn daraufhin als den Idioten zu entlarven, der er vermut-

lich war. Aber dann war sie auf die Idee gekommen, dass Dieter ihr vielleicht sogar nützlich sein könnte.
Dazu musste sie ihn allerdings ziemlich an der Nase herumführen. Sie musste ihn so weit kriegen, dass er sich Hoffnungen machte, ohne ihn allzu sehr zu ermutigen. Sie würde mit ihm ausgehen. Nicht zu häufig, höchstens einmal die Woche, besser noch alle zwei Wochen. Sie würde ihn schön auf kleiner Flamme halten. Auf diese Weise hätte sie einen Begleiter, den sie bei Bedarf aus dem Hut zaubern konnte. Dass sie ihn in ihrem beruflichen Umfeld als ihren Verlobten ausgab, brauchte er nicht zu wissen.
Elli war davon überzeugt, dass ein Verlobter die perfekte Abschreckung darstellte. Noch mehr als ein Ehemann. Eine verheiratete Frau war im Denken der Männer möglicherweise schon desillusioniert und für ein folgenloses Abenteuer durchaus zu haben. Die Vielzahl von Seitensprüngen verheirateter Frauen und Männer sprach jedenfalls für diese Theorie. Eine Verlobte hingegen war gerade dabei, den Schritt ins vermeintliche Glück zu tun, und damit völlig unempfänglich für andere Versuchungen. Ihrer Einschätzung nach machte eine Verlobung eine Frau geradezu asexuell. Ein Verlobter war eine ungemein praktische Sache, und das nicht nur im Hinblick auf Berger, sondern auch für viele andere Situationen.
Zufrieden musterte sie das Dunkelrot ihrer Fußnägel. Dann legte sie die Füße auf den niedrigen Glastisch, um den Lack trocknen zu lassen. Eine alleinstehende Frau in ihrem Alter, die zudem auch noch attraktiv war, hatte nicht nur das Problem, von vielen Männern als potenzielle Beute betrachtet zu werden. Sie wurde auch von vielen Frauen als potenzielle Gefahr angesehen. Sei es, weil diese schon mit jemandem zusammen waren, dessen Standhaftigkeit sie misstrauten. Sei es, weil sie selber auf der Suche waren und Konkurrenz witterten. Als alleinstehende Frau war sie allen suspekt.

Das Phänomen war nicht neu für sie, und sie verdächtigte so manch eine ihrer Geschlechtsgenossinnen, dass sie aus ebendieser Furcht vor diesem Ausgestoßensein eine Partnerschaft eingegangen waren, die sie sonst vielleicht nie zugelassen hätten. Das war für Elli immer unfassbar gewesen. Auf so etwas hätte sie sich nie einlassen können. In ihrer Vorstellung gab es nur eine Form der Liebe, und die war unbedingt. »Ein bisschen« oder »vielleicht« oder »mit der Zeit« waren in ihren Augen Formulierungen, die mit dem Wort Liebe nicht zu vereinbaren waren. Entweder die Liebe war da. Oder eben nicht. Punkt. Aus.
Dass diese Kompromisslosigkeit ihr Leben nicht gerade einfacher machte, war ihr manches Mal schmerzlich bewusst. Aber sie konnte nicht anders. Es wäre ihr wie ein Verrat vorgekommen. Und man durfte doch die Liebe nicht verraten! Die gleiche Haltung erwartete sie auch von einem Mann. Doch bei den Männern, mit denen sie bisher zusammen gewesen war, hatte sich immer sehr schnell herausgestellt, dass dies nicht der Fall war. Deswegen war sie Single geblieben. Die negativen Folgen, das Gefühl, ausgegrenzt zu werden, oder die unerwünschten Annäherungsversuche, hatte sie immer leichten Herzens ertragen. Sie waren der Preis, den sie für ihre Überzeugung zu zahlen bereit war. Jetzt aber konnte sie gut ein bisschen Ruhe an der Front gebrauchen.
Natürlich könnte sie diesen ganzen Verlobungszirkus auch einfach erfinden. Doch das war ihr zu riskant. Es gab nun mal Situationen, in denen ein Verlobter auch auftauchen musste, wenn sie nicht schnell entlarvt werden wollte. Was hochnotpeinlich wäre. Nein, einen Verlobten zu erfinden, kam nicht in Frage. Sie brauchte einen richtigen Verehrer, den sie notfalls mit ins Konzert oder auf einen Empfang schleppen konnte. Ihr war allerdings klar, dass das nur funktionieren würde, wenn dieser Dieter mitmachte.

Er durfte also nicht zu clever sein, damit er sie nicht durchschaute. Aber auch nicht so dämlich, dass er nicht mehr vorzeigbar war und nicht zumindest ein oder zwei vernünftige Sätze herausbrachte. Doch sie traute Tante Sophie durchaus zu, ein solches Exemplar aufgetrieben zu haben. Als Nächstes musste sie ihn nur um den Finger wickeln. Und dass ihr das gelingen würde, daran hatte sie keinen Zweifel. Bisher war ihr das noch immer gelungen, mal abgesehen von Typen wie Berger. Aber die würden ganz bestimmt nicht im Wohnzimmer ihrer Tante herumsitzen.
Ein Weilchen haderte sie noch mit dem Umstand, dass sie im Begriff war, einen Menschen für ihre Zwecke zu benutzen. Aber dann schob sie ihre Skrupel beiseite. Männer taten so etwas andauernd. Außerdem war es für einen guten Zweck.
Sie schaute auf die Uhr. Es war Zeit, sich fertig zu machen und zu ihrer Tante zu fahren. Vergnügt sprang sie auf und inspizierte ihre Garderobe. Die Sache fing an, ihr Spaß zu machen.

IX

Es war so still im Treppenhaus. Warum war es nur so still? Als ich an der Tür der Nachbarn vorbeikam, war ich mir sicher, dass sie mich durch den Spion beobachteten. Da wusste ich, warum es so still war. Alle beobachteten mich. Alle standen hinter den Türen und glotzten mich durch das fischäugige Glas an. Hämisch, denn ich war nackt. Zumindest von der Hüfte abwärts. Ich trug nur ein Unterhemd, das viel zu kurz war, um mein Geschlecht zu verbergen. Ich erstarrte vor Scham. Warum trug ich keine Hosen? Ich musste zurück in meine Wohnung, mich anziehen. Aber ich konnte nicht. Dort waren alte Männer, nein, nicht alte Männer, mumifizierte Männer, aber dennoch lebendig, beinah. Es waren Zombies, die einst Eric, Waldo und Tom geheißen hatten und nun darauf lauerten, mir meine Lebenskraft auszusaugen. Ich war geflohen, um nicht so zu werden wie sie. Ich musste zu Frau Dornbach. Aber ich hatte keine Hose an, und mit jeder Stufe, die ich hinabstieg, wuchs ein namenloser Schrecken heran. Er atmete aus den Wänden, hinter denen Gier und Lüsternheit wohnten wie Dämonen, deren Knechte, die Menschen, sich vor den Türspionen drängelten. Sie alle waren Zeugen meiner trägen Flucht. Warum nur gierten sie so sehr nach diesem Schauspiel? Um einen halbnackten Mann zu sehen? Ich wusste: Das allein war es nicht. Die Antwort lauerte dort unten, in Frau Dornbachs Wohnung, von der ein intensiver Geruch nach Gulasch ins Treppenhaus zog. Aber dieser Geruch war nicht appetitlich, nicht köstlich. Etwas daran war falsch. Es roch süßlich, widerlich, krank. Ich zögerte, und das Gefühl der Bedrohung nahm zu. War ich auf dem richtigen Weg? Da vernahm ich grunzende Laute von oben, die Zombies folgten mir. Nun gab es kein Überlegen mehr. Ich versuchte, meine Schritte zu beschleunigen. Aber es ging nicht. Je mehr ich vorandrängte, desto beschwerlicher wurden sie. Auch nahm die Höhe der Stufen zu, so dass ich mich bald am Geländer festhalten musste, um nicht zu stürzen. Dann musste ich springen. Schon erblickte ich ein Stockwerk tiefer die Wohnungstür von Frau Dornbach. Ein Glühen ging von ihr aus, das dem kalten Treppenhaus einerseits Wärme spendete, andererseits aber auch etwas Unheilvolles hatte. Doch diese ungewisse Gefahr wurde brutal überlagert von den immer näher kommenden sabbernden, schmatzenden und röchelnden Zombies hinter mir, denen die Höhe der Stufen nicht das geringste Problem zu bereiten schien. Immer intensiver, immer widerlicher wurde der Geruch, und das Glühen der Tür verwandelte sich in ein erregtes Pulsieren. Wieder sprang ich, nur noch wenige Stufen. Das Röcheln, das Hecheln. Die freudige Gier der Tür. Der Geruch, ekelerregend und dennoch vertraut wie Kindheit. Wie eine Perversion der Kindheit. Nur noch drei Stufen, nur noch zwei. Ich würde läuten. Und dann? Entsetzt wurde ich mir wieder meiner Nacktheit bewusst. Wie konnte ich Frau Dornbach so gegenübertreten? Schon wusste ich um die ausgestreckten Hände hinter mir, Klauen, die sich meiner bemächtigen wollten. Verzweifelt sprang ich die letzte Stufe hinab, landete auf den Knien. Die Zombies setzten an, mir zu folgen. Da öffnete sich mit einem Seufzen die Tür!

Auf einen Schlag war alles fort. Die Zombies, die glotzenden Nachbarn, die lüsternen Dämonen. Alles war still, wirklich still. Immer noch auf den Knien, schaute ich in den Flur von Frau Dornbachs Wohnung. Er war lang, viel länger, als ich ihn in Erinnerung hatte, und lag im Halbdunkel. Doch am anderen Ende, wo, wie ich wusste, die Küche lag, herrschte gleißendes Licht. Von dort kam der Geruch, der nun von betäubender Wucht war. Und von dort näherte sich jetzt eine massige Ge-

stalt. Erst dachte ich, es wäre Frau Dornbach. Aber dann erkannte ich, dass sie jünger war, kraftvoller, gefährlicher. Sie trug einen weißen Kittel wie eine Krankenschwester und weiße Gesundheitsschuhe, die bei jedem Schritt auf dem Linoleum quietschten. Auf ihrem blonden Haar saß ein weißes Hütchen mit einem roten Kreuz darauf. Aber es war kein klares, rechteckiges Kreuz, sondern ein nachlässig geschmiertes. Es sah aus, als wäre es mit Blut gemalt.

Dann ragte sie über mir auf, Beine wie Säulen, die Hände in die Hüften gestemmt, Schultern wie ein Preisboxer. »Na, da ist ja der Kleine!«, dröhnte ihre Stimme. Sie beugte sich herab, packte mich bei den Oberarmen und zog mich auf die Füße. Erschreckt versuchte ich, mein ungeschütztes Geschlecht vor ihr zu verbergen. Sie schien es zu bemerken und lachte mit breitem Gebiss. »Ich bin die Ellionore«, dröhnte sie. »Die Nichte.« Und dieses Wort Nichte zischte sie mir ins Gesicht. »Hab keine Angst, es wird schon nicht so schlimm werden.«

Dann zog sie mich in den Flur. In rasender Geschwindigkeit. Ich war erstarrt, konnte mich nicht wehren in ihrem mörderischen Griff. Das Licht wurde heller, eine andere Gestalt trat vor. Frau Dornbach, ja, diesmal war ich sicher, Frau Dornbach. Ich wollte sie um Hilfe anflehen. Da sah ich, was sie in der Hand hielt. Und eine tödliche Kälte schoss mir durch die Glieder. Ich sah den Tisch aus glänzendem Stahl. Die Instrumente, die Flaschen mit dem Desinfektionsmittel. Sah die Blutlachen auf dem Fußboden. Sah Frau Dornbach, die mit teuflischem Grinsen sagte: »Na, mein Junge. Bereit für die Sünnet?« Sah die Klinge in der Hand, von der das Blut tropfte, und wie ihr Blick an meinem Körper hinabwanderte, bis er mein entblößtes Geschlecht erfasste. Ich bäumte mich auf, die stählernen Arme packten mich fester. Dann sah ich den Topf!

Es war der gleiche Topf, in dem Frau Dornbach das Gulasch

gekocht hatte, das wir gegessen hatten. Aber jetzt brodelte dort etwas anderes. »Komm, mein Kleiner«, raunte die Frau mit dem stählernen Griff heiser in mein Ohr. »Wenn du mein Ehemann sein willst, musst du da durch.« Sie schob mich vorwärts, Frau Dornbach entgegen, die die Klinge hob. Die Klinge, das Blut, das Gulasch; mit einem Schlag begriff ich, was dort in dem blutigen Sud köchelte: Es waren Vorhäute. Ich wollte schreien, aber meine Kehle war wie zugeschnürt. Die stählernen Arme, die dröhnende Stimme: »Ich bin die Ellionore.« Das Messer, das Blut, das Vorhautgulasch. Nein. Nein! NEIN!

»NEIIIN!«

Ich saß aufrecht im Bett, keuchend. Kalter Schweiß bedeckte meine Haut. Ich schlug die Decke zurück, sah in meinen Schoß. Es war noch alles da, Gott sei Dank! Mit einem Stöhnen, halb gequält, halb erleichtert, fiel ich ins Kissen zurück. Verdammt, diese Heiratswette machte mich langsam zum Wrack.

Ein Blick auf die Uhr sagte mir, dass ich viel zu lange geschlafen hatte. Es war schon kurz vor zwölf. Frau Dornbachs Fusel hatte mich völlig weggehauen. Und nun waren es nicht einmal mehr vier Stunden bis zur Begegnung mit ihrer Nichte. Mit einem Schaudern fuhr ich wieder hoch.

»Okay, beruhige dich«, redete ich mir selber zu. »Sie ist keine Nazi-Krankenschwester. Sie ist eine ganz normale Frau. Wahrscheinlich arbeitet sie bei einer Versicherung oder in einer Anwaltskanzlei. Oder bei einer Behörde, wahrscheinlich der Beschneidungsbehörde. Oh Gott!« Ich barg mein Gesicht in den Händen. Diese Bilder würde ich nie wieder aus dem Kopf kriegen. Frau Dornbachs Nichte könnte aussehen wie ein Model, mir würden wahrscheinlich die Eier einschrumpeln, wenn ich ihr gegenüberstand. Verflucht noch mal, was musste meine Nachbarin mich auch in eine solche Situation bringen?

Ich schälte mich endlich aus dem Bett und trat ans Balkonfenster. Ein sonniger Tag, prima. Ich sollte ins *Montmartre* gehen und ein paar Austern schlürfen. Leider stand mir überhaupt nicht der Sinn danach. Für einen Moment durchzog mich eine schmerzhafte Sehnsucht. Konnte nicht alles einfach wieder so sein wie früher? Das *Montmartre,* meine Freunde und Frauen, die wie das Lächeln einer Vorübergehenden durch mein Leben zogen? Aber ich kannte die Antwort darauf ja längst. Nichts würde wieder so sein wie früher. Früher, das war nie.

Ich ging in die Küche und machte mir einen Kaffee mit viel aufgeschäumter Milch in einem großen Bol. Mit dem dampfenden Getränk trat ich auf den Balkon und schaute erst mal, ob Emily irgendwo hockte, um mir Gesellschaft zu leisten. Aber sie war nirgends zu sehen. Wahrscheinlich war sie gerade bei ihrer Futterchefin und schlabberte Vorhautsuppe, das verräterische Luder.

Ich musste mir etwas überlegen wegen dieser Kaffee-und-Kuchen-Sause bei meiner Vermieterin. Dabei stand schon mal fest, dass ich der Sache skeptisch bis ablehnend gegenüberstand, und das nicht nur wegen meines Alptraumes. Ich konnte es nämlich nicht leiden, wenn mich jemand verkuppeln wollte. Mal ganz davon abgesehen, dass ich ohnehin nicht an den Erfolg solcher Bemühungen glaubte. Weder in Serdars Plüschsessel noch auf Frau Dornbachs mit Kissen gespicktem Sofa würde mir die Frau meines Lebens begegnen. Im Übrigen, was war denn das für eine Frau, die offensichtlich von ihrer Tante an einen Nachbarn verkuppelt werden musste? Das Bild einer rotwangigen Provinzschönheit, die karierte Röcke trug und vorzüglichen Apfelkuchen backte, tauchte in meiner Vorstellung auf. Das war sicher Quatsch, aber dass es sich um eine Frau handelte, die selbst keine aussichtsreiche Verabredung zustande brachte, war ja wohl offensichtlich. Und das hatte wahrscheinlich seinen Grund, schlussfolgerte ich gnadenlos. Es war schlichtweg nicht

vorstellbar, dass mir so jemand gefallen würde. Geschweige denn, dass eine solche Frau als Lebenspartnerin in Frage käme. Außerdem fühlte ich mich in diesem speziellen Fall auch ziemlich verladen. Ich fragte mich, seit wann Frau Dornbach diesen Anschlag auf mich geplant hatte. War etwa ihr ganzes Interesse an meinem Fall von dem Motiv geleitet gewesen, ihre Nichte unter die Haube zu bringen? Aber da unterstellte ich ihr wahrscheinlich zu viel Durchtriebenheit. Tatsache war doch, dass ich Frau Dornbach mochte. Auch wenn sie deswegen noch lange nicht meine Schwiegertante werden musste. Es war wirklich eine äußerst blöde Situation.
Ich beschloss, erst mal ein wenig Körperpflege zu betreiben. Eine Dusche und eine Rasur würden mein Urteilsvermögen stärken. Dabei schaffte ich es, die ganze Problematik vollkommen zu verdrängen. Ich machte mir ein Frühstück, las ein wenig Online-Zeitungen und legte mir Musik auf. Ich hatte vor einigen Tagen ein paar Aufnahmen mit Tuaregmusik gefunden, die ich mir noch mal genauer anhören wollte. Und obwohl sie nicht ganz mein Fall waren, entführten sie mich doch im Geiste weit, weit fort in die nordafrikanische Wüste. Herbeigelockt von diesen fremdartigen Klängen, kam Emily über die Katzenbrücke getrabt.
»Hey Kleine, komm rein!«, forderte ich sie auf. Doch so ganz geheuer war ihr die Musik nicht, sie suchte sich auf dem Balkon ihr Plätzchen und fing an, sich zu putzen. Das lenkte meine Gedanken dann doch wieder auf die bevorstehende Verabredung. Ein Blick auf die Uhr verriet mir, dass es höchste Zeit war, eine Entscheidung zu treffen.
Also, es war klar, dass ich keine Lust zu diesem Kaffeeklatsch hatte. Sollte ich vielleicht einfach wegbleiben? Das wäre allerdings sehr unhöflich, zumal ich schon zugesagt hatte, auch wenn diese Zusage durch eine ziemlich gerissene Manipulation

zustande gekommen war. Wenn ich nun aber hinginge, stünde mir eine quälende Stunde bevor. Wobei ich davon ausging, dass es auf keinen Fall länger als eine Stunde dauern durfte. Dafür, dass ich rechtzeitig verschwinden konnte, brauchte ich ohnehin noch eine Ausrede. Aber das war einfach, ich musste eben ein Konzert mit vorbereiten. Was aber, wenn diese Nichte so unerträglich war, dass nicht einmal zehn Minuten mit ihr auszuhalten waren? Wenn ich doch nur jetzt schon wüsste, was für ein Exemplar mich da unten erwartete.
Doch als ich nun durch die Balkontür nach draußen schaute, kam mir die rettende Idee. Natürlich könnte ich sie mir vorher anschauen! Ich würde sie ja kommen sehen. Von meinem Balkon aus oder, noch besser, etwas verborgen hinter der Balkontür konnte ich jeden sehen, der durch den Vorgarten auf die Haustür zuging. Ich schaute auf die Uhr, Viertel nach drei. Wer weiß, vielleicht käme sie ja etwas früher, es war besser, jetzt schon den Beobachtungsposten zu beziehen.

Elli war spät dran. Dabei hatte sie gut in der Zeit gelegen. Aber gerade als sie die Wohnung verlassen wollte, hatte das Telefon geklingelt. Mit leichtem Unmut erkannte sie Bergers Nummer. Aber es nützte nichts, den Anruf zu ignorieren. Dann würde er nur eine Minute später auf ihrem Handy anrufen.
Ob sie am Abend mit ihm in ein Konzert gehen könnte? Es war nicht die herzliche Frage eines Freundes, der sie bat, ihn zu begleiten, es war die kühle Frage eines Chefs, der seine Assistentin anforderte. Und obwohl ihr ein wenig das Herz klopfte, sagte sie nein. Sie hätte schon etwas vor. Sie sagte es ebenso kühl und sachlich, wie er gefragt hatte. Doch sie merkte an seinem kurzen Schweigen, dass er nicht mit einer Absage gerechnet hatte. In gleichmütigem Ton wünschte er ihr ein schönes Wochenende.
Elli konnte sich eines leichten Triumphgefühls nicht erwehren.

Im Grunde hatte sie bereits begonnen, mit ihrem Alibiverlobten zu pokern, obwohl sie ihn noch nicht einmal erwähnt hatte. Und ihn, wie sie sich zu ihrer Ernüchterung eingestehen musste, auch noch nicht einmal zu Gesicht bekommen hatte. Während sie ihren roten Mini durch die Stadt steuerte, kamen ihr die ersten Zweifel an ihrem Plan. Es war doch ziemlich verwegen, anzunehmen, dass sie einen Mann, von dem sie nichts, aber auch rein gar nichts wusste, dazu bewegen könnte, eine solche Rolle zu spielen. Dann aber forderte die Straße ihre Aufmerksamkeit. Sie steckte im Stau.

Leise fluchend schlug sie auf das Lenkrad. Sie hatte die Baustelle am Dammtor vergessen. Als sie endlich durch war, hatte sie fast eine Viertelstunde verloren. An der nächsten Ampel hielt ein aufgemotztes Auto mit zwei grinsenden, gegelten Typen neben ihr. Wummernde Bässe dröhnten zu ihr herüber. Sie ignorierte die beiden, konnte aber nicht verhindern, dass das Dröhnen sie nervte. Und es waren noch mehr Spinner unterwegs, die sich für die Samstagnacht warm heizten. Einmal nahm ihr einer dieser Testosteronbengel die Vorfahrt, und sie hupte wütend. Wie ein Echo kam die natürlich viel lautere Hupe zurück. Als sie endlich in die Straße einbog, in der ihre Tante wohnte, fand sie keinen Parkplatz. Gereizt kreuzte sie eine Weile durch das Viertel, bis sie schließlich zwei Straßen weiter eine Lücke fand, in die sie gerade hineinpasste. Als ihr dann aber gewahr wurde, dass sie mit eiligen Schritten zum Haus ihrer Tante lief, hielt sie mit einem Mal inne. Was war los mit ihr? Sie brauchte nicht pünktlich zu sein. Dies war ein Date. Sie hatte das Recht, zu spät zu kommen. Sie durfte davon ausgehen, dass Dieter bereits auf dem Sofa saß, wenn sie dort eintraf. Damit gleich klar war, wer hier das Ross und wer der Reiter war. »Alles, was zwischen zwei Menschen sein wird«, hatte ihre Tante gebetsmühlenhaft wiederholt, »entscheidet sich bereits am Anfang.«

Elli atmete einmal ruhig durch. Dann ging sie weiter, nicht eilig, aber auch nicht trödelnd. Eine Frau auf dem Weg zu ihrem zukünftigen Verlobten.

Die Lady ließ sich Zeit. Mittlerweile hatten ein Kinderwagen plus die ihn schiebende Mutter, ein paar Teenager sowie mehrere mit Einkaufstüten behangene Straßenanwohner das Haus passiert. Das Warten störte mich aber nicht. Es war eine friedliche, harmlose Tätigkeit mit einem garantierten Ergebnis, denn dass die Erwartete schließlich kommen würde, stand außer Frage.
Während ich, an die Wand gelehnt, durch die offene Balkontür auf den Bürgersteig und den Weg zum Haus schaute, fragte ich mich, ob ich das alles nicht ein wenig zu negativ sah. Vielleicht war diese Ellionore ja eine ganz nette Person. Schließlich hatte sich auch Frau Dornbach irgendwann als eine sehr angenehme Nachbarin entpuppt. Vielleicht erwartete mich bei der Nichte ja ebenfalls eine Überraschung, wenngleich ich immer noch ausschloss, dass es mehr als nur eine nette Kaffeerunde werden würde. Kurz, ich hatte mich damit ausgesöhnt, dass ich diesen Nachmittag mit einer völlig überflüssigen Verabredung vertrödeln würde. Jetzt war ich nur noch neugierig, welche Anteile des Dornbachschen Genpools sich in dieser Nichte manifestieren würden.
Beinah hätte ich sie für eine normale Passantin gehalten. Sie schritt so forsch aus, als wollte sie die Straße möglichst schnell hinter sich lassen. Darum achtete ich nicht gleich auf sie. Dann aber bog sie in den Weg zum Haus ein, und ich erstarrte. In meinem Nacken begann es zu kribbeln, meine Eingeweide signalisierten erste Anzeichen von Panik, und mein Scrotum schrumpelte erschreckt zusammen. In den wenigen Sekunden, die ich sie den Weg zum Haus entlangschreiten sah, erkannte

ich alles wieder: die blonden, straff zurückgekämmten Haare, die kräftigen Schultern, das breite Becken in einem braunen Lederrock, die muskulösen Waden und ... mein Gott, sie trug weiße Gesundheitsschuhe.

Mit einem Keuchen wich ich zurück. Das konnte doch nicht wahr sein. Ich träumte. War DAS die Frau, mit der Frau Dornbach mich verkuppeln wollte? Ich wollte es nicht glauben. So etwas würde sie doch nicht tun. Dann dachte ich: Das war sie nicht. Das konnte nicht Ellionore gewesen sein. Diese Frau war nicht auf dem Weg zu Frau Dornbach, sondern besuchte jemand anders im Haus. Natürlich, das war es. Es konnte nicht anders sein. Dennoch musste ich mir Gewissheit verschaffen.

Ich eilte zur Wohnungstür, öffnete sie und lauschte ins Treppenhaus. Ich vernahm von unten Frauenstimmen. Eine davon war ganz unzweifelhaft die von Frau Dornbach. Die andere eine kräftige Altstimme. Ich verstand nur Wortfetzen. »... wie schön, dass ... Kaffee ... aber ja.« Dann ein Lachen, eine Tür fiel ins Schloss, und es war still.

Auch ich schloss meine Tür und lehnte mich mit dem Rücken dagegen. Kein Zweifel, sie war es. Ellionore war die Nazi-Krankenschwester. Natürlich wusste ich, dass sie nicht die Frau aus meinem Traum war, dass dort unten keine blutigen Rituale durchgeführt wurden und keine Unaussprechlichkeiten auf dem Herd köchelten. Doch auch ohne diesen Hintergrund war die Frau völlig unakzeptabel. Was hatte sich Frau Dornbach nur gedacht? Dass ich eine schwedische Ringkämpferin suchte? Ich konnte unmöglich da runtergehen. Diese Frau würde ich nicht eine Minute ertragen. Ich konnte aber auch nicht in meiner Wohnung bleiben, vor deren Tür in Kürze eine hektische Frau Dornbach stehen würde. Ich wollte nur noch fort. Fort aus diesem Haus und von diesen wahnsinnigen Frauen. Ich zog mir hastig meine Schuhe an und schnappte mir meine Jacke.

Montmartre, ich komme. Ein paar Drinks, ein paar coole Sprüche, und dieser ganze Alptraum wäre vergessen.
Ich hatte schon die Hand auf dem Türgriff, als ich innehielt. Was, wenn Frau Dornbach mich im Treppenhaus hörte? Ich musste mich rausschleichen. Aber was, wenn sie genau in dem Moment aus ihrer Wohnung kam, um mich zu holen? »Ach Alex, da sind Sie ja. Kommen Sie doch herein, ich möchte Ihnen meine Nichte vorstellen.« Ich dachte an Murphys Law, demzufolge immer genau das schiefgeht, was schiefgehen kann. Außerdem dieses Treppenhaus! Noch saß die Erinnerung an den morgendlichen Alptraum tief. Unschlüssig stand ich vor meiner Wohnungstür und überlegte fieberhaft, wie ich hier rauskäme. Mit einem Mal lugte Emily um den Türrahmen zum Wohnzimmer und musterte mich neugierig. Da hatte ich eine Idee.

Elli war noch ein Stück vom Haus ihrer Tante entfernt, als sie etwas Merkwürdiges entdeckte: einen Seiltänzer. Das dachte sie jedenfalls, als sie den Mann erblickte, der in Höhe des zweiten Stocks durch die Luft balancierte. Dann aber erkannte sie, dass er sich langsam über ein Brett tastete, das von einem Balkon bis zu einer Astgabel des Baumes direkt vor dem Haus reichte. Es waren nicht viel mehr als zwei Meter, die er zurücklegen musste, doch diese zwei Meter hatten es in sich. Verwundert blieb sie stehen und beobachtete zwischen zwei Holunderbüschen hindurch das gewagte Kunststück.
Was den Anblick noch seltsamer machte, war, dass der Mann nicht gerade wie ein Kunstturner gekleidet war. Zu einem hellen Leinenjackett trug er Jeans und braune Schuhe. Trotzdem bewegte er sich nicht ungeschickt. Nicht zu schnell und nicht zu langsam, die Arme leicht seitlich ausgestreckt, legte er Schritt für Schritt die Strecke bis zum Baum zurück. Schon schien er in Sicherheit, da sprang mit einem Mal eine Katze vom Balkon auf

das Brett und folgte ihm. Ohne auf den sich vorsichtig Vorantastenden Rücksicht zu nehmen, huschte sie an ihm vorbei ins Geäst. Erschreckt geriet der Mann ins Wanken. Elli hielt die Luft an. Doch er ließ sich nach vorne fallen und bekam einen Ast zu fassen. Erleichtert stieß Elli die Luft wieder aus. Dann hörte sie ihn zu ihrem Erstaunen gleichzeitig lachen und schimpfen, wobei sich Letzteres vermutlich auf die Katze bezog, die bereits geschickt den Stamm hinabkletterte. Etwas weniger geschmeidig, aber nicht ungelenkig folgte ihr der Mann. Den letzten Meter sprang er hinab, klopfte sich die Hände an der Jeans ab und stapfte dann sichtlich vergnügt davon. Da er auf der Straße nicht in ihre Richtung abbog, bekam er gar nicht mit, dass er beobachtet worden war.

Kopfschüttelnd setzte Elli ihren Weg fort und schaute dem Unbekannten hinterher, der beschwingten Schritts davoneilte. Er schien heilfroh darüber zu sein, dass ihm dieses kleine Bravourstück gelungen war. Als Elli vor dem Haus stand und zu dem Brett hochschaute, wurde ihr ganz mulmig. Was mochte diesen Typen dazu bewogen haben, solch ein Risiko einzugehen? So etwas machte man doch nicht aus Spaß. Vielleicht, so dachte sie amüsiert, war er der heimliche Liebhaber einer Frau, deren Ehemann gerade nach Hause gekommen war. Das würde die riskante Flucht erklären. Was Elli allerdings überhaupt nicht verstand, war, was Tante Sophies Katze dabei verloren hatte.

Sie suchte mit den Augen den Garten ab, denn sie war sich sicher, dass es Emily gewesen war, die den Fremden beinahe zu Fall gebracht hatte. Da entdeckte sie die Katze im Schatten eines kleinen Busches. Als sie sie rief, erkannte Emily sie wieder, kam maunzend auf sie zu und strich um ihre Beine. Sie beugte sich hinab, um die Kleine zu streicheln.

»Ich wüsste ja zu gerne, was du da oben gesehen hast.« Emily warf sich zur Antwort auf den Rücken, damit Elli ihr den Bauch

kraulte. »Das muss etwas Schreckliches gewesen sein, dass er Kopf und Kragen riskiert, nur um dem zu entkommen.«
Sie nahm sich vor, ihre Tante nach den Bewohnern der Wohnung im zweiten Stock zu befragen. Vor der Haustür hielt sie noch einmal inne und atmete tief durch. Dort drinnen auf dem Sofa saß Dieter, ihr künftiger Verlobter. Kurz flog sie etwas an, das sie als ihren gesunden Menschenverstand identifizierte. Und der sagte ihr, dass ihr Vorhaben völlig bescheuert war. Sie brachte die lästige Stimme zum Schweigen, überprüfte kurz im Glas der Haustür ihr Aussehen und drückte auf die Klingel. Tante Sophie kam ihr entgegen.
»Ellionore, Kleines, da bist du ja endlich. Ach, ich bin ganz verwirrt. Aber komm erst mal und lass dich umarmen.«
Sie ließ sich von ihrer Tante in die Wohnung ziehen.
»Jetzt bringe ich schon alles durcheinander. Ich werde wirklich langsam alt.«
Sie betraten das Wohnzimmer. Auf dem Sofa saß kein Dieter. Auf dem Sofa saß eine Frau. Sie war blond, sie war kräftig und lächelte nun etwas verlegen.
»Ich kann doch ein andermal wiederkommen, Frau Dornbach.«
»Sie bleiben schön hier und trinken mit uns Kaffee, Helga.« Dabei wies sie auf den gedeckten Kaffeetisch. »Das ist ja wohl das wenigste. Und Ihr Geld bekommen Sie natürlich auch.« Sie wandte sich an Elli. »Helga ist meine Fußpflegerin. Ich hatte ganz vergessen, dass wir heute unseren Termin haben. Nur kann sie mir natürlich nicht die Fußnägel schneiden, während wir Kaffee trinken, darum laden wir sie einfach mit ein. Das ist dir doch recht, mein Schatz?«
»Ja natürlich, aber …« Wo war Dieter?
Tante Sophie zog ein grimmiges Gesicht. »Und der Alex, dieser Bursche, ist immer noch nicht da. Setz dich schon mal hin, ich gehe ihn gleich holen.«

»Wieso holen?«, fragte Elli und legte ihre Handtasche ab. Die Begegnung mit Dieter hatte sie sich anders vorgestellt. »Wohnt er denn hier in der Nähe?«
»Ja, er wohnt sogar hier im Haus. Aber jetzt hole ich erst mal den Kaffee.«
Tante Sophie eilte in die Küche. Elli war erstarrt. Das konnte nicht sein! Ihr Blick begegnete dem der ahnungslosen Helga, die immer noch lächelte.
»In welchem Stock wohnt er denn, Tante Sophie?«, rief Elli in Richtung Küche.
»Im zweiten«, erklang die Stimme ihrer Tante. »Du weißt schon, die schöne große Wohnung mit dem Balkon. Ich hoffe, der Junge hat unsere Verabredung nicht vergessen. Er geht samstags immer in dieses Café in der Innenstadt, wie heißt es doch gleich? Es hat einen französischen Namen, *Mon… Mon … parnasse,* oder so.«
»Montmartre«, sagte Elli in dem Moment, als ihre Tante mit der Kaffeekanne in der Hand zurückkehrte.
»Genau, *Montmartre.* Du kennst es also. Ich glaube aber, dass er oben ist und nur die Zeit vergessen hat. Da war nämlich vorhin so eine komische Musik, die sich anhörte, als ob Emily mit ihren Freundinnen eine Chorprobe machen würde. Ich gehe und schau mal. Gieß doch schon mal ein.«
Sie stellte die Kanne auf den Tisch und eilte in den Flur. Elli hörte die Wohnungstür gehen. Sie stand immer noch neben dem Tisch, Helga lächelte, also lächelte sie zurück. Doch anscheinend stimmte etwas nicht mit ihrem Lächeln, denn Helga sah mit einem Mal ganz erschrocken drein.
Sie wandte sich ab und trat ans Fenster. Von hier aus konnte sie einen Teil des Vorgartens einsehen. Der Baum, an dem Dieter-Alex runtergeklettert war, war nicht zu sehen. Er hatte wirklich einiges riskiert, um dem Schrecken, der ihm drohte, zu entkom-

men. Nämlich der Möglichkeit, ihr zu begegnen. Das war genau die Art von Benehmen, die sie gerade jetzt nicht vertragen konnte. Und zwar so etwas von ganz und gar nicht. Elli merkte, wie eine kleine, zornige Flamme in ihrer Brust aufloderte.

»Soso«, sagte sie leise. »Das *Montmartre.*«

Teil 3

Das Duell
(Mitten am Tag)

I

Noch auf dem Weg ins *Montmartre* rief ich meine Kumpels zusammen. Ausreden ließ ich nicht gelten. Das hier war ein Notfall, ein Fall für die vier Musketiere.

Die Euphorie nach meiner etwas spektakulären Flucht hatte nicht lange angehalten. Tatsache war: Ich hatte gekniffen. Das machte mir zu schaffen. Nicht unbedingt wegen Frau Dornbach, die mich schließlich in diese Situation hineinmanövriert hatte. Wahrscheinlich wäre sie erst mal beleidigt, würde sich aber bald wieder beruhigen. Und immerhin hätte sie dann begriffen, dass sie diese Spielchen mit mir nicht machen konnte. Nein, das Einzige, was, oder besser, wer mir bei dieser Geschichte ein wenig leidtat, war diese Ellionore.

Die hatte sich wahrscheinlich wer weiß was vorgestellt, hatte sich zurechtgemacht und war vermutlich auch ziemlich aufgeregt gewesen. Sie zu versetzen war nicht gerade die feine Art. Obwohl … der Stunt mit dem Brett war nicht schlecht gewesen. Ich hatte das schon immer mal ausprobieren wollen. Änderte aber nichts daran, dass ich vor einer Frau davongelaufen war. So etwas machte man nicht. Ich brauchte also psychologische Betreuung. Und wer war in einem solchen Fall zuständig? Meine Kumpels.

»Tom? Kannst du kommen? Es ist wichtig.«

»Zwanzig Minuten.«

»Eric? Wir müssen uns alle treffen. Jetzt!«

»Darauf habe ich nur gewartet.«

»Waldo? Kannst du …«

»Bin schon unterwegs.«

Da war sie, die Magie der Freundschaft. Himmel, wie sehr ich sie vermisst hatte! Schon auf dem Weg ins *Montmartre* begann ich, wieder Licht zu sehen. Was war nur mit uns los, dass wir uns so hatten auseinandertreiben lassen? Ja, Eric wurde Vater, und ja, Tom heiratete. Aber mussten wir uns deswegen denn völlig auseinanderleben? Was war denn das für eine Freundschaft, die nur an einem Tresen funktionierte? An diesem Samstagnachmittag, an dem die blonde und etwas kräftig gebaute Nichte meiner Vermieterin an deren Kaffeetisch saß und auf mein Erscheinen wartete, beschloss ich, dass diese Ereignisse mich und meine Freunde nicht auseinanderbringen durften.

Ich mochte Lisa nicht besonders, und bei Erics zukünftigem Sprössling Onkel zu sein, gefiel mir auch nicht. Ja und? Ich würde es trotzdem tun. Und ich würde auch tun, worum mich Tom gebeten hatte. Ich würde sein Trauzeuge sein. Ich würde dem Bund zwischen ihm und Lisa meinen Segen geben. Weil er mein Freund war. Und wir würden einen Weg finden, wie wir weiterhin zusammen sein könnten. Dann wären wir eben nicht mehr nur vier Musketiere, sondern vier Musketiere mit ihren Frauen. So war das Leben nun mal.

Als ich an diesem Nachmittag in die Straße einbog, die zum *Montmartre* führte, war es wie eine Rückkehr. Ich hatte keine Ahnung, was aus meiner Wette werden würde. Vielleicht würde ich sie gewinnen, vielleicht würde ich sie verlieren. Es war nicht wichtig. Wichtig war, dass das, was uns bisher geschenkt worden war, nämlich die Leichtigkeit unserer Freundschaft, nun zu etwas wurde, was wir pflegen und bewusst am Leben halten mussten.

Kurz bevor ich das *Montmartre* erreichte, blieb ich noch einmal stehen und atmete tief durch. Erst da nahm ich die Feuchtigkeit wahr. Ich schaute auf. Es hatte zu schiffen begonnen.

Ein leichter Sommerregen hatte eingesetzt, der Asphalt glänzte feucht. Es war ein launischer Sommer, darum hatte Elli auch ihren Trenchcoat im Wagen gehabt, den sie nun trug. Ebenso hatte sie die schmalen, hochhackigen Sandaletten, mit denen sie zu ihrer Tante gekommen war, gegen die flachen Schuhe getauscht, die sie stets beim Fahren trug. Davon, wie sie sich für ihren vermeintlichen Verlobten herausgeputzt hatte, war nicht mehr viel zu sehen.

Schräg gegenüber vom *Montmartre* blieb sie stehen, lehnte sich in einem zurückgesetzten Hauseingang an die Wand und schob die Hände in die Manteltaschen. Man konnte wirklich nicht sagen, dass sie einen Plan hatte. Sie wusste nur, dass sie nicht bereit war, sich solch ein Verhalten gefallen zu lassen. Nach und nach hatte sie ihrer Tante die ganze Geschichte entlockt. »Er hat wirklich darauf gewettet?«, hatte sie fassungslos gefragt. Tante Sophie hatte sich gewunden. Dafür hätte sie ihn ja auch getadelt, dennoch glaube sie an seine ehrlichen Absichten. »Er ist ein guter Junge, er braucht nur ein wenig Führung.« Helga, die Fußpflegerin, hatte dem Ganzen nur mit einem verständnislosen Lächeln gelauscht.

Während Elli die Menschen hinter den Fenstern des Cafés beobachtete, schüttelte sie wieder ungläubig den Kopf. Wie war es nur möglich, dass ihre sonst so kluge Tante auf so jemanden hereinfiel? In einem ersten Impuls war sie ihr sogar böse gewesen. Doch dann hatte sich ihr Groll auf den gerichtet, der einer alten, alleinstehenden Lady so mühelos den Kopf verdreht hatte. Ihr war natürlich klar, dass auch ihre verletzte Eitelkeit zu diesem Groll beitrug. Aber selbst das hatte seine Berechtigung. Kein Mann hatte das Recht, sie so zu behandeln. Ihr Zorn hatte Fahrt aufgenommen. So etwas konnte sie unmöglich hinnehmen. Sie würde …

Ja, was würde sie nun eigentlich tun? Noch während sie über ihr Vorgehen nachdachte, löste sich ein Tropfen aus ihrem Haar und rann ihr die Stirn hinunter. Ein Hut wäre praktisch gewesen. Vielleicht so eine Art Humphrey-Bogart-Hut, der würde auch gut zu ihrem sonstigen Outfit und der Situation passen. Diese Vorstellung amüsierte sie und brachte ihr wenigstens einen Teil ihrer guten Laune zurück. Sie würde jetzt rübergehen und sich diesen Alex erst mal in aller Ruhe anschauen. Dann konnte sie immer noch überlegen, wie sie dem kleinen Arschloch am besten eine Lektion erteilte.

Sie stieß sich von der Wand ab und überquerte die Straße. Immerhin war sie im Vorteil. Dieser Alex wusste nichts von ihr, nicht einmal, wie sie aussah. Sie hingegen wusste sehr viel von ihm. Vor allem wusste sie, was er vorhatte. Und ohne noch eine genaue Vorstellung von dem Wie zu haben, würde sie versuchen, ihm sein mieses Spiel zu versauen. Das war sie ihm schuldig. Doch heute war sie nur da, um den Feind auszuspähen. Um ein Gespür dafür zu bekommen, was für eine Sorte Mann er war. Alles Weitere würde sich zeigen. Mit diesem Plan betrat sie das *Montmartre.*

Es war voll, brechend voll. Alle Tische waren besetzt, auch an der Bar drängelten sich die Gäste. Die Kellnerinnen in weißen Schürzen balancierten ihre hocherhobenen Tabletts durch die Menge. Die Geräusche, Stimmen, Lachen, Gläserklirren, bildeten eine dichte Klangwolke, in der eine verhaltene Aufregung zu vibrieren schien. Elli begriff, was das Happy-Hour-Publikum hierherzog.

Sie blieb ein paar Schritte von der Tür entfernt stehen und schaute sich um. Schließlich wusste sie nicht, ob dieser Alex nach seiner Akrobatennummer auch tatsächlich hierhergegangen war. Dann entdeckte sie am Tresen eine Gruppe von vier Männern. Einer von ihnen war recht groß, hatte eine hohe Stirn mit Geheimratsecken und einen durchdringenden Blick, den er nun über den Kopf eines ziemlich kleinen Kerls hinweg auf sie richtete. Ihm gegenüber erkannte sie im Profil den Mann, den sie bei seiner waghalsigen Flucht auf dem Brett beobachtet hat-

te. Neben ihm stand noch ein weiterer Mann mit dunklem Haar, der sich mit Alex unterhielt. Doch auf den achtete sie nicht mehr, sondern ließ ihren Blick weiter durch den Raum gleiten, um ihr Interesse nicht zu verraten.
In der Ecke nahe der Garderobe kassierte eine Kellnerin gerade ein Pärchen ab. Das wäre ein idealer Beobachtungsplatz für sie. Also wartete sie darauf, dass die beiden sich erheben würden. Dabei fielen ihr die Spiegel auf, die in einer langen Reihe über den Sitzen an der Wand montiert waren und ihr direkte Sicht auf alles erlaubten, was seitlich von ihr an der Bar geschah.
Der Große mit den Geheimratsecken hatte offenbar seinen kleinen Gesprächspartner auf sie aufmerksam gemacht. Denn der hatte sich umgewandt und starrte sie ungeniert an. Na klar, dachte Elli zynisch, ein neues Chick betritt den Saal. Da wird erst mal Maß genommen. Sie ging aber davon aus, dass dieses Interesse sich schnell wieder legen würde. Mit ihren flachen Autofahrerschuhen, dem geschlossenen Mantel und den nassen Haaren gehörte sie mit Sicherheit nicht in die Hot-Shit-Kategorie dieser Herren. Dann bemerkte sie, dass auch dieser Alex, vermutlich durch das Verhalten seiner Freunde neugierig geworden, zu ihr herüberschaute. Obwohl er ihr sein Gesicht jetzt zugewandt hatte, sah sie im Spiegel wieder nur sein Profil. Doch selbst aus diesem Blickwinkel heraus erkannte sie sein Erstaunen. Dann setzte er sich in Bewegung. Auf sie zu!
Elli spürte, wie ihr die Hitze in die Wangen stieg. Das konnte nicht sein. Er konnte sie nicht kennen. Oder hatte Tante Sophie ihm etwa ein Foto von ihr gezeigt? Himmel, auf die Idee war sie überhaupt nicht gekommen. Das hieße ja, dass er gewusst hatte, wie sie aussah. Und trotzdem geflohen war? Scheiße, was war das denn für ein Foto gewesen? Etwa sie als Achtjährige mit Zahnlücke? Verdammt, der Kerl, der vor ihrem Foto davonlief, war entweder pervers oder schwul.

Während sie im Spiegel verfolgte, wie dieser Alex sich ihr näherte, überlegte sie fieberhaft, was sie tun sollte. Vielleicht sollte sie ihm gleich eine runterhauen. Richtig fest und laut, so dass alle im Restaurant aufschauen würden und für einen Moment Totenstille einträte. In diese Stille hinein könnte sie irgendetwas Dramatisches sagen. So etwas wie: »Du mieses Schwein« oder »Drecksack«. Aber sie befürchtete, dass er erstens nicht verstehen würde, was sie damit meinte. Und zweitens vermutlich alle Leute denken würden, dass sie eine enttäuschte Geliebte war, was am Ende sogar noch sein Renommee steigern würde. Außerdem war es zu wenig ... subtil. Aber vielleicht war sie ja gar nicht diejenige, die er ansteuerte. Vielleicht ... Da blieb er auch schon vor ihr stehen.
Nun tat sie das, was, wie sie wusste, die meisten Großmäuler in ihre Schranken verwies. Sie setzte ihren Killerblick auf, wandte sich ihm langsam zu und schaute ihm direkt in die Augen. Doch es funktionierte nicht. Dieser Alex betrachtete sie mit einer Mischung aus Überraschung und – Freude? Und was er dann sagte, brachte sie völlig aus der Fassung.

»Was ich nicht verstehe«, meinte Eric mit gerunzelter Stirn, »ist, wieso du über den Balkon abgehauen bist. Warum bist du nicht einfach die Treppe runter?«
Ich überlegte kurz, ob ich von meinem Alptraum erzählen sollte, entschied mich dann aber dagegen. Das würde das Gespräch in einc Richtung lenken, in der ich am Ende mit Sicherheit als Idiot dastünde.
»Das verstehst du nicht?«, fragte ich deswegen in einem Ton, als sei er begriffsstutzig.
»Nein.«
»Weil es Stil hat. Jeder kann über die Treppe abhauen. Aber wenn man schon vor einer potenziellen, wenn auch etwas rusti-

kalen Heiratskandidatin davonläuft, sollte das wenigstens eine entsprechende Dramatik haben.«

Tom und Waldo nickten sofort zustimmend, was aber mit Sicherheit daran lag, dass sie diese Dramatik nicht selbst hatten erzeugen müssen. Tom litt unter Höhenangst, und auch Waldo würde maximal auf allen vieren über das Brett gekrochen sein. Der Einzige, der den Stunt auch bringen würde, war Eric. Der bedachte mich jetzt mit einem spöttischen Blick. Er glaubte mir nicht, war aber taktvoll genug, nicht weiter nachzuhaken.

»Also, ich wäre hingegangen«, meinte Tom. »Wer weiß, vielleicht wäre sie ja ganz nett gewesen.«

»Na toll, dass du mir jetzt in den Rücken …«

»Wie sah sie denn genau aus?«, wollte Waldo wissen. Also beschrieb ich sie, soweit ich konnte, ohne der Versuchung zu verfallen, ein Monster aus ihr zu machen.

»Na ja, das Aussehen ist nicht alles«, meinte Eric trocken.

»Wieso, ich finde, das hört sich gar nicht mal so übel an«, erwiderte Tom, der es anscheinend darauf anlegte, meine Gewissensbisse zu verstärken.

»Das musst gerade du sagen. Für dich hört doch eine Frau ab Konfektionsgröße 36 auf zu existieren.«

»Immerhin war sie blond«, grinste Tom.

»Ein Detail hast du in deiner Beschreibung aber ausgespart. Wie stand es denn um ihre …«

»Jaah?«

»Um ihre …«, Waldo machte mit beiden Händen ziemlich anschauliche Gesten. Eric grinste, ich stellte mich weiter dumm.

»Herrgott, ihre Augenbrauen«, stieß Waldo schließlich hervor.

»Ach so«, machte ich. »Tja, weißt du.« Ich tat so, als würde ich überlegen, Waldo beobachtete mich gespannt. »Das waren schon mächtige Augenbrauen.«

»Aah«, seufzte Waldo. »Ich wusste es, diese Frau ist wie für mich gemacht.«

»Waldo, sie war fast eins achtzig groß.«

»Das fällt nur im Stehen auf. Glaube mir, es ist Schicksal, dass ihr euch begegnet, beziehungsweise nicht begegnet seid. Sag mir, wo sie wohnt, ich werde ihr meine Aufwartung machen.«

»Ich weiß nicht einmal, wie sie mit Nachnamen heißt.«

»Moment mal. Habt ihr das eben mitbekommen?«

»Was denn?«

»Waldo hat gesagt, er werde ihr seine Aufwartung machen. Wisst ihr, was das bedeutet?«

»Du wirst es uns sagen.«

»Unser Erziehungsprojekt hat funktioniert. Waldo bedient sich einer Sprache, wegen der man sich nicht mehr schämen muss. Was ist passiert? Hast du deine Sex-Mangas weggeschmissen und den Goethe wieder rausgeholt?«

»Eric, mein ebenso einfältiger wie bedauernswerter Freund, Mangas sind die literarische Avantgarde. Wenn Goethe heute leben würde, dann würde er nicht von irgendwelchen ruhenden Zipfeln faseln, sondern Comics schreiben.«

»Gipfel.«

»Wie bitte?«

»Es sind Gipfel oder meinetwegen noch Wipfel, aber keineswegs ... Haalloo!«

»Keineswegs hallo? Was soll das denn heißen?«

Eric schaute über Waldos Kopf hinweg Richtung Eingang.

»Das heißt, dass gerade ein sehr ungewöhnliches Wesen unter uns Irdischen aufgetaucht ist.«

Ich folgte seinem Blick, und dann passierte etwas Komisches. Es dauerte ein paar Herzschläge, ehe ich sie wiedererkannte. Zuerst sah ich einfach nur eine Frau mit dunklem Haar in einem dunkelblauen Mantel, der feucht vom Regen glänzte. Sie hatte die Hände in die Taschen geschoben und schaute reglos zu einem der Tische im hinteren Teil des Raumes, so dass ich sie halb im Profil sah. Und erst da, beim Anblick dieses Profils, zündete die Erinnerung.

In diesem Moment, noch bevor sich das Wort »Kriegerin« in meinem Hirn formte, war mir, als griffe eine Hand in meine Eingeweide. Gleichzeitig fühlte sich mein Kopf seltsam leicht an. Dann erst setzte das Begreifen ein. Dass sie diejenige war, die ich hier spätabends am Fenstertisch hatte sitzen sehen. An die ich oft gedacht und nach deren Bild ich mir eine Vorstellung von der Frau gemacht hatte, mit der ich mir ein gemeinsames Leben hätte vorstellen können. Und vielleicht war genau das der Punkt, der mich nun irritierte. Denn die, die nun mit ihren nassen Haaren und den aufgeweichten Schuhen hier im *Montmartre* stand, war natürlich nicht die Frau meiner Fantasien. Sie war … so wirklich.

Die Frau meiner Erinnerung hatte etwas Entrücktes gehabt, als befände sie sich nur mit einem Bein in der mir vertrauten Realität. Die Frau, die nun das *Montmartre* betreten hatte, strahlte trotz ihrer äußerlichen Ruhe und ihres bescheidenen Äußeren die Spannung einer geladenen Waffe aus. Wahrscheinlich war es das, was Eric aufgefallen war. Spätestens diese Diskrepanz zwischen meiner Erinnerung und der Wirklichkeit ließ mir keine andere Wahl. Ich musste wissen, was es mit dieser Frau auf sich hatte. Ohne noch einen Moment nachzudenken, setzte ich mich in Bewegung. Ganz deutlich spürte ich die erstaunten Blicke meiner Compañeros im Rücken, während ich auf die Unbekannte zuging. Eine solch direkte Vorgehensweise kannten sie nicht von mir. Ich auch nicht. Ich hatte keine Ahnung, was ich zu ihr sagen wollte. Zurück konnte ich aber auch nicht mehr. Verdammt, was sollte ich sagen? Dann stand ich vor ihr. Sie schaute immer noch in die blöde Ecke des Lokals. Ich überlegte schon, ob ich vielleicht winken sollte, um mich bemerkbar zu machen. Da aber wandte sie sich mir zu und zauberte mir einen Augenaufschlag hin, der lehrbuchreif war. In einer ruhigen, sparsamen Bewegung wandte sie mir den Kopf zu. Dabei senkte sie erst leicht die Lider, um mir schließlich, als sie den Kopf hob, einen Blick aus ihren eisblauen Augen entgegenzuschießen. Da wusste ich es mit Sicherheit. Sie war es. Sie war die Kriegerin.

Erleichterung. Freude. Erwartung. Spannung! All diese Gefühle durchzuckten mich. Und so sagte ich das, was mir als Erstes in den Sinn kam:

»Sie glauben gar nicht, wie lange ich schon nach Ihnen Ausschau halte.«

Nicht unbedingt die intelligenteste Eröffnung, aber auch nicht die dümmste. Sie reagierte mit einem klaren Konter.

»Nein.«

»Was nein?«

»Nein, das glaube ich nicht.«

»Was glauben Sie dann?«

»Dass das eine mittelmäßige Masche ist, um mich anzumachen.«

»Okay, was kann ich tun?«

Ihr Blick bekam etwas Prüfendes. Ich wusste, dass da gerade eine Entscheidung getroffen wurde, die – so oder so – unumstößlich wäre. Dass ich nicht im mindesten vorhersagen konnte, wie die aussehen würde, und dass ich diesem Urteil völlig machtlos gegenüberstehen würde, übte eine geradezu schmerzhafte Faszination auf mich aus.

»Sie können mich zu einem Drink einladen.«

Von Umwegen schien sie nicht viel zu halten.

»Was wäre Ihnen lieber? Dass wir uns einen Platz suchen oder dass Sie mit zu den drei Schwachköpfen kommen, die da an der Bar stehen und uns beobachten? In dem Fall muss ich Sie warnen, die werden das Schlimmste von Ihnen denken.«

Sie schaute noch mal über meine rechte Schulter in die Rich-

tung, die sie vorher schon beobachtet hatte, dann über meine linke Schulter zur Bar. Schließlich sagte sie:
»Ich nehme die Schwachköpfe.«
Ich konnte mir ein Lachen nicht verkneifen und machte eine einladende Geste. Als sie an mir vorbeiging, streifte mich ihr kühler Blick. Dann folgte ich ihr. Zwei Dinge fielen mir auf: Sie hatte die Hände noch immer in den Manteltaschen.
Und sie hatte kein einziges Mal gelächelt.

Er wusste nichts.
Das war das Erste, was ihr in den Sinn kam, nachdem er sie angesprochen hatte. Tante Sophie hatte ihm also doch kein Foto gezeigt, er kannte sie nicht. Dann merkte sie, dass sein Spruch sie berührt hatte. Nicht weil er so originell war, sondern weil es sich angehört hatte, als käme es von Herzen. Das war also sein Trick. Augenblicklich stieg kalter Zorn in ihr empor. Glaubte er wirklich, dass sie auf so etwas hereinfallen würde? Hielt er sie für so dumm? Ihre Entgegnung fiel schärfer aus, als sie beabsichtigt hatte. Sie zwang sich zur Ruhe. Immerhin hatte sie jetzt den Kontakt, den sie gewollt hatte, wenn auch nicht so schnell. Sie durfte ihn jetzt nicht verprellen. Doch sie merkte, dass ihre Hände in den Taschen zu Fäusten geballt waren.
Als er sie fragte, ob sie etwas mit ihm allein oder mit seinen Freunden trinken wollte, wog sie kurz ab. Sie sah, dass das Pärchen am hinteren Tisch im Gehen begriffen war. Sie könnte mit ihm allein reden. Nur worüber? Sie müsste ihm die Regie überlassen. Das wollte sie auf keinen Fall. Sie schaute zur Bar. Vier Kerle! Auf den ersten Blick die schwierigere Situation. Doch sie wusste, dass so etwas sehr viel leichter zu steuern war.
»Ich nehme die Schwachköpfe.«
Er ließ sie vorgehen, vermutlich, um sie unauffällig mustern zu können. Aber das störte sie nicht. Sie nahm erst mal diese drei

Clowns aufs Korn, die einigermaßen verblüfft wirkten. Sie erkannte sofort, dass die Arroganz des Großen mit den Geheimratsecken eine brüchige Persönlichkeit überdeckte. Und der Kleine würde vermutlich den Kasper machen. Der Einzige, der halbwegs ernst zu nehmen war, war der Typ mit dem südländischen Aussehen, den ihr Alex als Ersten vorstellte. Sie nickte jedem zu, dann wandte sich Alex an sie: »Und würden Sie uns ebenfalls Ihren Namen verraten?«

Das war allerdings etwas, worüber sie überhaupt noch nicht nachgedacht hatte. Es war einfach alles zu schnell gegangen. Ihren wirklichen Namen durfte sie nicht verwenden, sie musste sich einen ausdenken. Um Zeit zu gewinnen, entgegnete sie: »Wenn Sie mir zuerst den Ihren verraten.«

»Sie müssen unseren Freund entschuldigen«, sprang Eric ein. »Er hatte heute Nachmittag ein traumatisches Erlebnis. Darunter haben seine Manieren gelitten. Sein Name ist Alex, und ich kann Ihnen versichern, dass wir alle hier gerade eine Premiere erleben.«

Ein traumatisches Erlebnis? Und das musste er natürlich brühwarm seinen Freunden auftischen. Oh, sie würde sich etwas einfallen lassen, was für diesen Kerl wirklich traumatische Folgen haben würde.

»Eine Premiere in was?«, hakte sie nach und vermied es dabei, diesen Alex neben sich anzuschauen, weil sie noch nicht sicher war, ob sie ihren Groll auf ihn verbergen könnte.

»Darin, uns eine Freundin vorzustellen.«

»Eine Freundin?«

»Eric, du hast mal wieder etwas verpasst. Wir haben uns gerade erst kennengelernt. Das heißt …« Alex wandte sich an sie. »Haben wir uns denn jetzt kennengelernt?«

»Ich heiße Elsa.« Der Name war auf einmal da gewesen. »Und was ist jetzt mit meinem Drink?«

Das verschaffte ihr den ersten Lacher in der Runde.
»Was soll es sein?«, meinte Alex schmunzelnd.
»Gin Tonic«, antwortete sie, ohne zu zögern. Dann, als sie merkte, dass er nachfragen wollte, und ahnte, dass er die Ginsorte erfragen würde, fügte sie knapp hinzu: »Tanqueray.«
Alex nickte anerkennend und gab die Bestellung auf.
»Was war denn so traumatisch?«, fragte sie ihn dann.
Sie bemerkte, dass Alex Eric einen bösen Blick zuwarf, was der mit einem spöttischen Lächeln quittierte.
»Verwandtschaftsbesuch«, meinte er knapp.
»Tanten und Onkel?«
»So ähnlich.«
»Das kann anstrengend sein. Hat es lange gedauert?«
»Nicht so wirklich«, mischte sich Eric ein. Ehe er aber weiterpetzen konnte, reichte der Barkeeper den Gin Tonic über den Tresen. Alex gab ihn an sie weiter.
»Also«, meinte er dann und hob sein Glas, »schön, Sie kennenzulernen.«
Sie prosteten sich alle nacheinander zu. Während sie tranken, musterte Elli den Mann neben sich etwas genauer, um herauszufinden, was er an sich hatte, dass selbst jemand wie ihre Tante auf ihn hereinfallen konnte. Außergewöhnlich gutaussehend war er jedenfalls nicht. Dunkelbraunes Haar, dunkle Augen, gerade Nase, ein sinnlicher, aber nicht weichlicher Mund, ein festes Kinn. Dennoch war da etwas an ihm, etwas, das sie einerseits anzog, gegen das sie aber gleichzeitig aufbegehrte. Es lag an seinen Augen, oder besser, an der Art, wie er sie anschaute, wenn er mit ihr sprach. Es hatte sie schon irritiert, als er auf sie zugekommen war. Er vermittelte ihr das Gefühl, dass es in diesem Moment nur noch sie gab. Dass nicht nur seine Aufmerksamkeit, sondern auch sein ganzes Denken und Fühlen einzig auf sie gerichtet waren. Das machte ihn absolut glaubwürdig.

Dazu sein jungenhaftes Lächeln, das er anscheinend nach Belieben an- und ausknipsen konnte. O ja, Elli begann zu ahnen, was seinen Charme ausmachte. Ihr war aber ebenfalls klar, dass dieser Charme auch eine böse Seite hatte. Und zwar dann, wenn er seinem Gegenüber diese absolute Zuwendung wieder entzog. Ellis Instinkte witterten hinter dieser Vorgehensweise skrupellosen Egoismus, und das, was sie bisher über ihn erfahren hatte, bestätigte sie darin. Dieser Alex könnte jederzeit das Objekt seines Interesses gegen ein anderes austauschen, ohne dass ihm das auch nur einen Funken schlechten Gewissens bereiten würde. Das Einzige, was sie noch nicht einschätzen konnte, war, ob er das absichtlich und planvoll tat oder ob er auf eine grausame Weise unschuldig war. Weil er gar nicht wusste, was er damit anrichtete. In einem Punkt machte das allerdings keinen Unterschied: Dass er bei ihr mit dieser Tour an die Falsche geraten war.

Heiliger Strohsack, was war denn das? Diese Frau knisterte ja geradezu vor Spannung. Als sie endlich die Hand aus der Tasche nahm, um ihr Glas in Empfang zu nehmen, hatte ich in einem irrationalen Anfall sogar kurz geglaubt, sie würde eine Knarre hervorholen. Und als sie mich über den Rand ihres Glases musterte, dachte ich erneut, dass sie gekommen war, um uns alle umzulegen. Danach aber schien sie sich zu entspannen. Lag vermutlich an dem Gin. Dann knöpfte sie sich einen nach dem anderen von uns vor, um ihn um den Finger zu wickeln. Waldo war der Erste, weil er natürlich wieder seine große Klappe nicht halten konnte.

»Wie sind Sie hierhergekommen?«, fragte er. »Sind Sie geschwommen?«

»Nein, ich habe den Gulli genommen. Riecht man das nicht?«

Waldo schnupperte vorsichtig. »Nasse Katze plus Chanel.«

»Sie haben ein bemerkenswertes Organ.«

»Fast wie meine Nase.«
Das war das erste Mal, dass ich sie lachen sah. Es war, als ginge die Sonne auf. Selbst Toms unzugängliche Haltung zeigte erste Risse. Er war als Nächster dran.
Erst später fiel mir auf, wie sie das Gespräch gelenkt hatte, ohne dabei das Geringste von sich zu erzählen. Jedenfalls kamen wir ziemlich bald auf Toms bevorstehende Hochzeit zu sprechen. Sie wandte sich mit einem spitzbübischen Lächeln an ihn.
»Nervös?«, fragte sie.
»Nein, das nicht.«
»Genervt?«
»Ein bisschen.« Er wedelte mit der Hand. »Das ganze Theater.«
»Aber genau darum geht es doch. Aus diesem Erlebnis zieht Ihre Verlobte die Kraft für ihre Entscheidung, von nun an nur noch mit einem Mann zu schlafen.«
Man merkte Tom sein Erstaunen an. So hatte er das anscheinend noch nicht gesehen.
Dass sie sich Eric als Letzten vornahm, war mit Sicherheit Absicht. Genau wie wir anderen hatte er längst seine Federn aufgestellt, als diese attraktive Frau die Arena betreten hatte. Dass sie ihn nicht als Ersten mit ihrer Aufmerksamkeit bedachte, erschütterte seine Überheblichkeit. Sie packte ihn ziemlich genau in dem Moment an, in dem seine Ungeduld in Giftigkeit umzuschlagen drohte.
»Sind Sie verheiratet, Eric?«
»Nein.« Er hatte sich in einer lässigen Geste mit einem Arm auf den Tresen gestützt, in der Hand diesen komischen türkisgrünen Cocktail, den er immer trank.
Sie betrachtete ihn nachdenklich.
»Warum fragen Sie?«, brach er schließlich die Stille.
Ihre Stimme war nicht laut, trotzdem hörten wir alle, was sie sagte.

»Sie hat einen Fehler gemacht.«
Ich erlebte das erste Mal, dass Erics Maske völlig von ihm abfiel. Für einen Augenblick sahen wir alle seine Verletztheit. Es war ein gefährlicher Moment. Gleich würde er zum Gegenschlag ausholen, der nach dieser Ouvertüre nur vernichtend ausfallen konnte. Aber da trat sie einen Schritt auf ihn zu, sah zu ihm auf und legte ihm die Hand an die Wange.
»Sie hat einen Fehler gemacht«, sagte sie noch leiser, nur für ihn.
Von da an hatte sie ihn in der Tasche.
Tja, und ich?
Mich schien sie vollkommen zu ignorieren. Aber genau das nahm ich ihr nicht ab und versuchte darum auch gar nicht erst, ihre Aufmerksamkeit zu erlangen. Die verteilte sie ohnehin nach ihrem eigenen Willen. Ich achtete auf andere Signale. Und dabei fiel mir sehr schnell auf, dass sie es nach dem kurzen Blickkontakt während des Zuprostens nicht nur vermied, mich anzusehen oder anzusprechen. Sie passte auch sehr genau darauf auf, dass wir uns nicht berührten.
Doch genau das ist am Tresen des *Montmartre* an einem Samstagnachmittag gar nicht so einfach. Die Gäste stehen dicht an dicht, neue kommen hinzu, lassen sich Drinks von der Bar reichen. Die einen gehen zu den Garderoben oder Toiletten, die anderen kommen von dort. Dazwischen bahnen sich die Kellner mit ihren Tabletts den Weg. Wenn zwei Menschen nebeneinanderstehen und sich in diesem Gedränge nicht berühren, ist das schon ein Kunststück. Ihr gelang es.
Meinen Compañeros fiel es nicht auf, die standen völlig in ihrem Bann. Und auch ich war mir eine Zeitlang nicht sicher. Denn sie machte es wirklich gut. Irgendwann aber nutzte ich die Gelegenheit, als jemand mich anstieß. Ich ließ mich gegen sie fallen und legte, wie um sie zu schützen, meine Hand an ihre Hüfte. Sie zuckte zurück, kurz traf mich ihr Blick. Ich murmel-

te ein »Sorry« und nahm wieder Abstand. Ihre Reaktion war ein klein wenig zu heftig gewesen. Also ließ ich sie weiter ihr Spiel spielen und wartete einfach ab. Irgendwann stellte sie ihr leeres Glas auf den Tresen und sagte:
»Meine Herren, ich danke Ihnen vielmals für diese schöne Unterhaltung. Sie haben mich aus einer grässlichen Stimmung geholt. Aber jetzt muss ich gehen.«
Ich hatte meine Kumpels noch nie so leidenschaftlich protestieren gehört. Es war alles dabei, von »Nur noch ein Glas« bis »Sie können uns doch jetzt nicht in dieser Mördergrube allein lassen«. Sie setzte noch einen drauf, indem sie lachend verkündete, dass kleine Mädchen wie sie um diese Zeit längst bei ihrer Großmutter sein sollten und so weiter. Ich hörte mir das Ganze wortlos an.
Mit dem hochheiligen Versprechen, wiederzukommen, schaffte sie es schließlich, sich loszueisen. Sie nickte mir zum Abschied mit einem sparsamen Lächeln zu, ich nickte zurück. Und sah ihr hinterher. Nach ein paar Schritten schien sie zu zögern, aber das konnte auch daran liegen, dass ihr jemand in den Weg trat. Sie ging weiter, erreichte die Tür und ging hinaus. Aber weder durch die Fenster zur Linken noch zur Rechten der Tür sah ich sie fortgehen.
Erst jetzt setzte ich mich in Bewegung.

II

Elli schaute überrascht auf, als Berger ihr Büro betrat. Das kam so gut wie nie vor. Entweder rief er sie zu sich, oder sie trafen sich irgendwo in einem Lokal.

»Hatten Sie ein schönes Wochenende?«

Bildete sie sich es nur ein, oder war da ein etwas zu kühler Ton in seiner Stimme?

»Großartig. Wie war das Konzert?«

»Sie haben nichts versäumt.«

Außer meiner Gesellschaft. Das war es also. Äußerlich ließ er sich nicht das Geringste anmerken, dennoch war sie sich sicher: Ihre Ablehnung, ihn am vergangenen Samstag ins Konzert zu begleiten, passte ihm nicht. Interessant, dachte sie und lehnte sich in ihrem Stuhl zurück.

»Sie erlauben?«, fragte er und wies auf den Besucherstuhl, auf dessen Sitzfläche sich allerdings ein Papier- und Bücherstapel türmte.

»Natürlich«, sagte sie und machte Anstalten aufzustehen, um den Stuhl frei zu räumen. Aber Berger hatte den ganzen Stapel bereits gepackt, sah sich um, suchte einen freien Platz, fand aber keinen. Schließlich legte er den Haufen einfach auf dem Boden ab und setzte sich. Elli biss sich auf die Lippen. Der Mangel an Ordnung in ihrem Büro war schon immer die Schwachstelle ihrer Arbeitsweise gewesen. Berger musterte die vollgestellten Regal- und Tischflächen.

»Brauchen Sie vielleicht ein größeres Büro?«

»Ich fürchte, das würde nichts ändern.«

Berger nickte verstehend.

»Wie kommen Sie voran?«, fragte er.

»Gut«, meinte sie und gab ihm einen Überblick über ihre Arbeit. Dabei hatte sie den Verdacht, dass dies nicht der eigentliche Grund für seinen Besuch war. Nachdem sie geendet hatte, nickte Berger zufrieden. Sie hatte nichts anderes erwartet, sie wusste, dass sie alles im Griff hatte. Aber sie nahm an, dass er auf diese Weise die Hierarchie zwischen ihnen demonstrieren wollte. Sie fragte sich, wann er wohl zur Sache kommen würde. Als er sich schließlich erhob, dachte sie schon, dass sie sich getäuscht hätte. Aber bevor er ihr Büro verließ, wandte er sich noch mal um.

»Ach übrigens, wegen der Fahrt nach Arles …«

Aha!

»Es gibt für Dienstag kommender Woche einen Flug«, informierte sie ihn. »Rückflug Mittwochnachmittag. Ist Ihnen das recht?«

»Ja und nein. Am Mittwochabend gibt es ein Konzert im dortigen *Théâtre Antique,* das mich interessiert. Ich würde mich freuen, wenn Sie mich begleiten. Es sei denn«, er hielt die offenen Hände in die Luft, »Sie haben schon etwas anderes vor.«

»Nein«, meinte sie ruhig und verkniff sich ein Schmunzeln. »Keineswegs.«

»Das ist gut, ich werde nämlich auf Sie angewiesen sein.«

»Nanu, inwiefern denn?«

»Bis auf einige wenige Begriffe aus der Musikgeschichte bin ich des Französischen leider nicht mächtig.«

»Ach?« Jetzt konnte sie sich ein Lächeln nicht verkneifen.

»Sie sprechen gut Französisch, nicht wahr?«

»Je me débrouille.«

»So?«, fragte er mit hochgezogener Augenbraue. »Und was heißt das?«

»Ich komme zurecht.«

»Schön. Dann kann ja nichts mehr schiefgehen.«

Er hatte die Hand schon auf dem Türgriff, als er in gleichmüti-

gem Ton noch hinzufügte: »Es ist doch kein Problem für Sie, dass wir zusammen dorthin fahren?«
»Nein, natürlich nicht. Warum?«
»Um Sie nicht in Verlegenheit zu bringen.«
Sie zuckte mit den Achseln. »Es ist eine Geschäftsreise.«
»Natürlich. Aber ich denke, wir sollten uns trotzdem ein richtig gutes provenzalisches Essen gönnen.«
»Auf jeden Fall«, lächelte sie. »Die *Escargots* sollen dort unten hervorragend sein.«
»Schnecken, nicht wahr?« Berger schien nicht sehr begeistert zu sein.
»Wir finden sicherlich auch noch etwas anderes für Sie«, lenkte Elli treuherzig ein.
»Na, da bin ich aber erleichtert.« Mit einem Nicken verschwand er.
Elli drehte nachdenklich den Bleistift zwischen ihren Fingern. Dann klemmte sie sich ihn zwischen Oberlippe und Nase, legte die Füße auf den Schreibtisch und schaute aus dem Fenster. Interessant, dachte sie. Berger war also unsicher geworden. Außerdem – und das war viel wesentlicher – hatte er seine Absichten zu erkennen gegeben. Das verschaffte ihr einen Vorteil ihm gegenüber. Und das nur, weil sie ihn mit ihrer Absage am Samstag hatte spüren lassen, dass es jemand anders geben könnte.
Jemand anders!
Sie ließ den Bleistift in ihre Hand plumpsen und dachte an diese verrückte Stunde im *Montmartre.* Es hatte ihr unglaublichen Spaß gemacht. Mit traumwandlerischer Sicherheit hatte sie bei jedem von Alex' Freunden gewusst, wie sie ihn nehmen musste. Mit Eric war ihr sogar ein Meisterstück gelungen. Dabei hatte sie sich einfach nur auf ihr Gespür verlassen. Und hatte die Verletztheit in ihm wahrgenommen, als sie mit Tom über dessen bevorstehende Hochzeit gesprochen hatte. Mit einem Mal

wusste sie, was ihm widerfahren war, und hatte den Weg gefunden, seine arrogante Fassade zu durchbrechen. Oder besser, sie war einfach hindurchgeglitten, als existierte dieser Widerstand für sie nicht. Sie war wirklich gut gewesen. Nur Alex hatte sie nicht zu fassen gekriegt. Aber ihr war nicht entgangen, dass er sie beobachtet hatte.

Sie setzte sich wieder aufrecht an den Schreibtisch und griff nach der kleinen Umhängetasche, die sie dort abgelegt hatte. Mit spitzen Fingern langte sie hinein und zog die Visitenkarte hervor.

»Alex Toben, Musikmanager«, las sie. Sowohl seine Büro- als auch Mobilnummer standen darunter. Sie lächelte, beinahe hätte es nicht geklappt.

III

Wenn du es schaffst, diese Frau vor den Altar zu kriegen«, hatte Eric gesagt, »dann hast du meinen Porsche wirklich verdient.«

Das war, nachdem ich ins *Montmartre* zurückgekommen war. Ich hatte sie vor der Tür erwischt, wo sie gerade auf ihr Handy schaute.

»Würden Sie mir Ihre Telefonnummer geben, Elsa?«

»Warum?«

Ich konnte nicht noch einmal das Gleiche sagen wie zu Anfang. Obwohl es stimmte.

»Damit ich eine zweite Chance bekomme?«

»Eine zweite Chance?« Sie schien ehrlich amüsiert, dachte kurz nach und meinte dann: »Sie können mir Ihre Telefonnummer geben, ich werde Sie anrufen.«

»Versprochen?«

»Nein.«

So hatte ich ihr meine Karte gegeben. Und seitdem wartete ich auf ihren Anruf.

Am Sonntag erwischte mich Frau Dornbach. Sie saß auf der Bank vor dem Haus, als ich rauskam. Ich war mir ziemlich sicher, dass sie mich abgepasst hatte.

»Also Alex, das geht nun wirklich nicht.«

»Was denn?«, tat ich verblüfft.

»Haben Sie denn ganz vergessen, dass Sie zu mir zum Kaffee kommen wollten? Die arme Ellionore war wirklich sehr verärgert.«

Ich schlug mir mit der Hand gegen die Stirn. Und dann lieferte ich das ganz große Theater. Wie leid es mir täte. Dass es vermutlich eine Folge ihres Whiskys war. Ob sie übrigens schon mal an einen Wechsel der Sorte gedacht hätte, weil mein Kopf am nächsten Morgen …

Ich hatte mich für dieses zugegebenermaßen extrem verlogene Verfahren entschieden, weil es mich als nachlässigen Menschen darstellte und somit die Kränkung der blonden Krankenschwester mildern dürfte. Außerdem hatte Frau Dornbach selber mal gesagt, dass man die Wahrheit nicht überschätzen durfte. Nachdem ich mir also reichlich Asche über das Haupt geschüttet hatte, platzte ich mit der Neuigkeit raus:

»Frau Dornbach, mir ist etwas Unglaubliches passiert.«

»Das ist ja schön, aber ich finde, Sie müssen sich bei Ellionore entschuldigen und sich etwas ausdenken, um das wiedergutzumachen. Sie könnten sie ja zum Essen einladen.«

»Ich habe sie getroffen.«

»Wen? Ellionore? Das wusste ich ja gar nicht.«

»Nein, Elsa.«

»Wer ist Elsa?«

Ich setzte mich neben sie auf die Bank und legte meine Hand auf die ihre. »Sie haben mir doch neulich erzählt, dass in dem Moment, da Sie Ihren Aristide getroffen haben, das Abenteuer Ihrer Liebe begonnen hat?«

»Ja und?«, fragte sie leicht beunruhigt.

»Und Sie haben auch gesagt, dass ich meine künftige Ehefrau nicht wie ein Auto aussuchen soll?«

»Das stimmt, aber …«

»Und nun habe ich sie getroffen.«

Frau Dornbach wirkte nicht sehr begeistert. »Etwa diese Elsa?«

Ich nickte: »Sie ist umwerfend.«

Ich ließ Frau Dornbachs Hand los, streckte die Beine aus und schaute mich um. »Was für ein schöner Tag.«

»Alex?«

»Ja.«

»Ich bin mir nicht mehr sicher, ob ich Ihnen die richtigen Ratschläge gegeben habe. Bitte versprechen Sie mir, dass Sie nichts überstürzen.«

Ich wandte mich ihr wieder zu. »Keine Sorge, das werde ich nicht. Ich habe sie ja auch gerade erst kennengelernt. Und ich werde Ihre Nichte gerne zum Essen einladen, aber ich muss Ihnen sagen, dass diese Frau nun alle meine Rezeptoren besetzt hat. Ich möchte, dass Ellionore das weiß, wenn sie sich mit mir trifft.«

Frau Dornbach machte ein ziemlich unglückliches Gesicht. Darum wiederholte ich es: »Es tut mir leid, aber Sie müssen es ihr sagen. Es wäre sonst nicht fair.«

Sie wand sich etwas, dann nickte sie: »Sie haben wahrscheinlich recht.«

Zufrieden lehnte ich mich zurück. Das war also geklärt.

»Elli?«

»Ja.«

»Ich habe mit Alex gesprochen und also … er ist ganz zerknirscht, weil er es wirklich vergessen hat.«

»So? Hat er das?«

»Ja, wir hatten am Abend vorher ein paar Gläschen genommen. Ich glaube, er verträgt nicht so viel.«

»Etwa von diesem grässlichen Bourbon?«

»Der war im Angebot.«

»Tante Sophie, wenn du schon Whisky trinken musst … aber was erzähle ich da? Ich möchte nicht, dass du Whisky trinkst, schon gar nicht dieses billige Zeug. Wenn du schon trinken willst, dann kaufe dir bitte etwas Anständiges. Und dann immer nur ein Gl…«

»Jaja, hör mal, ich soll dir etwas ausrichten.«

»Ausrichten? Von wem?«

»Na, von Alex, von wem denn sonst?«
»Ach ja?«
»Ja. Ich soll dir ausrichten, dass es ihm sehr leidtut, wenn er dich gekränkt hat. Er möchte sich entschuldigen und fragt, ob er dich zum Essen einladen kann.«
»Nein, wirklich? Wie überaus großzügig.«
»Ich weiß ja, dass sein Verhalten nicht richtig war. Und ich glaube wirklich, dass er das wieder gutmachen möchte. Es ist nur …«
»Aha, die Sache hat einen Haken.«
»Ja, es ist, wie soll ich sagen … puuh.«
»Tantchen, jetzt mache ich mir langsam Sorgen. Was ist denn los?«
»Na ja, ich hatte ja gehofft, dass ihr, also du und er, dass ihr euch sympathisch seid.«
»Du wolltest uns verkuppeln.«
»Das hört sich so hässlich an.«
»Es ist aber die Wahrheit, du wolltest mich mit deinem Nachbarn verkuppeln. Weil er eine Ehefrau sucht. Wegen einer Wette.«
Elli lauschte in den Telefonhörer. Vielleicht war sie ein wenig streng mit ihrer Tante gewesen.
»Er hat jemanden kennengelernt.«
»Wie bitte?«
»An dem Nachmittag, an dem wir auf ihn gewartet haben, war er in diesem Café, dem …«
»Montmartre.«
»… genau, und da hat er jemanden kennengelernt.«
»Was du nicht sagst.«
»Ja, eine Frau. Und wegen der ist er nun ganz aus dem Häuschen.«
»So, hat er das gesagt?«

»Na, das merke ich doch.«
»Stimmt, dir kann man nichts vormachen.«
»Elli, ich mache mir Sorgen um den Jungen.«
»Du machst dir … ich fasse es nicht.«
»Doch, er lässt sich so leicht beeindrucken. Wer weiß, was das für eine ist? Wir müssen ein Auge auf ihn haben.«
»Wir?« Elli glaubte, nicht richtig zu hören. Ihre Tante sorgte sich tatsächlich mehr um diesen Alex als um sie. Und jetzt sollte sie auch noch … Da kam ihr mit einem Mal eine Idee.
»Also gut, wenn er dir so sehr am Herzen liegt, meinetwegen«, meinte sie versöhnlich und beauftragte ihre Tante damit, sie auf dem Laufenden zu halten, wie es mit dieser Elsa weiterging. »Frag ihn aus und erzähle es mir dann.«
»Hm«, machte Tante Sophie skeptisch.
»Ich kenne diese Sorte Frauen. Die sind mit allen Wassern gewaschen. Aber ich muss wissen, wie sie vorgeht. Sonst kann ich nicht helfen.«
»Also gut, du hast wahrscheinlich recht. Aber ihr könnt euch doch auch zum Essen treffen, zum Beispiel kommenden Mittwoch. Da …«
»Geht nicht, ich fliege Dienstag nach Frankreich.«
»Etwa mit diesem …«
»Berger. Genau. Wir bleiben bis Donnerstag, weil wir am Mittwochabend noch in ein Konzert wollen.« Es juckte Elli ein wenig in den Fingern, Tante Sophie ihre Parteinahme für Alex heimzuzahlen. »Weißt du, Berger hat mich gefragt, ob er mich einladen darf. Das Konzert findet im *Théâtre Antique* statt. Und vorher gehen wir noch essen. Ach, Avignon, die Provence, es ist Sommer, es wird bestimmt wundervoll.«
»Elli, du hörst dich so komisch an.«
»Findest du? Vielleicht finde ich es einfach schön, dass sich ein Mann mal richtig Mühe um mich macht.«

»Du wirst doch nichts Unüberlegtes tun?«
»Wer weiß?«
»Elli …«
»Keine Sorge, ich werde nur mit ihm schlafen, wenn er mir einen Antrag macht. Dann hat sich das mit diesem Alex ohnehin erledigt.«
»Ach herrje!«
Ihre Tante hörte sich so kummervoll an, dass Elli lachen musste.
»Also gut, Tante Sophie. Ich verspreche dir, dass ich mit meiner Verlobung noch warten werde. Du kannst deinem Alex ausrichten, dass wir uns … hm, am Freitagabend zum Essen treffen können. Im *Montmartre.*«
»Willst ihn nicht selber anrufen?«
»Nein.«
»Dann gebe ich ihm deine Telefonnummer.«
»Nein. Richte ihm aus: neunzehn Uhr dreißig im *Montmartre.* Er soll nicht zu spät kommen.«
Nachdem Elli das Gespräch beendet hatte, konnte sie sich ein Lächeln nicht verkneifen.
Eine zweite Chance? Die sollte er haben.

»Wenn du diese Frau vor den Altar bekommst …«
Erics Worte waren wie ein Refrain, der mir nicht mehr aus dem Kopf ging. Sie hatten dem, was mir bis zu diesem Zeitpunkt nicht klar gewesen war, einen Namen gegeben. Meine erste Reaktion war ebenso eindeutig wie irrational gewesen: Ja, genau das wollte ich. Diese Frau zum Altar führen! Das sagte ich natürlich nicht. Überhaupt ließ ich mir gegenüber meinen Kumpels, die in den höchsten Tönen von Elsa schwärmten, nichts anmerken. Nicht weil es mir peinlich, sondern weil ich selbst erstaunt über mich war. Verdammt, ich hatte nicht einmal ein Dutzend Sätze mit ihr gewechselt.

Und wollte sie heiraten?
Zwischen diesen beiden Extremen verlief mein Wochenende. Ein Teil von mir rechnete fest damit, dass sie noch am gleichen Abend anrufen würde. Dass ihre dunkle, melodische Stimme einfach nur sagte: »Ich will dich sehen.« Der andere Teil fragte, ob ich noch alle Tassen im Schrank hätte. Immerhin hatte sie mich nicht gerade mit Flirtsignalen überschüttet. Genau genommen hat sie mir nicht den kleinsten Sympathiebeweis gegeben. Ich hatte nichts in der Hand außer einem vagen Gefühl. Aber genau dieses vage Gefühl machte den Unterschied. Es entsprang nämlich dem Teil meines Wesens, der sich bisher nie getäuscht hatte. Dann fiel mir das Glas Wein ein, das mir ins Gesicht geschüttet worden war, und ich korrigierte mich: fast nie. Doch wie auch immer, ein Teil von mir glaubte daran. Und ich kannte mich gut genug, um zu wissen, dass dieser hartnäckige Teil nicht von seiner Überzeugung abzubringen war.
Ich befand mich in der für mich äußerst ungewohnten Situation, dass ich einerseits nicht das Geringste machen konnte, um diesem wahnwitzigen Ziel näher zu kommen, andererseits aber auch unmöglich davon ablassen konnte. In diesem noch durchaus optimistischen Stadium dachte ich, dass sie im Laufe des Sonntags anrufen würde. Tat sie aber nicht. Gegen Abend bekam ich schlechte Laune.
Ich hatte noch nie auf den Anruf einer Frau warten müssen. Warum tat ich mir das an? Schließlich wusste ich nichts von ihr, außer dass sie böse gucken und dann wieder sehr charmant sein konnte. Jedenfalls zu anderen. Als ich merkte, dass ich mich zu ärgern begann, versuchte ich, mich dadurch abzulenken, dass ich an Kathleen dachte. Immerhin hatte ich noch bis gestern von ihren Qualitäten geschwärmt. Also Kathleen!
Ich dachte an ihr Lächeln, an die verheißungsvollen Blicke, die wir ausgetauscht hatten, dachte daran, wie alles gestimmt hatte,

das Essen, die Unterhaltung und ihre zarte Haut, die zum Berühren einlud. Ich sollte mich bei ihr melden. Es gehörte sich nicht, nach einem solchen Abend nichts von sich hören zu lassen. Schon griff ich zum Hörer, als mir klarwurde, dass Kathleen möglicherweise genauso auf meinen Anruf wartete wie ich auf Elsas. Ich zögerte. Wollte ich Kathleen wirklich anrufen? Wollte ich mit ihr reden? Wollte ich mich mit ihr treffen? Verdammt, nein. Ich wollte …

In diesem Moment klingelte das Telefon. Ich nahm den Anruf an, ohne auf die Nummer zu schauen.

»Hallo Alex, ich hoffe, ich störe Sie nicht.«

Frau Dornbach! Wenigstens rief sie an und war nicht einfach hochgekommen.

»Nein, nein, was gibt's denn?«

»Ich wollte Ihnen nur Bescheid geben, dass ich mit Ellionore gesprochen habe.«

Ellionore? Ach ja, die Krankenschwester.

»Ich sagte ja schon, dass es mir leidtut.«

»Ja, sie war zuerst noch sehr aufgebracht, aber dann habe ich sie beruhigen können. Aber hören Sie, Sie müssen sie zum Essen einladen.«

»Natürlich, kein Problem, sagen wir …«

»Freitag.«

»Freitag?«

»Jawohl, und zwar im *Montmartre,* um halb acht.«

»Im *Montmartre?* Muss das sein?«

»Das hat sie vorgeschlagen. Sie kommt ja sonst auch wenig raus.« *Das konnte ich mir gut vorstellen.* »Ich finde, das sind Sie ihr schuldig.«

Ich sah schon Erics, Toms und Waldos feixende Gesichter vor mir. Aber dann dachte ich, warum nicht? Die drei wussten sowieso Bescheid, sie könnten mir helfen und mit einspringen.

Dann wäre das Ganze wenigstens nicht mehr so quälend. Und wer weiß, vielleicht würde ja Waldo endlich einmal Erfolg haben. Bei dem Gedanken, dass er mit dieser Walküre abziehen könnte, musste ich grinsen.

»Also gut, Frau Dornbach, einverstanden. Ich werde mich bemühen, Ihrer Nichte einen unvergesslichen Abend zu bereiten.«

»Sie sind ein guter Junge«, meinte sie zufrieden. Dann fragte sie in etwas zu belanglosem Ton: »Und? Gibt es sonst etwas Neues?«

»Nein.« Ich hatte keine Lust, ihr gegenüber meinen Frust einzugestehen. »Ich finde, in den letzten Tagen gab es schon genug Neuigkeiten. Das muss erst mal reichen.«

»Das finde ich auch. Gute Nacht, Alex.«

Wenigstens hatte mich dieses Gespräch aus meinen Grübeleien gerissen. Und wieder einmal war ich froh, mich mit Frau Dornbach angefreundet zu haben. Ich schnappte mir ein Buch und legte mich ins Bett, fest entschlossen, nicht mehr an Elsa zu denken. Das gelang mir so weit auch ganz gut. Dafür träumte ich dann von ihr.

Sie trug wieder ihren dunklen Mantel und stand mit dem Rücken zu mir allein auf einem schneebedeckten Feld. Ich dachte noch, dass der Mantel doch viel zu dünn war, und wollte zu ihr gehen. Aber dann war da ein Zaun zwischen uns mit einem Graben dahinter, auf dem eine Eisschicht glitzerte. Ich hätte über den Zaun rüberhechten können, aber mir war klar, dass das Eis zu dünn war und ich einbrechen würde. Und irgendetwas warnte mich, dass der Graben sehr tief war. Dass ich vielleicht nicht von allein herauskäme. Aber vielleicht mit ihrer Hilfe? Ich rief sie, aber sie schien mich nicht zu hören. Ich rief noch einmal, lauter, aber ein kalter Wind trug meine Worte fort. Sie konnte mich nicht hören. Mit einem Mal ging sie los und entfernte sich von mir. Da sah ich, dass sie keine Schuhe trug, ihre Füße waren nackt. Und dort, wo sie hinging, gab es nirgendwo Schutz. Sie würde erfrieren. Ich musste sie aufhalten. Ich rief lauter, aber der Wind wurde immer stärker, trieb mir schon die Tränen in die Augen. Ich rief, so laut ich konnte: »Elsa!«

Und wachte auf.

Einen verwirrenden Moment lang wusste ich nicht, ob ich ihren Namen nur im Traum oder tatsächlich gerufen hatte. Dann sagte ich mir, dass es egal war. Schließlich gab es niemanden, der mich hätte hören können. Und aus einem Grund, den ich nicht begriff, blieb dieser Gedanke hängen: Es gab niemanden, der mich hören konnte.

Im Laufe des Tages, während ich mir im Tonstudio unserer Firma Probeaufnahmen mit ein paar neuen Musikern anhörte, dachte ich immer wieder an den Traum und versuchte, ihn zu deuten. Damit kam ich aber nicht sehr weit. Es führte nur dazu, dass ich mich weiterhin mit Elsa beschäftigte. Damit war ich wieder am Anfang. Was zum Teufel war los mit mir? Wieso war ich von ihr so fasziniert?

Sie war doch nicht mehr als ein zusammengesetztes Bild, das Ergebnis einer flüchtigen Begegnung, die sie nicht einmal bemerkt hatte, und einem Tagtraum, den ich daraus gewonnen hatte. Konnte es sein, dass dieses Bild, das ich mir von ihr gemalt hatte, mich schnurstracks in ihren Bannkreis gezogen hatte? Dass ich mir also meine eigene Traumfrau erschaffen hatte, in die ich dann, als ich ihr leibhaftig gegenüberstand, dieses diffuse Gemenge aus Sehnsucht, Wünschen und Vorstellungen hineinprojiziert hatte? Schon möglich, aber half mir diese Erkenntnis jetzt weiter?

Ärgerlich richtete ich meine Aufmerksamkeit wieder auf die Performance einer ziemlich mittelmäßigen Sängerin, die sich zu meinem Leidwesen und zu dem des Toningenieurs im Studio gerade völlig verausgabte. Ich würde nicht länger über das Rätsel namens Elsa nachgrübeln, Traum hin, Traum her, bis ich wieder von ihr hörte. Weil mir das jedoch nicht so richtig gelang, dachte ich ernsthaft daran, mich mit Kathleen zu treffen. Das würde mich vielleicht kurieren. Aber noch zögerte ich. Vielleicht, dachte ich, vielleicht … *Ja was: vielleicht? Sie wird nicht anrufen. Vergiss es!* Sie tat es aber doch.

Es war Dienstagabend, elf Uhr. Ich schaute gerade eine Serie, deren Handlung ich nicht im mindesten kapierte und die mir auch vollkommen gleichgültig war, als das Telefon klingelte. Es war eine unterdrückte Nummer. So etwas schätzte ich gar nicht. Dennoch nahm ich ab, sagte aber einfach nur: »Hallo.«

»Alex?«

Ich erkannte ihre Stimme sofort.

IV

Monsieur Texier?«
»Madame.«
Der Leiter des Orchesters war ihr auf Anhieb sympathisch. Und natürlich hatte er nichts Perverses an sich, wie sie sich beschämt eingestand. Vom Hotel in der Altstadt von Arles aus hatte sie die Nummer angerufen, die er ihr in seiner Mail angegeben hatte. Kurz darauf war er gekommen, um sie und Berger abzuholen.
Monsieur Texier war ein kräftiger, etwas rundlicher Mittsechziger mit silbergrauem Haar und einem ebensolchen Schnurrbart. Das rechte Bein zog er etwas nach, weswegen sie nur langsam vorankamen, während er sie durch die Gassen der Altstadt führte. Dafür unterhielt er sie mit Geschichten über Arles und seine Bewohner, wobei er sich mehrfach unterbrach, um Bekannte zu begrüßen und sie ihnen vorzustellen. Da Elli immer wieder für Berger übersetzen musste, brauchten sie eine gute halbe Stunde für die fünfhundert Meter bis zu dem ehemaligen Schulgebäude, in dem Monsieur Texier und seine Freunde ihre Proben abhielten. Es hätte sogar noch länger gedauert, wenn sie seinen Vorschlag, in einem der Cafés noch ein kurzes Bier zu trinken, angenommen hätten.
Die ehemalige Schule war zu einem Touristenzentrum umgebaut worden, in dem von Filmen, Diavorträgen, Büchern und Souvenirs bis hin zu kleinen Konzerten alles angeboten wurde. Der Probenraum des Orchesters aber lag offenbar unter dem Dach. So mussten sie drei immer schmaler werdende Treppen nach oben steigen, was wegen Monsieur Texiers Behinderung nur sehr langsam ging. Doch das tat seiner Fröhlichkeit keinen Abbruch. Auf beinah jeder Stufe steuerte er Geschichten aus

der Vergangenheit des Gebäudes bei, so dass der Aufstieg fast so lange dauerte wie der Weg vom Hotel in die Schule. Schließlich aber erreichten sie den Dachboden, dessen Weite von dunklen Stützbalken durchbrochen wurde. Seitlich im Dach waren Gauben aufgesetzt mit zweiflügeligen Gitterfenstern, die jetzt alle weit geöffnet waren, um die Hitze entweichen zu lassen.

»Im Sommer können wir nur abends üben, weil es tagsüber zu heiß ist«, erklärte der Orchesterleiter. Elli reichte schon die jetzige Temperatur. Sie spürte bereits, wie sich unter ihrem leichten Sommerkleid ein Schweißfilm auf der Haut bildete. Berger schien es ähnlich zu gehen, denn er zog sein Jackett aus und legte es sich über den Arm.

Das Orchester – es waren neun Musiker, vier Violinen, zwei Bratschen, zwei Celli und ein Kontrabass – hatte sich in der Mitte des Dachbodens eingerichtet, dort, wo der Luftzug den Aufenthalt am erträglichsten machte. Elli und Berger nahmen auf den Stühlen Platz, die offenbar extra für sie dort aufgestellt worden waren. Während die Musiker ihre Instrumente stimmten, erzählte Monsieur Texier, der am Kontrabass saß, dass sie schon seit vielen Jahren miteinander musizierten. Anfangs hätten sie häufig auf Festen zum Tanz aufgespielt, bis sie entdeckten, dass sie nicht nur Spaß an klassischer Musik hatten, sondern auch wunderbar zusammen improvisieren konnten.

Als Elli dies für Berger übersetzte, verzog er das Gesicht. Das wunderte sie nicht, sie kannte ihn mittlerweile gut genug, um zu wissen, was er davon hielt, wenn Musiker anfingen zu »improvisieren«. Überhaupt hatte er von dem Moment an, da sie Monsieur Texier gegenübergestanden waren, eine ziemlich reservierte Haltung eingenommen. Das wiederum fand sie ungerecht, nicht nur den Musikern, sondern auch sich gegenüber.

Auf dem Weg hatte sie dann erkennen können, dass sich seine Laune stetig verschlechterte. Und den Probenraum empfand er offenbar als Zumutung. Elli fühlte sich alles andere als wohl in ihrer Haut. Denn obwohl sie Monsieur Texier sympathisch fand und ihr auch sein kauziges Orchester gefiel, teilte sie Bergers offenkundige Befürchtung, dass sie hier offenbar einer Provinzcombo aufgesessen waren. Was ihr gleich noch ein paar Schweißperlen mehr auf die Haut trieb. Sie konnte nur beten, dass dieser Besuch nicht in einem peinlichen Fiasko enden würde.

Das Orchester begann mit der Violinsonate in a-Moll von Bach. Das überraschte Elli. Es war ein anspruchsvolles Musikstück. Aufmerksam lauschte sie der Klangfolge. Doch sie konnte keine Fehler oder Schlampigkeiten entdecken. Die Töne saßen, Tempo, Einsatz, Ausdruck, alles passte. Elli begann, sich zu entspannen und die Musiker zu beobachten. Sie spielten konzentriert, aber nicht angestrengt, so als ob sie dieses Konzert schon viele Male gegeben hätten. War dieses Kammerorchester vielleicht doch mehr als eine Provinzcombo?

Zumindest diese Frage konnte sie bald bejahen. Dennoch musste sie feststellen, dass sie weit davon entfernt waren, eine Attraktion zu sein. Es war ein sauber gespieltes Stück, mehr aber auch nicht. Für eine solche Darbietung brauchten sie nicht extra Franzosen einfliegen zu lassen.

Sie widerstand der Versuchung, mit Berger einen Blick zu tauschen, um seine Reaktion zu erforschen. Sie wusste, dass er zu dem gleichen Urteil gekommen war wie sie. Dieses stumme Einverständnis schuf nach ihrem Empfinden eine Nähe zwischen ihnen, die sie als ebenso irritierend empfand wie sein ganzes Verhalten, seitdem sie mit ihm diese Reise angetreten hatte.

Sie hatten sich am Flughafen getroffen, und von Anfang an hatte er ihr zu verstehen gegeben, dass sie die Leiterin dieser kleinen Expedition war. Allerdings nicht auf eine argwöhnisch beobachtende Art, sondern freundlich, zurückhaltend und, ja, sogar charmant. Berger hatte die Attitüde des Chefs vollkommen abgelegt. Das hatte sie beunruhigt. Wenn er sich ihr gegenüber nicht wie ihr Chef verhielt, was wollte er dann sein? Sollten ihre scherzhaften Andeutungen gegenüber Tante Sophie am Ende doch prophetisch gewesen sein?

Das kleine Orchester begann, sich warm zu spielen. Ohne dass sie es an etwas Bestimmtem hätte festmachen können, gewann der zweite Satz deutlich an Ausdruck. Wieder beobachtete sie die Spielenden, und obwohl sie schon oft bei Proben dabei gewesen war und darum den Anblick von Musikern in Alltagskleidung kannte, war dies hier doch noch einmal etwas anderes. Sie wirkten so unschuldig-ungeniert in ihren Hochwasserhosen und den nackten Beinen darunter, dass Elli sich schon fragte, ob es nicht eine Idee wäre, sie genauso auftreten zu lassen. Dann setzte die erste Violine zu einem Solo ein, das ganz zart den Raum durchschwebte. Und wieder begannen sich ihre Gedanken, von dem Geschehen vor ihren Augen zu lösen.

Sie hatten acht Stunden von Hamburg bis nach Avignon gebraucht, da die Maschine zunächst nach London geflogen war. Acht Stunden, in denen sie in der klimatisierten Luft der Flugzeugkabine neben Berger gesessen hatte. Sie hatte sich unwohl gefühlt, obwohl er sich sehr bemühte, ihr ein angenehmer Gesellschafter zu sein. Er unterhielt sie mit Geschichten, stellte Fragen, interessierte sich für sie. Ja, er lächelte sogar, was sein sonst so beherrschtes Gesicht auf überraschende Weise veränderte. Nach anfänglichem Zögern stieg sie auf seinen leichten Umgangston ein. Doch sie vergaß nie, wer er war. Und vielleicht war es gerade dieser Wechsel in seinem Benehmen, der ihr vor Augen führte, wie sehr sie in der Zeit ihrer Zusammenarbeit nach seinen Maßgaben gelebt hatte. Das leichte Nachlassen der Anspannung machte ihr nur umso deutlicher, wie sehr sie sich schon daran gewöhnt hatte.

In einem Leihwagen legten sie die gut vierzig Kilometer von Avignon nach Arles entlang der Rhône zurück. Elli hätte gerne die Fenster geöffnet, um die Luft der Provence zu atmen, doch sie traute sich nicht, weil sie davon ausging, dass Berger die klimatisierte Luft im Inneren des Fahrzeugs der Hitze draußen vorzog. Dieser vorauseilende Gehorsam ärgerte sie und verhinderte, dass sie die Landschaft genießen konnte. Erst jetzt, auf diesem Dachboden mit seinen vom Alter gedunkelten Balken und den blank getretenen Dielen, erst jetzt, da rötliches Abendlicht durch die geöffneten Fenster fiel und ein Duft, schwer wie blütengetränkter Sommer, die Luft erfüllte, begann der Zauber dieser Landschaft, auf sie zu wirken, obwohl sie doch gar nichts von ihr sehen konnte. Aber all die Bilder, die sie auf der Fahrt in sich aufgenommen hatte, waren nicht verloren. Sie hatten sich in einem abgeschiedenen Winkel ihres Geistes verborgen. Und nun, gerufen von den sanften, geordneten Klängen der Bachsonate, da ihre Sinne sich weit öffneten, um jedes Atom dieser duftenden Welt aufzunehmen, traten diese Bilder wieder hervor und zeigten ihr die weiten Felder der Provence mit ihren prallen Farben. Darüber ragten die kargen Berge in der hitzeflimmernden Luft, und mit einem Mal überwältigte sie die Fülle der auf sie einströmenden Eindrücke. Etwas in ihr brach auf, und sogleich durchflutete eine wilde Sehnsucht schmerzhaft ihren Körper.

Elli erschrak über die Heftigkeit ihrer Gefühle, doch sie machte gar nicht erst den Versuch, sie zu bändigen. Denn auf intuitive Weise begriff sie, dass beides zusammengehörte: die Intensität der auf sie einströmenden Eindrücke und der Schmerz in ihrem

Inneren. Würde sie das eine bremsen, verlöre sie auch das andere. Und dazu war sie nicht im mindesten bereit.
Ihr wurde bewusst, dass ihr Atem heftiger ging, ihre Brust sich spürbar hob und senkte. Aus den Augenwinkeln heraus bemerkte sie eine Bewegung. Beobachtete Berger sie? Sah er ihr den inneren Aufruhr an? Es war ihr gleichgültig. Berger spielte keine Rolle bei dem, was mit ihr geschah. Und gerade, als sie dachte, dass ein Orchester, dessen Musik sie derartig berührte, vielleicht doch nicht nur durchschnittlich war, setzte die Musik aus.
Erschrocken sah sie auf. Bitte nicht, dachte sie nur. Da gewahrte sie den Blick von Monsieur Texier. Der Franzose betrachtete sie auf eine Weise, die sie vermuten ließ, dass er verstand, was gerade mit ihr geschah. Er gab seinen Musikern ein paar knappe Anweisungen, die sie nicht verstand. Dann legte er den Kontrabass zu Boden, langte hinter sich und hob ein Akkordeon auf seinen Schoß. Was hatte er vor?
Ein leises »Un, deux, trois«, und dann setzte die Musik ein. Elli hätte beinah aufgelacht. Es war Piaf, sie spielten *Sous le ciel de Paris* von Édith Piaf. Verzückt klatschte sie in die Hände und erntete dafür ein Lächeln der Musiker. Nur am Rande bemerkte sie Bergers Erstaunen.
Wieder gab sie sich der Musik hin, wieder durchfluteten sie ihre Gefühle, wieder strömten Hitze, Duft und Farben der Provence auf sie ein. Doch diesmal versöhnte sich ihre namenlose Sehnsucht mit der Musik, und sie begriff, dass es das Eingesperrtsein war, das den Schmerz verursacht hatte.
Ermutigt von ihrer Begeisterung, spielten sich Aristide und seine Musiker durch eine Folge von Piaf-Liedern, wobei sie übergangslos von einer Melodie in die nächste glitten. Mittlerweile lief ihnen der Schweiß von der Stirn, doch auch nach dem Schlussakkord des letzten Liedes machten sie keine Anstalten

aufzuhören. Elli applaudierte ihnen, während Berger sie erst befremdet musterte, um dann zögerlich in ihren Applaus mit einzustimmen. Wieder erteilte Aristide einige Anweisungen, und die Cellisten legten ihre Instrumente beiseite, um – Elli glaubte ihre Augen nicht zu trauen, und Berger stöhnte kaum hörbar auf – zwei Gitarren hervorzuholen. Was sie dann zu hören bekamen, verblüffte sie vollends. Monsieur Texier und seine Freunde spielten echten, urwüchsigen Zigeunerjazz. Und dabei liefen sie erst richtig zu Hochform auf.

Nun vergaß Elli das Durcheinander ihrer eigenen Gefühle. Nun war sie nur noch Ohr und Auge. Denn was sich da vor ihr abspielte, war mehr als nur ein Konzert. Elli erlebte das organische Zusammenspiel einer Gruppe absoluter Individualisten. Jeder der Musiker beherrschte sein Instrument mit der Leichtigkeit eines langjährigen Profis, jeder von ihnen spielte seinen ganz eigenwilligen Stil, den er durch Blicke, ein Nicken oder ein Grinsen mit den anderen abstimmte. Jeder von ihnen hatte einen Heidenspaß dabei. Und all das merkte man der Musik an – sie transportierte pure Freude. Elli wusste, dass sie dieses Orchester für ihr Festival unbedingt haben musste.

»Ich muss sie haben«, sagte sie hinterher entschieden zu Berger, der sie daraufhin nur verblüfft anstarrte. Sie beachtete ihn nicht weiter, ging stattdessen zu Monsieur Texier, der sich mit einem rotkarierten Tuch den Schweiß von der Stirn wischte.

»Sie waren wundervoll, *merveilleux*«, beglückwünschte sie ihn.

Der Orchesterleiter lachte. »Sie waren ein wundervolles Publikum.« Erst später, als sie alle zusammen in einem Restaurant saßen – einem Restaurant, das selbstverständlich der Franzose ausgesucht hatte –, ergänzte er seine Bemerkung, und sie erfuhr, dass er sie nicht nur aus reiner Höflichkeit gemacht hatte.

»Wir hatten nicht vor, die Chansons und die *Tziganes* zu spielen«, sagte er. »Wir dachten, Sie wollten ein klassisches Orchester. Aber als ich sah, wie Sie uns zuhörten, habe ich es riskiert. Die Zuhörer sind immer Teil eines Konzerts.«
»Das stimmt«, erwiderte sie und legte ihm die Hand auf den Arm. »Ich freue mich, dass wir uns begegnet sind.«
Dann feierten sie, tranken duftenden Rotwein und genossen die provenzalische Küche, die, wie Monsieur Texier ihr versicherte, die beste der Stadt sei. Natürlich gab es *Escargots,* allerdings nicht für Berger. Sie hatte den Franzosen erklärt, dass ihr Kollege – sie hatte Berger tatsächlich als Kollegen bezeichnet – einen empfindlichen Magen hätte. Alle bemühten sich um eine verständnisvolle Miene, doch Elli merkte ihnen an, dass sie von Männern mit empfindlichen Mägen nichts hielten.
Anfangs übersetzte Elli immer noch für Berger, doch je lebhafter die Unterhaltung wurde, umso weniger war es möglich, Berger mit einzubeziehen, zumal dieser auch nur wenige Anstrengungen machte, etwas zu dem Gespräch beizutragen. Und da die Franzosen allgemein wenig Verständnis dafür hatten, dass jemand ihre Sprache nicht verstand, nahmen sie auf einen solchen Banausen auch keine Rücksicht und ließen Elli gar keine Zeit mehr zum Übersetzen. Was ihr nur recht war.
Schon lange hatte sich Elli nicht mehr so wohl gefühlt. Es gab keine Haltung, die sie einnehmen musste. Keine Befindlichkeiten, auf die sie Rücksicht zu nehmen hatte. Und seit dem Erlebnis auf dem Dachboden der ehemaligen Schule war auch der Druck verschwunden, ihrem Chef in irgendeiner Weise etwas recht machen zu müssen. Es war, als hätte ein unsichtbarer Dirigent einen Zauberstab geschwungen und die Macht durchbrochen, die Berger über sie gewonnen hatte. Dabei war ihr durchaus bewusst, dass sie selber diejenige gewesen war, die ihm diese Macht gegeben hatte. Ebenso wie ihr klar war, dass

es ein Morgen gäbe und ein Hamburg, in dem die alte Hierarchie wieder Gültigkeit gewinnen würde. Doch an diesem Abend war sie einfach nur eine Frau zwischen zehn Männern, von denen einer zwar ein dunkler Geselle war, die anderen sich ihr aber zuwandten wie Sonnenblumen dem Licht. Und genau das war sie.

Sie selbst wusste es nicht, aber an diesem Abend in dem kleinen Restaurant in Arles war sie ein leuchtender Stern im Kreise seiner Planeten. Ihr war auch gar nicht bewusst, wie schön sie war und dass es ihr mühelos gelang, neun Männerherzen zu bezaubern. Sie fühlte sich einfach nur unendlich wohl in diesem Kreis von Menschen, die sie als Freunde empfand. Und aus dieser Stimmung heraus rief sie Alex an.

Sie kam gerade aus den Waschräumen, als sie an den Mann dachte, der Kopf und Kragen riskiert hatte, um einem Date mit ihr zu entgehen. Der sie aber als Elsa unbedingt wiedersehen wollte. Nun amüsierte sie die Situation, und sie beschloss, dass es an der Zeit wäre, die Hitze unter dem Kochtopf, in dem er saß, ein wenig zu erhöhen. Also ging sie nicht zurück in den Gastraum, sondern nach draußen vor die Tür, wo die milde, gesättigte Abendluft voller sinnlicher Versprechen war.

Er meldete sich mit einem trägen: »Hallo.«

Also fragte sie nach: »Alex?«

Das schien seine Lebensgeister zu wecken. »Elsa, nicht wahr?«

»Ja. Ich sollte Sie anrufen, aber mir fällt partout nicht mehr ein, warum.«

»Weil Sie mich gerne wiedersehen möchten.«

»Ach ja? Das möchte ich?«

»Ganz sicher. Wo sind Sie?«

»Ich stehe vor einem Lokal, in dem ich mit Freunden beim Essen bin.«

»Ist es ein gutes Essen?«

»Hervorragend.«
»Und die Gesellschaft?«
»Wundervoll.«
»Und da gehen Sie vor die Tür, um mich anzurufen? Das weiß ich sehr zu schätzen.«
Elli verkniff sich gerade noch ein Lachen. Dann fragte sie: »Was wollen Sie eigentlich von mir?«
»Sie heiraten. Was sonst?«
Jetzt konnte sie nicht anders, sie lachte. »Geht das nicht ein bisschen schnell?«
»Ja, das gebe ich zu. Deswegen war das auch noch kein Antrag. Damit warte ich noch bis zu unserem zweiten oder dritten Treffen.«
»Wieso glauben Sie, dass es ein zweites Treffen geben wird?«
»Ich kann es nur hoffen. Entscheiden müssen Sie. Wird es ein zweites Treffen geben?«
Elli schwieg einen Moment, weil sie sich fragte, ob sie ihn tatsächlich wiedersehen wollte. Denn an diesem Abend und an diesem Ort reichte es ihr nicht, sich nur deswegen mit einem Mann zu verabreden, um sich an ihm für sein schlechtes Benehmen zu rächen. Dann dachte sie daran, wie er sie angeschaut hatte. So, als ob es außer ihr noch nie eine andere Frau für ihn gegeben hätte. Aber war das nicht ein Trick?
In diesem Moment fiel ihr auf, dass sie durch die Fenster des Lokals ihre Tischrunde sehen konnte. Monsieur Texier und seine Freunde lehnten entspannt in ihren Stühlen und unterhielten sich. Berger schaute zu ihr heraus, er beobachtete sie, wie sie vor dem Lokal telefonierte. Sein Gesicht war starr wie eine Maske.
»Elsa?«
»Ja. Sprechen Sie Französisch?«
Stille. Dann: »Je me débrouille.«

Elli lächelte. »Freitagabend, neunzehn Uhr dreißig, im *Montmartre.*«
»Freitagabend? Also, das ist …«
»Seien Sie pünktlich.« Dann legte sie auf und ging ins Restaurant zurück.
Elli war sehr zufrieden mit sich.

V

Ich hatte ein Problem: Wie konnte man zur selben Zeit am selben Ort mit zwei Frauen ein Date haben? Und zwar so, dass die beiden nichts voneinander mitbekamen. Selbst Harry Potter hätte dabei so seine Schwierigkeiten gehabt. Ich nahm es als Denksportaufgabe und grübelte den ganzen nächsten Tag über diese Frage nach. Spaßeshalber stellte ich mir vor, wie ich von einem Tisch zum anderen pendelte. Ich stellte mir auch vor, die beiden Damen zusammen an einen Tisch zu setzen. Was sicher nicht ohne Komik wäre, aber garantiert danebengehen würde. Und das wollte ich nicht, zumindest nicht in Bezug auf Elsa. Natürlich war mir klar, dass ich eines der beiden Dates absagen musste, und es war auch schon klar, welches. Aber noch hoffte ich auf eine salomonische Lösung. Noch setzte ich darauf, dass Süper-Alex etwas einfiele.

Eine Zeitlang war ich etwas abgelenkt, weil ich mich mit ein paar Jungs herumärgern musste, die ich im *Molotow* hatte spielen sehen und denen ich ein paar Vorschläge gemacht hatte. Doch anstatt nun brav und dankbar dafür zu sein, dass ich sie rausbringen wollte, gefielen sie sich darin, mir mit völlig bescheuerten Forderungen auf die Nerven zu gehen. Das konnte ich ihnen natürlich nicht durchgehen lassen. Nur Stars durften Starallüren haben. Als ich mich danach endlich wieder den wesentlichen Dingen des Lebens zuwenden konnte, hatte mein genialer Verstand die Lösung bereits ausgebrütet. Ich griff zum Telefonhörer.

»Aber Sophie, das ist doch eine Pikdame.«

»Was? Ach Gott, entschuldige. Ich war ganz in Gedanken.«

»Könnte ich noch ein Gläschen Likör haben?«

»Das wäre dein viertes Glas, Hanne.«

»Och, es schmeckt aber so gut.«
»Ja, aber eine Pikdame?«
»Jule, was macht es denn für einen Unterschied, ob es eine Pik- oder eine Kreuzdame ist?«
»Na, also ich habe immer gedacht, dass da sehr wohl ein Unterschied besteht.«
»Das meine ich nicht. Ich hätte gar keine Dame zu den Buben legen dürfen. Das geht nicht. Warum gackerst du denn jetzt, Hanne?«
»Na, vielleicht gefällt es der Pikdame ja, dass du sie zu den Buben gelegt hast.«
»Hanne!«
»Lotte!«
»Wieso ich? Sophie hat doch die Dame zu den Buben gelegt.«
»Ich sagte schon, dass ich nicht aufgepasst habe.«
»Den Buben gefällt es bestimmt auch.«
»Hanne, du lässt auf der Stelle die Finger von dem Likör.«
»Aber der ist so lecker.«
»Da, die Dame liegt zwischen zwei Buben.«
»Da hat sie aber nicht aufgepasst.«
»Hihihi.«
»Jule, das ist nicht witzig.«
»Ach Lotte, komm schon.«
»Nein wirklich, das muss man sich mal vorstellen.«
»Hm.«
»Was hm?«
»Na, ich stelle mir das gerade vor.«
»Ich finde, wenn eine Dame zwischen zwei Buben zu liegen kommt, dann hat sie nicht aufgepasst.«
»Pruhuhu.«
»Hihihi.«
»Sagt mal, Mädels, was ist heute nur mit euch los?«

»Im Übrigen liegt sie zwischen drei Buben.«
»Hihihi.«
»Pruhuhu.«
»Irgendetwas stimmt mit dem Likör nicht.«
»War das nicht das Telefon?«
»Ja, spielt eine Runde ohne mich. Aber lasst die Finger vom Likör.«
»Also, wenn eine Dame zwischen drei Buben liegt …«

»Elli, wie schön, dass du anrufst! Ich habe mir schon Sorgen gemacht.«
Elli streckte die Beine aus und legte die Sonnenbrille auf dem kleinen Tisch ab.
»Ach Tantchen, das ist wirklich nicht nötig. Du hattest recht, es ist wunderschön hier.«
»Wie ist es mit dem perversen Orchester gelaufen?«
»Die sind toll.« Sie erzählte von der Konzertprobe am Abend zuvor und konnte nicht verhindern, dass sie dabei ins Schwärmen geriet.
»Ah, Édith Piaf«, seufzte ihre Tante, »nach diesen Liedern haben wir damals getanzt.«
»Wer ist denn wir?«, fragte Elli neugierig.
»Ach nichts, alte Geschichten. Erzähl weiter.«
»Irgendwann wirst du mir diese alten Geschichten aber erzählen müssen«, sagte Elli drohend.
»Nach deiner Hochzeit, Kleines.«
In diesem Moment kam Monsieur Texier mit einem Krug und zwei Gläsern auf die Terrasse und setzte sich zu ihr. Da sie telefonierte, stellte er Krug und Gläser einfach nur ab und schaute zufrieden über das sanfte Tal, das sich vor ihren Augen erstreckte. Er hatte sie im Hotel abgeholt und war mit ihr in das kleine Dorf gefahren, in dessen Nähe sein Haus lag.

»Und wie läuft es mit dem Wolf?«, fragte Tante Sophie.
»Der ist zu einem ziemlich schüchternen Hasen geworden. Das liegt natürlich daran, dass er kein Französisch spricht, aber nicht nur.«
Sie warf Monsieur Texier einen Seitenblick zu, aber der Franzose schien ganz in den Anblick seines Weinberges versunken.
»Ich glaube, dass du recht hattest«, fuhr sie dann fort. »Er will wirklich etwas von mir. Und ich glaube, ihm ist es ernst. Aber ich habe ihn verunsichert. Jetzt weiß er nicht mehr, wie er sich verhalten soll.«
»Womit hast du ihn denn verunsichert?«
»Ich habe während des Konzertes auf einem völlig überhitzten Dachboden beinah einen Orgasmus bekommen. Und beim anschließenden Essen im Restaurant habe ich wie verrückt mit neun Franzosen geflirtet, ohne ihn zu beachten.«
»Du meine Güte«, lachte Tante Sophie. »Das ist ja wirklich ein perverses Orchester. Ich hoffe, du hast nicht hinterher mit den neun Franzosen ...«
»Tantchen!«
»Aber dass das den Wolf verunsichert, kann ich verstehen. Na, es sei ihm gegönnt.«
»Ach weißt du, er tut mir fast schon wieder leid.« Das stimmte zwar nicht, aber so ganz hatte sie ihrer Tante ihre Kuppelversuche noch nicht verziehen. Eine kleine Lektion wollte sie ihr noch erteilen.
»Er tut dir leid? Wieso das denn?«
»Na ja, wahrscheinlich hat er sich eine total romantische Reise vorgestellt, muss jetzt aber alleine durch die Ruinen stapfen, während ich mit dem Leiter des Orchesters dessen neuen Wein probiere. Ich denke, ich werde mich heute Abend besonders schick für ihn machen.«

»Jetzt versucht er es also auf die Mitleidstour. Lass dich bloß nicht von ihm einwickeln.«

»Jetzt übertreibst du, Tante Sophie. Berger war immer fair, und auf dieser Reise gibt er sich sehr viel Mühe. Ich finde, dass er sich deshalb eine Chance verdient hat.«

Elli hatte etwas Strenge in ihre Stimme gelegt und merkte nun am Schweigen ihrer Tante, dass die sich weitere Ratschläge tunlichst verkniff.

»Ich rufe dich an, wenn ich zurück bin«, sagte sie versöhnlich und nahm sich vor, ihre Tante bald von ihren Befürchtungen zu erlösen. Dann verabschiedete sie sich von ihr und wandte sich Monsieur Texier zu. Der schenkte ihnen nun von dem Wein ein.

»Goutez!«, sagte er dann. Kosten Sie!

Behutsam schwenkte Elli das Glas, um das Aroma des Weines zu wecken. Dann führte sie das Glas an ihre Nase, schloss die Augen und sog das Bouquet ein. Augenblicklich wirbelte eine Fülle von Bildern durch ihren Geist, Erde und Gewürze, Sonne und Wasser, Licht und Sehnsucht. Sie nahm langsam einen Schluck, und eine neue Welt von Eindrücken und Empfindungen offenbarte sich ihr. Ihr fehlten die Worte, um all das auszudrücken, aber sie wusste, dass es in der Musik enthalten gewesen war, die sie am Abend zuvor gehört hatte. Und nun verstand sie auch besser, warum die sie so erschüttert hatte.

»Magnifique«, sagte sie leise. »Ich kaufe Ihnen den ganzen Jahrgang ab.«

Monsieur Texier hatte ein kleines spitzbübisches Lächeln im Gesicht, und als er antwortete, begriff sie auch sofort den Grund dafür.

»Isch wärde Ihnen … eine Kiste schänn…ken.«

Sie erstarrte. Monsieur Texier hatte auf Deutsch geantwortet.

Als ihr klarwurde, was das bedeutete, begannen ihre Wangen zu glühen. Er hatte alles verstanden, was sie zu Tante Sophie gesagt hatte. Das mit dem Flirten und dem Orgasmus. O Gott!
»O Gott!«, stöhnte sie und sackte in ihren Stuhl zurück. »Warum haben Sie mich nur so reingelegt? Warum haben Sie nichts gesagt?«
»Isch bitte um Verzei'ung, aber … pardon, erlauben Sie …« Dann bat er sie, wieder französisch sprechen zu dürfen. Er verstünde Deutsch zwar sehr gut, aber das Sprechen bereite ihm Schwierigkeiten.
»Es war wegen Ihres Begleiters«, erklärte er dann. Monsieur Texier hatte bei der Begrüßung gemerkt, dass Berger kein Französisch sprach. Aus einem Impuls heraus hatte er seine Deutschkenntnisse verschwiegen, um Berger von der Unterhaltung auszuschließen.
»Dann habe ich Sie beide während des Konzerts beobachtet.« Das hätte ihn in seiner Absicht bestätigt. »Ich habe Sie heute in mein Haus eingeladen, um Ihnen die Wahrheit zu gestehen. Und den Grund, warum ich Sie getäuscht habe.«
Elli begriff, dass sie nicht nur einem Spaß aufgesessen war, und war gespannt auf das, was Monsieur Texier ihr erzählen wollte. Der nahm erst einen Schluck von seinem Wein und schaute versonnen über das Tal, an dessen Nordhang seine Reben wuchsen.
»Als Sie hierhergekommen sind«, wandte er sich schließlich an sie, »hatten Sie eine andere Vorstellung von uns, nicht wahr?«
»Das stimmt«, antwortete sie.
»Aber Sie haben Ihre Meinung geändert, als Sie unsere Musik gehört haben.«
»Auch das ist richtig. Ich bin davon überzeugt, dass Ihre Musik etwas ganz Besonderes ist.«
»Bei Ihrem Kollegen war das nicht der Fall.«

»Nein, er hat das nicht so gesehen.«
Monsieur Texier nickte. »Darf ich mir eine persönliche Frage erlauben?«
»Nur zu«, sagte sie, war aber wachsam.
»Ist er nur Ihr Kollege?«
»Nein, er ist mein Chef.«
»Das weiß ich. Auch ich habe Internet in meinem Haus. Aber das meinte ich nicht.«
Sie betrachtete ihn etwas genauer. Sie entdeckte etwas Schwermütiges in seinen Augen, etwas, das sie in der Musik gehört hatte, ohne es näher identifizieren zu können. Jetzt aber wurde es ihr bewusst: Monsieur hatte ein Leben gelebt. Vielleicht konnte sie es deswegen so leicht sagen: »Er ist nicht mein Liebhaber. Il n'est pas mon amant.«
Monsieur Texier hielt seine Nase, die ein beachtliches Format hatte, über sein Weinglas und erschnüffelte das Aroma. Dann hielt er das Glas gegen das Licht der späten Nachmittagssonne und inspizierte prüfend die Farbe.
»Eine gute Musik braucht immer einen Zuhörer, um lebendig zu werden«, sagte er langsam. »Ebenso wie ein guter Wein die Zunge braucht, auf der er sich entfalten kann. Lassen Sie nicht zu, dass falsche Musik Ihre Ohren verstopft. Und«, nun richtete er seinen Blick auf sie, »lassen Sie nie mittelmäßigen Wein auf Ihre Zunge kommen.«
Elli schaute in seine Augen, die schon so viel gesehen hatten. Sie verstand sehr gut, was er ihr damit hatte sagen wollen, war aber nicht bereit, es dabei zu belassen.
»Warum ist es so wichtig für Sie, was zwischen mir und meinem Chef ist? Geht es Ihnen wirklich nur um das Engagement? Das haben Sie. Aber ich glaube, ich bin noch aus einem anderen Grund hier, nicht wahr?« N'est-ce pas?
Wieder zeigte er sein spitzbübisches Lächeln. »Sie haben recht.

Ich wollte dieses Engagement unbedingt, aber nicht wegen des Ruhmes oder des Geldes.«
»Sondern?«
»Wegen Ihnen.«
»Wegen mir?«, fragte sie verblüfft.
»Ja, Mademoiselle, wegen Ihnen.«
Und dann begann Monsieur Texier, ihr seine Geschichte zu erzählen.

Das Erste, was ich hörte, war lautes Gegacker und Gelächter.
»KINDER, SEID DOCH MAL RUHIG! Dornbach, hallo?«
»Alex Toben. Bei Ihnen geht es ja hoch her.«
»Ich weiß auch nicht, was mit den Mädchen heute los ist. Das muss an der Mondphase liegen. Was haben Sie auf dem Herzen, mein Junge?«
Ich nahm mir fest vor, ihr irgendwann dieses »mein Junge« auszutreiben, aber jetzt gab es Wichtigeres zu besprechen.
»Hören Sie, ich habe noch einmal darüber nachgedacht, wie schlecht ich mich gegenüber Ihrer Nichte verhalten habe.«
»Sie sind ein guter Junge, Alex, aber ich glaube ...«
»Ich möchte ihr wirklich etwas Außergewöhnliches bieten, um das wiedergutzumachen.«
»Aber das tun Sie doch schon. HANNE, WAS SUCHST DU DA? ... IST DIE FLASCHE ETWA SCHON ALLE? ... DOCH NICHT DEN WHISKY! Alex, ich glaube, ich muss eine neue Flasche Whisky für Sie kaufen.«
»Lassen Sie nur«, beeilte ich mich zu sagen. »Ich bringe eine mit. Aber um auf Ihre Nichte zurückzukommen. Ich finde, dass ein Essen ein wenig zu einfallslos ist. Ich habe mir deshalb etwas Besonderes überlegt. Hört sie gerne Musik?«
»O ja, vor allem klassische Musik. Sie ist nämlich ...«
»Ach, klassische Musik, äh, nun, es ist so, dass ich zwei Karten

für ein hervorragendes, klassisches Konzert habe. Und da würde ich Ihre Nichte gerne mit hinnehmen. Selbstverständlich gehen wir hinterher auch noch essen.«

»Also, das hört sich wirklich großartig an.«

»Ja, das wäre allerdings am Samstag. Das macht Ihrer Nichte doch sicher nichts aus?«

»Ähm, ich denke nicht.«

»Fein, ich muss jetzt auflegen. Aber ich sage noch Bescheid, wann und wo wir uns treffen können.«

»Ja, aber …«

»Wiederhören.«

»JULE, DU …«

Das war also geschafft. Natürlich wäre es einfacher gewesen, die Verabredung komplett abzusagen und darauf zu vertrauen, dass mir der Dornbachsche Himmel nicht auf den Kopf fiel. Aber das wäre stillos gewesen, hätte keine Finesse gehabt. Frau Dornbachs Nichte anstelle eines Essens in ein Konzert auszuführen, war, als hätte ich ihr statt eines Knochens einen Schinken angeboten. Dazu konnte sie unmöglich nein sagen. DAS hatte Stil!

Ich schnalzte nachdenklich mit der Zunge. Jetzt musste ich nur noch zwei Karten für ein hervorragendes, klassisches Konzert besorgen.

Es war eine Zeit wie in einer anderen Welt gewesen. Während Elli auf die Ausläufer der französischen Alpen hinabschaute, wunderte sie sich, wie unscheinbar aus dieser Höhe all das wirkte, was unten auf dem Boden beständig ihre Sinne überwältigt hatte. Hier oben aber, in der ersten Klasse des A 320, bekam die Gegenwart des Mannes, der neben ihr saß, ein Gewicht, das ihm, wie sie empfand, nicht zustand. War das, was er ihr am gestrigen Abend gesagt hatte, nun ein Heiratsantrag gewesen? Oder die Ankündigung der Möglichkeit, ihr zu einem späteren Zeitpunkt noch ein Heiratsbündnis vorzuschlagen? So oder so, er hatte es verbockt. Sie fragte sich, ob ihm das klar war.

»Könnten Sie sich vorstellen, dass uns einmal mehr verbinden wird als nur das Berufliche?«, hatte er gefragt.

Das war nach dem Konzert im *Théâtre Antique* gewesen. Sie saßen im Restaurant ihres Hotels, um den Abend mit einer Mahlzeit und einem guten Wein abzuschließen. So zumindest hatte Berger diesen Programmpunkt bezeichnet. Elli hatte den angeblich guten Wein gerade gekostet und festgestellt, dass er nicht annähernd an den herankam, den ihr Monsieur Texier serviert hatte. Genau genommen dachte sie gerade über dessen Ausspruch nach, dass sie keinen mittelmäßigen Wein auf ihre Zunge kommen lassen sollte. Und obwohl sie wusste, dass er das vor allem im übertragenen Sinne gemeint hatte, war sie kurz versucht gewesen, den höchstens mittelmäßigen Wein zurückgehen zu lassen. In diese Überlegungen war Berger mit seinem verschwurbelten Beinah-Heiratsantrag hineingeplatzt.

Fast hätte sie laut aufgelacht. Aber sie merkte, dass Berger es durchaus ernst meinte und dass eine falsche Reaktion nicht nur taktlos und unhöflich gewesen wäre, sondern auch ihre weitere Zusammenarbeit enorm beeinträchtigt hätte. Kurz dachte sie daran, dass sie Berger in ihrem letzten Gespräch mit Tante Sophie romantische Absichten unterstellt hatte. Da war sie ja geradezu optimistisch gewesen. Wie konnte es nur sein, dass dieser Mann, der sie so lange eingeschüchtert hatte, ihr nun mit einem so schmalbrüstigen Angebot daherkam? Offenbar war aus dem Wolf tatsächlich ein Hase geworden.

»Das ist eine sehr schmeichelhafte Frage«, hatte sie schließlich geantwortet. »Aber ich muss Ihnen gestehen, dass es bereits jemanden in meinem Leben gibt.«

Mehr war nicht nötig gewesen, um Berger den Rückzug antreten zu lassen. Feigling, hatte sie absurderweise gedacht, und jetzt, da die klimatisierte Luft im Flugzeug die letzten Partikel Provenceluft vertrieb, dachte sie es immer noch.
Nicht dass sie sich einen forscheren, einen hartnäckigeren Berger gewünscht hätte. Aber was für eine Frau war sie denn in seinen Augen, dass er ihr mit einem solch lauwarmen Annäherungsversuch kam? Was sie am gestrigen Abend noch belustigt hatte, fand sie nun geradezu empörend. War es denn wirklich so überzogen, was sie erwartete? Dass sie Leidenschaft und Schmerz wollte statt kühler Abwägung? Dass sie Mut und Unbedingtheit statt Zaghaftigkeit bei einem Mann sehen wollte, und dass dies auch eingefordert werden durfte, ja sogar sollte? War das wirklich so überzogen? Nein. Das war es nicht. Vielleicht hätte sie gezweifelt. An sich, an ihren Ansprüchen, ihren Sehnsüchten, ihren wilden, wilden Sehnsüchten. Wenn es nicht einen klugen, weißhaarigen Franzosen gegeben hätte, der ihr sein Herz geöffnet hatte.
»Ich habe Sie angeschrieben, weil ich Ihren Namen erkannt habe«, hatte Monsieur Texier ihr gestanden. Und auf diese erstaunliche Eröffnung hin folgte eine Geschichte über eine glückliche Liebe, die zerbrochen war. Und doch nie geendet hatte. Der Franzose schonte sich nicht in seinem Geständnis, und doch brachte er Elli nie in die Verlegenheit, ihn bedauern zu müssen. Er hatte alles angenommen, das Gute und das Schlechte in seinem Leben, das Falsche und das Richtige. Und alles war in seiner Persönlichkeit – so wie in seinem Wein – herangereift und verlieh seinen Worten, seinem Wesen und nicht zuletzt auch seiner Musik den Geschmack und die Reinheit, die sie nur bewundern konnte. Eines war sicher, Monsieur Texier war weder im Leben noch in der Liebe ein Feigling gewesen.
Elli hatte auf dieser Reise nicht nur ihr Vorurteil über Provinz-

orchester revidieren müssen, sondern auch über französische Männer.
Als sie in London zwischenlandeten, schaltete sie ihr Handy an, um zu sehen, ob Nachrichten eingetroffen waren. Offenbar hatte Tante Sophie versucht, sie zu erreichen. Während sie auf die Rückruftaste drückte und in den Hörer lauschte, fragte sie sich, ob dieser Alex wohl ein Feigling war.

VI

Das Essen mit der Krankenschwester morgen Abend ist abgeblasen.«

»Schade«, meinte Tom. »Hätte lustig werden können.«

»Sicher, aber es ist auch nicht fair, sie zu verarschen.«

»Da hast du natürlich recht. Und schon gar nicht, ihr Waldo aufs Auge zu drücken.«

»Denke ich auch. Also, ich setze Freitag aus. Wie sieht es bei dir aus?«

»Ich auch. Passt mir ganz gut. Die Hochzeit, du weißt schon.«

»Klar, falls du Hilfe brauchst, sag Bescheid.«

»Ist dir irgendetwas wegen der Musik eingefallen?«

»Leider nicht. Können wir nicht einfach einen anderen DJ engagieren?«

»Nein, sie will ihren Dieter. Das Einzige, was es reißen könnte, wäre eine richtig heiße Band. Katholisch, wohlgemerkt.«

»Schwer zu finden.«

Tom schnaufte. Er tat mir leid. Darum sagte ich: »Vielleicht ist dieser Dieter ja gar nicht so schlecht.«

»Genau, wir werden ihn lieben.«

»Wir werden johlen und uns benehmen wie die Teenager.«

»Uns die Hemden vom Leib reißen.«

»Den Frauen auch?«

»Klar.«

»Wow, so etwas kann DJ Dieter?«

»Du wirst es erleben.«

»Soll ich dich am Samstag mit einem dringenden Notruf befreien?«

»Besser nicht. Lisa findet sowieso schon, dass du als Trauzeuge untragbar bist.«

»Da gebe ich ihr ausnahmsweise einmal recht.«
Wir verabredeten uns locker auf einen Sonntagsbrunch und beendeten das Gespräch. Danach strich ich auf meinem Zettel den Namen Tom durch. Jetzt standen da nur noch Eric und Waldo. Bei Eric war es leicht.
»Ich hätte ohnehin nicht lange bleiben können.«
»Dann gebe ich dir jetzt hiermit frei.«
»Frei?« Ich konnte die hochgezogene Augenbraue regelrecht sehen.
Mit Waldo war es schwieriger.
»Du willst die Krankenschwester also doch für dich haben.«
»Beruhige dich, Waldo.«
»Das ist egoistisch, du hast sie mir versprochen.«
Wahrscheinlich langweilte er sich gerade, darum dauerte es ein wenig länger, ihn davon abzuhalten, am Freitagabend ins *Montmartre* zu kommen. Aber irgendwann hatte ich ihn so weit, dass ich auch seinen Namen durchstreichen konnte. Keiner meiner Compañeros sollte mein Date mit Elsa stören. Ich überlegte gerade, ob es noch eine Gefahr gäbe, die ich ausschließen müsste, als das Telefon ging.
»Hi Alex«, brüllte Serdar durch den Hörer, weil anscheinend direkt neben ihm eine U-Bahn entlangratterte. »Sag mal, ihr hängt doch immer im *Montmartre* rum?«
»Manchmal«, brüllte ich zurück.
»Scheiße, schrei doch nicht so.« Anscheinend war die U-Bahn durch. »Wenn ihr morgen Abend da seid, komme ich vielleicht auf einen Drink vorbei.«
Um Gottes willen!
»Mit Sicherheit nicht. Ich habe keine Zeit, und die anderen kommen auch nicht.«
»Hm, okay, schade. Vielleicht ein andermal.«
Uff, das war gerade noch mal gutgegangen! Serdar traute ich

sogar zu, dass er mit seiner Cousine ankam. Das hätte mir gerade noch gefehlt. Ich ging noch mal alles durch, ob ich nicht irgendetwas übersehen hatte: Date mit der Krankenschwester erfolgreich verlegt, Kumpels beiseitegeräumt, und es war auch nicht damit zu rechnen, dass irgendeine der anderen Ladys von meiner Liste dort auftauchte. Jetzt zahlte es sich aus, dass ich die Treffen immer in andere Restaurants verlegt hatte. Selbst Natalie, die Urologin, hatte sich seit jenem Abend nicht mehr im *Montmartre* blicken lassen, vermutlich, um mir nicht zu begegnen.

Ich lehnte mich zurück. Eigentlich konnte nichts mehr schiefgehen.

Elli grübelte darüber nach, was sie anziehen sollte. Einerseits wollte sie sich nicht zu sehr auftrüffeln, um Alex nicht den Eindruck zu vermitteln, sie wolle ihm auf Teufel komm raus gefallen. Andererseits sah sie auch nicht ein, wieso sie sich nicht schick machen sollte, wenn ihr der Sinn danach stand. Sie entschied sich schließlich für ein enganliegendes, anthrazitfarbenes Kleid mit schmalen Trägern, dazu rote, schlanke Schuhe mit nicht allzu hohen Hacken und eine rote, kurze Lederjacke. Bis auf etwas Eyeliner verzichtete sie auf jedes Make-up.

Als sie mit dem Taxi zum *Montmartre* fuhr, stellte sie fest, dass sie sich auf den Abend freute. Ihr fiel sogar auf, dass sie sich schon seit dem Telefonat mit Alex darauf gefreut hatte. Das kam ihr merkwürdig vor. Ursprünglich war es ihr nur darum gegangen, ihm sein schlechtes Benehmen heimzuzahlen. Das hatte sich nicht geändert. Es waren nur noch ein paar andere Komponenten hinzugekommen.

Dass sie Berger gegenüber erwähnt hatte, es gäbe bereits jemanden in ihrem Leben, verpflichtete sie zwar zu nichts, doch im Nachhinein wunderte sie sich ein wenig über ihre Antwort.

Wahrscheinlich hatte ihre anfängliche Idee, Dieter-Alex zu ihrem Scheinverlobten aufzubauen, dabei eine Rolle gespielt. Das war nun kaum noch möglich. Immerhin war sie nicht mehr Ellionore, sondern Elsa. Mit Ellionore war Alex morgen Abend zu einem Konzertbesuch verabredet. Elli musste schmunzeln, als sie daran dachte, wie Alex das Problem der doppelten Verabredung gelöst hatte, vor das sie ihn gestellt hatte. Gar nicht mal so ungeschickt. Nun war sie gespannt, wie sich die Geschichte weiterentwickelte. Denn davon hing ihr weiteres Vorgehen ab.
Als sie vor dem *Montmartre* aus dem Taxi stieg und sich mit einem leichten Kribbeln im Bauch auf ihren Auftritt als Elsa vorbereitete, begriff sie mit einem Mal, warum sie sich auf diesen Abend freute.
Es war das Spiel, das sie reizte.

Als ich sah, wie sie draußen aus dem Taxi stieg, gab ich Nicolas einen Wink. Sofort machte der sich daran, einen Gin Tonic zu mixen, natürlich mit Tanqueray. Dann beobachtete ich, wie sie die Straße überquerte. Sie sah verdammt gut aus in diesem Fummel und der roten Jacke. Aber das war es nicht, was mich an ihr faszinierte. Es war die Art, wie sie sich bewegte. Wie sie die Straße hinauf- und hinabschaute. Wie sie schließlich auf ihr Ziel zusteuerte. Aus jeder Geste sprach diese verhaltene Kraft, die ich an ihr schon bei unserer allerersten Begegnung wahrgenommen hatte. Es war eine unsichtbare Kraft, von der man aber ahnte, dass sie im nächsten Moment in einem Sprung explodieren konnte. Sie bewegte sich mit der geschmeidigen Kraft einer Katze. Dann stand die Katze vor mir. Im gleichen Moment stellte mir Nicolas den Drink auf den Tresen.
»Ich freue mich sehr, dass Sie gekommen sind«, begrüßte ich sie und reichte ihr das Glas.

»Ich komme immer, wenn ich zugesagt habe«, gab sie etwas rätselhaft zur Antwort. Dabei bedachte sie mich mit einem prüfenden Blick. Das kannte ich. Jede Frau hatte diesen Blick, wenn sie sich das erste Mal mit einem Mann traf. Irgendwo habe ich mal gelesen, dass in diesen ersten Sekunden die Entscheidung getroffen wird, ob die Frau den Kandidaten als Sexualpartner akzeptiert. Daraus hatte ich nach einigem Nachdenken zwei Schlussfolgerungen gezogen. Erstens, dass diese Entscheidung durch keine Art von Gehampel zu beeinflussen war. Dass man also sowohl den Blick als auch die vermutliche Prüfung stoisch über sich ergehen lassen sollte. Und zweitens, dass es der Mann selbst bei einem positiven Ausgang der Prüfung noch jederzeit versauen konnte. Und dazu bedurfte es manchmal nur einer Kleinigkeit. Das war auch schon das ganze Geheimnis meines bescheidenen Erfolges bei den Frauen. Ich hoffte einfach auf einen positiven Bescheid. Und bemühte mich dann nach allen Kräften darum, dass diese Entscheidung nicht revidiert wurde.

»Essen wir hier im Stehen, oder haben Sie uns einen Tisch reserviert?«, fragte sie schließlich, wobei ich zugeben musste, dass ich nicht die leiseste Ahnung hatte, was bei ihrer Prüfung herausgekommen war. Aber das machte ja auch einen Teil ihrer Faszination auf mich aus, dass sie so schwer zu durchschauen war.

»Wir haben den Prinzentisch«, sagte ich und wies auf den Tisch direkt am Fenster. »Aber ich mag diesen Moment an der Bar, den Aperitif, das erste Warmplaudern, die Vorfreude auf das Essen. Außerdem weiß ich noch gar nichts von Ihnen, außer dass Sie Elsa heißen.«

»Was möchten Sie denn wissen?«, fragte sie und nahm einen Schluck von dem Drink. Ich hatte ihr einen Platz am Tresen frei gehalten. Durch die Bewegungen der anderen Gäste ergab es sich so, dass ich nun mit dem Rücken zum Eingang stand.

»Erst einmal, wo genau in Frankreich Sie vorgestern essen waren?«
Damit hatte ich sie überrascht.
»Woher wissen Sie, dass ich in Frankreich war? Weil ich Sie nach Ihren Französischkenntnissen gefragt habe?«
»Und weil es ein Auslandsgespräch war. So etwas hört man. Natürlich hätten Sie auch in der Mongolei sein können. Aber ich habe noch etwas gehört.«
»Die Marseillaise?«
»Nein.« Ich beugte mich etwas in ihre Richtung und nutzte die Gelegenheit, ihren Duft einzuatmen.
»Zikaden«, sagte ich.
Sie beugte sich ebenfalls etwas zu mir, was den Duft schwindelerregend verstärkte, und raunte: »Mongolische Zikaden?«
Ich schüttelte den Kopf. »Eindeutig französische. Sie wissen schon, dieses nasale Getue, dieses *patati patata.*«
»Verstehe.«
Wir richteten uns beide wieder aus unserer konspirativen Haltung auf.
»Also«, begann ich zu schlussfolgern, »Sie waren in Frankreich. Es war elf Uhr abends, und Sie haben draußen vor dem Lokal telefoniert. Es war warm. Es gab keinen Wind und keine Großstadtgeräusche. Das heißt, Sie waren nicht am Meer und nicht in einer großen Stadt. Ich tippe auf die Provence.«
Sie nickte anerkennend. »Treffer.«
»Weiter komme ich nicht. Kleinstadt? Dorf? Mittelgroße Stadt?«
»Arles.«
»Hm, Arles.«
»Kennen Sie es?«
»Nein. Ist es schön?«
»Wunderschön.«

»Waren Sie beruflich dort oder privat?«
»Beruflich. Sie sind ganz schön neugierig.«
»Ich möchte halt wissen, was meine zukünftige Frau so treibt.«
»Hoppla, das geht mir jetzt aber ein bisschen zu schnell.«
»Das haben Sie schon mal gesagt.«
»Dadurch wird es nicht unwahrer.«
»Na gut, klären wir erst einmal die *essentials.* Können Sie einen Mann ernähren?«
»Wie bitte?«, prustete sie los.
»Nein, warten Sie. Das müssten Sie ja mich fragen. Entschuldigen Sie, mit diesen geschlechtsspezifischen Rollenverteilungen komme ich manchmal durcheinander. Also, die Frage lautet: Kann ich Sie ernähren?«
»Und? Können Sie?«
»Weiß nicht. Sind Sie denn teuer im Unterhalt?«
Sie wiegte den Kopf. »Zumindest nicht ganz billig. Klasse hat nun mal seinen Preis.«
»Hm«, stimmte ich zu. »Da haben Sie recht. Ich wette …«
»Hallo Alex.«
Die Stimme hatte eine äußerst ernüchternde Wirkung auf mich. Ich hatte sie das letzte Mal gehört, kurz bevor eine Ladung Weißwein in meinem Gesicht gelandet war.
»Hey Natalie, schön, Sie zu sehen.«
»Finde ich nicht, aber wie ich sehe, haben Sie schon eine neue Wette am Laufen.«
Sie bedachte Elsa mit einem verächtlichen Blick, was die allerdings nur zu amüsieren schien. Natalie war nicht allein. Neben ihr stand ein Typ, der ganz offensichtlich nicht begriff, was hier vorging.
»Das ist jetzt etwas unpassend«, sagte ich und bemühte mich um einen ruhigen Tonfall. »Sie haben mir bereits sehr deutlich

zu verstehen gegeben, was Sie von mir halten. Dabei sollten wir es belassen.«
Doch aus einem Grund, den ich nicht begriff, saß bei ihr anscheinend noch ein Stachel im Fleisch. Ich sah es an ihrem zusammengekniffenen Mund und dem unheilvollen Funkeln in ihren Augen. Unwillkürlich schätzte ich die Situation ein. Würde sie Ärger machen? Würde der Typ mit einsteigen? Irgendein Urmenschenprogramm brachte mich bereits dazu, sein Kaliber einzuschätzen. Doch bevor Natalie den Mund aufmachen konnte, um das nächste Gift abzuspritzen, meldete sich Elsa mit einer etwas dümmlichen Mädchenstimme zu Wort.
»Ich weiß leider nicht, worum es hier geht, aber der Alex und ich reden gerade über meine Rolle in seinem neuen Pornofilm. Seid ihr auch mit im Team?«
Natalie entgleisten die Gesichtszüge. Dafür hatte ich Verständnis, als Urologin hatte sie vermutlich eine sehr eigene Sicht auf die in Pornofilmen gezeigten Praktiken. Ihren Begleiter hingegen schien Elsas Bemerkung zu inspirieren. Jedenfalls glitt sein Blick reflexartig über ihren Körper. Elsa reagierte sofort auf diesen Blick, stützte sich mit den Ellbogen auf dem Tresen ab, bog den Oberkörper zurück und winkelte ihr rechtes Bein etwas an. Es war eine bühnenreife Hurenpose.
Der Typ kriegte große Augen. Das wiederum bekam Natalie mit. Sie warf mir noch einen vernichtenden Blick zu, stieß ihn an und zischte: »Komm schon, Dieter!«
Ich bekam es erst nicht mit, weil ich den beiden nachschaute, wie sie an einem der hinteren Tische Platz nahmen. Aber als ich mich wieder Elsa zuwandte, sah ich, dass sie sich kaum noch einkriegte vor Lachen.
»Hat sie wirklich Dieter gesagt?«, prustete sie.
»Ich fürchte, ja«, sagte ich erstaunt.
»Das ist ja ein Ding«, meinte sie und sah dabei sehr fröhlich aus.

»Sie waren richtig gut. Wissen Sie das?«

»Natürlich«, meinte sie trocken. »Und jetzt sind Sie mir etwas schuldig.«

Elli amüsierte sich königlich. Vielleicht stieg ihr deswegen der Gin so schnell in den Kopf. Dass sie außerdem den ganzen Tag über kaum etwas gegessen hatte, fiel ihr erst später ein. Sehr viel später.

Nachdem sie Alex aus der etwas peinlichen Situation gerettet hatte, trat eine kleine Gesprächspause zwischen ihnen ein, die aber keineswegs unangenehm war. Während sie beide schwiegen, machte Elli sich klar, dass sie sich, ohne nachzudenken, auf Alex' Seite gestellt hatte; des Mannes, den sie eigentlich hatte vorführen wollen. Das wunderte sie.

Und so musterte sie ihn eingehend – mal direkt, mal unauffällig –, während sie mit kleinen Schlucken an ihrem Drink nippte. Ein dunkler, italienisch geschnittener Anzug, weißes Hemd, offener Kragen, Alex hatte sich Mühe gegeben, ohne zu dick aufzutragen. Auch dass er gänzlich darauf verzichtete, sich in irgendeiner Weise vor ihr zu produzieren, um Eindruck auf sie zu machen, ließ ihn ihr sympathisch werden. Und als sie einmal in den Spiegel der gegenüberliegenden Wand schaute und dort sich und ihn entdeckte, stellte sie erstaunt fest, dass sie in ihrer beider Körperhaltung einander zugewandt an der Bar standen. War sie etwa auf dem besten Wege, sich mit Alex anzufreunden?

Sie griff zu einem Trick. Heute Abend war sie nicht Ellionore, die sich an Alex rächen wollte. Heute war sie Elsa. Und Elsa konnte tun, was ihr gefiel. Elsa war frei. Das klappte so weit ganz gut. Nur, warum meldete sich diese Elsa ausgerechnet jetzt mit der Feststellung, dass sie bereits seit schmerzlich langer Zeit keinen Sex mehr gehabt hatte?

»Wollen wir an unseren Tisch gehen?«, fragte er sie nun.
»Okay.«
Er ließ ihr den Vortritt, wobei sie davon ausging, dass er die Gelegenheit nutzen würde, um ungestört ihren Hintern in Augenschein zu nehmen. Schließlich war das der eigentliche Zweck dieser höflichen Geste. Sie fragte sich gerade, ob sie seinen Blick wohl spüren könnte, als ihr das Pärchen auffiel, das soeben das *Montmartre* betrat. Da sie, um an ihren Tisch zu kommen, dicht am Eingang vorbeimussten, steuerten sie direkt auf die beiden zu. Sie wandte sich halb zu Alex um, stellte befriedigt fest, dass der etwas zu spät aufschaute, und sagte: »Ist das nicht Ihr Freund Tom?«
Sie gewahrte die Verblüffung in seinem Gesicht, als er den Eintretenden erkannte, und wunderte sich ein wenig, da sie angenommen hatte, dass er und seine Freunde hier andauernd ein und aus gingen. Aber auch Tom schien dieses Zusammentreffen nicht erwartet zu haben.
»Alex?«
»Tom?«
Dann trat die Frau neben Tom.
»Marielle?«, fragte Alex ungläubig.
»Alex? Sie hier? Und …«, ihr Kopf zuckte zwischen Alex und Tom hin und her, »… ihr kennt euch?«
Diese Bemerkung wunderte Elli noch mehr. Wieso war Toms Verlobte erstaunt, dass Alex und er sich kannten? Die Antwort war einfach. Weil sie nicht Toms Verlobte war. Nur was war sie dann? Eine Kollegin? Eine Bekannte? Oder …? Elli begann, eine brisante Konstellation zu wittern. Da die beiden Männer anscheinend ihre Sprache noch nicht wiedergefunden hatten, wandte sie sich an Marielle und reichte ihr die Hand. »Also, ich bin Elsa.«
»Hallo Elsa. Marielle.«

»Tja, ich dachte …«, begann Alex und ließ den halben Satz dann im Raum hängen.
»Tja«, wiederholte Tom, »das dachte ich irgendwie auch.«
Elli gewann den Eindruck, dass die beiden etwas zu besprechen hatten. Sie ergriff die Initiative. »Also Jungs, ich finde, ihr solltet jetzt mal klären, wer was denken soll. Ich gehe so lange eine rauchen. Was ist mit Ihnen, Marielle?«
»Ich rauche zwar nicht mehr, aber ich komme mit.«
Gemeinsam mit Marielle ging sie nach draußen. Ein paar andere Raucher standen bereits auf dem Gehsteig. Elli zündete sich eine Zigarette an und schaute durch die Fenster ins Lokal. Alex und Tom waren in eine gestenreiche Debatte verstrickt. Elli tauschte mit Marielle einen Blick. Die zuckte mit den Schultern.
»Ich weiß auch nicht, was los ist«, sagte sie.
Wusste sie etwa nicht, dass Tom kurz davorstand zu heiraten? Dann hätte Elli ein Problem. Sollte sie es ihr verraten? Oder lieber den Mund halten? Aber ging es sie überhaupt etwas an? Nein, sicher nicht. Wobei das natürlich eine billige Ausrede war.
»Wie lange rauchen Sie schon nicht mehr?«, fragte sie.
»Vier Monate und drei Wochen«, kam die prompte Antwort.
»Ist es noch schwer?«
»Nein, nur manchmal überfällt es mich mit Macht«, seufzte Marielle.
»Jetzt gerade?«
Marielle nickte bekümmert. Elli machte Anstalten, die Zigarette auszudrücken.
»Nein, nein«, wehrte Marielle ab. »Das müssen Sie nicht.«
»Ach, es ist ohnehin Blödsinn.«
Marielle lächelte, sie hatte ein hübsches Lächeln.
»Kennen Sie Alex schon länger?«, fragte sie.

Elli schüttelte den Kopf. »Erst ein paar Tage.«
»Aha!« Marielle beäugte sie neugierig. »Sind Sie schon … zusammen. Ich meine, sind Sie schon ein Paar?«
»Um Gottes willen, nein.«
»Ah.«
Elli schaute wieder nach drinnen. Tom redete auf Alex ein, der ihm mit gerunzelter Stirn zuhörte.
»Ich habe mich vor ein paar Wochen mal mit Alex getroffen«, sagte Marielle.
»Ach ja?«, fragte Elli interessiert.
»Ja, es war ein richtiges Date. Aber es wurde nichts draus.«
»Warum nicht?« War das vielleicht ein Date, das Alex wegen seiner Wette abgemacht hatte?
»Tja, das war komisch.« Sie biss sich auf die Lippen, schien zu überlegen. Dann meinte sie: »Ich weiß ja nicht, wie Sie das sehen. Wollen Sie mit ihm … etwas anfangen?«
Elsa hatte tatsächlich damit kokettiert. Ellionore nicht. »Auf keinen Fall.«
»Gut. Wissen Sie, er ist ein bisschen seltsam.«
»Ach ja, inwiefern?«
»Wir hatten uns ein paar Monate zuvor kennengelernt, danach aber wieder aus den Augen verloren. Auf einmal rief er an und wollte mich sehen. Wir haben uns dann in einem italienischen Restaurant getroffen, so einem Laden mit karierten Tischdecken und Peperoni-Musik, ganz furchtbar.«
»Hört sich romantisch an.«
»Ja, fehlte nur noch der singende Kellner.«
Sie lachten beide.
»Es war ein seltsamer Abend. Erst hat er erzählt, dass er mit seiner Ex-Freundin keinen richtigen Sex mehr hatte. Dann fing er an, mich nach meinen bisherigen Beziehungen auszufragen.«

»Wirklich?«

»Ja. Und irgendwie ging es immer um Sex. Ich dachte schon: Na Junge, du hast es aber nötig.«

»Und? Hatten Sie Sex?«

»Ach wo. Mit einem Mal fing er an, von Kindern zu reden und einem Reihenendhaus.«

»Wie bitte?«

»Ja. Ich schwöre es Ihnen. Er war kurz davor, auf die Knie zu sinken. Ich kriegte die totale Panik. Womöglich hatte er ja sogar schon die Belegschaft engagiert, und die wäre dann mit Geigen angekommen. Ich habe zugesehen, dass ich da rauskam.«

»Das ist ja filmreif«, lachte Elli.

»Na ja, meiner Mutter hätte es vielleicht noch gefallen. Du meine Güte, ich habe nichts gegen einen netten Abend. Aber gleich heiraten und Kinder und was weiß ich, was sonst noch alles? Ich erzähle Ihnen das, damit Sie gewarnt sind. Alex ist ein netter Kerl, aber ich glaube, mit ihm stimmt etwas nicht. Ich hatte sogar die Befürchtung, dass er mich verfolgen könnte. Dass er so etwas wie ein Stalker ist.«

»Hm«, machte Elli. »Einer, der nächtelang vor dem Haus der Erwählten hockt und die Post abfängt?«

»Genau. Also, so war es dann ja nicht. Aber ist doch komisch, wenn einer beim ersten Date gleich mit ’nem Reihenhaus ankommt, oder?«

»Das stimmt.« Elli verkniff sich ein Grinsen. Anscheinend lief es mit den Heiratsplänen von Alex nicht ganz so, wie er sich das vorgestellt hatte. Andererseits passte das von Marielle geschilderte Verhalten so gar nicht zu dem, was sie bisher mit ihm erlebt hatte. Es wäre interessant, seine Version dieses Dates zu hören.

Sie schauten beide wieder in das Café. Alex und Tom schienen sich irgendwie geeinigt zu haben. Elli überlegte noch einmal

kurz, dann sagte sie: »Marielle, eines muss ich Ihnen noch sagen. Tom ist verlobt.«
»Ich weiß, er wird bald heiraten.«
»Wie? Das wissen Sie?«
»Ja, er hat es mir gesagt. Gleich als wir uns kennenlernten.«
»Oh.«
»Das stört mich nicht. Wir schlafen nur miteinander.«
»Äh.«
»Ach Gottchen, ich war dieses ganze Getue ohnehin leid. Immer muss es gleich um Liebe und Verbindlichkeit gehen. Es fängt damit an, dass Sie mit einem Mann ein tolles Wochenende in Rom verbringen und am Ende mit einem dicken Bauch in einem Reihenhaus landen. Nein danke! Ich habe sonst alles, was ich brauche. Das Einzige, was mir ab und zu fehlt, ist richtig guter Sex. Und wissen Sie was? Dafür ist Tom genau der Richtige. Du meine Güte«, sie kicherte, »das war wie mit jemandem, der nach drei Jahren aus dem Knast kommt. Ich weiß ja nicht, warum er seine Freundin heiraten will, aber der Grund ist bestimmt nicht der tolle Sex, den er mit ihr hat.«
Elli kam zu dem Schluss, dass sie sich um Marielle keine Sorgen zu machen brauchte. Gerade wollte sie vorschlagen, dass sie doch wieder reingehen sollten, als Marielle an ihr vorbeischaute und große Augen bekam.
»Ist das nicht dieser türkische Sänger?«, fragte sie.
Elli folgte ihrem Blick. Der Mann, der sich in Begleitung einer jungen Frau dem *Montmartre* näherte, sah tatsächlich türkisch aus. Unter seinem schwarzen Jackett trug er ein knallrotes Hemd, und er schien sich für den tollsten Mann der Welt zu halten. Gerade als er an ihnen vorbei zum Eingang gehen wollte, fiel sein Blick ins Innere, und er blieb abrupt stehen. Die Frau war schon zwei Schritte weiter und wandte sich jetzt um.
»Was ist denn, Serdar?«

Seine Antwort verblüffte Elli mehr als die Sexbeichte von Marielle.
»Scheiße«, sagte er. »Da ist Alex.«

»Sag mal, bist du nicht ganz dicht?«
»Wieso? Kann ich wissen, dass du hier mit deiner Neuen rumturtelst?«
Ich merkte Tom natürlich an, dass ihm die Sache peinlich war. Aber wenn ich ihn jetzt weiter anfauchte, würde er nur bockig werden. Also riss ich mich zusammen.
»Mensch, du heiratest in ein paar Wochen. Was soll das?«
Er wand sich. »Du weißt ja nicht, wie das ist.«
»Wie was ist?«
Sein Blick flackerte nach rechts und links. »Weißt du, es ist alles heilig. Nicht nur die Heirat. Das Fest, die Gäste, die Einladungen, ja sogar die Scheißunterwäsche, die wir in der Hochzeitsnacht tragen werden, alles ist heilig. Ich sehe schon, wie der Pater den Segen spricht, bevor wir vögeln. Verzeihung, bevor wir den heiligen Bund der Ehe vollziehen. Verdammt, so wollte ich das nicht.«
Ich hielt den Mund, weil ich merkte, dass da gerade richtig Dampf rauskam. Warum nur hatte ich so ganz und gar nicht mitbekommen, wie beschissen es meinem Kumpel ging?
»Tut mir leid, Alex, ich wollte dich da nicht mit reinziehen. Aber ich habe es nicht mehr ausgehalten. Dann hast du von deinem Treffen mit Marielle erzählt. Das hat mich ziemlich angemacht. Du hattest erzählt, wo sie arbeitet, also war es nicht schwierig rauszufinden, wer sie war. Und sie ist eine tolle Frau. Aber ich hatte nichts unternommen. Bis letzten Samstag.«
»Und was war letzten Samstag?«
Er zeigte mit dem Daumen über die Schulter. »Wir haben Elsa kennengelernt.«

»Elsa? Ja und?«
»Erinnerst du dich noch daran, wie wir hier zusammen waren?«
»Klar.«
»Ich sagte ihr, dass mich das ganze Hochzeitsgetue nervt. Weißt du noch, was sie darauf antwortete?«
»Ich habe keine Ahnung.«
»Sie sagte, dass Lisa das braucht, weil sie von nun an nur noch mit einem Mann schlafen würde.«
»Okay. Mag sein. Und?«
»Da habe ich es erst begriffen.«
»Was?«
»Dass ich nach der Hochzeit mein ganzes Leben lang nur noch mit einer Frau schlafen sollte.«
Ich sah die Verzweiflung in seinen Augen und konnte es nicht glauben. Tom war mir immer als der Stabilste von uns vorgekommen. Sicher, ich war nicht davon ausgegangen, dass er mit dem Tag seiner Verehelichung auf einmal monogam werden würde. Aber das hier war etwas anderes. Tom sah die Heirat nicht einfach nur als eine Art Fortsetzung seines bisherigen Lebens mit etwas veränderten Konditionen an. Tom fürchtete wirklich den Tag des Schwurs. Weil er daran glaubte.
»Okay«, sagte ich schließlich. »Und da hast du dir gedacht, dass du kurz vor der Hochzeit noch ein bisschen herumsteppen könntest.«
Er nickte langsam. »Ja, so ungefähr hatte ich mir das gedacht.«
»Und? Wie war es?«
Er verdrehte die Augen. »Phänomenal. Diese Frau geht ab wie Mata Hari.«
»Pfffh.«
»Alex, was soll ich machen? Sie ist wie Dynamit. Ich brauche sie nur anzufassen, und die Lunte geht los.«

»Ich dachte, du stehst auf dünne Blondinen.«

»Dachte ich auch. Bis ich sie traf. Vorhin wollte ich sie nur abholen – wir haben auf der Flurkommode gevögelt.«

»Sie hat eine Kommode im Flur?«

»Was weiß ich? Da war irgend so ein Kasten, und da drauf habe ich sie geknallt.«

»Halleluja.«

»Ja.«

Draußen unterhielten sich Elsa und Marielle gerade sehr angeregt. Ich hätte zu gerne gewusst, worum es dabei ging. Da fiel mir etwas ein.

»Sag mal, was hast du Lisa erzählt, wo du heute Abend bist?«

Treffer! Tom verzog peinlich berührt das Gesicht.

»Ich habe ihr gesagt, dass ich mich mit dir treffe.«

»Na super! Ich bin also das Alibi, während du Marielle auf der Kommode vögelst. Hätte ich das wenigstens noch irgendwann mal erfahren?«

»Mensch, Alex, ihr könnt euch nicht ausstehen. Hat sie dich jemals irgendetwas gefragt?«

»Nein, aber wir werden uns spätestens auf der Hochzeit begegnen. Was, wenn sie mich da fragen würde: Hey, wie war euer Männerabend neulich?«

»Das glaubst du doch nicht wirklich?«

Da hatte er allerdings recht. Überhaupt war sein Plan gar nicht mal so übel. Ich war tatsächlich das perfekte Alibi.

»Und jetzt?«, fragte ich ihn und schaute dabei wieder nach draußen. »Wie geht es weiter?«

»Weiß auch nicht«, meinte er und folgte meinem Blick. »Ich stehe kurz vor meiner Hochzeit und habe eine ganz heiße Affäre. Was macht man denn in so einer Situation?«

Elsa hörte gerade Marielle zu. Dabei hatte sie das rechte Bein etwas vorgestellt und drehte den Fuß auf der Ferse scheinbar gedankenlos hin und her. Es war die Geste eines kleinen Mädchens, das nicht wusste, was es nun tun sollte. Bei diesem Anblick zog auf einmal so etwas wie Schmerz durch meine Brust. Da latschte ein Typ mit schwarzem Jackett und rotem Hemd in mein Blickfeld. Ich erkannte zuerst die Braut an seiner Seite. Es war Anna, die Visagistin. Dann bemerkte Serdar mich und blieb stehen. Ich stellte fest, dass ich neuerdings von den Lippen ablesen konnte.

»Scheiße, da ist Alex.«

VII

Elli erwachte im Zwielicht. Es musste noch sehr früh sein. Und irgendetwas stimmte nicht, auch wenn sie nicht wusste, was. Warum nur dröhnte ihr Kopf so sehr? Ihr Hals fühlte sich trocken an und schmerzte. Was war mit ihr geschehen? Dann erkannte sie, dass das Licht so diffus war, weil die Jalousien vor dem Fenster zugezogen waren. Jalousien? Sie hatte keine Jalousien in ihrem Schlafzimmer. Das hieß … sie war nicht in ihrem Schlafzimmer. Und sie lag nicht in ihrem Bett! Erst jetzt bemerkte sie den Männerarm, der quer über der Decke auf ihrer Brust lag.

Eisiger Schreck durchfuhr sie. Was hatte sie getan? Vorsichtig und unendlich langsam wandte sie den Kopf. Und schaute in Alex' schlafendes Gesicht! Verzweifelt schloss sie die Augen. Aber dann dachte sie, dass sie vielleicht nur zusammen nach einer durchfeierten Nacht eingeschlafen waren. Dagegen sprach allerdings, dass sie unter der Decke nackt war. Und noch bevor die Erinnerung kam, verriet ihr Körper ihr die Wahrheit. Eine noch schlaftrunkene, wohlige Gelöstheit erfüllte ihre Glieder, satt und warm wie das Schnurren einer Katze. Im nächsten Moment zog schon eine Flut von Bildern an ihr vorbei. Wie sie sich bereits auf der dunklen Straße aneinandergedrängt hatten, seine Hand unter ihrer Jacke, wie er hart nach ihrer Brust griff. Ihr Bein, mit dem sie ihn umklammerte und an sich zog. Ihre Münder und Zungen, die sich gierig ineinanderwühlten. O Gott, war das wirklich sie gewesen? Im Treppenhaus hatte er sie dann gegen die Wand gedrückt. Oder hatte sie ihn an sich gezogen? Seine Lippen lösten sich von ihr, das Weiße seiner Augen leuchtete im Dunkeln, als er mit dem Kopf zur Seite wies. Ihr Blick folgte seiner Geste. Sie standen vor Tante Sophies Tür. Und dann … Elli unterdrückte ein gequältes Stöhnen, als sie daran dachte, wie sie langsam an der Wand nach unten geglitten war …

Jetzt beherrschte sie nur noch ein Gedanke: Sie musste fort! Jetzt gleich. Und ohne dass er es mitbekam. Vorsichtig schob sie sich unter der Decke und dem darauf ruhenden Arm zur Seite und aus dem Bett. Sie lauschte, spähte zu ihm hinüber. Sein Atem ging unverändert ruhig und tief. Sie erhob sich und schaute sich um, um ihre Sachen zu finden. Verdammt, wo waren ihre Sachen? Dann entdeckte sie einen dunklen Haufen im Eingang zum Schlafzimmer. Jetzt hieß es, sich vorsichtig zu bewegen, damit sie nichts umstieß und ihn weckte. Wenn dort ihr Kleid lag, wo war dann ihr Slip? Sie ging langsam um das Bett herum. Nichts. Da fiel ihr etwas ein. Hatten sie etwa ungeschützt …? Sie fuhr sich mit der Hand zwischen die Beine und roch danach an ihren Fingern. Ein Hauch von Latex. Gott sei Dank! Da bemerkte sie auf seiner Seite des Bettes zwei schrumpelige Häufchen. Sie beugte sich vor. Zwei verknotete Kondome. Zwei!?

Himmel, ja. Sie war schon eingeschlafen gewesen, als sie mit einem Mal seinen Körper gespürt hatte. Und dieses harte Ding an ihrem Po. Sie fasste mit beiden Händen an ihren Kopf. Wenigstens hatte er auch beim zweiten Mal an *safer sex* gedacht. Sich selbst traute sie mittlerweile überhaupt nicht mehr über den Weg. Aber wo, zur Hölle, war ihr Slip?

Dann fiel es ihr siedend heiß ein. Er hatte ihn ihr ausgezogen. Noch bevor sie im Treppenhaus gewesen waren. Noch bevor sie das Haus überhaupt erreicht hatten. Sie sah sich wieder in einem Tordurchgang stehen, an die Wand gelehnt, keuchend. Ein Mann kniete zwischen ihren geöffneten Beinen, das Kleid nach oben geschoben …

Leise verließ sie das Schlafzimmer, fand ihre Schuhe und direkt

vor der Wohnungstür auch ihre Jacke. Rasch zog sie sich an. Dann klickte ganz zart das Schloss, und sie war im Treppenhaus. Sie lehnte sich an die Wand, schloss die Augen und atmete ein paar Mal tief durch. Wie hatte es nur so weit kommen können? Weitere Bilder des gestrigen Abends tauchten vor ihrem geistigen Auge auf, doch sie wehrte sie ab. Zwang sich zur Ruhe. Sie war Elsa gewesen. Die ganze Zeit über. Sie hatte ihm nichts verraten. Er wusste nichts von ihr. Und er durfte auch nie etwas erfahren. Die Frau heute Nacht, das war nicht sie gewesen.
Sie stieß sich von der Wand ab. Hielt inne. Es war so still. Man würde ihre Schritte hören. Tante Sophie – oh, Gott, Tante Sophie! Rasch zog sie die Schuhe wieder aus und lief barfuß die Treppe hinab. Sie lief auch barfuß den Weg zur Straße, obwohl die kleinen Steinchen unter ihren Sohlen schmerzten. Erst auf dem Bürgersteig zog sie die Schuhe wieder an, schaute nach oben zum zweiten Stock, wo das Brett vom Balkon zum Baum führte. Dachte an den Mann, der dort hinüberbalanciert war. Der Mann, mit dem sie nun … Nein, nicht sie. Elsa!
Sie warf noch einen Blick zu den Fenstern von Tante Sophies Wohnung. Und stutzte. Dort saß die Katze, Emily, auf der Fensterbank und sah ihr nach.
»Nichts verraten«, flüsterte Elli. Dann eilte sie davon.

Irgendwann nannten wir es den »Tisch der Betrüger«. Da hatten wir aber schon die dritte Flasche Wein geleert. Serdar war beim Bier geblieben, so streng sah er das nicht mit dem muslimischen Alkoholverbot. Was das betraf, war er also nicht weniger scheinheilig als der katholische Tom.
Wer an diesem Abend mit wem nicht zusammen sein durfte, blieb nicht lange verborgen. Nachdem ich Serdar und Anna erkannt hatte, war ich hinausgestürmt.

»Ich glaube das einfach nicht!«, rief ich.
»Ey Alter, du hast mich angelogen. Ich dachte, du bist mein Freund.«
»Was? Ich habe ... das ist jetzt nicht dein Ernst.«
»Du hast mir gesagt, du kommst nicht ins *Montmartre.*«
»Ach, dir auch?«, mischte sich Tom ein, der mir etwas langsamer gefolgt war.
»Wer bist du denn?«
»Noch einer, der nicht hier sein darf.«
Serdar beäugte Tom. Ich beäugte Anna so streng, wie ich konnte. Elsa und Marielle hatten sich zu uns gesellt und beäugten uns vier nun mit großem Interesse. Annas Lider flatterten nervös, sie biss sich auf die Unterlippe, sah aber ansonsten ziemlich glücklich aus. Sie rückte ein wenig an Serdar heran, wie um Schutz bei ihm zu suchen. Irgendetwas musste ich sagen.
»Serdar, du bist verheiratet, und du hast eine ...«
»Ach, du bist verheiratet?«, unterbrach mich Tom, wobei er Serdar interessiert betrachtete.
»Was geht dich das an?«
»Na, ich heirate auch demnächst.«
»Echt? Hey Mann, super.« Serdar haute Tom die Hand auf die Schulter. »Eine von den beiden hier?« Er wies mit dem Daumen auf Elsa und Marielle, denen bei dieser Machonummer synchron der Unterkiefer runtersackte.
»Äh nein.«
»Aha.«
Serdar taxierte erst mich, dann die beiden Frauen: »Und zu wem gehört ihr Süßen dann?«
Bevor es noch schlimmer wurde, griff ich ein. Ich hatte eingesehen, dass wir uns jetzt entweder verkrachen und in einer blöden Stimmung auseinandergehen würden. Oder aber die Gegebenheiten so nahmen, wie sie nun einmal waren.

»Ach, was soll's?«, ergab ich mich also. »Hat jemand Hunger?«
Natürlich hatten alle Hunger. Auf den Schrecken! Wir stellten also in der Ecke am Fenster ein paar Tische zusammen. Marielle setzte sich neben Tom und legte ihm ganz selbstverständlich die Hand auf den Schenkel. Dabei bedachte sie Serdar, der das mitbekam, mit einem herausfordernden kleinen Lächeln. Der schnalzte mit der Zunge und grinste Tom an: »Na Alter, noch mal ein bisschen auf die Kacke hauen, bevor es ins Brautbett geht, was?«
Elsa, die gerade den Rest Gin Tonic kippte, verschluckte sich und fing an zu husten. Ich klopfte ihr auf den Rücken. Serdar beugte sich zu mir, wies mit dem Kinn auf Elsa und fragte: »Ist sie das?«
Er meinte natürlich die Frau, von der ich ihm erzählt hatte, Kathleen. Aber ich hatte keinen Namen genannt. Also antwortete ich nach einem Seitenblick zu Elsa: »Ja.« Sie zog erstaunt die Brauen hoch, konnte aber nichts sagen, weil sie einerseits immer noch mit dem Husten und andererseits mit einem Lachen kämpfte. Serdar wandte sich an sie: »Was ist mit Ihren Brüdern?«
»Wie bitte?«, japste sie.
»Ihre Brüder? Haben die Arbeit?«
»Was für Brüder?«
»Alex, was hast du mir erzählt?«
»Sie haben ihm erzählt, dass ich Brüder habe?«
»Ich habe überhaupt nichts von Brüdern erzählt. Du hast damit angefangen.«
»Sie haben keine Brüder?«
»Nein!«
»Aber Schwestern?«
»Nein.«
»Mutter? Vater? Onkel, Tanten?«

»Nein. Das heißt …«
»Das heißt was?«
»Nichts.«
Serdar legte mir die Hand auf die Schulter. »Mann, hast du ein Glück.«
Elsa brauchte noch ein Weilchen, bis sie einen Weg fand, mit seinen Frechheiten umzugehen. Ich glaube, sie entschied sich dafür, ihn nicht ganz ernst zu nehmen. Danach lieferten sich die beiden immer mal wieder kleinere Wortgefechte. Die waren aber harmlos und auch ein wenig ungleich. Denn während Elsa das Florett führte, war Serdar eher der Typ mit dem Krummschwert. Irgendwann schwadronierte er über die Musik im Allgemeinen und seine Musik im Speziellen.
»Musik setzt Freiheit voraus. Ohne Freiheit geht sie zugrunde.«
»Was für eine Freiheit meinst du?«, fragte Elsa. Wir hatten uns der Einfachheit halber mittlerweile auf das Du verständigt.
»Jede Form von Freiheit«, wischte er ihre Frage vom Tisch.
»Die Freiheit, zu tun, was man will?«
»Absolut.«
»Aber du kreischst doch nicht ins Mikrofon. Du singst doch nach Regeln.«
»Das sind die Regeln, die die Musik sich selber setzt.«
»Und wer bestimmt die?«
»Der Musiker, Schätzchen. Nur der Musiker.«
»Aber was ist mit den Dingen, die mit der Musik nichts zu tun haben? Mit der Familie, den Freunden, der Liebe?«
Ich fand, dass Elsa gerade in eine delikate Zone vorstieß.
»Hör zu, Süße, du kannst die Freiheit nicht in Portionen verpacken und sagen, hier ist Grün, und da ist Rot. Musik ist Kunst, und Kunst braucht Freiheit. Verstehst du?«
»Klar verstehe ich das. Du willst tun, was du willst, sonst kannst du nicht singen.«

Serdar wandte sich an mich.
»Diese Frau hat ein freches Mundwerk. Ich finde, du solltest dir das mit meiner Cousine noch mal überlegen.«
»Da bin ich ganz seiner Meinung, Alex«, wechselte Elsa mit todernster Miene die Fronten.
»Möchte noch jemand Wein?«
Komischerweise nahm in dieser Runde keiner dem anderen etwas krumm. Und dabei überschritten wir ständig Grenzen, die sonst selbst unter Freunden beachtet wurden. Aber allein, dass wir in dieser Zusammensetzung einen Abend verbrachten und uns auch noch amüsierten, stellte schon eine Grenzüberschreitung dar. Was wir hier sagten und taten, war nicht zu rechtfertigen. Aber vielleicht war genau das unsere Form von Freiheit. Denn es lag etwas Prickelndes in der Luft. Eine unverantwortliche Art von Erotik. Oder besser: purer Sex.
Tom und Marielle waren ohnehin scharf aufeinander und hatten, nach dem, was Tom erzählte, bereits ihren Aperitif genommen. Auch Anna schmolz mehr und mehr dahin. Wenn Serdar gewollt hätte, wäre sie vermutlich, ohne zu zögern, mit ihm kurz um die Ecke gegangen. Und zwischen Elsa und mir? Da knisterte es so dermaßen, dass wir zusammenzuckten, wenn sich unsere Knie nur unter dem Tisch berührten. Aber während zwischen den anderen alles klar war, betraten wir Neuland. Und ich schätze, die Heftigkeit unserer Gefühle überraschte uns beide. Ich jedenfalls hatte mich von der Regel, dass es bei einem solchen Date nicht zu Sex kommen durfte, längst verabschiedet. Ich hatte mich von allen Regeln verabschiedet, auch von der Liste mit den Frauennamen.
Ich wusste nur noch, dass ich sie wollte. Schmerzhaft dringend. Und wenn meine Sensoren in diesem Durcheinander nicht völlig unbrauchbar geworden waren, ging es ihr ähnlich. Jedenfalls hatte ich, wenn sich unsere Blicke kreuzten, den Eindruck, dass

es auch bei ihr ganz schön drunter und drüber ging. Die anderen hatten das natürlich längst mitbekommen. Es war Serdar, der es auf den Tisch brachte.
»Ihr beide gehört eigentlich gar nicht hierher«, dröhnte er los, als Elsa und ich mal wieder versuchten, uns nur rein zufällig zu berühren. Überrascht sahen wir auf. Auch Tom und Marielle, die sich gerade flüsternd ausgetauscht hatten, schwiegen verdutzt.
»Dies ist der Tisch der Betrüger«, deklamierte Serdar. »Der Untreuen und Fremdgeher. Der Lügner und Heuchler. Ihr beide seid die Einzigen, die echt sind.«
Damit riss er mich auf unangenehme Weise aus meinen Fantasien, die sich seit Minuten nur noch darum drehten, an welchen von Elsas Körperteilen ich zuerst rumknabbern wollte. Serdar hatte mich mit seinem dummen Gequatsche daran erinnert, dass ich eine Wette abgeschlossen hatte, die ich mit Elsa einzulösen gedachte. Ich weiß nicht, ob das schon Betrug war, auf jeden Fall war es nicht besonders echt. Und Elsa?
Ich las Skepsis in ihren Augen. Sie war nicht dumm. Spürte sie mein Unbehagen? Begann sie womöglich, sich über meine Motive Gedanken zu machen? Irgendetwas änderte sich jedenfalls. Elsa schien ein wenig auf Distanz zu gehen.
»Woher willst du wissen, dass wir echt sind?«, wandte sie sich dann an Serdar. »Vielleicht sind wir beide ja gar nicht die, die wir vorgeben zu sein.«
»Das ist ja aufregend«, sagte Marielle. »Wer seid ihr dann wirklich?«
Elsa bedachte mich mit ihrem sphinxhaften Blick. »Was ist, Alex? Hast du Lust auf ein Spiel?«
»Au ja«, Marielle und Anna waren Feuer und Flamme. Serdar grinste, und Tom schien es zu genießen, dass mich endlich mal jemand am Ring durch die Manege führte. Ich versuchte, herauszufinden, was Elsa vorhatte, aber es gelang mir nicht.

»Also?«, fragte sie noch mal.
»Klar.«
»Gut.« Sie bezog die anderen mit einer Geste ihrer Hand mit ein, wandte sich aber hauptsächlich an mich. »Gehen wir doch einfach davon aus, dass sowohl Alex als auch ich Betrüger sind. Und wir beide müssen jetzt erraten, worin der jeweilige Betrug des anderen besteht.«
»Und der Gewinner?«
»Darf sich etwas wünschen.«
»Etwas wünschen? Egal was?«
»Egal was.«
»Wow!«, machte Tom.
»Schlag ein, Alter. Das ist deine Chance.«
Ich hatte keine Ahnung, was sie vorhatte. Aber dieser Abend war schon verrückt genug. Warum ihn nicht noch ein wenig verrückter machen?
»Einverstanden«, sagte ich.
»Wir wollen auch mitraten!«, rief Marielle, und Anna stimmte mit ein.
»Ihr seid die Jury und müsst entscheiden, wer gewonnen hat. Ich fange an, okay?«
Ich machte eine einladende Geste. »Leg los.«
Sie stützte sich mit dem Ellbogen auf den Tisch und betrachtete mich nachdenklich.
»In Wirklichkeit bist du gar kein cooler Typ, sondern ein kleiner Spießer, der mit Frau und Kind in einem Reihenhaus leben will. Mit Grillecke, Campingstühlen aus weißem Plastik und einer Kiste Bier im Keller. Na, habe ich recht?«
Sie lag meilenweit daneben, erleichtert breitete ich die Arme aus. »Du hast mich durchschaut. Ich ergebe mich.«
Marielle klatschte begeistert in die Hände, aber Serdar rief: »So ein Blödsinn. Das ist Süper-Alex, nicht irgend so ein Spießer!«

»Er hat es zugegeben«, insistierte Marielle.
»Was findet ihr denn so schlimm an einem Reihenhaus?«, fragte Anna. Serdar stupste ihr grinsend die Nase.
»Also, was sagt die Jury? Habe ich gewonnen?«
»Ja«, sagte Marielle.
»Nein«, kam es von Serdar.
»Ich weiß nicht«, meinte Anna und lehnte sich an Serdars Arm.
Alle schauten jetzt Tom an. Marielle erwartete vermutlich seine Zustimmung, aber Tom kannte natürlich den Hintergrund dieser Frage.
»Nein«, sagte er mit einem entschuldigenden Lächeln. Und als er Marielles Enttäuschung bemerkte, zuckte er mit den Achseln und bekräftigte: »Definitiv: Nein.«
»Dann ist die Sache klar«, verkündete Serdar und klatschte in die Hände. »Jetzt bist du dran, Alex.«
Elsa beugte sich etwas zu mir vor. In ihren Augen tanzte mutwilliger Spott.
»Na los, Alex«, sagte sie mit einer Stimme, die mir direkt über die Nerven rieb. »Finde raus, wer ich bin.«
Dabei lehnte sie ihr Bein langsam und ganz und gar nicht aus Versehen gegen das meine. Augenblicklich begann meine Haut zu kribbeln. Wer sie war? Verdammt, woher sollte ich das wissen? Was war das überhaupt für ein Spiel?
Ich beugte mich nun auch vor, nahm ihre Hände und schaute auf ihre Finger. »Es gibt kein Anzeichen dafür, dass du sonst einen Ring trägst, den du für heute Abend abgenommen hast. Also bist du nicht verheiratet oder verlobt.«
Sie bestätigte mit einem leichten Nicken.
»Trotzdem verbirgst du etwas. Du hast deinen Nachnamen nie genannt, und du erzählst nichts von dir, nicht einmal, welchen Beruf du hast. Das heißt, du möchtest inkognito bleiben.«
Sie gab mir keinen Hinweis, schaute mich nur weiterhin an.

Ohne sie loszulassen, dachte ich an den Abend, an dem ich sie das erste Mal gesehen hatte. Den Abend meines Geburtstages, als sie allein am Fenster gesessen und in die Nacht gestarrt hatte. Ich dachte an ihre Melancholie und dass sie wie eine Kriegerin nach dem Kampf gewirkt hatte.
»Aber warum?«, fuhr ich fort. »Warum willst du nicht, dass wir es wissen?«
Ich dachte nach, ihr Blick war wie eine Berührung, warm und kühl zugleich. Weich und dennoch gefährlich.
»Weil du etwas verloren hast. Etwas, das dir wichtig war. Aber du hast es riskiert. Und du weißt immer noch nicht, ob es das wert war. Ob du stolz sein kannst. Oder dich schämen musst.«
Sie rührte sich nicht. Nur ihre Hände schienen zu vibrieren.
»Habe ich recht?«
»Ja, was ist?«, polterte Serdar. »Hat er recht?«
Immer noch war ihr Blick unergründlich. Dann beugte sie sich langsam noch näher zu mir. Ich verstand die Geste, sie wollte mir etwas ins Ohr sagen. Ihre Wange direkt neben meiner. Ihr Hals, ihr Haar, ihr Duft! Dann traf mich ihr Atem, als sie flüsterte: »Du hast verloren.«
Nur um wenige Zentimeter bewegten wir unsere Köpfe. Ihre Augen so nah, ihre Lippen. Sie führte ihren Mund wieder zu meinem Ohr.
»Und du hast gewonnen. Du hast einen Wunsch frei.«
»Hey, habt ihr uns vergessen?«
Sie lehnte sich wieder zurück und löste ihre Hände aus meinen. Dann wartete sie mit spöttischem Lächeln darauf, was ich sagen würde.
»Tja«, meinte ich. »Sieht so aus, als hätte ich verloren.«
»Verloren? Das sah aber eben ganz anders aus.«
»So ist es aber. Das hat sie gesagt.«
»Ihr verarscht uns doch.«

Ich erteilte Elsa mit einer Geste das Wort.
»Das habe ich gesagt«, bestätigte sie.
»Das ist doch …« Anna stieß Serdar in die Seite. »Was?«
»Lass sie doch.«
Er war nicht zufrieden. Da mischte Marielle sich ein: »Können wir noch mal auf die Sache mit dem Reihenhaus zurückkommen?«

Ich weiß nicht, wie wir es bis zu mir nach Hause schafften, ohne übereinander herzufallen. Ein paar Stopps legten wir ein, einen sogar direkt vor Frau Dornbachs Tür. Als ich Elsa im dunklen Treppenhaus zu verstehen gab, dass meine Vermieterin dort wohnte und dass sie gerne durch den Türspion äugte, bekam sie wieder diesen mutwilligen Ausdruck und dann … Himmel, diese Frau war eine Wildkatze. Als ich am nächsten Morgen erwachte, suchte ich meinen Körper erst mal auf Schrammen ab. Zu diesem Zeitpunkt war sie schon verschwunden. Aber darüber machte ich mir noch keine Gedanken.
Zwar hatte ich weder einen vollständigen Namen noch eine Telefonnummer von ihr. Auch wusste ich nicht, wo sie wohnte, wie sie lebte oder was es sonst noch so von ihr zu wissen gab. Aber das würde sich schon noch ergeben. Dachte ich.
Sie wusste ja, dass ich sie nicht erreichen konnte. Also würde sie anrufen. Das erschien mir sonnenklar. Nach dieser Nacht! Nicht im mindesten kam ich auf die Idee, dass es keinen Anruf geben würde. Noch konnte ich ahnen, dass beschissene vier Monate vergehen sollten, ehe ich sie wiedersah. Und am wenigsten hätte ich geglaubt, dass ich mich über dieses Wiedersehen nicht besonders freuen würde.

Teil 4

Die Täuschung

(Mitte November)

I

Alex, würden Sie mit mir in ein Konzert gehen?«
Ich stand mit nassen Haaren in der Wohnungstür, das Telefon am Ohr. »Einen Moment, Eric«, sagte ich in den Hörer.
»In ein Konzert? Was für ein Konzert?«
»Ein klassisches Konzert.«
»Ah, ähm. Kommen Sie doch erst mal rein, Frau Dornbach. Ich muss nur noch eben das Telefonat zu Ende führen. Sie wissen ja, wo der Whisky steht.«
»Also Alex, bitte!«
Frau Dornbach boxte mich in die Seite und marschierte in die Küche, wahrscheinlich um einen Kaffee aufzusetzen. Ich hatte sie von den sortenreinen Marken überzeugen können. Seitdem fachsimpelten wir gerne über die verschiedenen Geschmacksrichtungen. Frau Dornbach schätzte die Kaffees aus Guatemala oder Kolumbien, wohingegen ich die Afrikaner bevorzugte. Das lieferte uns immer reichlich Gesprächsthema. Manchmal mündeten diese Gespräche auch in philosophische Betrachtungen über das Leben und die Liebe. Dann konnte es passieren, dass wir einen kleinen Whisky zum Kaffee nahmen. Glücklicherweise hatten ihre Geschmacksnerven auch auf diesem Gebiet Fortschritte gemacht.
»War das dein Hausdrachen?«, fragte Eric.
»Jau.«
»Du solltest sie heiraten.«
»Um Gottes willen, denk an die Krankenschwester.«
»Hast du die denn mittlerweile mal kennengelernt?«
»Nö, anscheinend treibt sie es mit ihrem Chef und ist an anderweitigen Männerkontakten nicht mehr interessiert.«
»Wer ist ihr Chef? Dolph Lundgren?«

»Wahrscheinlich. Ab und zu kommt Frau Dornbach her, um ihren Kummer zu ertränken. Wir ertränken ihn dann gemeinsam.«
»Aber nicht übernächsten Samstag. Da wirst du gebraucht.«
»Richtig, aber was wolltest du jetzt eigentlich wissen?«
»Wie genau das alles abläuft. Tom lässt sich ja nicht mehr blicken. Was erwartet uns da?«
»Also irgendwie gibt es einen Einmarsch in die Kirche.«
»Einen Einmarsch? So etwas wie eine Prozession?«
»Genau. Aber ich glaube, zu diesem Zeitpunkt sitzen wir schon drin, und nur das Brautpaar mit Familie und der Pfarrer marschieren ein.«
»Du glaubst? Was soll das heißen? Ich muss doch wissen, ob ich einmarschiere oder nicht.«
»Tom meinte, da seien sich Lisa und der Pfarrer noch nicht ganz einig. Aber am Freitag ist Generalprobe, danach kann ich dir Genaueres sagen.«
»Na toll. Wenn es geht, würde ich mir die Marschiererei gerne ersparen, vor allem aber Silke. Die ist froh, wenn sie zum Klo und zurück zum Sofa marschieren kann.«
»Hm, da hast du natürlich recht. Ich werd's dem Pfarrer sagen.«
»Dem Pfarrer? Der hat doch keine Ahnung von Schwangerschaft. Der sieht die Frauen immer nur davor oder danach. Von dem dickbäuchigen Mittelteil bekommt der doch nichts mit.«
»Auch Priester haben mittlerweile Internet und können sich Fotos von schwangeren Frauen anschauen.«
»Meinst du, das ist dann so, wie wenn wir Pornos gucken?«
»Das möchte ich gar nicht wissen. Auf jeden Fall habt ihr sonst weiter nichts zu tun. Ich muss dann noch etwas vorlesen.«
»Vorlesen? Was denn?«
»Irgendetwas aus der Bibel.«
»DU liest aus der Bibel?«

»Jo, irgendetwas von Paulus, dem alten Überläufer. Dann wird geheiratet, und dann ist erst mal Pause. Silke kann ein bisschen zwischen Sofa und Klo hin- und hermarschieren, während wir uns im *Montmartre* treffen und die Ereignisse ernsthaft bei einem geistigen Getränk durchdiskutieren.«
»Hört sich gut an.«
»Abends treffen wir uns dann in diesem Laden an der Elbe. Da wird es noch mal ein wenig kniffelig. Wir sitzen nämlich mit am Brauttisch. Das war Toms Idee, weil ... na, du weißt ja, was mit seiner Familie los ist.«
»Seine Mutter ist bei den Bhagwans hängengeblieben, oder?«
»Ja, und sein Vater redet seitdem nur noch davon, dass der Teufel von ihr Besitz ergriffen hat. Was Tom dann irgendwann mal zu viel war. Jedenfalls sind wir jetzt seine Ersatzfamilie.«
»Das heißt, wir müssen uns benehmen?«
»Na ja, Lisas Eltern werden mit am Tisch sitzen. Die kenne ich zwar nicht – ich glaube, ihr Vater hat ein Schuhgeschäft oder so –, aber wenn sie genauso streng religiös sind wie ihre Tochter, müssen wir aufpassen, was wir sagen.«
»Für mich kein Problem, aber was machen wir mit Waldo?«
»Genau darin besteht deine Aufgabe. Du musst verhindern, dass er blöde Witze über die Heilige Jungfrau macht.«
»Das hängt von ihrer Oberweite ab.«
»Darüber steht nichts in der Bibel.«
»Dann gibt's da auch nichts zu befürchten. Außerdem ist doch sein Mariechen dabei, oder?«
»Doch, schon, aber ob die ihn bremsen kann?«
»Na gut, ich werde ihn zur Not betäuben. Sonst noch etwas?«
»Für dich nicht. Ich werde mit der Brautzeugin Walzer tanzen müssen.«
»Warum?«
»Das habe ich Tom auch gefragt, aber da hat er nur die Augen

verdreht. Vielleicht handelt es sich ja um so ein katholisches Ritual. Vielleicht hat Lisa sich das aber auch nur ausgedacht, um mich zu pesten.«

»Wie ist sie denn?«

»Wer?«

»Die Trauzeugin.«

»Keine Ahnung. Habe sie nie gesehen.«

»Ich habe gerade eine Vision. Die Krankenschwester hat eine Schwester und die …«

»Sehr witzig.«

»Na gut. Gibt es denn schon etwas Neues wegen der Musik?«

»Leider nein. Ich fürchte, wir werden mit DJ Dieter leben müssen. Aber wenn es euch zu viel wird, kann Silke ja einen Schwächeanfall vortäuschen.«

»Gute Idee.«

»Wie weit ist sie denn?«

»Noch vier Wochen.«

»Bist du gut vorbereitet?«

»Kann man wohl sagen. Neulich musste ich im Schwangerschaftskurs eine Geburt simulieren.«

»Du?«

»Jo. War aber eine lausige Vorstellung. Ich muss da noch dran arbeiten.«

»Ich drücke dir die Daumen.«

Nachdem ich Eric abgefertigt hatte, fönte ich mir erst noch die Haare, bevor ich zu Frau Dornbach in die Küche ging. Ich hatte Eric und Waldo natürlich nichts von Marielle erzählt, mit der Tom sich immer noch bei jeder Gelegenheit traf. Ich gönnte es ihm, es tat ihm gut. Was ich nicht kapierte, war, wieso er trotzdem noch Lisa heiraten wollte. Hatte er tatsächlich vor, die Dinge so weiterlaufen zu lassen? Meine Erfahrung sagte mir, dass so etwas irgendwann schiefging. Sei es, weil die Sache aufflog. Oder weil Marielle auf einmal einfiel, dass ein Reihenhaus doch nicht so übel wäre. Aber das war seine Entscheidung. Seit ich einmal einen Abend am Tisch der Betrüger verbracht hatte, waren meine ohnehin nicht sehr ausgeprägten Ambitionen, moralisch auf meine Mitmenschen einzuwirken, vollends verschwunden.

Als ich merkte, wie meine Gedanken in eine Richtung schweiften, die äußerst angenehme, aber auch schmerzhafte Erinnerungen bereithielt, unterbrach ich meine Körperpflege und schaute auf die Uhr. Es war noch genug Zeit, um mit Frau Dornbach ein wenig zu plaudern. Sie hatte den Kaffee bereits fertig, als ich im Unterhemd in die Küche kam.

»Also, warum brauchen Sie mich als Begleitung?«, fragte ich. »Ist das so eine Art Swingerclub-Konzert?«

Sie goss uns gerade zwei Becher ein. Verdutzt sah sie auf. »Was ist ein Swingerclub?«

Ich winkte ab und setzte mich an den Tisch. »Nicht so wichtig.«

Sie schüttete sich zwei Löffel Zucker in den Kaffee. Das zu sehen, tat zwar weh, aber wenigstens ersäufte sie das Koffein nicht mehr mit Milch. Das hatte ich ihr schon abgewöhnt.

»Es ist ein ganz wichtiges Konzert. Ich weiß zwar nicht, warum, aber die Elli will auf jeden Fall, dass ich es mir anhöre. Sie hat zwei Karten für mich hinterlegen lassen, und eigentlich wollte ich mit der Hanne hingehen. Aber nun hat die Schnupfen, und das geht natürlich nicht, dass sie da immer rumhustet. Lotte mag nur Blasmusik, und Jule würde immer nur dazwischenreden. Und da dachte ich, dass Sie mich vielleicht begleiten würden. Ich bin halt ein wenig nervös. Sie wissen ja, dass die Elli und ich …« Sie seufzte. »Ich weiß auch nicht. Aber jetzt will sie unbedingt, dass ich da hinkomme. Allein traue ich mich aber nicht.«

Arme Frau Dornbach. Im Zuge ihrer Verkupplungsbemühungen hatte sie sich anscheinend mit ihrer Nichte überworfen. Woran das lag, hatte ich nicht verstanden, sie anscheinend auch nicht so ganz. Jedenfalls war diese Ellionore nicht zu dem Konzert erschienen, für das ich Karten besorgt hatte. Eine Dreiviertelstunde lang hatte ich mir ein langweiliges Telemann-Gefiedel angehört. In der Pause war ich dann abgehauen. An dem Abend war meine Stimmung sowieso nicht so besonders gewesen, weil ich bereits den ganzen Tag lang vergeblich auf einen Anruf gewartet hatte.

»Vielleicht möchte sie sich ja wieder mit Ihnen versöhnen?«, mutmaßte ich.

»Aber warum lädt sie mich dann zu einem Konzert ein?«

Darauf wusste ich natürlich auch keine Antwort. Aber ich erklärte mich bereit, sie zu begleiten. Meine traumatische Erinnerung an die Krankenschwester, die natürlich keine Krankenschwester war, hatte sich längst verflüchtigt. Oder besser gesagt: war von anderen, intensiveren Erinnerungen verdrängt worden.

»Was wird denn gespielt?«, fragte ich sie, als ich sie zur Tür brachte.

»Irgendetwas von Bach, glaube ich.«

Na toll, dachte ich, nachdem sie fort war. Noch so ein Fidelkomponist!

Ich saß auf dem schicken Sofa und betrachtete das Bild an der Wand. Es war irgendwie … japanisch. Und dann auch wieder nicht. Ich nahm einen Schluck von meinem Whisky und genoss die würzige Schärfe und das Gefühl, wie sich augenblicklich Wärme in meinen Gliedern ausbreitete. Währenddessen versuchte ich weiter, das Bild zu verstehen. Ich hatte es schon öfter versucht.

»Alex!«

»Ja.«

»Könntest du schon mal den Tisch decken?«

»Ja, gleich.«

Ich lauschte, ob die höfliche Aufforderung, mich doch etwas zu beeilen, noch nachkäme. Aber wie ich vermutet hatte, waren die Vorbereitungen zum Essen noch in einem frühen Stadium. Zur Eile bestand kein Grund. Also konzentrierte ich mich wieder auf Bild und Whisky. Dabei kam mir der Gedanke, dass der Künstler möglicherweise sein Werk unter Einfluss legaler oder meinetwegen auch illegaler Drogen geschaffen hatte. Das würde zumindest erklären, warum so ein Durcheinander dabei herausgekommen war. Ich nahm noch einen Schluck, um seinem Geheimnis auf die Spur zu kommen.

Die Geisha war schon mal gut zu erkennen, auch wenn nur ein Teil von ihr abgebildet war. Aber sie wurde von anderen Elementen überlagert, die ich nicht gänzlich identifizieren konnte. Obst, Bäume, Hausfassaden, Decken? Dann diese geometrischen Übermalungen, die die Farbe des Darunterliegenden veränderten und so noch mehr verfremdeten. Ich kriegte es nicht ganz zusammen, war mir aber mittlerweile ziemlich sicher, dass das in der linken unteren Ecke eine Kloschüssel war.

Da tauchte Kathleen im Durchgang zur Küche auf. »Hey, träumst du?«

»Ein bisschen«, gab ich zu. »Aber gleich werde ich hochaktiv.«

»Kein Stress«, meinte sie und verschwand wieder in der Küche. Ich befolgte ihre Anweisung und fuhr jegliches Pflichtgefühl, mich an der Zubereitung des Essens zu beteiligen, herunter, ebenso das damit einhergehende schlechte Gewissen. Mittlerweile war der Whisky auf meiner mentalen Ebene angekommen und verhalf mir dort zu einer genialen Eingebung. Ich kam zu dem Schluss, dass es dem Künstler scheißegal gewesen war, was das alles sein sollte. Er hätte einfach irgendetwas zusammengebastelt und hinterher so getan, als wenn er sich etwas dabei gedacht hätte. Das machte Sinn. Schließlich lebten die meisten Menschen ihr Leben auf genau diese Weise, meine Person mit eingeschlossen. Damit war das Bild eine Metapher auf das Leben und somit Kunst. Halleluja.

Zufrieden, dieses Rätsel endlich gelöst zu haben, erhob ich mich, um nun in der Küche meinen Mann zu stehen. Vorher schaute ich aber noch nach dem Titel des Bildes. Das hatte ich mir die ganze Zeit über verkniffen, weil ich erst selber draufkommen wollte.

Hommage an Utagawa Kuniyoshi stand da neben dem mir völlig unbekannten Namen eines deutschen Künstlers. Ich zuckte mit den Achseln, hätte mich auch nicht weitergebracht.

Als ich in die Küche kam, bereitete Kathleen gerade die Steaks für die Pfanne vor. Sie trug eine rote Schürze. Ich trat hinter sie, legte meine Arme um ihren Bauch und küsste ihren Hals. Sie schmiegte sich an mich.

»Ich bin ganz schön faul«, sagte ich mit dem Mund an ihrem Hals. Sie entzog sich mir lachend, weil es sie kitzelte.

»Heute darfst du das«, erwiderte sie. »Machst du uns den *Crémant* auf?«

»Klar«, sagte ich und holte die Flasche aus dem Kühlschrank.

»Ist denn etwas Besonderes?«, fragte ich und entfernte den Drahtverschluss. »Gibt es etwas zu feiern?«

»Wie man es nimmt«, meinte sie lächelnd. Ich mochte dieses Lächeln und erwiderte es deswegen. Sie lehnte sich gegen die Spüle und sah mir zu, wie ich langsam den Korken lockerte.

»Heute sind wir drei Monate zusammen«, sagte sie dann.

Drei Monate?

Mit einem Knall flog der Korken aus der Flasche.

Das Licht der Straßenlaterne warf ein perspektivisch verzerrtes Abbild des Fensters an die Decke des Schlafzimmers. Dunkle, zittrig wirkende Linien zeichneten die Spuren des Regens nach, der an der Scheibe herablief. Für mich hatte dieses Bild mehr Inhalt und Sinn als die Hommage an den Japaner.
Die Hände hinter dem Kopf, lag ich neben der tief atmenden Kathleen und wartete auf den Schlaf, der nicht kommen wollte. Waren es wirklich schon drei Monate? Ich hatte mir nichts anmerken lassen. Nicht während des Essens, das köstlich war, und auch nicht, als wir nebeneinander auf dem Sofa saßen, Kathleen mit angezogenen Beinen und einer Hand, die in meinem Haar spielte, während meine Hand auf ihrem Schenkel ruhte. Und auch nicht, als sie aufstand und fragte: »Kommst du mit ins Bett?«
Den ganzen Abend über hatte ich es in einen Winkel meines Denkens gestopft, der zwar nicht verborgen, aber ausreichend abseits lag. Dort hockte es und schmollte. Aber als Kathleen und ich dann miteinander schliefen, fing es an, sich zu berappeln, und warf mir giftige Blicke zu. Es grinste, als Kathleen unter mir mit bebenden Hüften ihren Höhepunkt hinausstöhnte. Und es kam hervorgekrochen, kaum dass ich mein Sperma in das Kondom gepresst hatte. Noch während wir einander klebrig umklammert hielten, meldete es sich zu Wort. Was mich dabei richtig fertigmachte, war, dass es die Stimme von Frau Dornbach hatte, als es mich fragte: »Ist sie die Frau, von der Sie mir erzählt haben? Die Frau, die Sie sich wünschen?«
Nun lag ich schon über eine Stunde wach und starrte auf die Konturen des Fensters an der Decke und die schwarzen Regenspuren darin. Die Stimme war längst wieder fort. Dafür hatte sich ein Lied in meinem Kopf eingenistet. Es war ein trauriges Lied. Von einem Mann in einer Gefängniszelle in New Orleans, der sich Bojangles nannte. Ich hatte es lange nicht mehr

gehört. Weil es weh tat. Denn es erinnerte mich an einen Traum. Diesen verdammten Traum!

Irgendwann stahl ich mich aus dem Bett, nahm meine Sachen und schlich aus dem Schlafzimmer. Als ich das erste Mal nachts verschwunden war, hatte Kathleen mir besorgt hinterhertelefoniert. Mittlerweile hatte sie sich daran gewöhnt, dass ich manchmal nicht schlafen konnte und lieber im Regen herumspazierte. Wahrscheinlich hielt sie es für eine Marotte, die sich legen würde. Manchmal hoffte ich das auch.

Leise ließ ich die Wohnungstür hinter mir ins Schloss fallen. Dann marschierte ich los. Es war ein weiter Weg zu mir nach Hause. Ich hätte eines der zahlreichen Taxis anhalten können. Aber ich lief tatsächlich gerne durch die Nacht. Und ich mochte den Regen, den weichen, zärtlichen ebenso wie den wilden, leidenschaftlichen. Der Regen schaffte es immer, meinen Geist zu klären und alles Falsche fortzuspülen. Auch jetzt dauerte es nicht lange, bis alle Halbheiten von mir abfielen. So lief ich über das im Licht der Laternen glänzende Pflaster.

Und dachte an eine Frau im dunklen Regenmantel.

II

Elli lehnte seitlich am Fenster und schaute auf das Fleet hinab. Draußen herrschte trübes Novemberwetter, was ihre Stimmung nicht gerade verbesserte. Dabei hatte sie allen Grund, zufrieden zu sein. Ihr neues Büro bot ihr nicht nur einen wesentlich interessanteren Ausblick. Es war auch größer und hatte außer dem Schreibtisch noch einen weiteren Tisch mit fünf Stühlen drum herum. Der war allerdings schon wieder mit Unterlagen vollgepackt, die Stühle zum Teil auch. Aber darüber beschwerte sich niemand. Es gab auch kein Getuschel mehr über sie oder Mutmaßungen, auf welche Weise sie zu ihrem Posten und letztendlich zu diesem Büro gekommen war. Mit dem, was sie in den vergangenen sechs Monaten geleistet hatte, war es ihr gelungen, all ihre Kritiker zum Schweigen zu bringen.

Die *Herbsttöne,* ihr Festival, das zu organisieren Berger sie beauftragt hatte, war bisher ein voller Erfolg gewesen. Die Konzerte waren gut besucht, die Kritiken voll des Lobes, und das Programm bot eine Vielfalt, wie es sie selten bei solchen Festivals gab. In der Branche und beim Publikum hatte sie sich jetzt schon einen Namen gemacht. Am Samstag wäre das Abschlusskonzert mit der Sopranistin. Doch der eigentliche Höhepunkt, das Konzert, mit dem sie sich die Aufmerksamkeit des Feuilletons zu sichern gedachte, würde am Freitag stattfinden.

Elli fragte sich, ob es die morgige Vorstellung war, die sie unruhig machte. Ob sie einen Misserfolg fürchtete. So wie es oft während der Zeit gewesen war, in der sie als Agentin die Auftritte ihrer Musiker begleitet hatte. Doch das war es nicht. Sie hatte grenzenloses Vertrauen in Monsieur Texier und sein Kam-

merorchester. Was ihr zu schaffen machte, war die bevorstehende Begegnung des Franzosen mit Tante Sophie.
Elli biss sich auf die Lippen. Sie hatte es anders geplant gehabt. Sie hatte zuvor mit ihrer Tante reden, sie behutsam auf die Begegnung vorbereiten wollen. Aber dann war diese verflixte Geschichte mit Alex dazwischengekommen. Alex! Allein der Name rief heftige und zum Teil widersprüchliche Gefühle in ihr wach. Wie hatte es nur so weit kommen können, war die erste und bis heute immer noch alles überragende Frage gewesen. Sie konnte sich nicht erinnern, sich jemals auf diese Weise in eine Liebesnacht gestürzt zu haben. Es verstörte sie immer noch. Gleichzeitig reagierte ihr Körper, wenn sie nur daran dachte, mit einer wilden Gier, die einfach nur mehr wollte. Aber das hatte sie schnell unter Kontrolle gebracht.
Während sie auf das graue Wasser des Fleets starrte, dachte sie daran, wie sie in der ersten Zeit nach jener Nacht mit sich gerungen hatte. Es hatte allein an ihr gelegen, ob mehr daraus werden sollte oder nicht. Schließlich wusste Alex nicht einmal ihren richtigen Namen. Aber genau das war auch der Grund für ihr Zögern gewesen. Wie sollte sie ihm die ganze Geschichte erklären? Wollte sie sie überhaupt erklären? Er war es doch gewesen, der ihr unrecht getan hatte. Und nun sollte sie sich rechtfertigen? Außerdem wusste sie noch nicht einmal, ob er überhaupt eine Fortsetzung der Nacht wollte. Nach einigen Tagen des Überlegens entschied sie sich dazu, ihre Deckung zu verlassen, um das Gelände, auf das sie sich begeben müsste, erst einmal zu sondieren.
Sie hatte die Visitenkarte hervorgeholt, die ihr Marielle an jenem Abend im *Montmartre* zugesteckt hatte. Ein Weilchen haderte sie noch mit sich, zumal Marielle einen zwiespältigen Eindruck bei ihr hinterlassen hatte. Es widersprach Ellis Auffassung von Fairness und, ja, auch von Moral, eine Affäre mit

einem Mann zu beginnen, der kurz vor seiner Hochzeit stand. Auch die abfällige Art, in der sie über Alex geredet hatte, stieß Elli ein wenig ab. Auf der anderen Seite hatte Marielles unbekümmerte Amoralität auch etwas Unschuldiges. Außerdem war sie ein Teil dessen, was Elli als Elsa erlebt hatte. Als sie Marielles Nummer eingab, war es wie eine Rückkehr zu der Freiheit, die sie in jener Nacht in vollen Zügen genossen hatte. Marielle war hocherfreut, dass Elsa sich meldete. Elli stellte als Erstes die Sache mit ihrem Namen klar, und erklärte dazu lediglich, dass es sich dabei um einen kleinen Spaß gehandelt hätte. Marielle akzeptierte das ohne weitere Umstände.

»Hör mal, das mit Alex …«, kam Elli schließlich zur Sache.

»Ja, erzähl«, biss Marielle sofort an. »Habt ihr?«

»Ja schon, aber ich weiß nicht, was ich davon halten soll. Er ist halt ein bisschen komisch.«

»Das kann man wohl sagen«, stimmte Marielle inbrünstig zu. »Pass auf, dass du nicht auf einmal im Reihenhaus sitzt.«

»Eben. Ich wüsste gerne, was er eigentlich will. Könntest du vielleicht mit Tom mal darüber reden?«

»Du willst, dass ich für dich spioniere?«, fragte Marielle begeistert.

»Na ja, so in etwa.«

»Ich werde mein Bestes tun. Allerdings reden Tom und ich nicht allzu viel.«

Es war zugegebenermaßen kein besonders mutiges Vorgehen, aber was Alex betraf, war Elli unsicher. Zwar hatte sie nicht den geringsten Zweifel, dass er sich über ihren Anruf freuen und sich gerne mit ihr treffen würde. Aber ihr war auch klar, dass sie bei weitem nicht die einzige Frau war, die bei ihm anrief. Und dadurch, dass er ihr im Falle eines Wiedersehens eine Lüge verzeihen müsste, begab sie sich in eine unangenehme Position. Sie würde sich seinem Urteil ausliefern müssen. Das passte ihr gar nicht. Und selbst wenn alles gut liefe und sie sich hinterher in die Arme sanken, konnte sie nicht sicher sein, dass er sie nicht nur benutzte, um seine Wette zu gewinnen. Es gab zu viele Unwägbarkeiten, als dass sie dieses Risiko ungeprüft einzugehen bereit war. Wie sich herausstellte, lag sie damit absolut richtig.

»Wie es aussieht, ist Alex mit einer Frau zusammen«, berichtete zehn Tage später Marielle, als sie sich zum Mittagessen trafen.

Elli hatte Mühe, ihre Enttäuschung und, ja, auch ihre Kränkung zu verbergen.

»So?«, antwortete sie schließlich betont gleichmütig. »Schon länger?«

Marielle zuckte mit den Schultern. »Tom meinte, es wäre eine Frau, von der Alex schon mal gesprochen hätte.«

Sie bedachte Elli nun mit einem mitfühlenden Blick. Offenbar konnte sie sich doch nicht so gut verstellen.

»Tut mir leid«, fügte Marielle leise an.

Elli blinzelte eine Träne weg. »Scheißkerle«, flüsterte sie dann.

Irgendwann war die Wut gewichen und hatte den Schmerz zurückgelassen. Den Schmerz, etwas verloren zu haben, von dem sie nicht einmal genau wusste, was es war. Aber er verschmolz mit dem Phantomschmerz, den sie seit dem Verlust ihrer beruflichen Unabhängigkeit verspürte, und so stürzte sie sich mit doppelter Energie in ihre Arbeit.

Berger hatte ihre Veränderung bemerkt, aber keine Fragen gestellt. Doch sie hatte es an seinen Blicken gespürt. In Arles hatte sie ihm gesagt, dass es jemanden in ihrem Leben gäbe. Und so viel verstand Berger dann doch von den Frauen, dass er erkennen konnte, ob sie mit diesem Jemand glücklich war oder nicht. Er hatte nichts unternommen, sie zu nichts gedrängt. Nach wie vor besuchten sie zusammen Konzerte, tranken vielleicht hinterher ein Glas Wein zusammen und sprachen über die Qualität des Auftritts, ohne dass er je Anstalten machte, sie zu mehr zu bewegen. Doch er lauerte. Wartete auf seinen Moment. Und in ihrer Wundheit konnte sie nicht einmal ausschließen, dass es diesen Moment nie geben würde. Vielleicht war er ein Feigling, aber er war nicht dumm.

Vorläufig jedoch bot ihr die von ihm vermutete Enttäuschung über eine misslungene Liebe einen ebenso wirksamen Schutz wie eine vorgetäuschte Verlobung. Wenigstens in dieser Hinsicht hatte sich ihr Abenteuer gelohnt. Aber natürlich wusste sie, dass das nur ein Schinden von Zeit war.

Auch wenn es ein lauwarmer Antrag gewesen war, Berger hatte ihr in Arles seine Absichten offenbart. Er hatte einen sehr vorsichtigen Zug gemacht. Und sie hatte darauf geantwortet. Aber sie musste sich eingestehen, dass auch ihre Antwort nur eine halbherzige gewesen war. Eine klare Entgegnung wäre ein einfaches Nein gewesen, aber sie war ausgewichen. Hatte einen ebenso vorsichtigen Zug gemacht. Und nun hatten sie ein Patt, das aber nicht ewig halten würde. Ähnlich ging es ihr mit Tante Sophie.

Es war ja nicht allein die Möglichkeit, dass sie Alex begegnen könnte, die sie von einem Besuch bei ihrer Tante abgehalten hatte. Schließlich hätte sie auch telefonieren können. Aber abgesehen davon, dass ihre Tante in der ganzen Geschichte mit drinsteckte, sie sogar ausgeheckt hatte, machte ihr auch die Geschichte mit Monsieur Texier zu schaffen. »Ich weiß nicht, ob Sophie mir meine Schwäche verzeihen kann«, hatte ihr der Franzose gesagt. »Und ich fürchte ihre Unerbittlichkeit.«

All diese quälenden und verwirrenden Probleme hatte sie vier Monate lang verdrängt und vor sich hergeschoben. Nun aber ergriff sie das Gefühl, dass ihre Taktik des Hinhaltens und Verschweigens nicht mehr lange funktionieren würde. Morgen Abend würden sich Monsieur Texier und Tante Sophie wiedersehen. Und Elli hatte nicht das Gefühl, dass sie dieses Wieder-

sehen besonders geschickt eingefädelt hatte. Das drückte ihre Stimmung, trotz des großen Erfolgs ihres Festivals und trotz ihres schönen neuen Büros.
Während sie immer noch auf das trübe Wasser hinabstarrte, dachte sie, dass es ihr wenigstens gelungen war, das Gefühlschaos, das sie wegen Alex durchlebte, aus dieser Geschichte herauszuhalten. Das wäre nun wirklich zu viel des Guten gewesen.
Ein Klopfen an der Tür riss sie aus ihren Gedanken. Simone, ihre Sekretärin, steckte den Kopf durch die Tür.
»Es wird Zeit«, sagte sie. »Ich glaube, Sie müssen los.«
Elli atmete einmal tief durch und gestand sich ein, dass sie sich vor diesem Wiedersehen fürchtete.

Was immer sie an Bedenken auf dem Weg zum Flughafen mit sich getragen hatte, was immer ihre Gedanken beschwerte und ihr Herz bedrückte, all dies verschwand, als eine lärmende, chaotische, schimpfende, lachende und mit ihren Instrumentenkoffern kämpfende Truppe von grauhaarigen, französischen Musikern aus dem Zollbereich in die Empfangshalle platzte. Elli klatschte vor Vergnügen in die Hände, als sie Monsieur Texier erkannte.
»Ellionore!«, rief er ihr strahlend zu.
»Mademoiselle«, stimmte Luc, der erste Cellist, mit ein.
»MADAME, petit con!«, rüffelte ihn der zweite Cellist, der ebenfalls Luc hieß. »Ah, Madame.«
Von all den Vornamen hatte sie sich nur die der beiden Cellisten merken können. Sie nannte sie Luc eins und Luc zwei.
»Arrête tes conneries.«
»Voilà notre Reine de cœurs.«
Im Nu war sie umgeben von einer Horde ausgelassener französischer Rentner, von denen jeder Einzelne seine *bisous* mit ihr tauschen wollte. Die ganze Begrüßung war ungefähr so dezent

wie der Einmarsch der napoleonischen Armee. Mit ihr an der Spitze durchpflügten sie danach die staunende Menge in der Ankunftshalle. Es dauerte noch mal zwanzig Minuten, bis das Gepäck und die Instrumente in dem Kleinbus verstaut waren, den die Konzertagentur für solche Fälle samt Fahrer anmietete. Noch schwieriger war es, die überdrehten Musiker in den Bus zu bugsieren. Sie hatten noch nicht einmal alle Platz genommen, als sie auch schon zu einem Lied anstimmten: »Am Reun ist ääs so scheen …« Ellis Beteuerungen, dass Hamburg an der Elbe lag, wurden überhört. Als sie sich neben dem grinsenden Busfahrer in den Sitz sacken ließ, machte Elli sich klar, dass die nächsten Tage wohl sehr turbulent werden würden.

»Sagen Sie, Ellionore«, Monsieur Texier hatte sich in dem Sitz hinter ihr niedergelassen und beugte sich nun vor, »weiß Sophie, dass ich komme?«

Etwas beschämt schüttelte sie den Kopf. »Es tut mir leid, Monsieur …«

»Ellionore, sagen Sie bitte endlich Aristide zu mir.«

»Also gut«, lächelte sie, »Aristide, ich habe nicht gewusst, wie ich es ihr sagen soll. Sie weiß nichts.«

Der Franzose legte ihr die Hand auf die Schulter: »Es war richtig, dass Sie nichts unternommen haben. Es ist die Geschichte zweier dummer, alter Menschen. Da sollten Sie sich raushalten. Vor allem weil ich glaube, dass Sie selber ein paar Probleme haben, nicht wahr? N'est-ce pas?«

Elli nickte nur. Wieso konnte Aristide sie nur so leicht durchschauen? Doch es machte ihr nichts aus. Ihn brauchte sie nicht zu täuschen.

»Wird sie morgen beim Konzert da sein?«

»Ganz bestimmt. Ich habe ihr Plätze reservieren lassen, von denen aus sie alles ganz genau sehen kann.«

Der Orchesterleiter lehnte sich in seinen Sitz zurück.

»Dann werden wir spielen wie nie zuvor«, sagte er mit seinem kleinen Lächeln unter dem grauen Schnauzbart, und erst jetzt merkte Elli ihm an, wie nervös ihn das bevorstehende Wiedersehen mit seiner ehemaligen Frau machte. Er schaute aus dem Fenster, als suche er dort das Gesicht, in das er sich einst verliebt hatte. Und das er, wie er ihr in Arles gestanden hatte, nie aufgehört hatte zu lieben.

»Wir werden für sie spielen«, sagte er leise.

III

»Hach, ich bin ganz aufgeregt.«

»Es ist doch nur ein Konzert.«

»Ja, aber wissen Sie, wann ich das letzte Mal in einem Konzert war?«

»Nein, wann denn?«

»Warten Sie, das war neunzehnhundert…«

»Okay, schon gut. Aber wir müssen jetzt wirklich los.«

»Ja, nur noch einen Moment. Finden Sie nicht, dass das Kleid ein bisschen zu eng an der Hüfte sitzt?«

»Das ist jetzt nicht Ihr Ernst?«

»Alex, Sie haben wirklich keinen Sinn für die Probleme einer Frau, die keine Idealmaße hat.«

»Es gibt keine Idealmaße, es gibt nur Frauen. Und jede einzelne hat etwas Liebenswertes. Nun kommen Sie schon.«

»Alex! Ich muss schon sagen, Sie sind ein richtiger Charmeur.«

»Unten wartet nämlich ein Taxi, da drin ist eine Uhr mit kleinen lustigen Zahlen …«

»Und fesch sehen Sie aus in Ihrem schwarzen Anzug. Bestimmt werden mich alle Frauen um Ihre Gesellschaft beneiden.«

»… die mittlerweile im dreistelligen Bereich angekommen sein dürften.«

Wie zur Bestätigung war nun von draußen ein langes Hupen zu hören.

»Ich glaube, ich muss noch mal auf die Toilette.«

»Was? Aber Sie waren doch gerade erst.«

»Ich bin so aufgeregt.«

»Frau Dornbach.« Ich legte meine Hände auf ihre Schultern und wendete das an, was ich bei meinen hypernervösen Musikern gelernt hatte, wenn sie nicht auf die Bühne wollten. Ich sah ihr fest in die Augen und redete beruhigend auf sie ein. »Wir werden jetzt nach unten gehen und ins Konzert fahren. Und wenn Sie dann immer noch auf die Toilette müssen, können Sie das auch dort machen. Mit leerer Blase werden Sie die Musik genießen und sich danach mit Ihrer Nichte versöhnen, und irgendwann kommen wir gut gelaunt wieder nach Hause und trinken einen Absacker. Okay?«

»Ja gut«, meinte sie.

»Na, dann los jetzt.«

»Ich bin ja so froh, dass Sie mich begleiten.«

Wann hat man schon mal die Gelegenheit, seine beruflichen Kenntnisse im privaten Bereich anwenden zu können? Mich jedenfalls versetzte diese Situation in die professionelle Gelassenheit, die ich mir für solche Fälle angewöhnt hatte. Ich ließ Frau Dornbach reden, damit sie ihre Nervosität loswerden konnte, und stellte nur ab und zu mal eine Frage, wenn ihr Plappern zu stocken drohte.

»Warum sind Sie denn nie in ein Konzert gegangen, wenn Ihre Elli in der Branche arbeitet?«

»Weil ich nicht wollte, dass sie denkt, ich würde ihr immer im Nacken sitzen. Wissen Sie, die Elli war schon immer sehr eigensinnig ...«

Ich ließ Frau Dornbach reden und schaute dabei aus dem Fenster. Man konnte wirklich nicht behaupten, dass das Hamburger Wetter den üblichen Regeln folgte. Doch in einem Punkt war es absolut zuverlässig: Der November war grau. Genauer gesagt: dunkelgrau. Und eigentlich genau die Sorte von Wetter, die Menschen in Depressionen versinken ließ. Ich aber hatte nichts gegen den November. Gerade weil er so sinister daherkam, hatte es einen besonderen Effekt, wenn man von draußen in einen hell erleuchteten, festlich geschmückten Raum trat, so wie wir dies heute vorhatten. Außerdem, wenn ich meinen derzeitigen Gemütszustand analysierte, war Grau genau die richtige Farbe dafür. Aber nicht das Grau einer Depression – ein derartiger Zustand war mir fremd –, sondern eher das Grau der Gleichgültigkeit.

Ich konnte mir nicht helfen, aber seitdem ich die Hoffnung begraben hatte, dass Elsa sich noch einmal bei mir melden würde, war mir alles egal. Kathleen hatte kurz nach dem schicksalhaften Abend am Tisch der Betrüger angerufen und bemüht scherzhaft gefragt, ob ich sie vergessen hätte.

»Nein«, hatte ich geantwortet, »mir ging es ziemlich beschissen. Jetzt aber würde ich dich gerne sehen.«

Tja, und nun waren wir schon drei Monate zusammen.

»… aber als ich das Klavier ihrer Mutter endlich herbeigeschafft hatte, begann es, ihr besserzugehen …«

Sollte ich Kathleen jetzt heiraten? Die Wette lief noch, obwohl keiner der Jungs mich in letzter Zeit darauf angesprochen hatte. Tom war damit beschäftigt, die letzten Hochzeitsvorbereitungen und seine Affäre mit Marielle zu organisieren. Eric kümmerte sich mehr und mehr um seine hochschwangere Freundin. Aber das allein war es nicht, was ihn uns entzog. Sicher, er war immer noch der Zyniker, der Mann mit den schnellen Sprüchen. Aber unter diesem Habitus wuchs langsam ein nachdenklicher Eric heran. Ich schätze, ihm wurde so langsam richtig klar, dass er bald Vater werden würde. Und ich konnte mir gut vorstellen, dass dieses Begreifen in einem Mann eine ganz schöne Achterbahn an Gefühlen und Überlegungen auslösen konnte. Unsere bescheuerte Wette gehörte nicht mehr wirklich zu den Prioritäten in seinem Leben. Waldo war zu vernachlässigen, und ich? Mir war es auch nicht mehr so wichtig.

Vielleicht würde ich in ein paar Monaten eine außerordentlich wertvolle Plattensammlung verlieren. Ich würde es verkraften. Vielleicht aber würde ich auch Kathleen heiraten und einen Porsche gewinnen. Vielleicht würde die ganze Wette aber auch im Sande verlaufen, weil keiner mehr nach ihr fragte.

»... mit achtzehn ist sie dann ausgezogen, weil sie nicht mehr unter meiner Fuchtel stehen wollte. Dabei habe ich ihr doch wirklich ...«

Von diesen drei Möglichkeiten war die letzte zwar die einfachste und bequemste, aber auch eindeutig die langweiligste. Aber das war es nicht allein, was mich daran störte. Unsere Freundschaft war an einem kritischen Punkt angekommen. Sie würde sich im Zuge der Ereignisse entweder auflösen oder eine neue Qualität bekommen. Und eigenartigerweise war ich mir sicher, dass der Ausgang unserer Wette darüber entscheiden würde. Ließe ich alles im Sand verlaufen, so gäbe ich damit auch unsere Freundschaft auf. Es lag damit an mir, in welche Richtung es gehen würde.

»... und dann lernte sie diesen Konzertmenschen kennen ...«

Also Kathleen? Es war an der Zeit, dass ich mir ein paar Fragen beantwortete. Denn auch was Kathleen anging, gab es einen kritischen Punkt, und der hieß: drei Monate! Drei Monate zusammen? Das war die Wasserscheide im Verhältnis zwischen Mann und Frau. Von da an ging es entweder in die eine oder in die andere Richtung. Ich habe keine Ahnung, wer das irgendwann einmal so festgelegt hat. War auch egal, so war es nun mal. Und ich war mir sicher, dass Kathleen das ebenfalls wusste. Sonst hätte sie es nicht erwähnt. Und dass sie es erwähnt hatte, machte mir auch klar, in welche Richtung es ihrer Vorstellung nach weitergehen sollte. Die erste Frage lautete also: Wollte ich das?

Ich musste mir eingestehen, dass ich mich vor dieser Frage gedrückt hatte. Und ich wusste, dass ich mich auch weiter davor drücken konnte, indem ich es einfach so weiterlaufen ließ. Kathleen würde es dennoch als eine Entscheidung verstehen. Denn das war ja das Verflixte. Dass auch eine Nichtentscheidung eine Entscheidung war. Schon bald würde sie mir ihre Wohnungsschlüssel in die Hand drücken, mit einem Lächeln und einem Kuss. Daraufhin würde ich ihr natürlich meine Schlüssel geben. Schon um die Stimmung nicht zu versauen. Und so würde es weitergehen.

»… ich wusste gleich, dass das der falsche Mann für sie ist …«

War es nicht genau das, was ich immer hatte vermeiden wollen? Den lauen, langsamen Pfad unausgesprochener Kompromisse? Auf dem die Dinge irgendwann einfach ihren Lauf nahmen, weil die Beteiligten zu bequem oder zu gleichgültig waren, sie aufzuhalten?

»… immer gewusst, wann sie im Begriff war, eine Dummheit zu begehen …«

Aber was war denn so falsch an diesem Weg? Ich verstand mich gut mit Kathleen. Wir hatten gemeinsame Interessen, konnten über alles Mögliche reden. Konnten uns gut riechen und schmecken. Ich mochte ihr Lächeln, den Blick ihrer warmen Augen und das Gefühl ihrer sanften Haut unter meinen Fingern. Es sprach alles für sie. Was sprach dagegen?

»… dass Sie der richtige Mann für sie sind.«

»Wie bitte?«

Ich merkte erst jetzt, dass Frau Dornbach mich mit großen Augen anschaute. Irgendetwas war mir entgangen.

»Ich dachte, dass Sie der Richtige sind.«

»Wofür?«

»Alex, haben Sie mir denn gar nicht zugehört?«

»Doch natürlich«, beeilte ich mich zu sagen. »Ich bin der Richtige. Oder … nicht?«

Frau Dornbach seufzte. »Ich weiß es nicht. Ich dachte, ich

könnte sie vor diesem Menschen schützen. Aber das ist gründlich schiefgegangen.«

Ich ging davon aus, dass sie immer noch über ihre Nichte redete. Und der Mensch, den Frau Dornbach nicht leiden konnte, war vermutlich Ellionores Chef, dieser Dolph Lundgren.

»Haben Sie denn diesen … wie heißt er noch?«, tastete ich mich vor.

»Berger.«

»Kennen Sie diesen Berger denn gut?«

»Äh … nein.«

»Sind Sie ihm überhaupt schon mal begegnet?«

»Nein, aber …«

»Frau Dornbach!«

»Aber ich kenne diese Sorte von Mann.«

»Ach herrje.«

»Alex, Sie können mir glauben, ich kenne mich mit Männern aus.«

»Soso.«

»Jedenfalls mit diesem Typus.«

Ich musste mich erst mal daran gewöhnen, Frau Dornbachs Nichte als eine Frau zu sehen, die vor einem Mann beschützt werden musste. Meinem Eindruck nach zu urteilen, musste eher dieser Berger vor der Nichte beschützt werden. Es sei denn, er hatte tatsächlich die Statur von Dolph Lundgren.

»Ich mache Ihnen einen Vorschlag, Frau Dornbach. Wir gucken uns heute Abend diesen Berger erst einmal an. Vielleicht ist er ja gar nicht so schlimm und liebt Ihre Nichte tatsächlich aufrichtig. Geben wir ihm eine Chance.«

Frau Dornbach haderte noch ein wenig mit sich, doch dann war sie einverstanden. Dennoch würde sie diesem armen Kerl wahrscheinlich mit der Miene eines Scharfrichters gegenübertreten. Darum nahm ich mir vor, begütigend auf sie einzuwirken. Vorausgesetzt natürlich, dass der Typ nicht wirklich ein Arschloch war.

Alles in allem versprach dieser Abend, den ich mir ziemlich langweilig vorgestellt hatte, doch noch einen gewissen Unterhaltungswert zu bekommen.

Damit sollte ich allerdings recht behalten.

»Sie sehen fantastisch aus, Aristide.«

»Danke Ellionore, ich habe ihn lange nicht mehr getragen.«

Monsieur Texier trug einen Frack, der ganz sicher schon ein paar Jahre auf dem Buckel hatte, aber offenbar gut gepflegt worden war. Zusammen mit dem graumelierten Haar, dem sorgfältig gestutzten Schnurrbart und der gesunden Bräune seiner Gesichtshaut machte dieses Kleidungsstück aus Aristide einen Mann voller Stolz und Würde. Elli fand, dass er wie ein Zigeunerbaron aussah.

»Glauben Sie, dass sie kommt?«, fragte er nun.

»Ganz bestimmt kommt sie.«

»Ich bin ein wenig nervös«, meinte er mit unsicherem Lächeln. »Was, wenn sie mich nicht erkennt? Es ist doch schon so lange her. Oder sie noch böse auf mich ist, oder ich ihr nicht mehr gefalle?«

Elli lächelte und legte ihm die Hand auf den Arm. »Seien Sie unbesorgt. Sie sind ein wunderbarer Mann, und das wird Tante Sophie sofort erkennen. Sie wird sich sehr, sehr freuen, Sie wiederzusehen. Denken Sie nicht darüber nach, spielen Sie einfach so wundervoll wie an jenem Abend in Arles, und ich versichere Ihnen, dass Ihnen keine Frau widerstehen kann.«

Aristide atmete einmal tief durch, dann straffte er sich.

»Wir werden spielen, nicht wahr?«, sagte er und wandte sich dabei an seine Freunde, die, alle ebenfalls im Frack, lässig und entspannt im Korridor standen oder an der Wand lehnten.

»T'inquiète pas«, antwortete grinsend Luc eins. Mach dir keine Sorgen.
»Wo sitzt sie?«, fragte Aristide Elli.
»Im ersten Rang in der Mitte, direkt gegenüber der Bühne. Sie hat Sie voll im Blick.«
Aristide nickte. »Ich werde nur für sie spielen.«
Elli sah auf die Uhr. »Es ist gleich so weit. Ich muss nach oben.« Aus einem Impuls heraus umarmte sie Aristide und flüsterte ihm ein »Viel Glück« ins Ohr. Dann eilte sie die Treppe empor.
Berger hatte bereits seinen Platz im ersten Rang direkt neben der Bühne eingenommen. Bevor Elli sich neben ihn setzte, schaute sie zu den Plätzen, die sie für Tante Sophie hatte reservieren lassen. Sie waren beide noch leer. Sie schaute auf die Uhr. Noch zehn Minuten! Wo steckte sie denn?
»Alles in Ordnung da unten?«, fragte Berger leise.
»Alles klar. Die Jungs sind cool.«
Berger runzelte die Stirn, und Elli musste sich ein Lachen verkneifen. Sie war davon überzeugt, dass noch niemals jemand zu Berger gesagt hat, seine Musiker seien »cool«. Sie war sich auch sicher, dass jeder andere eine ziemlich giftige Replik zu hören bekommen hätte. Das verdeutlichte ihr wieder einmal, welchen Stellenwert sie mittlerweile bei ihm einnahm. Und mit einem Mal überlagerte sich die jetzige Situation mit einer Erinnerung.
Es war der Abend des Konzerts mit Arnold gewesen, vor sechs, nein, sieben Monaten. Sie hatte das erste Mal auf diesem Platz gesessen, mit einem Knoten der Angst in ihrem Bauch. Und dann hatte sich Arnold auf der Bühne in die Hose gemacht. Was für ein Alptraum! Und dennoch saß sie nun wieder an diesem Platz, von ihrer damaligen Angst längst keine Spur mehr. Sie hatte sich nicht nur eine Position, sie hatte sich diesen Platz er-

obert. Und mehr als das. Denn den Mann an ihrer Seite fürchtete sie nun nicht mehr im Geringsten.
Sie schaute wieder zu den beiden Plätzen. Immer noch nichts. Tante Sophie! Wo bleibst du? Noch waren die Türen des Saals geöffnet. Die letzten Nachzügler beeilten sich, zu ihren Sitzen zu kommen. Himmel, wenn ihre Tante das nur nicht verpatzte! Diesmal war Elli nicht nervös, weil sie um den Auftritt fürchtete, sondern wegen der Enttäuschung von Monsieur Texier, wenn er seine Sophie nicht an ihrem Platz vorfinden würde. Ach, wie sehr sie hoffte, dass die beiden wieder zueinanderfinden würden. Es hatte sie unendlich gerührt, dass Aristide seine Liebe all die Jahre über bewahrt hatte.
Sie beugte sich über die Balustrade. Hatte Tante Sophie sich vielleicht vertan und irrte nun durchs Parkett? Aber das war kaum möglich. Die Platzanweiser dirigierten stets alle Besucher zu ihren Plätzen.
»Erwarten Sie noch jemanden?«, fragte Berger.
»Ja, meine Tante.«
»Ah.«
Sie warf ihm einen Seitenblick zu und wusste mit einem Mal, dass Berger etwas anderes gemutmaßt oder besser: gefürchtet hatte. Nämlich dass sie den geheimnisvollen »anderen« eingeladen hatte. Nun war er beruhigt, dass es sich nur um die Tante handelte. Elli wunderte sich, wie leicht er für sie mittlerweile zu durchschauen war. Unwillkürlich leitete das ihre Gedanken auf die Möglichkeiten, die sich ihr dadurch boten.
Sie befand sich keineswegs in einer Pattsituation. Die Machtverhältnisse zwischen ihnen hatten sich umgekehrt. Nun war sie diejenige, die entscheiden konnte, was geschehen sollte. Sollte etwas geschehen? Elli forschte in ihrem Inneren nach einer Antwort, kam aber zu keinem eindeutigen Ergebnis. Einerseits reizte sie die Vorstellung, einen Mann wie Berger dirigie-

ren zu können. Dass sie nicht in ihn verliebt war, sah sie nicht als Problem an. Es ersparte ihr genau die Sorte schmerzhafter Komplikationen, von denen sie sich gerade einigermaßen erholt hatte. Blieb die Frage der körperlichen Anziehung. Im Vergleich mit dem, was sie mit Alex erlebt hatte, war diese zwar gering, doch fühlte sie sich auch keineswegs von Berger abgestoßen. Und da ihr als Folge ihres Abenteuers ein verstärktes Bedürfnis nach Sex geblieben war, das immer wieder herrisch danach verlangte, gestillt zu werden, könnte eine Affäre mit Berger durchaus Sinn machen. *Fifty ways to leave your lover,* dachte sie sarkastisch und nahm sich vor, diese Möglichkeit in Erwägung zu ziehen. Aber erst wenn das Treffen zwischen Aristide und Tante Sophie einen hoffentlich romantischen Ausgang genommen hätte. Tante Sophie!

Wo, verdammt noch mal, blieb sie? Unruhig schaute Elli sich um. Im Parkett wurden bereits die ersten Türen geschlossen. Das konnte doch nicht wahr sein. Sie hatte ihre Tante dringend gebeten, unbedingt zu diesem Konzert zu kommen. Mein Gott, Aristide! Da reiste er nach Jahrzehnten an, um seine ehemalige Frau wiederzusehen, und die saß womöglich irgendwo im Stau fest. Dieser Gedanke machte Elli ganz verrückt. Wenn sie doch nur etwas tun könnte.

Da sah sie Tante Sophie durch die Tür geeilt kommen. Dem Himmel sei Dank! Mit raschen Schritten lief sie zu ihrem Platz und ließ sich auf den Stuhl sacken, die Handtasche auf den Knien. Elli stieß erleichtert den Atem aus. Bis sie erkannte, wer ihrer Tante folgte.

Und in eisigem Erschrecken erstarrte.

»Da sind Sie ja endlich!«

Frau Dornbach schaffte es doch tatsächlich noch, dass ich meine Ruhe verlor.

»Entschuldigen Sie, Alex, aber diese öffentlichen Toiletten. Man weiß ja nie, wer da als Letzter drauf gesessen hat. Und das Papier war alle …«

»Kommen Sie, wir müssen auf unsere Plätze. Sonst können wir uns das Konzert vom Korridor aus anhören.«

»Sie als Mann haben gut reden. Sie stellen sich dazu einfach hin, plaudern ein wenig mit dem Nachbarn über Gott und die Welt, und hinterher schütteln Sie nur …«

»Wenn wir nicht sofort zu unseren Plätzen kommen, wird Elli Ihnen das nie verzeihen.«

»Ach, die Elli.«

Doch anscheinend zog das Argument, denn Frau Dornbach beschleunigte ihre Schritte. Wir erreichten die Tür gerade noch, bevor die Platzanweiserin sie schließen wollte. Sie schaute auf die Karten und zeigte auf die vorderste Reihe mit direktem Blick auf die Bühne.

»Donnerwetter«, sagte ich. »Superplatz.« Aber jetzt hatte Frau Dornbach es auf einmal so eilig, dass ich ihr kaum hinterherkam.

»Hach, bin ich aufgeregt«, seufzte sie, als ich neben ihr Platz nahm.

Ich musste erst mal verdauen, dass ich es endlich geschafft hatte, sie hierherzukriegen. Hätte ich gewusst, wie umständlich eine Verabredung mit Frau Dornbach war, dann hätte ich dafür gesorgt, dass wir zwei Stunden früher aufbrechen. Jetzt aber war alles klar, ich konnte mich beruhigen. Wahrscheinlich würde jetzt gleich, bevor die Musiker kamen, das Licht gedimmt werden. Deswegen sah ich mich noch ein wenig um. Der erste Rang, in dem wir saßen, schien die Prinzenebene zu sein. Man sah auf das Fußvolk im Parkett hinab, und die oberen Ränge hatten mit Sicherheit eine schlechtere Sicht und wahrscheinlich auch die schlechtere Akustik. Wir waren also gut plaziert. So weit, so gut.

Die Bühne sah noch ein wenig ereignisarm aus. Stufenförmig angelegt, ein paar Stühle, Notenständer, Instrumente, alles eher langweilig. Ich begann mir gerade vorzustellen, wie man den ganzen Aufbau interessanter arrangieren könnte, als mir Frau Dornbach ihren Ellbogen in die Seite rammte.

»Da ist die Elli!«, rief sie und begann zu winken. »Huuhuu!«

Ich folgte ihrem Blick und hielt nach der blonden Krankenschwester Ausschau. Konnte sie aber nirgendwo entdecken. Dafür sah ich jemand anders!

Der erste Impuls, der mich durchzuckte, war wilde Freude. Elsa! Sie war hier, in diesem Konzert. Ich hatte sie gefunden. Sie saß ebenfalls im ersten Rang, aber weiter vorne an der Bühne. Ich wollte schon aufspringen und zu ihr hin. Aber … dann fiel mir auf, dass sie zwar in unsere Richtung schaute, mich genau genommen sogar direkt ansah. Dass sie mich gar nicht übersehen konnte – aber nicht im mindesten erfreut schien.

»Huuhuu, Elli!«

Elsa hob leicht die Hand und lächelte gequält. Der Typ zu ihrer Linken beugte sich zu ihr und sprach sie an. Sie nickte und kniff die Lippen zusammen. Wieso …?

»Da ist die Elli«, verkündete Frau Dornbach zufrieden.

Ich schaute Frau Dornbach an, die ihrerseits Richtung Elsa schaute.

»Wo ist Elli?«, fragte ich blöde.

»Na da, direkt da vorne neben der Bühne. Und der Pinsel neben ihr muss ihr Chef sein.«

Ein Teil meines Verstandes begriff es nun, der andere verabschiedete sich gerade. Glücklicherweise ging in diesem Moment das Licht aus. Erwartungsvolle Ruhe legte sich über das Publikum. Ich starrte immer noch zu der Frau, die ich als Elsa kannte. Sie saß in starrer Haltung auf ihrem Sitz und schaute ihrerseits auf die Bühne, so dass sie mir ihr Profil zeigte. Elsa war

Elli? Aber wer war dann die Krankenschwester? Und wieso hatte sie sich Elsa genannt? Wusste sie da schon, wer ich war? Ich war mit diesen Fragen völlig überfordert und konnte außerdem noch gar nicht richtig denken, weil es mich so aufwühlte, sie wiederzusehen. Das Einzige, was ich mit brennender Schärfe begriff, war, dass sie die Frau war, die ich wollte.

Doch noch ehe mein überforderter Geist all diese Dinge verarbeiten konnte, drehte sich das Rad der Ereignisse auch schon weiter und überflutete mich mit neuen Informationen, die letztlich den Rest meines Verstandes lahmlegten und aus Süper-Alex einen Idioten machten.

Als Erstes betraten die Musiker die Bühne. Das war das Primärereignis, das mir zwar vollkommen gleichgültig war, aber weitere Ereignisse auslöste, die mich ziemlich heftig erwischten. Das erste war nur eine kleine Geste. Elsa, nein, Elli beugte sich etwas vor, um die Musiker zu betrachten, als ihr Sitznachbar sich in einer vertrauten Geste zu ihr neigte und ihr etwas zuflüsterte. Sie reagierte ebenfalls mit einer kleinen Wendung des Kopfes. Augenblicklich durchschoss mich glühende Eifersucht. Berger war ihr Chef, mit dem sie laut Aussage von Frau Dornbach bereits seit geraumer Zeit zumindest eine Affäre hatte. Dieses Dreckschwein legte seine schmierigen Hände an Elsa! Nein, Elli! Egal, ich hasste ihn. Ich hasste die Vorstellung …

»Ja aber, was ist denn das?«

Das war der Grund, warum sie nie mehr angerufen hatte.

»Oh, mein Gott!«

Wenn man mit seinem Chef rumvögelt, dann stört natürlich so ein dummer One-Night-Stand, den sie ohnehin wohl nur …

»Alex!« Frau Dornbachs Hand krallte sich in meinen Arm.

»WAS?«

»Psscht«, machte irgendein Idiot hinter uns.

»Alex, sehen Sie doch nur. Da!« Sie wies zur Bühne. Ich hatte aber nicht die geringste Lust, mir diese Fiedel-Schwuchteln anzugucken. Ich dachte nur daran, wie ich meine Hände um die Kehle dieses bepissten …

»Alex, er ist es.« Sie hatte sich vorgebeugt und rüttelte nun an meinem Arm.

»Frau Dornbach, stören Sie mich jetzt bitte nicht! Ich will in Ruhe meinen Wutanfall bekommen.«

»Seien Sie nicht albern, Alex. Da ist Aristide!«

»Psscht.«

»Wer?«

»Aristide. Mein Ehemann. Also, mein Ex … O Gott, jetzt hat er mich gesehen.«

Ich konzentrierte mich endlich auf die Bühne, es fiel mir nicht leicht. Gerade nahmen die Musiker ihre Instrumente zur Hand. Einer von ihnen, ein Weißhaariger mit Schnurrbart, schien uns tatsächlich anzuschauen. Dabei lächelte er. Dann griff er nach seinem Instrument, so eine Art Riesenfiedel, und nickte uns zu.

»Das ist Ihr Ex-Mann?«

»Ja. Das sagte ich doch. Ogottogott, was mache ich denn jetzt?«

Das war zwar alles ziemlich erstaunlich, aber es war mir trotzdem scheißegal. Ich wollte nur noch diesen Wichser umbringen, der an Elsa rumpatschte. Nein, an Elli. Ach verdammt! Da begegnete ich ihrem Blick, und ich erkannte, wie unangenehm ihr dieses Treffen war. Vielleicht sollte ich sie zuerst umbringen.

»Und … er sieht so gut aus.«

»Wer?«, fragte ich barsch, weil ich in meiner Verwirrung dachte, sie meinte Berger.

PSSCHT!

Wutentbrannt wandte ich mich um. »WENN DU PENNER MICH NOCH EINMAL ANZISCHST, DREHE ICH DIR DEN HALS UM.«

Noch während ich in die empörten Gesichter der Leute hinter uns schaute, wurde mir bewusst, dass es totenstill geworden war. Frau Dornbach guckte mich mit tellergroßen Augen an, und sie war nicht die Einzige. Wahrscheinlich hatte der ganze Saal mich gehört. Sogar die Musiker starrten uns an. Die grinsten aber wenigstens. Ich ließ mich langsam wieder in meinen Sitz sacken.

»Alex, was haben Sie denn?«, flüsterte Frau Dornbach. »Seien Sie doch nicht so laut!«

Dieser Vorfall brachte mich zwar immer noch nicht vollends zur Besinnung, trotzdem hatte ich genug Dampf ablassen können, um mich einigermaßen zu beruhigen.

Der Weißhaarige klopfte jetzt mit seinem Stock an sein Instrument. Das war anscheinend für die anderen das Zeichen, dass es nun losgehen würde. Wenigstens hörten die Leute daraufhin auf, mich anzustarren. Irgendwo in meinem Inneren regte sich so etwas wie Scham über mein schlechtes Benehmen. Ich ignorierte es, aber es führte dazu, dass ich erst einmal nicht mehr zu Elsa schaute. Nein, nicht Elsa, sondern Elli.

Von der Musik bekam ich natürlich kaum etwas mit, aber sie war ohnehin genauso langweilig, wie ich es erwartet hatte. Immerhin beruhigte ich mich dabei so weit, dass einzelne Areale meines Verstandes neu gestartet werden konnten. Erst nach einer Weile bekam ich mit, dass diese Musik eine geradezu therapeutische Wirkung auf mich hatte. Sie vertrieb die dunklen Schwaden meiner idiotischen Wut. Doch was sie stattdessen freilegte, war auch nicht viel besser. Es fühlte sich an, als hätte mir jemand die Haut abgezogen. Neben mir knetete Frau Dornbach ihre Finger, und als ich vorsichtig zu ihr hinüberlinste, sah ich, wie ihr eine Träne über die Wange lief. Das gab mir dann den Rest.

Während die Franzosen da unten eine wahrscheinlich sehr gute

Interpretation einer sehr alten Musik darboten, begann ich zu begreifen, dass ich mich tatsächlich in diese Frau verliebt hatte, egal wie sie nun hieß. Und dass dieses Begreifen zusammen mit der Erkenntnis kam, sie verloren zu haben. Doch was hieß hier schon verloren? Ich hatte sie nie besessen. So also fühlt es sich an, dachte ich, wenn man richtig verarscht wird.
Jetzt erst schaute ich wieder zu Elli hinüber. Sie schien völlig gebannt von der Musik zu sein. Dabei erinnerte mich ihre Haltung an jenen Abend, da ich sie zum ersten Mal gesehen hatte. Als ich noch nicht wusste, wer sie war, und sie mich nicht einmal bemerkt hatte. Warum sie hinterher dann dieses Spiel mit mir gespielt hatte, verstand ich zwar immer noch nicht, aber das war auch nicht so wichtig. Vielleicht war es einfach ein heimlicher Ausbruch gewesen, ein Seitensprung, den sie von Anfang an so angelegt hatte, dass er folgenlos bleiben würde. So etwas kam vor, das wusste ich schließlich am besten. Deshalb gab es auch keinen Grund, ihr irgendeinen Vorwurf zu machen. Sie hatte mir nichts versprochen und nichts vorgemacht, sie hatte mir nur einen falschen Namen genannt. Mein Problem, dass ich mehr darin gesehen hatte.
Die Musiker beendeten das Stück, und ein sehr wohlwollender Applaus erfüllte den Saal. Ich war zwar exaltierteren Beifall gewohnt, aber für dieses Publikum war das vermutlich schon ziemlich gut. Elli schien ganz begeistert zu sein. Sie schaute nicht einmal in unsere Richtung. Und Frau Dornbach war entzückt.
»Er spielt so schön, finden Sie nicht? Und er sieht so gut aus.«
Dass er so toll gespielt hatte, war mir zwar nicht aufgefallen, aber er saß ja auch am Bass. Das war nun mal ein undankbarer Job. Jetzt aber legte er das Monstrum beiseite und holte ein Akkordeon hervor. Das wunderte mich etwas, denn ich wusste nicht, dass es so etwas zu Bachs Zeiten schon gegeben hatte.

»Das Akkordeon«, seufzte Frau Dornbach, und Aristide schien es zu hören. Jedenfalls schaute er wieder zu uns hoch. Sein Lächeln war breiter geworden, und seine Augen glitzerten.
Wieder gab er den Takt vor, und als die Musik einsetzte, presste sich Frau Dornbach ihr Taschentuch vor den Mund und erstickte damit einen kleinen Laut. Dann erst gewahrte ich, dass es Piaf-Lieder waren, die gespielt wurden. Das lag mir schon eher. Und vielleicht war es wiederum die Musik, die mich dazu brachte, meine eigene Trübsal ein wenig beiseitezuschieben, um zu sehen, dass hier gerade ein Mann einer Frau eine Liebeserklärung machte. Jetzt sah ich mir die Musiker genauer an. Es waren alles Männer im, nun ja, gestandenen Alter. Aber Teufel auch, sie legten sich richtig ins Zeug! Und wenn mich mein Gefühl nicht täuschte, nahmen sie das Publikum diesmal richtig dabei mit.
Ich schaute zu Elli und sah gerade noch, wie sie den Kopf wegdrehte. Natürlich, dachte ich. Das hat alles sie eingefädelt! Ihr Besuch in Frankreich, von wo aus sie mich angerufen hatte, die dringende Einladung an ihre Tante. Irgendwie hatte sie es geschafft, Aristide ausfindig zu machen und dann diese Begegnung zu inszenieren. Was sie natürlich nicht eingeplant hatte, war, dass Frau Dornbachs Freundin krank wurde und ich deswegen als Ersatz mitkommen würde. Wahrscheinlich hatte ich ihr mit meinem Auftauchen gerade den Abend versaut.
Aristide und seine Combo wechselten gerade übergangslos in das nächste Lied. Es war *La vie en rose,* und so langsam begann ihre Musik mich zu berühren. Das war einerseits gut, denn es lenkte mich von meinem albernen Verhalten ab. Andererseits aber weckte es genau die Gefühle in mir, die ich lieber vergessen wollte. Ihre Musik führte mich nämlich in eine Welt, die es eigentlich nicht gab, es sei denn, man war verliebt. Da fuhr man

dann nach Paris, durchstreifte Bars und spazierte nachts an der Seine entlang. Nur um bald darauf wieder im Hotelzimmer zu landen und sich zu lieben. So etwas hätte ich gerne mit Elsa gemacht. Nein, mit Elli. Das allein tat schon weh genug. Zusätzlich machte mir nun aber auch noch zu schaffen, dass ich an diesem Abend vollkommen unerwünscht war. Elli hatte diesen Abend zu einem Fest machen wollen, und ich musste zugeben, dass sie mit der Begegnung von Frau Dornbach und Aristide etwas richtig Tolles auf die Beine gestellt hatte. Sie selbst hatte sich für ihren Chef, diesen Berger, entschieden. Und sicher ihre Gründe dafür gehabt. In dieser Konstellation hatte ich nichts zu suchen. Mehr noch, ich war ein störendes Element. Und das hasste ich. Ich beschloss, sofort nach dem Ende des Konzertes zu verschwinden.
Die Jungs da unten hatten es wirklich drauf. *Mylord, Padam... Padam, Sous le ciel de Paris,* sie spielten sich in einem perfekten Medley durch die Chansons der großen Piaf. Und als sie mit *C'est à Hambourg* abschlossen, rissen sie das Publikum vollends mit. Der anschließende Applaus war schon dicht dran an dem, was Serdar aus seinen Zuhörern hervorlocken konnte. Was sie dann aber im dritten Teil ihrer Darbietung ablieferten, ließ mich regelrecht neidisch werden. Zigeunerjazz! Verdammt, Elli hatte ein tolles Konzert auf die Beine gestellt.
Das Publikum applaudierte nicht nur, es trampelte, es pfiff, es johlte. Selbst Frau Dornbach war aufgesprungen, lachend und weinend, das zusammengeknüllte Taschentuch zwischen den Fingern. Aristide und seine Musiker mussten noch drei Zugaben liefern, bevor das Publikum sie von der Bühne ließ.
»Das ist alles so unglaublich«, strahlte Frau Dornbach mich an. »Kommen Sie, wir müssen nach hinten, zu Aristide.«
»Ich glaube, dass ich bei diesem Wiedersehen nur störe. Darum werde ich Sie jetzt mal alleine lassen. Sie sind ja in guten ...«

»Unsinn, Alex, Sie kommen selbstverständlich mit.« Sie hakte sich mit energischem Griff bei mir unter und zog mich mit sich.
»Nein, nein, hören Sie …«
»Wenn Sie mir nicht beistehen, falle ich in Ohnmacht.«
»Sie haben doch Ihre Nichte.«
»Na, deswegen. Sie müssen mir diesen Berger vom Hals halten. Außerdem haben Sie mir versprochen, dass wir ihn uns gemeinsam anschauen.«
Wie sollte ich ihr nur begreiflich machen, dass das eine ganz und gar schlechte Idee war? Mittlerweile waren wir durch die Tür im Vorraum gelandet. Ich versuchte, mich loszumachen, als auf einmal Ellis Chef auf uns zutrat.
»Frau Dornbach?«, fragte er höflich. Die musterte ihn kühl.
»Ja.«
»Mein Name ist Berger. Ihre Nichte hat mich gebeten, Sie zu den Künstlergarderoben zu führen. Sie ist bereits vorausgegangen, um sich um die Musiker zu kümmern.«
Ich witterte meine Chance. Das war der richtige Moment, um mich zu verabschieden. Kurz stieg noch einmal der Impuls in mir hoch, diesem blasierten Arschloch die Gurgel umzudrehen, aber ich hatte mich schnell wieder im Griff.
»Also …«, begann ich, als Berger mich unterbrach: »Das gilt selbstverständlich auch für Ihren Begleiter …«
Er ließ den Satz unbeendet und sah mich dabei so an, als erwartete er, dass ich ihm nun meinen Namen nannte. Das tat ich aber nicht. Ich wollte nur noch weg.
»Das ist Herr Toben, ein Freund«, übernahm stattdessen Frau Dornbach die Vorstellung, allerdings in einem Ton, in dem eine Gräfin mit ihrem Lakaien spricht. Berger aber verzog keine Miene. Mit einer Geste seiner Hand lud er uns ein, ihm zu folgen. Ich gab auf. Wenn ich auch noch durch diese quälende Si-

tuation gehen musste, bitte, dann sollte es wohl so sein. Aber ich würde mir nichts anmerken lassen. Elli würde meine Pein nicht zu sehen bekommen. Das ließ mein Stolz nicht zu. Und auf keinen Fall würde ich sie in irgendeiner Weise kompromittieren.

Während des ganzen Konzerts hatte sie sich bemüht, nicht zu Alex zu schauen. Sein Ausbruch hatte sie zutiefst geschockt. Instinktiv begriff sie, dass diese Wut ihr galt. Aber wieso? Er war doch längst mit einer anderen Frau zusammen. Sie hatte ihn nie anders als ruhig und höflich erlebt. Wie konnte es sein, dass er so sehr aus der Fassung geriet? In ihren Schreck mischte sich eine impulsive und völlig unverständliche Freude. Er litt an der Wahrheit. Denn offenbar hatte er nun erfahren, wer sie war. Er litt an ihr! Hieß das nicht, dass …?
Nein. In diese Falle wollte sie nicht gehen. Äußerlich beherrscht, aber innerlich aufgewühlt verfolgte sie, wie Aristide mit seinem Orchester der geliebten Frau eine musikalische Liebeserklärung darbot. Und ein heimlicher Blick in Richtung von Tante Sophie gab ihr die Gewissheit, dass diese Liebeserklärung verstanden wurde. Gleichzeitig versetzte es ihr einen Stich, den dumpf vor sich hinbrütenden Alex neben ihrer Tante zu sehen. Was sollte sie jetzt tun?
Ursprünglich hatte sie sich vage vorgestellt, dass sie ihre Tante nach der Vorstellung abholen und zu Aristide bringen würde, woraufhin die sich gegenseitig in die Arme fallen könnten. Jetzt aber, da Alex neben Tante Sophie saß, traute sie sich nicht mehr dorthin. Elli krampfte nervös ihre Finger ineinander. Sie brauchte eine Idee.
Die Lösung, auf die sie schließlich kam, war naheliegend. Oder besser nahe sitzend. Sie schickte Berger. Der wunderte sich anfangs zwar ein wenig, aber sie ließ die Dringlichkeit einer

amourösen Verwicklung anklingen und versprach, ihn hinterher ins Bild zu setzen. Das machte ihn neugierig, und er willigte ein.
Noch während die Franzosen ihrem begeisterten Publikum ein weiteres Stück lieferten, machte Elli sich auf den Weg hinter die Bühne. Dort traf sie die aufgedrehten Franzosen, die gerade von ihrer zweiten Zugabe kamen.
»Sie hat mich angelacht«, verkündete ihr ein strahlender, erhitzter Aristide.
»Aber ja«, lachte sie. »Sie haben ihr Herz zum zweiten Mal erobert. Ach Aristide, ich freue mich für Sie.« Sie konnte nicht anders, sie umarmte ihn. Und dabei geschah es, dass ihre eigenen Gefühle sie übermannten und sie sich ein wenig zu fest, vielleicht sogar ein wenig verzweifelt an ihm festhielt. Der feinfühlige Franzose bemerkte es sofort.
»Ellionore, was ist mit Ihnen?«
»Nichts«, sagte sie immer noch lachend, spürte aber, wie sich ein paar Tränen lösen wollten. Draußen tobte immer noch der Applaus.
»Sie müssen noch mal auf die Bühne«, sagte sie. »Sie haben nicht nur das Herz einer Frau, sondern einen ganzen Saal erobert.«
Die anderen zerrten bereits an Aristides Rockschwanz. »Allez viens, mon vieux. Arrête les bisous et fais ton boulot.« Hör mit der Schmuserei auf und mach deinen Job.
Elli sah ihnen nach, wie sie wieder die Bühne betraten, und hörte, wie der Applaus erst anhob, um dann zu verstummen. Während die Franzosen, deren Äußeres mittlerweile ein wenig zerrupft wirkte, zu einem neuen Zigeunerlied ansetzten, empfand sie auf einmal eine schmerzhafte Sehnsucht nach der Klarheit und der Eindeutigkeit, mit der diese gereiften Männer ihr Leben lebten. Und sie beneidete Aristide um die Un-

bedingtheit seiner Liebe. Wie unendlich reich musste er sich fühlen.
Nach dieser Zugabe erlöste sie die Musiker.
»Kommen Sie!«, rief Elli, als sie unter erneut tosendem Applaus von der Bühne kamen. »Sie waren wundervoll. Und jetzt werden wir feiern.« Ausgelassene Kommentare folgten der Ankündigung.
»Putain, j'ai soif.«
»... boire un coup.«
»T'a vu la petite Blonde au premier ...?«
»Was ist mit Sophie?«, fragte Aristide drängend.
»Berger bringt sie nach unten«, beruhigte sie ihn und musste sich doch selbst beruhigen. Gleich war es so weit. Sie wollte die Begegnung im Flur vor den Garderoben stattfinden lassen. Die Garderoben selbst waren zu klein, und im Flur waren sie wenigstens vor fremden Augen geschützt. Geschützt?
Elli machte sich klar, dass sie auf eine Situation zusteuerte, die sie nicht mehr im Geringsten kontrollieren konnte. Dabei machte ihr das Wiedersehen von Tante Sophie und Aristide noch die geringsten Sorgen. Viel quälender war die Frage, wie Alex reagieren würde. Würde er ihr eine Szene machen? Sie setzte darauf, dass er sich in Anwesenheit so vieler Personen beherrschen würde. Dennoch verursachte die bevorstehende Begegnung mit dem Liebhaber jener leidenschaftlichen Nacht ein schmerzhaftes und gleichzeitig sehnsüchtiges Flattern in ihren Eingeweiden. Mein Gott, und das alles geschah vor den Augen von Berger, den Franzosen und ihrer Tante. Was auch immer sie in ihrem Leben an Selbstbeherrschung gelernt hatte, heute würde sie ihre Meisterprüfung ablegen müssen.
Aristides Freunde lehnten lässig an der Wand und plauderten vergnügt über die gelungene Vorstellung. Die beiden Lucs holten Zigaretten hervor und begannen zu rauchen, was in den

Gängen eigentlich nicht erlaubt war. Aber Elli kümmerte das nicht. So war der Flur binnen kurzem mit würzigen Schwaden vollgeräuchert.
Aristide stand aufrecht mitten im Gang und schaute auf die Tür, durch die seine verlorene Geliebte kommen musste. Elli stand ein wenig hinter ihm. Sie hätte weiß Gott was darum gegeben, jetzt ebenfalls eine Zigarette rauchen zu können. Doch dies war nicht der Moment, um zu rauchen, es war der Moment der Wahrheit.
Aristide straffte seine Schultern und rückte seinen Frack zurecht. Seine Freunde, die natürlich wussten, worum es ging, behielten ihn mit schadenfrohem Grinsen im Auge. Elli dachte nichts mehr.
Dann öffnete sich die Tür.

Während wir Berger die hintere Treppe hinabfolgten, drückte sich Frau Dornbach an mich heran. »Ich habe ganz wackelige Knie«, flüsterte sie mir zu. »Sie dürfen mich nicht loslassen, sonst falle ich um.«
Dies von einer so robusten Person wie meiner Vermieterin zu hören, amüsierte mich schon wieder, zumal ich auf das Wiedersehen zwischen ihr und Aristide wirklich neugierig war. Das Einzige, was mich richtig störte, war dieser Kerl vor uns, der sich nicht die geringste Mühe machte, in irgendeiner Weise Konversation zu betreiben. Leider musste ich mir eingestehen, dass er als Typ etwas hermachte. Was die Sache keineswegs erleichterte.
Noch hatte meine Eifersucht auf ihn etwas Abstraktes, weil bisher alles nur in meiner Vorstellung passiert war. Ich befürchtete allerdings, dass sie schlagartig sehr real werden würde, sobald ich ihn zusammen mit Elli sähe, womöglich noch in vertraulicher Geste. Überhaupt, Elli!

Mit jedem Schritt wurde mir klarer, dass ich ihr gleich gegenüberstehen würde. Würde ich wirklich cool bleiben? Mein Gott, schon vorhin, aus der Entfernung, hatte es mich umgehauen. Und mit einem Mal war ich mir nicht mehr sicher, ob ich meine Gefühle wirklich würde verbergen können. Dann erreichten wir den unteren Flur, und Frau Dornbach stieß einen kleinen, nervösen Seufzer aus. Da erst ging mir auf, wie sehr sich unser beider Situation ähnelte. Nur dass sie nichts verbergen musste und dass sie, wenn sie wollte, sogar ein Happy End erleben würde.

Wir erreichten eine Tür, die mit einem Schild »Zutritt verboten« versehen war. Berger hielt sie uns auf. Während Frau Dornbach hocherhobenen Hauptes vorging und ich ihr nicht ganz so hoch erhobenen Hauptes folgte, fiel mir der Blick auf, mit dem Berger mich bedachte, forschend, kalt, sezierend. Da ich annahm, dass das seine Methode war, um andere Rüden einzuschüchtern, erwiderte ich diesen Blick einfach ungerührt und hielt sogar, als ich ihn passierte, kurz inne, so dass wir uns für den Bruchteil einer Sekunde gegenüberstanden und aneinander Maß nahmen. Dann beendete ich das kleine Duell, es war nicht wichtig. Das Nächste, was ich bemerkte, war Elli.

Sie stand etwas seitlich hinter Aristide. Beide sahen uns entgegen. Frau Dornbach blieb stehen, ich stellte mich neben sie, um ihr wie versprochen beizustehen. Dabei traten sowohl Elli als auch meine eigenen Schwierigkeiten in den Hintergrund. Zu groß war das, was zwischen diesen beiden gealterten Menschen in diesem Moment geschah. Es lagen noch gute fünf Meter zwischen uns, dennoch reichten sie kaum aus, um die Gefühle aufzunehmen, die sich mit einem Mal Bahn brachen. Aristide hob seine Hände. *»Sophie, mon amour, pardonne-moi.«* Verzeih mir.

Frau Dornbach hob wieder ihr zerknülltes und mittlerweile

von Tränen durchnässtes Taschentuch an den Mund. Sie brachte kein Wort heraus. Gerade wollte ich ihr einen ermunternden Schubs geben, als Aristide sich in Bewegung setzte und auf uns zukam. Auf der Bühne war es mir nicht so deutlich aufgefallen, aber nun bemerkte ich sein Humpeln. Frau Dornbach offenbar auch.

»Aber … was hast du denn mit deinem Bein?«, fragte sie.

Kurz vor uns blieb Aristide stehen. *»Un accident«,* sagte er. Ein Unfall.

Elli war ihm gefolgt, stand nun neben ihm. Ihre Augen waren auf mich gerichtet, rätselhaft wie die einer Sphinx.

Auch Berger hatte sich zu uns gesellt. Die anderen Musiker verfolgten die Szene amüsiert und neugierig. Frau Dornbach stieß einen schluchzenden Laut aus.

»Mein armer Mann«, sagte sie.

Ich schaffte es nicht, mich von Ellis Anblick zu lösen. Es war alles wieder da. Der Abend im *Montmartre. »Du hast gewonnen. Du darfst dir etwas wünschen.«* Ihr Duft, ihre Leidenschaft, ihr geheimes Gesicht, als die Lust alle Beherrschung beiseitegefegt hatte. In meiner Brust tobte ein Sturm, der mich zu zersprengen drohte. Da trat Berger neben sie, ruhig und sich seiner Stellung gewiss. Es war wie ein Regen aus Eissplittern. Ich suchte Halt. Neben mir zuckten die Schultern von Frau Dornbach. Ich sah, dass ihr Taschentuch ihrem Tränenstrom nicht standhalten würde, und besann mich meiner Pflicht als Gentleman.

Es war ein einfacher, aber wirkungsvoller Trick. Ich hatte immer, in jedem Jackett, ein gebügeltes Stofftaschentuch dabei. Ein Umstand, der sich schon unzählige Male als äußerst hilfreich erwiesen hatte, wenn ich einer Frau, die irgendwie in der Bredouille war, mit einer nonchalanten Geste das Taschentuch reichte. Dabei hatte ich mir auch diesen kleinen Handschlenker

angewöhnt, mit dem ich es aufschlug, um der jeweiligen Dame noch einen zusätzlichen Komfort zu bieten. So machte ich es auch bei Frau Dornbach. Leider ging dabei etwas schief.
Ich bemerkte es bereits, als ich in die Innentasche meines Jacketts griff. Das Taschentuch fühlte sich anders an als sonst. Aber ich dachte mir nichts dabei. Vielleicht war es einfach zerknüllt, schließlich hatte ich dieses Jackett schon seit geraumer Zeit nicht mehr getragen. Ich holte also mit elegantem Schwung das Taschentuch hervor, schlug es dabei auf und hielt es Frau Dornbach vor die feuchte Nase. Erst dann bemerkte ich, was genau an dieser Sache nicht stimmte. Es war nämlich kein Taschentuch. Es war ein schwarzer Seidenslip.
Ein Damenslip.
Einen Moment lang war es völlig still. Frau Dornbach stierte verständnislos auf den Slip. Aristide bekam große Augen, seine Mundwinkel zuckten. Hinter ihm begannen die Franzosen zu prusten. Berger brachte den ersten Kommentar heraus.
»Sehr witzig«, meinte er lakonisch.
Frau Dornbach wandte sich mir zu.
»Alex! Also wirklich.«
Ich versuchte immer noch herauszufinden, wie dieses komische Ding in mein Jackett gekommen war. Dann aber bemerkte ich Ellis Blick. Und mit einem Schlag begriff ich. Ich hatte diesen Anzug an jenem Abend getragen, als wir bei mir gelandet waren. Der dunkle Tordurchgang, wir standen engumschlungen, saugten uns aneinander fest. Ich ging in die Knie, schob ihr Kleid hoch und streifte ihr den Slip ab. Den Slip, der gerade vor der Nase ihrer Tante baumelte.
Elli stierte fassungslos auf das Kleidungsstück. Ihr Gesicht war weiß, sogar ihre Lippen waren blass. Dann richtete sich ihr Blick auf mich, und ich konnte beobachten, wie sie sich verwandelte. Während die Franzosen immer lauter lachten und

sich aneinander festhielten, überzog sich ihr Gesicht mit einem tiefen Rot. Gleichzeitig begann ein eisiges Feuer in ihren Augen zu glühen. Nur wir beide wussten, wem dieses schwarze Teil gehörte. Und ich glaube, das war der einzige Grund, warum sie mich nicht auf der Stelle umbrachte.
Scheiße!

IV

Einen Schlüpfer?«, fragte Hanne entgeistert.

»Nein. Ein Schlüpfer ist das, was du trägst. Das, was Alex aus der Tasche zog, war ein Slip.«

»Und wo ist da der Unterschied?«

»Lotte trägt bestimmt auch einen Schlüpfer.«

»Natürlich. Trägst du etwa einen Slip?«

»Sag ich nicht.«

»Wo ist denn nun der Unterschied?«

»Ein Schlüpfer ist eine Unterhose. Ein Slip ist so etwas Kleines, manchmal mit Spitzen oder halb durchsichtig.«

»Durchsichtig?«

»Halb durchsichtig.«

»So etwas trägt die Jule bestimmt nicht.«

»Woher willst du das wissen?«

»Also, mein Dieter hätte bestimmt nicht gewollt, dass ich das trage. Das ist doch viel zu kalt.«

»Und so etwas hatte der Alex in der Tasche?«

»Ja, aber ich glaube, er wusste es gar nicht.«

»Wie kann man denn so etwas vergessen? Und überhaupt, wo hatte er den her?«

»Das hat er nicht gesagt.«

»Bestimmt von einer Frau.«

»Jule, du bist eine ganz Schlaue.«

»Nicht wahr?«

»Und was ist dann passiert?«

»Na ja, es war allen sehr peinlich. Ihm auch. Er ist auch gleich danach gegangen.«

»Mit dem Schlüpfer?«

»Dem Slip. Natürlich. Dachtest du, er lässt ihn liegen?«

»Es kann doch auch sein, dass er den Schlüpfer gekauft hat.«
»Den Slip.«
»Wie auch immer.«
»Aber warum sollte er denn einen Slip kaufen?«
»Um ihn zu verschenken.«
»Der Alex wollte der Sophie einen Slip schenken?«
»Ach Jule.«
»Wie spät ist es?«
»Halb sechs.«
»Ich muss mich bald fertig machen. Aristide will mich zum Essen ausführen.«
»Können wir nicht noch ein Likörchen haben?«
»Oh, nein!«
»Ooch.«
»Aber erzähl doch noch mehr von Aristide.«
»Ja, bitte.«
»Und er ist ein richtiger Franzose?«
»Natürlich ist er ein richtiger Franzose. Ich muss es wissen, schließlich war ich mal mit ihm verheiratet.«
»Stimmt ja, DER Franzose.«
»Aber der hat dich doch betrogen.«
»Nein, nicht wirklich.«
»Das verstehe ich nicht.«
»Das ist doch egal. Es ist lange her. Nun ist er hier, und ich bin ganz aufgeregt.«
»Sieht er denn gut aus?«
»O ja, sehr.«
»Über was habt ihr denn geredet?«
»Ach, wir haben gar nicht viel geredet. Die anderen waren ja dabei. Wir waren nach der Aufführung alle noch in einem Restaurant.«
»Der Alex auch?«

»Nein, der war schon weg.«
»Wahrscheinlich zu seiner Freundin, um ihr den Schlüpfer zu bringen.«
»Den Slip.«
»Die hat den bestimmt schon vermisst.«
»Ich glaube nicht, dass das der Slip seiner Freundin war.«
»Nicht?«
»Was war denn nun mit Aristide?«
»Es war so ein Trubel, und ich habe mich gar nicht recht getraut, Französisch zu reden. Wir haben uns immer nur angeschaut.«
»Ach, wie schön.«
»Die Sophie hat ihren Mann wieder.«
»Na ja, so weit ist es ja noch nicht.«
»Aber wo hat er den Schlüpfer denn sonst her?«
»Vielleicht gibt es da ja noch jemanden.«
»Uiuiui.«
»Wenn ein Bube zwischen zwei Damen liegt …«
»O nein, nicht schon wieder.«
»Fährst du jetzt nach Frankreich?«
»So weit sind wir wirklich noch nicht. Erst mal will er mich zum Essen ausführen.«
»Ach, wie schön. Die Sophie hat ein Rendezvous.«

»Aber ich habe doch Augen im Kopf, Ellionore.«
Aristide stützte sich mit einem Arm auf dem Tresen der kleinen Kneipe ab, in die sie ihn geführt hatte. Ursprünglich hatte sie mit ihm in die Hotelbar des *Vier Jahreszeiten* gehen wollen, aber der Franzose hatte abgewinkt. »Lieber etwas Schlichtes, wo wir einfach ein Bier trinken können.« In der Neustadt waren sie rasch fündig geworden. Elli hatte sich ein Alsterwasser bestellt.

»Da ist etwas, was dich quält, und es hat mit diesem jungen Mann zu tun, nicht wahr?« N'est-ce pas?

Sie duzten sich mittlerweile. Alles andere wäre albern gewesen nach dem, was sie am Abend des Konzertes erlebt hatten.

»Weißt du, ich war vielleicht dumm, als ich jung war«, fuhr er fort. »Aber heute, wo mir meine eigene Eitelkeit nicht mehr im Wege steht, erkenne ich, ob eine Frau an der Liebe leidet.«

Elli kaute auf ihrer Unterlippe. Sie vertraute Aristide, mehr als je einem Mann zuvor. Er hatte, ohne dass es ihm selbst vielleicht klar war, in ihrem Leben einen Platz eingenommen, der lange verwaist gewesen war. Und sie hatte es nicht einmal gewusst. Umso mehr wollte sie aber auch, dass ihr seine Achtung erhalten blieb. Weshalb sie ihm unmöglich erzählen konnte, warum sie so zornig auf Alex war.

Mein Gott, er hatte vor den Augen ihrer Tante, vor denen Bergers, Aristides und der anderen Musiker mit ihrem Slip herumgewedelt. Hatte ihn präsentiert wie eine Trophäe. Es hatte nur noch gefehlt, dass er ihn ihr mit den Worten überreichte: »Den hast du bei mir liegenlassen, Süße.« Aber er hatte ihn schweigend wieder eingesteckt. Sie war so wütend gewesen, dass sie mit den Tränen hatte kämpfen müssen. Aber wie sollte sie Aristide das erklären? Oder ihrer Tante? Oder irgendjemandem sonst?

»Es ist nicht wichtig«, sagte sie darum nur.

Er nickte und trank von seinem Bier. Dann stieß er einen tiefen Seufzer aus und rief mit erhobenem Glas: »Ich hatte ganz vergessen, wie ihr Deutschen seid. Prost!« Santé!

Elli lachte überrascht auf. »Was meinst du damit?«, fragte sie, nachdem sie getrunken hatten. Aristide schmatzte und strich sich mit der Hand den Bierschaum aus dem Schnurrbart.

»Ihr Deutschen seid so … beherrscht, so vernünftig und so überzeugt von euren Prinzipien. Und dabei vergesst ihr das Wichtigste.«

Elli hatte ein komisches Gefühl bei dieser Eröffnung. »Und was ist das Wichtigste?«, fragte sie etwas beklommen.
»Ich weiß nicht, warum du wütend auf diesen … Alex?« Elli nickte. »… warum du wütend auf diesen Alex bist. Aber ich habe euch beide gesehen. Wahrscheinlich haben es alle gesehen. Ihr seid ganz verrückt nacheinander. Aber da steht etwas zwischen euch. Und darum könnt ihr es nicht sehen.«
»Das ist nicht so einfach.«
»Einfach ist es nie. Wenn es einfach wäre, brauchte niemand mehr einen Liebesroman zu schreiben oder zu lesen. Wenn es keine Hindernisse mehr gäbe und die Liebe so einfach zu haben wäre, was wäre sie dann noch wert?«
»Das ist es nicht.« Elli musste sich anstrengen, um auf Französisch auszudrücken, was sie sagen wollte. Außerdem hatte Aristide sie ins Schleudern gebracht. War Alex tatsächlich verrückt nach ihr? Und sie nach ihm? Das konnte sie nicht glauben und nicht akzeptieren.
»Wir haben …«, begann sie, kam aber sogleich ins Stocken. Ja, sie hatten miteinander geschlafen. Na und? Sie hatte schon mit anderen Männern geschlafen, ohne das Wort Liebe dabei auch nur in Betracht zu ziehen. Aber gleichzeitig wusste sie, dass sie sich die letzten Monate etwas vorgemacht hatte. Es war nicht einfach nur ein peinlicher Ausrutscher gewesen. Und es war auch nichts weiter als eine Ausrede, dass die Freiheit ihres Pseudonyms in Verbindung mit viel Wein sie ihre Hemmungen hatte verlieren lassen. Das wusste sie spätestens seit gestern Abend. Denn ihre Wut hatte nur die schmerzhafte Sehnsucht überdeckt, die wie ein hungriges Tier in dem Moment in ihr hervorgebrochen war, in dem sie Alex im Konzert wiedergesehen hatte. Beinah schon verzweifelt musste sie sich eingestehen, dass Aristide recht hatte.
»Das ist nicht fair«, sagte sie leise und ärgerte sich sogleich, als Aristide lächelte.

»Es ist nie fair, nicht wahr?« N'est-ce pas?
Er schüttelte den Kopf.
»So ist das mit der Liebe«, meinte er dann und mit einem Achselzucken, das sie sehr französisch fand. »Die Liebe lässt uns leiden. Und sie macht uns lächerlich. Hélas. Aber es ist besser, mit der Liebe zu leiden als ohne sie. Ich weiß, wovon ich rede.«
Elli hob ihr Glas. Es schmerzte immer noch, aber sie wusste, dass er auch damit recht hatte. »Auf die Liebe«, prostete sie ihm zu.
»À l'amour«, erwiderte er. Dann, nachdem sie getrunken hatten, fragte er: »Und? Wirst du etwas tun?«
Sie dachte eine Weile über diese Frage nach. Dachte an Alex, der mit einer anderen Frau zusammen war. An Berger, der auf seine Chance wartete. Sie dachte an Aristide und Tante Sophie, die ein halbes Leben gebraucht hatten, um wieder zueinanderzufinden. Und dann kam sie zu dem Schluss, dass es an der Zeit war, mit den Halbheiten aufzuhören und etwas zu riskieren. Damit sie dem, was sie vom Leben und von der Liebe erwartete, auch gerecht wurde. Sie nickte schließlich.
»Ich weiß noch nicht genau, was ich tun werde, aber ich werde etwas tun«, versprach sie. Dann, mit einem Mal, fiel ihr etwas ein, was ihr Marielle erzählt hatte.
»Sag mal«, fragte sie, »du und deine Jungs, wie lange könnt ihr noch bleiben?«
»Wie lange willst du denn, dass wir bleiben?«, kam er ihr entgegen.
»Ein paar Tage«, meinte sie und lächelte, weil die Idee, die sie gerade hatte, ihr immer mehr gefiel. »Es kann nämlich sein, dass ich noch ein kleines Engagement für euch habe.«

Als sie Aristide vor dem Haus ihrer Tante absetzte, war es halb sieben. Mittlerweile trug er einen Anzug, und auf dem Weg hierher hatten sie noch einen Blumenstrauß gekauft, den er nun in den Händen hielt.

»Kommst du nicht mit rein?«, fragte er.
»Auf keinen Fall. Das ist euer Abend.«
Er seufzte. »Ich muss dir noch einmal danken, Ellionore. Du hast uns nicht nur einen tollen Auftritt verschafft, sondern auch mein Treffen mit Sophie ganz wunderbar arrangiert.«
»Keine Ursache«, lachte sie. »Wenn alles klargeht mit euch, habe ich einen Onkel in Südfrankreich, der nicht nur hervorragenden Wein anbaut, sondern auch noch tolle Musik macht. Ich bin die Gewinnerin in diesem Spiel.«
Aristide lächelte versonnen. »Weißt du, ich möchte Sophie bald mit nach Arles nehmen. Nicht um der großen Dinge wegen, sondern um der kleinen. Das war es nämlich, was ich in all den Jahren am meisten vermisst habe.«
»Du solltest wissen, worauf du dich einlässt«, schmunzelte Elli. »Sie ist die eigenwilligste Frau, die ich kenne.«
Aristide zeigte wieder sein Achselzucken à la française.
»J'en connais deux«, meinte er nur, als er ausstieg. Davon kenne ich zwei.
Elli sah ihm nach, wie er den Weg zum Haus entlanghumpelte. Dann wanderte ihr Blick nach oben zu den dunklen Fenstern im zweiten Stock, und ihre Augen verengten sich. Dieser Mistkerl hatte es doch tatsächlich gewagt … Als sie sich die Situation des gestrigen Abends wieder vor Augen führte, musste sie unwillkürlich grinsen. Verdammt, er hatte mit ihrem Slip herumgewedelt. Dabei stellte sie fest, dass diese hilflose Mischung aus Wut und Kränkung, die sie seitdem empfunden hatte, von ihr gewichen war. Und zwar genau seit dem Zeitpunkt, da sie sich entschlossen hatte, aktiv zu werden. Ob das Sinn machte, spielte dabei eine untergeordnete Rolle. Sie musste in jedem Fall herausfinden, was dran war an dieser Geschichte zwischen ihr und Alex. Ob sie verrückt nacheinander waren oder ob es sich einfach nur um eine Verrücktheit handelte. Sie würde es

sich nie verzeihen, wenn sie der Sache nicht nachginge. Das hatte sie während des Gesprächs mit Aristide begriffen, und sie war ihm dankbar dafür. Sie würde Alex – und auch sich selbst – eine weitere, eine dritte Chance geben. Aber sie schwor sich, es ihm nicht einfach zu machen.
Elli schaute auf die Uhr und startete den Motor. In einer Stunde begann das letzte Konzert ihres Festivals, und sie wollte rechtzeitig da sein. Morgen würde sie mit Marielle telefonieren. Die würde bei ihrem Plan sicher mitmachen, daran hatte sie keinen Zweifel. Dabei fiel ihr wieder ein, was ihre neue Freundin ihr über Alex erzählt hatte.
Eine andere Frau? Lachhaft.

V

Du hast ihr einen SLIP unter die Nase gehalten?«
»Himmel, sei doch leise!«
Eric sah sich missmutig in der kleinen, vollbesetzten Kirche um. Als überzeugter Atheist fühlte er sich nicht besonders wohl inmitten dieser geballten, freudig erregten Frömmigkeit.
»Die sind doch alle nicht ganz dicht hier«, murmelte er.
»Du verstehst die unterschwellig erotische Konnotation dieser Zeremonie nicht«, meinte Waldo. »Worauf das Ganze hinausläuft, ist eine symbolische Kopulation vor den Augen der Gemeinde unter den segnenden Händen des Priesters.«
Erics Freundin Silke, die zwischen ihm und Waldo saß, machte einen irritierten Eindruck. Das konnte aber auch daran liegen, dass Waldo sich ziemlich ungeniert über sie beugte, um Eric seine Interpretation dieses Rituals zuzuflüstern.
»Du meinst …« Eric dämpfte seine Stimme. »Du meinst, sie vögeln hier vor unser aller Augen?«
»Auf dem Altar«, bestätigte Waldo. »Natürlich nur symbolisch.«
Eric, Silke und ich betrachteten das Ambiente dieser heiligen Zeremonie mit neuen Augen. Waldos Freundin Marie, die zu seiner Rechten saß, bekam davon nichts mit. Sie bewunderte mit großen Augen und einem seligen Lächeln die Dekoration.
»Um noch mal auf den Slip zurückzukommen …«
»Wie kam der eigentlich in deine Tasche?«, fragte Waldo.
»Sagt mal, Jungs«, bemerkte Silke, über deren hochschwangeren Bauch hinweg diese Unterhaltung nach wie vor stattfand, »findet ihr wirklich, dass eine Unterhaltung über rituelle Kopulationen oder irgendwie erbeutete weibliche Unterwäsche das richtige Thema auf einer Hochzeit ist? Und noch dazu in Gegenwart einer werdenden Mutter?«

Eric und Waldo setzten sich mit etwas betretenem Gesichtsausdruck auf ihren Plätzen zurecht. Waldo murmelte noch: »Hoffentlich passiert hier bald mal etwas.« Das erinnerte mich daran, dass ich mich langsam mal zum Bräutigam begeben sollte.

Als ich eintraf, hatte Tom sich gerade im Vorraum der Kirche mit dem Priester unterhalten. Obwohl es eher so gewesen war, dass der Priester auf ihn eingeredet hatte. Darum war ich zuerst zu Waldo und Eric in die erste Reihe gegangen. Jetzt aber machte ich mir Sorgen um meinen Kumpel. Tom hatte ein wenig desorientiert gewirkt.

»Ich schaue mal nach Tom«, sagte ich zu Eric.

»Sag ihm nichts von der bevorstehenden Kopulation auf dem Altar«, riet der mir.

»Vielleicht sollten wir das Publikum schon mal ein wenig anheizen«, hörte ich Waldo noch sagen und eilte den Gang entlang. Neugierige Blicke trafen mich aus den vollbesetzten Reihen. Wie es aussah, würde es nur eine kleine Prozession geben. Das hatte ich aber erst bei meiner Ankunft mitbekommen, weil ich die gestrige Generalprobe verpennt hatte. War mir ein wenig peinlich, aber ich glaube nicht, dass es Lisa gestört hat.

In einer der hinteren Bänke entdeckte ich mit einem Mal ein bekanntes Gesicht. Marielle? Was machte die denn hier? Ich warf ihr im Vorbeigehen einen dringlich fragenden Blick zu, den sie aber nur mit ihrem reizenden Lächeln beantwortete. Bevor ich in den Vorraum trat, schickte ich ein kleines Stoßgebet in die dafür vorgesehene Wölbung des Kirchenschiffes: »Bitte, lass sie keine Dummheiten machen!«

Tom sah gut aus in seinem hellgrauen Dreiteiler mit cremefarbener Krawatte und der Einsteckblume im gleichen Ton. Dass seine Gesichtsfarbe ebenfalls cremefarben war, beunruhigte mich allerdings etwas.

»Alles in Ordnung?«, fragte ich ihn.

Er schien durch mich hindurchzusehen. »Ja klar.«
Der Priester stand mit seinen Ministranten zusammen, zupfte am Ärmel seines Talars und schaute auf die Uhr. Ich zog Tom ein Stück beiseite.
»Hör mal, Marielle sitzt da drinnen.«
»Hm«, machte er.
»Wusstest du das?«
Tom runzelte die Stirn und schüttelte den Kopf. Er sah wirklich nicht fit aus. Gut, dass ich für einen solchen Notfall vorbereitet war. Ich spähte zu dem Priester, der unruhig nach der Braut Ausschau hielt, und zog einen Flachmann aus meinem Jackett.
»Hier«, flüsterte ich Tom zu, »das weckt die Lebensgeister.«
Tom sah sich vorsichtig nach dem Priester um und nahm dann einen kräftigen Schluck.
»Aah«, machte er. Er wollte mir die Flasche zurückgeben, aber ich winkte ab. Da trat der Priester auf uns zu.
»Wir müssen langsam anfangen. Ich habe danach noch eine weitere Trauung.«
»Okay«, meinte Tom, der den Flachmann gerade noch in seinem Jackett hatte verstauen können.
»Wann, glauben Sie, können wir mit dem Eintreffen der Braut rechnen?«
Tom sah nicht so aus, als wüsste er darauf eine Antwort. Darum schaltete ich mich ein.
»Sie wissen doch, wie das mit den Frauen ist. Die brauchen schon sonst sehr lange, um sich anzuziehen, und erst recht bei so einem Anlass.«
Der Priester bedachte mich mit einem frostigen Blick. Natürlich wusste er nicht, wie das mit den Frauen ist. Schließlich war er ein katholischer Geistlicher. Gerade setzte er zu einer wahrscheinlich gestelzten und ziemlich herablassenden Erwiderung an, als eine weiße Limousine vor dem Kirchenportal hielt. Li-

sas aufgeregte Mutter, der Brautvater und die Trauzeugin entstiegen der blitzblank glänzenden Karosse. Und dann kam Lisa!

Ihr Kleid war ein einziger Alptraum aus Baiser, ihr spitzes Gesicht glühte vor Triumph. Wie eine aufgeregte, flatternde Schar bunter Vögel brachten sie und ihre Begleitung erst mal alles durcheinander, bis der Priester schließlich mit leisen Anweisungen die Prozession ordnete. Ohne mich eines Blickes zu würdigen, hatte Lisa sich neben Tom gestellt, und als ich sah, dass die Trauzeugin sich direkt hinter ihr positionierte, stellte ich mich neben sie und lächelte sie an. Tom hatte irgendwann mal ihren Namen erwähnt, aber ich hatte ihn vergessen. Karin? Inge? Sie war ein flachsblonder Typ, eher unscheinbar. Aber ihr Dekolleté würde Waldo gefallen.

»Hi, ich bin Alex«, sagte ich mit einem Lächeln. Ihre Entgegnung war ein eisiger Blick. Anscheinend war sie von Lisa ausgiebig über meinen Charakter in Kenntnis gesetzt worden. Ich hatte jetzt schon die Nase voll von dem ganzen Zirkus. Das Einzige, was mich davon abhielt, abzuhauen, war meine Verpflichtung gegenüber Tom.

Mann, alter Freund, dachte ich, was hast du dir da nur eingebrockt?

Als hätte Tom diese lautlose Frage gehört, wandte er sich zu mir um. Er schien geistig wieder einigermaßen unter uns zu weilen. Dennoch zerriss mir sein Lächeln und sein verlorener Blick das Herz. Ich verspürte den Impuls, ihn mir zu schnappen und mit ihm fortzurennen, wie in dem Film »Reifeprüfung«. Nur dass in diesem Fall nicht Dustin Hoffman die Braut, sondern der Trauzeuge den Bräutigam klaute. Dann aber sagte ich mir, dass das nichts mehr ändern würde. Die beiden waren ja schon verheiratet. Die Trauung auf dem Standesamt tags zuvor war wesentlich cooler abgelaufen. In diesem Moment dröhnte die Orgel los, und wir setzten uns in Bewegung. Ich kam mir vor, als würde ich meinen Freund zum Schafott führen.

Was dann kam, erlebte ich in einem leicht entrückten Zustand. Vielleicht ging es mir so wie Tom, und vielleicht geht es den meisten Männern so, wenn sie heiraten. Oder wenn sie wie ich als gedankenloser Heiratskandidat auf so brutale Weise mit der Wirklichkeit konfrontiert werden. Nun hatte ich natürlich nie vorgehabt, eine solche Operettenhochzeit zu veranstalten. Aber im Grunde verdeutlichte sie in dieser übersteigerten Variante nur noch einmal die Absurdität eines ganz normalen Vorgangs. Sie bestärkte mich in der Haltung, zu der ich mich in den letzten Tagen durchgerungen hatte.

Nach einem scheinbar endlosen Geschreite den Gang entlang erreichten wir irgendwann die Bühne, also den Altar. Dort standen mit dem Rücken zum Publikum zwei Barocksessel für das Brautpaar und etwas seitlich dahinter zwei Katzenstühle für mich und Miss Frosti. Der Priester kramte wichtigtuerisch auf dem Altar rum, während sich seine Ministranten in die Dekoration drapierten. Dann wurde erst mal etwas auf Latein deklamiert. Ich merkte, wie meine Gedanken abschweiften.

Kathleen zu sagen, dass ich sie nicht liebte und darum nicht mit ihr zusammenbleiben konnte, war schwerer gewesen, als ich gedacht hatte. Sie hatte geweint, aber nicht versucht, mich umzustimmen. »Ich habe es geahnt«, sagte sie nur, als ich ging. Zum ersten Mal hatte ich mich nach so einem Abschied richtig beschissen gefühlt. Aber alles andere wäre eine Lüge gewesen. Und ebenso wenig, wie ich ein Leben beliebiger Entscheidungen führen wollte, gedachte ich, mit einer Lüge zu leben. Aber mir war auch klar, dass das noch nicht der Weisheit letzter Schluss gewesen sein konnte. Die Flagge der Ehrlichkeit zu schwenken, während man andere Menschen verletzte und ihre Hoffnungen zerstörte, war genauso verlogen.

Als der Priester der Trauzeugin zunickte, versuchte ich, mich wieder auf das Geschehen zu konzentrieren. Bald wäre ich dran. Doch erst mal stellte sich Miss Frosti an das Pult mit der aufgeschlagenen Bibel, die so groß war wie ein Telefonbuch, und las mit vor lauter Aufregung viel zu hoher Stimme etwas vor, bei dem die Worte »Eheleute«, »schuldige Pflicht« und »Satan« vorkamen. Wahrscheinlich hatte Lisa den Text ausgesucht.

Als ich Kathleen verließ, war mir natürlich klar gewesen, dass damit auch meine letzte Chance vertan war, die Wette doch noch zu gewinnen. Um jetzt noch eine neue Kandidatin zu finden und vor den Altar zu schleppen, war die Zeit entschieden zu knapp. Das konnte selbst Süper-Alex nicht schaffen. Das Entscheidende aber war, dass ich es gar nicht mehr wollte. Ich hatte mir vorgenommen, meinen Compañeros heute noch mitzuteilen, dass ich das Handtuch werfen würde.

Elli, die wäre es gewesen! Aber das war gründlich schiefgegangen. Ich hatte mir natürlich irgendwann Frau Dornbach gegriffen und ihr die Geschichte aus der Nase gezogen. Zumindest den Teil, den sie kannte. Schon das war nicht ganz einfach gewesen, weil sie völlig aus dem Häuschen darüber war, dass sie ihren Aristide wiederhatte. Offenbar hatte Elli ihr Verhältnis mit Berger erst nach unserer gemeinsamen Nacht begonnen, was mich natürlich besonders bitter traf. Wie hatte ich mich nur so täuschen können? Für mich war es eine schicksalhafte Begegnung voller Leidenschaft gewesen, für sie anscheinend nur ein kleiner Ausrutscher. Süper-Alex hatte eine richtige Bauchlandung hingelegt. Ich war noch nicht so weit, das Schicksal als das Miststück zu begreifen, das es war, aber ich erkannte langsam, dass es mir eine deftige Klatsche verpasst hatte.

In der Wundheit der vergangenen Tage hatte ich auch mit seltener Klarheit erkennen können, dass ich das, was mir widerfahren war, geradezu herausgefordert hatte. Wie in einem Spiel mit vertauschten Rollen konnte ich nun das nachfühlen, was wahrscheinlich manch eine Frau mit mir erlebt hatte. Und ich begriff, dass ein unverbindliches Leben einen Preis hatte, nämlich die Unverbindlichkeit. Ich hatte keinen Grund, mich zu beschweren.

Miss Frosti war jetzt fertig und setzte sich mit geröteten Wangen und steifem Kreuz wieder auf ihren Stuhl. Natürlich ohne mich eines Blickes zu würdigen. Ich hingegen betrachtete sie fasziniert. Was für eine Art Frau war sie? Was erhoffte, was ersehnte sie sich? Wie liebte sie? Mit der Freiheit eines Mannes, der sie nicht im mindesten begehrte, der auch keine andere Frau begehrte, außer der, die für ihn verloren war, offenbarte sich mir, dass es so etwas wie einen inneren Kosmos gab, der das Phänomen Frau erst ausmachte. Und dass das Verstehen ebenso wenig möglich war wie das Lieben, wenn ich diesen inneren Kosmos ignorierte. Es war nicht ohne Ironie, dass das Schicksal sich ausgerechnet eine Kirche ausgesucht hatte, um mir diese Erkenntnis zu bescheren.

Ein Räuspern riss mich aus meinen Gedanken. Der Priester machte eine sparsame Geste Richtung Pult. Verdammt, ich war dran! Mit einem gemurmelten »Tschulligung« sah ich zu, dass ich zu dem Podest mit der Riesenbibel kam. Einer der Ministranten hatte bereits die richtige Seite für mich aufgeschlagen. Für mich hatten sie diese Paulusnummer rausgesucht, die mit Liebe, Glaube, Hoffnung. Die wurde wahrscheinlich auf jeder Hochzeit gelesen. Aber das war okay, die Geschichte gefiel mir. Vor allem die Stelle mit dem Spiegel, in den man erst reinguckt und dann auf einmal einer zurückguckt. Man weiß aber nicht, wer. War ein schöner dramaturgischer Dreh. Außerdem passte das Bild zu meiner Verfassung.

Anders als meine wechselwarme Vorgängerin hatte ich meinen

Text eingeübt. Hatte mit Ausdruck, Betonung und Timbre experimentiert. Ein guter Text verlangte einfach, dass man ihn ordentlich vortrug. Bevor ich loslegte, schaute ich mir das Publikum an, um zu erspüren, wie die Stimmung war. Die meisten schienen sich zu langweilen. Eric und Silke, Waldo und Marie hingegen betrachteten mich aufmerksam. Das war gut, solche Zuhörer brauchte man. Dann fiel mein Blick auf Lisa und Tom. Lisas Gesichtsausdruck ließ bereits das erkennen, was sie werden würde: eine von Selbstzweifeln bereinigte Moralistin. Als ich aber Tom in die Augen schaute, packte mich wieder das Mitleid. Ich entschied, meinen Vortrag vor allem an ihn zu richten.

»Wenn ich mit Menschen- und mit Engelszungen redete und hätte der Liebe nicht …«

Vielleicht war ja doch etwas dran an der Feierlichkeit der Zeremonie und dieses Ortes. Denn während ich las, fühlte selbst ich mich von den Worten berührt. Oder besser von den Bildern, die sie in mir hervorriefen. Es war dieses Gefühl der Leere nach meinem Wiedersehen mit Elli gewesen, das alles Weitere ausgelöst hatte.

»… und hätte der Liebe nicht, so wäre mir's nicht nütze.«

Was hatte ich nicht schon alles über die Liebe dahergeredet. Aber ich wurde nie ernst genommen. Kein Wunder, dass sie mir nicht traute.

»Die Liebe treibt nicht Mutwillen …«

Dabei war es ganz einfach. Sie ist da, oder sie ist nicht da. Und wenn sie da ist, dann sollte man nicht zögern.

»Sie lässt sich nicht erbittern …«

Ich schaute Tom an und wünschte ihm von ganzem Herzen, dass er die Liebe in dieser Ehe finden und bewahren würde.

»Sie freuet sich aber der Wahrheit …«

Die Wahrheit war nämlich, dass ich sie verloren hatte. Und das war ein Scheißgefühl.

»Sie duldet alles …«
Zum ersten Mal hatte ich den Eindruck, dass da Leben und Wachheit in Toms Augen auftauchten. Sollte es mir tatsächlich gelungen sein, ihn aus seiner komischen Verfassung herauszuholen? Dann besaß ich wohl eine Begabung als Priester.
»Wir sehen jetzt durch einen Spiegel …«
Jetzt kam meine Lieblingsstelle. Ich legte ein geheimnisvolles Raunen in meine Stimme.
»Jetzt erkenne ich's stückweise …«
Auch ich hatte etwas erkannt, nur leider zu spät.
»Nun aber bleibt …«
»Uff«, machte Silke auf einmal vernehmlich. Verwundert stellte ich fest, dass sie etwas tiefer in ihre Bank gerutscht war, die Knie zusammengepresst, die Füße leicht auseinandergestellt. Sie sah blass aus. Eric beugte sich über sie.
»… Glaube, Liebe und ähm, Hoffnung …«
Erst jetzt fiel mir auf, dass sich zwischen Silkes Füßen eine Pfütze bildete, die rasch anwuchs.
»… diese drei …«
Nun gehörte Silke wirklich nicht zu den Menschen, die während einer Hochzeitsfeier in der Kirche urinierten. Was da zwischen ihren Beinen von der Bank tropfte, war eindeutig Fruchtwasser. Das war mal wieder typisch, Erics Filius musste natürlich einen großen Auftritt haben. Nun hatte ich mal auf Arte eine Sendung über Geburtsvorbereitung gesehen und wusste daher, dass zwischen dem Platzen der Fruchtblase und der Geburt Stunden liegen konnten. Mit einer Niederkunft vor dem Altar war also nicht zu rechnen, obwohl das natürlich seinen Charme gehabt hätte, zumindest vom dramaturgischen Effekt her. Doch ich war mir ziemlich sicher, dass es jetzt erst mal darum ging, Silke hier rauszuschaffen und einen Krankenwagen zu rufen.

Ob Silke das schon alles so erfasst hatte, war schwer zu sagen. Sie starrte mit offenem Mund staunend in den Altarraum. Eric bemühte sich zwar um sie, konnte aber von seiner Position auf der Bank aus die Pfütze nicht sehen. Der Priester und seine Ministranten bekamen ohnehin nichts mit. Tom und Lisa saßen mit dem Rücken zu Silke, und dem Publikum entging das Ganze auch. Bis jetzt war ich der Einzige, der erkannte, was mit ihr los war.

»… aber die Liebe ist die Größte unter ihnen«, beendete ich mit nicht mehr ganz so viel Verve meinen Vortrag. Dann dachte ich kurz nach. Silke traute ich zu, dass sie cool bliebe. Es war Eric, der mir Sorgen machte. Werdende Väter reagieren zuweilen unberechenbar. Um Toms Hochzeit nicht vollends zu versauen, war es am besten, wenn ich die Sache in die Hand nahm.

»Und jetzt«, verkündete ich, »liebes Brautpaar, Herr Pfarrer, sollten wir eine kleine Pause einlegen.«

Tom machte große Augen, und Lisa fiel die Kinnlade runter. Auch der Priester machte einen ziemlich verdutzten Eindruck ob dieser Programmänderung, aber am besten war die Reaktion von Miss Frosti. Ich bemerkte es, als ich an ihr vorbeiging. Sie stierte mich so entsetzt an, als hätte ich gerade vorgeschlagen, eine satanische Messe abzuhalten. Dabei schnappte ihr kleiner, rot angemalter Mund verzweifelt nach Luft. Es tat richtig gut, ihr endlich eine Reaktion entlockt zu haben. Und das Grinsen klebte mir noch im Gesicht, als ich mich über Silke beugte.

»Lasst uns abhauen«, flüsterte ich ihr und Eric zu. »Ich glaube, euer Nachwuchs will aus der Kirche austreten.«

VI

Berger hatte etwas gemerkt. Die ganze Woche über hatte er versucht, sie alleine zu treffen. Aber sie war zu beschäftigt gewesen. Und seine Einladung zum Essen hatte sie mit der Begründung abgelehnt, dass sie sich um die Franzosen kümmern müsste. Was ja nicht falsch war. Höchstens unvollständig. Aber sie wollte ihn an diesem Abend auf keinen Fall dabeihaben. Sie wollte auch nicht mit ihm telefonieren. Darum ignorierte sie auch seinen Anruf auf ihrem Handy, nachdem sie seine Nummer im Display erkannt hatte. Dabei sah sie auch, dass Marielle schon zweimal versucht hatte, sie anzurufen. Aber das konnte warten. Stattdessen beobachtete sie amüsiert, wie ihre Musiker, die alle wieder in Frack waren, sich auf der kleinen Bühne mit den Stühlen und ihren Instrumenten zurechtrumpelten. Schließlich hatten sie sich so weit eingerichtet, dass sie sich nicht in die Quere kommen würden. Mit der Lässigkeit erfolgsverwöhnter Profis schlenderten sie durch den großen Saal. Aristide kam zu ihr auf die Tanzfläche.

»Wird es gehen?«, fragte sie ihn.

»Bien sûr.« Aber natürlich.

Dann schauten sie sich beide um, und Aristide nickte anerkennend. Es war ziemlich prachtvoll: die festlich eingedeckten Tische, zwischen denen einige Kellnerinnen umhereilten, um letzte Hand anzulegen, die üppigen Blumengebinde an der Längswand, die Leuchter, die von der hohen Decke herabhingen, und dies alles noch gespiegelt in der Fensterfront, glitzernd vor dem dunklen Hintergrund der abendlichen Elbe. Elli dachte, dass dieses Fest ein kleines Vermögen kosten musste. Doch nach dem, was sie von Marielle gehört hatte, spielte das bei Lisas Eltern keine Rolle. Die wollten nur das Beste vom Besten für ihre einzige Tochter.

Als Tom ihnen erzählt hatte, dass sie die Möglichkeit hätten, das berühmte französische Orchester zu engagieren, das gerade in Hamburg gastierte, waren sie hellauf begeistert gewesen. Es sei ihnen eine Ehre. Und selbstverständlich konnten solch hochrangige Musiker auch eine andere Behandlung erwarten als ein simples Tanzorchester. Die Künstler würden natürlich am Festessen teilnehmen. Ein weiterer Tisch wurde eingeplant. Und ja, auch ihre Agentin müsste mit dabei sein. Sie wäre fürs Dolmetschen unerlässlich. Und die Betreuerin? Nun ja, das würde wohl auch noch gehen.

Apropos Betreuerin, dachte Elli und schaute auf die Uhr. Wo blieb Tante Sophie nur? Wahrscheinlich käme sie wieder in letzter Minute. Elli beschloss, mit Aristide das Programm noch mal durchzugehen.

»Also, in einer halben Stunde werden die Gäste eintreffen. Während des Entrees spielt ihr irgendetwas Leichtes. Um halb acht geht es los, allerdings werden da erst noch ein paar Reden gehalten. Ihr habt währenddessen frei und setzt euch zu uns an den Tisch. Nach dem Essen kommt der Hochzeitswalzer und dann …«

Aristide legte ihr die Hand auf den Arm.

»Und dann bringen wir sie zum Tanzen. Hör auf, dir Gedanken zu machen, Elli. Du brauchst nicht auf uns aufzupassen. Kümmere du dich um deinen Alex. Weißt du, wo er sitzt?«

Sie nickte und wies zu dem großen, runden Brauttisch, der am Rande der Tanzfläche direkt gegenüber der Bühne stand. Sie hatte gleich nachgeschaut. Auf dem Namensschild neben ihm stand der Name Inka. Das musste die Frau sein, mit der er offenbar schon rumgemacht hatte, als sie ihre Liebesnacht hatten. Elli hatte persönlich nichts gegen diese Inka. Sie war ihr nur im Weg.

»Bonne chance!«, wünschte ihr Aristide. Viel Glück. Und

machte sich auf in Richtung Bar, wo die anderen es sich bereits gemütlich gemacht hatten und die erste Runde bestellten. Elli fand, dass sie in ihren langschößigen Jacken wie ein Schwarm Schwalben aussahen. Sie hätte sich jetzt gerne zu ihnen gestellt und einfach mit ihren Freunden herumgealbert, aber die bevorstehende Begegnung mit Alex machte sie nervöser, als sie gedacht hatte. Sie musste sich langsam darüber klarwerden, was sie eigentlich wollte. Wollte sie ihm eins auswischen? Oder ihn für sich gewinnen?

Die Antwort war ebenso wenig eindeutig, wie es ihre Gefühle waren. Einerseits ärgerte sie sich über sein Verhalten. Dass sie für ihn offenbar nur eine weitere Affäre darstellte. Andererseits musste sie sich eingestehen, dass ihre Begegnung mit ihm eine Sehnsucht freigesetzt hatte, die, so schien es ihr, schon viel zu lange auf eine Gelegenheit gewartet hatte. Und von der sie, verflixt noch mal, nicht wusste, wie sie sie anders als mit ihm stillen könnte.

Immer wieder durchlief sie Phasen von Zweifel und Hoffnung. Wenn sie an den Abend und die gemeinsam verbrachte Nacht zurückdachte, konnte sie sich einfach nicht vorstellen, dass diese ihm weniger bedeutet hatte als ihr. Dann aber sagte sie sich, dass ja genau das sein Trick war: einer Frau dieses Gefühl von Unbedingtheit zu geben. Ebenso widersprüchlich empfand sie sein Verhalten am Abend des Konzertes. Dabei hatte gerade sein Wutausbruch die Hoffnungen in ihr geweckt, die sie längst überwunden geglaubt hatte. Und dann der Auftritt vor den Garderoben! Sie wurde einfach nicht schlau aus ihm. Und das war wohl letztlich der Grund, warum sie heute hier war: Sie wollte endlich wissen, woran sie war.

Sie schaute auf ihre Uhr, es war noch Zeit genug, um Marielle zurückzurufen. Während sie das Handy aus ihrer Umhängetasche holte, bemerkte sie, dass die Franzosen sich langsam in

Stimmung brachten. Luc, der erste Cellist, fing ihren Blick auf und winkte sie herüber. Sie schüttelte lächelnd den Kopf und wartete, dass Marielle abnahm.

»Wie war es in der Kirche?«, fragte sie ihre konspirative Freundin.

»Ein Alptraum«, stöhnte Marielle. »Ich dachte schon, ich würde es nicht überstehen, aber dann wurde es doch noch ganz lustig.«

Marielle erzählte von Alex' Vortrag. »Er hat da eine richtige Show draus gemacht, so als würde er den ›Erlkönig‹ vortragen. Es fehlte bloß noch der dramatische Trommelwirbel. Ich weiß ja nicht, wie das sonst so läuft, aber der Pfarrer guckte, als hätte er in eine Zitrone gebissen.«

»Und Lisa?«

»Du meine Güte, Lisa. Die Frau ist ja so etwas von furchtbar. Wenn ich jemals ein schlechtes Gewissen hatte, ist das seit heute vorbei. Tom hat einen Knall, wenn er diese Frau heiratet. Du hättest ihr Gesicht sehen sollen, als Alex die Zeremonie unterbrach.«

»Was? Wieso?«

Marielle erzählte von Erics Freundin.

»Alex und Eric haben sie dann rausgebracht. Na ja, wohl eher rausgeschleppt. Die Ärmste war ganz schön blass. Puuh, das hat mich nicht gerade motiviert, dem nachzueifern.«

»Und ging die Hochzeit danach noch weiter?«

»Ja schon, Alex kam nach zehn Minuten wieder rein. Mein Gott, war Lisa sauer. Aber was sollte sie machen? Immerhin ging es um eine schwangere Frau. Und sie mussten auf Alex warten, weil er der Trauzeuge war. Danach ging es auch etwas unfeierlich schnell zu Ende. Der Pfarrer hatte es auf einmal ziemlich eilig. Also, wenn ich abergläubisch wäre, würde ich das als einen Hinweis auf eine vermurkste Ehe deuten. Ich möchte jedenfalls nicht wissen, was Tom sich heute Nachmittag anhören musste.«

»Hast du noch mit Alex gesprochen?«

»Nee, der ist gleich nach der Trauung weg. Ich bin dann auch abgehauen.«

»Und hast du seine Freundin gesehen?«

»Das muss die Trauzeugin gewesen sein, die mit der großen Oberweite.«

Das versetzte Elli einen Stich. Sie hatte nämlich keine große Oberweite.

»Das wird mir helfen, sie zu erkennen.«

»Das wird bestimmt lustig. Habt ihr nicht noch ein Plätzchen an eurem Tisch frei?«

»Bist du verrückt? Auf keinen Fall.«

»Das finde ich doof«, schmollte Marielle. »Schließlich habe ich geholfen, das alles mit einzufädeln. Und jetzt bin ich außen vor.«

Elli biss sich auf die Lippen. Da war leider etwas dran. Aber sie konnte Marielle unmöglich auf die Feier kommen lassen. Während sie noch überlegte, wie sie ihre Freundin vertrösten konnte, fiel ihr Blick wieder auf die Franzosen, die sich gerade mit den beiden Frauen hinter dem Tresen anfreundeten. Ein Teil dieses Tresens reichte in den vorderen öffentlichen Teil des Lokals hinein, der vom Saal durch eine Doppeltür getrennt war. Dort saß auch ihr Busfahrer, den Elli beim besten Willen nicht mehr an der Hochzeitstafel hatte unterbringen können. Für das Geld, das Elli ihm zahlte, war er gerne bereit gewesen, einen Abend in der Kneipe zu verbringen. Sie erzählte Marielle von der Räumlichkeit.

»Du wärst zwar nicht auf der Feier, aber wenn du dir den richtigen Platz an der Bar suchst, kannst du trotzdem einiges mitkriegen. Und zu späterer Stunde löst sich sowieso alles auf.«

Marielle war begeistert.

»Ich komme nach dem Essen zu dir raus«, versprach Elli und beendete das Gespräch. Dann schaute sie wieder auf die Uhr und entschied, dass es an der Zeit war, die Franzosen auf die Bühne zu schaffen, bevor sie die dritte Runde bestellen konnten. Am Eingang zum Saal stellten sich bereits zwei Kellnerinnen mit Tabletts voller Sektgläser auf. Die ersten Gäste trafen ein. Elli spähte durch die Tür und hielt nach Tante Sophie Ausschau, konnte sie aber nirgendwo entdecken. Dann aber stutzte sie. Eines der Gesichter erkannte sie wieder. Das war doch … In diesem Moment entdeckte Serdar sie und grinste von einem Ohr zum anderen.

VII

Schottischer Single Malt, 18 Jahre

Er sieht mir ähnlich, findest du nicht?«
»Du meinst wegen der hohen Stirn und den wenigen Haaren?«
»Witzbold«, murmelte Eric.
»Tut mir leid«, erwiderte ich, »aber ich finde es auch ziemlich irre. Eben war da noch nichts, und jetzt liegt da etwas rotes Kleines mit Geheimratsecken.«
Wir standen nebeneinander vor dem Fenster, hinter dem die Frühchen in ihren Brutkästen lagen. Die Hebamme hatte gemeint, dass es eine leichte Geburt gewesen war. Nach dem, was Eric mir mit erschrecktem Gesichtsausdruck erzählt hatte, wollte ich gar nicht wissen, wie eine schwere aussah. Eric hatte gewartet, bis die erschöpfte Silke eingeschlafen war, bevor er zu mir in die Wartezone kam, um mich abzuholen.
»Danke, dass du hiergeblieben bist.«
Ich zuckte mit den Achseln. »Ist schließlich mein Patenkind.« Dann fand ich, dass es Zeit war für einen exzessiven Gefühlsausbruch. Ich legte Eric die Hand auf die Schulter. »Herzlichen Glückwunsch, Alter! Ich freue mich für dich.«
»Danke«, sagte Eric ohne Ironie. Er schaute immer noch auf seinen Sohn. »Ich glaube, ich muss das erst mal alles verkraften.«
»Soll ich bei dir bleiben?«
»Auf keinen Fall. Sieh zu, dass du zur Hochzeitsfeier kommst.«
»Gib Silke einen Kuss von mir.«
»Klar.« Dann schüttelte er den Kopf. »Ich bin extra zum Friseur gegangen wegen Toms Hochzeit.«

Ich sah mir seine Frisur an, konnte aber keinen Unterschied zur Vorwoche feststellen.
»Ich bring dir morgen ein Stück vom Kuchen mit.«
Eric winkte mich fort. »Hau schon ab.«
Direkt vor dem Eingang des Krankenhauses erwischte ich ein Taxi. Da erst realisierte ich, dass es schon nach sieben war. Wahrscheinlich würde ich zu spät kommen, aber das war mir egal. Dieser Nachmittag hatte mich doch etwas mitgenommen. So eine Geburt ist ein Ereignis von seltener Wucht. Das lässt, glaube ich, niemanden unberührt. Ich hatte das Gefühl, als wäre dies die Wirklichkeit, während ich mein Leben bisher in einem Spielzeugland verbracht hatte. Als mir dann die Szene in der Kirche wieder einfiel, musste ich grinsen. Irgendwann einmal müsste ich meinem Patensohn erzählen, dass er während der Lektüre des 1. Korintherbriefes, Kapitel 13 seinen fröhlichen Marsch in die Welt angetreten hatte.
Es war Viertel vor acht, als ich in dem Lokal ankam, in dem die Hochzeitsfeier stattfand. Ich betrat den vorderen Teil, der auch für ungeladene Gäste zugänglich war, und zögerte. Mir ging auf, dass ich gar keine Lust mehr auf diese Feier hatte. Unschlüssig stand ich vor der geschlossenen Doppeltür. Ich vernahm eine männliche Stimme. Anscheinend hielt gerade jemand eine Rede, wahrscheinlich Lisas Vater. Das machte es auch nicht gerade besser. Ich schaute zur Bar hinüber und entschied, dass ein kleiner Motivationsschub dringend nötig war, am besten in flüssiger Form. Es sollte ja wohl reichen, wenn ich mich zum Essen einfand.
Der rothaarigen, jungen Barfrau war ich schon aufgefallen. Sie lächelte verständnisvoll, als ich an den Tresen trat. Ich entdeckte im Glasregal über dem Tresen einen achtzehnjährigen Glenlivet und beglückwünschte mich zu meiner Entscheidung.
Während die Rothaarige mir einen reichlich bemessenen Doppelten davon servierte, entdeckte ich, dass der Tresen bis in den

Festsaal hineinreichte, so dass auf beiden Seiten der Trennwand Drinks serviert werden konnten. Als ich mich etwas vorbeugte, konnte ich sogar einen Teil des Saales einsehen. Dabei fiel mir auf, dass auf der gegenüberliegenden Bühne Instrumente standen. Anscheinend hatte Tom doch noch ein Orchester gefunden.
Ich hatte gerade den ersten Schluck von meinem Drink genommen, als jemand ins Lokal rauschte, den ich hier absolut nicht erwartet hätte.
»Frau Dornbach?«, rief ich überrascht.
Meine Vermieterin, die strammen Schrittes Richtung Saaleingang marschiert war, blieb abrupt stehen.
»Alex, was machen Sie denn hier?«
»Das fragen Sie mich? Was machen Sie hier?«
»Nein, ich meine, was machen Sie hier draußen? Warum sind Sie nicht im Saal?«
»Weil …«
»Kommen Sie, wir müssen rein, es hat schon angefangen.« Sie packte meinen Arm.
»Jetzt warten Sie doch mal. Da wird gerade eine Rede gehalten. Das ist wie im Theater, da sollte man nicht dazwischenplatzen.«
Sie runzelte die Stirn. »Da haben Sie natürlich recht.«
»Wir warten bis zum Applaus«, erklärte ich und zog sie mit an den Tresen. »In der Zwischenzeit können Sie mir erklären, was Sie auf Toms Hochzeit machen.«
»Na, ich bin wegen Aristide gekommen. Ich bin doch seine Betreuerin.«
Ich verstand natürlich überhaupt nichts. Also beschloss ich, zunächst einmal mit der Ausbildung ihrer Geschmacksnerven fortzufahren.
»Möchten Sie auch einen Whisky? Die haben hier einen sehr leckeren Tropfen, gerade volljährig geworden.«
»Her damit.«

Ich orderte bei der Barfrau einen zweiten Drink. Dann erzählte mir meine Vermieterin, dass Aristide und sein Orchester die Musik machten. Und dass sie als Künstlerbetreuerin natürlich auch mit dabei war. Es war mir ein Rätsel, wie Tom es geschafft hatte, Aristide und seine Mannen dazu zu überreden, auf seiner Hochzeit zu spielen. Die Jungs waren für Größeres gemacht. Und überhaupt, wie war er an sie rangekommen? Ein vager Verdacht begann in mir zu keimen.

»Sagen Sie«, fragte ich Frau Dornbach, die gerade den Whisky kostete, »ist Ihre Nichte etwa auch hier?«

»Hmmh«, machte meine Vermieterin und schmatzte genießerisch. »Elli? Natürlich, sie hat dem Orchester doch dieses Engagement verschafft. Wissen Sie«, sie beugte sich verschwörerisch zu mir, »sie hat den Brauteltern fürchterlich viel Geld abgeknöpft. Aber ich glaube, das tut denen nicht weh. Der Vater hat wohl so eine Handelsfirma für Gartenmöbel.« Sie hielt inne und runzelte die Stirn. »Oder waren es amerikanische Autos? Egal, auf jeden Fall …«

Ich ließ Frau Dornbachs Worte an mir vorbeirauschen. Elli war hier? Ich bekam auf einmal einen trockenen Hals und griff nach meinem Whisky.

»Prost!«, sagte Frau Dornbach und stieß mit mir an.

So ganz begriff ich es immer noch nicht. Wie hatte Tom sie gefunden, wenn nicht einmal ich das geschafft hatte? Und wie war er überhaupt auf die Idee gekommen? Irgendetwas stimmte an dieser Geschichte nicht. Ich wollte schon Frau Dornbach danach fragen, die gerade von der Hafenrundfahrt erzählte, die sie mit den Franzosen unternommen hatte, als auf einmal Applaus aufbrandete. Anscheinend war der Redner mit seiner Laudatio zum Ende gekommen.

»Sie sollten jetzt reingehen«, sagte die Barfrau auch schon. »Ich glaube, das Essen wird gleich aufgetragen.«

»Dann los!«, rief Frau Dornbach und stürzte ihren Whisky hinunter. »Hups«, machte sie daraufhin mit etwas erschrecktem Blick.
»Das macht man nicht mit einem Achtzehnjährigen. Sie hätten ihn mit reinnehmen können«, meinte ich und nahm mein Glas.
»Ach so.« Sie schnappte nach Luft und wedelte mit der Hand vor dem Mund.
Ich hakte sie unter. »Na, kommen Sie, das verkraften Sie schon.« Und so, Arm in Arm mit einer leicht beschwipsten Frau Dornbach und mit einem Whiskyglas in der Hand, betrat ich den Saal.

Es war Elli ein Rätsel, was Alex an dieser Inka fand. Auch wenn sie nicht unattraktiv war – und tatsächlich ein sehenswertes Dekolleté zur Schau stellte –, strahlte sie doch eine rechtschaffene Biederkeit aus, die ohne jeden Humor daherkam. Elli fragte sich, ob sie sich so sehr in Alex getäuscht haben konnte. Überhaupt, warum war er noch nicht da? Und wo, um alles in der Welt, blieb Tante Sophie?
Als die beiden Vermissten dann zusammen erschienen, konnte sie nicht verhindern, dass sich ihre Finger ineinander verkrampften. Wieso machte es sie immer nur so schrecklich nervös, wenn er auftauchte? Bevor sie sich diese Frage beantworten konnte, fiel ihr auf, dass Tante Sophie ziemlich vergnügt war und anscheinend auch leicht schwankte. Dann sah sie das bechergroße Whiskyglas in Alex' Hand und war für einen Moment fassungslos. Deswegen kamen sie so spät! Die beiden hatten sich an der Bar ein paar Drinks genehmigt, während sie diesem selbstgefälligen Brautvater bei seiner grottenlangweiligen Hymne auf seine blasse Tochter hatte zuhören müssen!
Am Brauttisch verabschiedete sich Alex von Tante Sophie mit einem angedeuteten Handkuss. Elli musste anerkennen, dass er diese Geste nicht nur perfekt beherrschte, er wirkte auch mit seiner etwas schief sitzenden Krawatte, dem nachlässig einge-

steckten Brusttuch und den nicht zugeknöpften Hemdmanschetten wie ein Exot in dieser steifen Runde. Tante Sophie nahm seine Ehrerbietung mit dem huldvollen Nicken einer Herzogin entgegen. Dann, kurz bevor Alex sich an den Tisch setzte, fing Elli seinen Blick auf. Es war wie das Kreuzen zweier Klingen quer über die Tanzfläche.

»Uff!«, rief Tante Sophie, als sie sich zwischen Elli und Aristide auf ihren Stuhl sacken ließ. »Entschuldigt, dass ich so spät komme, aber der Taxifahrer hat einen Riesenumweg genommen. Das habe ich ihm natürlich nicht durchgehen lassen. Aber er hat mich nicht verstanden, weil er Perser oder so etwas war. Er hat immer nur auf seinen komischen Computer gezeigt, der ihm sagte, wo er langfahren soll. Da habe ich ihn gefragt, ob er in Teheran …«

»Tante Sophie?«

»Ja?«

»Die anderen verstehen kein Wort.«

»Huch!«, rief sie nach einem Blick in die Runde. »Du hast natürlich recht. Alors, le taxi venait de Téhéran …« Das Taxi kam aus Teheran …

Während ihre Tante den Franzosen eine völlig absurde Geschichte über ein iranisches Taxi erzählte, hatte Aristide leicht ihre Hand genommen und betrachtete sie mit einem verliebten Lächeln. Diese Geste rührte Elli und schmerzte sie zugleich. Unwillkürlich warf sie wieder einen Seitenblick zum Brauttisch. Dort hatte sich seit Alex' Eintreffen die Stimmung anscheinend etwas aufgelockert.

Törtchen von Gänseleber mit Süßkirschengelee

»Es ist ein Junge?«, fragte Tom, als ich von Erics Sohn erzählte.

»Ein Siebenpfünder«, bestätigte ich.

»Wow, und das an unserem Hochzeitstag.«
Irgendetwas stimmte nicht mit Tom. Anders als heute Vormittag, wo er ein wenig geistesabwesend gewirkt hatte, war er jetzt zwar voll da. Aber es war von allem ein wenig zu viel. Sein Benehmen, seine Mimik und das, was er sagte, hatte etwas Bemühtes. So als strenge es ihn an, Tom zu sein.
»Na, ich hoffe, mit euch beiden ist es auch bald so weit«, sagte Lisas Vater grinsend.
»Papa!«
»Herbert!«
Lisas Mutter saß zwischen mir und Tom. Sie hatte sich mir etwas zurückhaltend mit »Schenk« vorgestellt, während ihr Mann ein joviales »Nennen Sie mich Herbert« über den Tisch geblökt hatte.
Auf meiner anderen Seite hatte ich Miss Frosti, die sich alle Mühe gab, mich zu ignorieren. Was wiederum, da wir recht dicht beieinandersaßen, ein wenig zwanghaft wirkte. Mir fiel ein, wozu Tom mich verdonnert hatte, als ich ihm sagte, dass ich doch nicht mit Kathleen zur Hochzeit käme. »Dann musst du mit Lisas Trauzeugin Walzer tanzen. Die kommt auch allein.« Wir würden bestimmt einen Riesenspaß haben.
Neben Lisa saß Waldo, den nur der Höhenunterschied daran hinderte, kopfüber in ihr Dekolleté zu fallen. Mariechen schien sich daran nicht zu stören. Sie strahlte Herbert über die zwei leeren Plätze von Eric und Silke hinweg an. Herbert gefiel das sehr.
»Na ja, was denn«, schmunzelte er sie an, »will endlich mal einen Enkel auf dem Schoß haben.«
Lisa, der es missfiel, nicht im Mittelpunkt der väterlichen Aufmerksamkeit zu stehen, verzog das Gesicht zu einem, wie ich fand, falschen Lächeln. Überhaupt wirkte sie etwas angesäuert, und ich hatte auch eine Ahnung, woran das lag: Silke hatte ihr mit der Geburt die Show gestohlen. Nun konnte sie der aber

kaum böse sein, umso mehr aber mir, dem ungläubigen Trauzeugen und durch und durch liederlichen Gesellen. Dem sie mit Sicherheit unterstellte, dass es ihm Spaß gemacht hatte, ihre Hochzeitszeremonie gestört zu haben. Womit sie übrigens vollkommen richtiglag. Angeregt von dem vorzüglichen Whisky, beschloss ich, noch ein wenig Öl ins Feuer zu gießen.

»Was machen wir denn mit den leeren Plätzen? Sollten wir nicht noch zwei andere Gäste an unseren Tisch bitten?«

Die Kellnerin, die gerade die Vorspeisen servierte, schaute fragend auf.

»Die Sitzordnung ist sorgfältig geplant«, antwortete Lisa spitz. Ich hatte beim Reinkommen Serdar und Leyla bemerkt. Offenbar hatte Tom die beiden noch kurzfristig eingeladen, was ziemlich mutig von ihm war. Es war sicher nicht einfach gewesen, Lisa zwei muslimische Gäste unterzujubeln. Dass die beiden jetzt aber irgendwo in der Ecke saßen, war garantiert Lisas Replik auf Toms Eigenmächtigkeit. Ich fand, die beiden würden prima in unsere Runde passen.

»Herbert«, rief ich über den Tisch, »was meinen Sie? Möchten Sie nicht lieber statt eines leeren Stuhls eine schöne Frau neben sich haben? Ihr Mann ist sogar ein berühmter Sänger.«

»Aber immer doch«, gab Herbert zurück.

»Ich glaube nicht, dass ...«

»Ach Mäuschen, der Alex hat doch recht. Leere Stühle am Brauttisch, das geht doch nicht. Und Fräulein, bringen Sie mir doch mal ein Bier.«

»Herbert, der Arzt hat gesagt ...«

»Ach Annilein, heute hat unsere Tochter geheiratet. Da kann man ja wohl mal eine Ausnahme machen. Also Fräulein, ein Bier.«

Das Fräulein zwang sich zu einem Lächeln, stellte zwei Vorspeisenteller auf die freien Plätze und eilte zum nächsten Tisch. Bevor ich aufstand, um Serdar und Leyla zu holen, warf ich

Tom einen Blick zu, um herauszufinden, ob ihm mein Eingreifen zu weit ging. Doch der zuckte nur unauffällig mit den Schultern und leerte sein Weinglas.
Ich beugte mich kurz zu meiner Tischdame, deren Namen ich praktischerweise auf dem kleinen Schildchen lesen konnte. »Sie entschuldigen, Inka?«
Sie nickte steif, ohne aufzuschauen. Ich widerstand dem kindischen Impuls, ihr mein Glas ins Dekolleté zu kippen, nur um endlich mal eine richtige Reaktion von ihr zu bekommen.
Ich begrüßte zuerst Serdars Frau, als ich an ihren Tisch kam. »Hey Leyla«, sagte ich und tauschte Wangenküsse mit ihr. Dann umarmte mich Serdar.
»Die haben euch die falschen Plätze gegeben. Wollt ihr nicht zu uns rüberkommen?«
»Du brauchst wohl Unterstützung?«, grinste Serdar.
»Stimmt. Ohne dich bin ich aufgeschmissen.«
Auf dem Rückweg bemerkte ich, dass Elli mein kleines Manöver mitbekommen hatte. Und du?, fragte ich in Gedanken. Was tust du hier? Es war mir ein absolutes Rätsel, was sie vorhatte. Aber ich war fest entschlossen, es noch heute Abend zu lösen.

Elli beobachtete, wie Alex Serdar und Leyla an den Brauttisch holte. Ihr war natürlich aufgefallen, dass die beiden zu irgendwelchen Onkeln und Tanten gesetzt worden waren. Dass Alex dies nun korrigierte, rechnete Elli ihm als Pluspunkt an. Das änderte allerdings nicht viel an seinem Kontostand.
»Dein Chef hat übrigens angerufen«, riss ihre Tante sie aus ihren Gedanken.
»Berger?«, fragte Elli überrascht.
»Ja, er hat sich nach dir erkundigt, weil er dich nicht erreichen konnte.«

»Und was hast du ihm gesagt?«
»Na, dass du mit dem Orchester auf einer Hochzeit auftrittst. Und dass ich die Künstlerbetreuerin mache. Ha!«
»Oh nein.« Elli sackte in ihren Stuhl zurück.
»Oh ja. Und es hat ihm gar nicht gefallen. Ich weiß wirklich nicht, was du an diesem Menschen findest.«
»Was soll ich an ihm finden? Er ist mein Boss.«
»Ja, und sonst?«
»Was: und sonst?«
»Na, du und er … ich meine, bist du wirklich in ihn verliebt, oder ist es nur eine Affäre?«
Elli starrte ihre Tante mit offenem Mund an. Das Auftragen der Vorspeise verschaffte ihr etwas Zeit. Sie war froh, dass Tante Sophie Deutsch gesprochen hatte. So hatten die Franzosen diese peinliche Frage nicht mitbekommen.
»Wie kommst du darauf, dass ich etwas mit Berger habe?«, raunte sie ihr schließlich zu.
»Hast du denn nicht?«
»Nein!«
»Oh.«
Elli schielte zum Brauttisch hinüber, der natürlich als erster bedient worden war. Alex schenkte den anderen gerade Wein nach. Da kam ihr ein Gedanke. Sie wandte sich wieder an ihre Tante, die Aristide mit Gänseleber zu füttern begann.
»Sag mal, Tante Sophie …«
»Elli, die anderen verstehen kein Wort, wenn du immerzu deutsch redest.«
Elli bedachte ihre Tante mit einem bösen Blick, was diese allerdings nicht zu stören schien.
»Na gut – *Alors*«, begann sie auf Französisch, woraufhin ihre Tischgenossen die Ohren spitzten. »Kann es sein, dass du Alex irgendwann erzählt hast, ich wäre mit Berger zusammen?«

»Alex?« Tante Sophie dachte nach. »Das kann schon sein. Warum?«
Elli legte die Finger an die Schläfen und zwang sich, tief durchzuatmen. Nicht zum ersten Mal hatte sie das überwältigende Bedürfnis, ihre Tante zu schütteln, zu würgen oder sonst irgendetwas Schmerzhaftes mit ihr anzustellen. Dann ging ihr auf, was das bedeutete. Wenn Alex annahm, dass sie etwas mit Berger hatte, dann … bekäme sein Verhalten einen völlig anderen Sinn.
»Elli, was ist los?«, fragte ihre Tante besorgt.
Sie zwang sich zu einem Lächeln.
»Nichts.«
»Elli«, sprach Aristide sie nun an. »Wenn du nicht aufhörst, dich und andere zu belügen, wirst du die Liebe nie finden.«
»Oh, Aristide, das hast du wunderschön gesagt.«
»Une histoire d'amour?«, fragte Luc eins neugierig. Eine Liebesgeschichte? »Hast du das etwa noch nicht gemerkt, Dummkopf?«, kanzelte Luc zwei seinen Freund ab und beugte sich vor. Auch die anderen waren mit einem Mal hellwach, und Elli sah sich im Mittelpunkt der deutsch-französischen Aufmerksamkeit.
»Was soll ich denn tun?«, fragte sie etwas hilflos. Und als sie das fragte; als sie, die Macherin, die Managerin, die Frau, die immer alles im Griff hatte, merkte, dass sie mit all ihren Fähigkeiten in dieser Situation nicht weiterkam, da begriff sie ein weiteres Mal, dass der Franzose recht hatte.
»Versuch es mit der Wahrheit«, sagte Aristide mit seiner sanften Baritonstimme. »Du kannst hier anfangen, bei deiner Tante und bei uns. Dann gewöhnst du dich vielleicht schon mal daran.«
»Ah oui, raconte!«, bestärkte Luc zwei Aristide. Erzähle. »Wir sind deine Freunde, hab keine Angst.«

Elli schaute einem nach dem anderen ins Gesicht. Sie hatte sie alle längst ins Herz geschlossen. Aristide schenkte ihr Wein nach. Sie nahm einen Schluck. Und noch einen. Dann sagte sie: »Also gut.«

Confierter Lammrücken mit Ziegenfrischkäse auf Kartoffeljus

»Sag mal, was ist denn mit …?«, fragte Serdar quer über den Tisch. Dabei machte er eine leichte Bewegung mit dem Kopf in Richtung Musikertisch. Den anderen fiel das nicht auf, nicht einmal Mariechen, die Herbert offenbar vergessen hatte und stattdessen nun den berühmten, türkischen Sänger anhimmelte. Aber auch Herbert hatte Ersatz gefunden und lief bei der mandeläugigen Leyla zu Hochform auf.
»Wie feiert ihr Muslime denn Hochzeit?«
»Das ist ganz ähnlich wie bei Ihnen«, antwortete Leyla. »Wir essen, wir feiern, wir tanzen.«
»Aber ohne Schnaps, was?«
»Ja.«
»Und ohne Schwein?«
»Ja, Herr Schenk, ohne Schwein.«
»Ach, sagen Sie doch Herbert.«
Der Einzige, der Serdars Frage mitbekommen hatte, war Tom, der nun seinen etwas trägen Blick auf mich richtete. Ich schaute an Inkas Nacken vorbei zu dem Tisch neben der Bühne. Anscheinend unterhielt Elli ihre Musiker gerade mit einer Geschichte. Die Jungs und Frau Dornbach hingen geradezu an ihren Lippen. Ich wandte mich wieder Serdar zu und zuckte ratlos mit den Achseln. »Das wüsste ich auch gerne.«
»Und wie halten Sie es mit dem Kopftuch?«
»Bei Wind finde ich es sehr praktisch.«

»Ist es nicht ein Symbol für die Unterdrückung der Frau?«, mischte Lisa sich ein.
»Manchmal ist ein Kopftuch nur ein Kopftuch.«
»Deine Mutter hat früher auch eines getragen.«
»Ach Herbert«, sagte Frau Schenk vorwurfsvoll. Herbert störte sich nicht daran.
»Und Sie, mein Junge? Sie singen also. Was denn so? Schlager?«
»Ich singe vom Leben, Herbert, von der Liebe und der Leidenschaft.«
»Na, Donnerwetter. Vielleicht können Sie ja nachher mal ein Ständchen bringen, was?«
»Klar, Herbert. Ich weiß aber nicht, ob die Jungs da vorne meine Musik kennen.«
Ich schaute wieder zum Musikertisch. Elli redete immer noch. Warum war sie alleine und nicht mit ihrem schmierigen Chef gekommen?
»Na, da kommt ja endlich der nächste Gang. Dieser Klacks Leberwurst war ja für den hohlen Zahn.«
»Papa!«
»Herbert!«
»Ihr braucht das Ganze ja auch nicht zu bezahlen.«
»War die Gänseleber nach Ihrem Geschmack?«, fragte ich Inka, weil sie mit einem Mal einen Gewitterwolken-Blick auf mich richtete.
»Ist irgendetwas mit meinen Haaren?«, fragte sie schnippisch zurück.
»Nein, wieso?«
»Weil sie da immerzu draufschauen.«
Ich hätte ihr natürlich sagen können, dass mir ihre Haare völlig egal waren und dass ich einfach nur an ihr vorbeigeschaut hatte. Aber das wäre unhöflich gewesen. Außerdem hätte es vielleicht zu weiteren Fragen geführt.

»Nein, nein«, beruhigte ich sie, »es ist nur … erlauben Sie?« Ich langte mit spitzen Fingern an ihren Rücken und zupfte am Stoff ihres Kleides. Ihre Augen weiteten sich bedrohlich. Darum sagte ich schnell: »Das Wäscheschild.«
In diesem Moment wandte Elli sich um und schaute zu uns herüber. Ich zog schnell die Hand von Inkas Rücken fort.
»Und was für ein Geschäft haben Sie?«, fragte Waldo Lisas Vater.
»Landmaschinen«, meinte der gewichtig.
»Sie meinen Trecker und so?«
»Natürlich, auch Traktoren. Wir haben zurzeit einen Steyr Profi, hundertfünfzig PS. Wozu brauchen Sie ihn denn?«
»Ähm, na ja, brauchen tue ich ihn eigentlich nicht. Ich würde nur gerne mal damit fahren.«
»Na, da fragen Sie doch einfach meinen Schwiegersohn. Vielleicht nimmt er Sie mal mit.«
»Tom?«
»Ja sicher, oder sehen Sie hier noch einen anderen Schwiegersohn?«
»Verstehe ich nicht«, meinte Waldo.
»Hat er Ihnen das nicht erzählt? Er fängt bei uns im Geschäft an. Na ja, irgendwer muss die Firma ja mal übernehmen. Ich will doch nicht ewig arbeiten.«
Überrascht sah ich Tom an. Das hatte er tatsächlich verschwiegen. Und ich ahnte auch, warum, es war ihm peinlich. Verdammt, Tom war Layouter, und zwar ein richtig guter. Wie konnte er sich nur auf so einen Blödsinn einlassen?
»Du wirst Treckerverkäufer?«, fragte Waldo wenig taktvoll.
»Das ist sicher besser, als Zeitschriften zu verkaufen«, merkte Lisa an und hielt ihr Besteck mit der Spitze nach oben. »Außerdem lautet die korrekte Bezeichnung stellvertretender Geschäftsführer.«

»Wow. Hey, stellvertretender Treckerverkäufer, gibt es bei euch auch Gummistiefel?«
Lisa knallte ihr Besteck auf den Tisch.

»Du warst Elsa?«
»Ja«, machte Elli kleinlaut.
»Dann …«, Tante Sophie dachte nach, »dann hast du mich belogen.«
Elli nickte zerknirscht. »Tut mir leid, Tantchen, aber ich hasse es, wenn man mich verkuppeln will.«
»Ach herrje, da habe ich ja etwas Schönes angerichtet.«
»Es ist nicht deine Schuld, Tante Sophie. Du hast es ja nur gut gemeint.«
»Ach Kindchen, das tut mir leid, aber … also du bist als Elsa mit ihm ausgegangen?«
»Ja.«
»Aber jetzt weiß er, wer du bist?«
»Natürlich.«
»Und ist eingeschnappt.«
Elli zuckte nur mit den Achseln.
»Ich glaube, die beiden lieben sich«, warf Aristide ein.
»Das glaube ich nicht.« Ellis Antwort kam heftiger, als sie beabsichtigt hatte. »Warum ist er dann mit dieser blonden Kuh zusammen?«
»Welche blonde Kuh?«
»Na, die da.« Elli wies mit dem Kinn zum Brauttisch. Da kreuzte sich wieder ihr Blick mit dem von Alex, der gerade seiner Kuh den Nacken kraulte. Es gab ihr einen Stich. Rasch wandte sie sich wieder ab.
»Das ist seine Freundin?«, fragte Tante Sophie ungläubig, während sie ungeniert hinüberspähte. »Ist gar nicht sein Typ.«
»Woher willst du das wissen?«, fragte Elli und merkte, wie

Alex' Zärtlichkeit Inka gegenüber an ihr nagte. Warum tat er das? Wollte er sie damit verletzen?
»Oho, in meinem Haus passiert nichts, was ich nicht mitkriege.«
Elli merkte, wie ihre Wangen heiß wurden. Sie nahm schnell einen Schluck Wein.
»Pass auf, ich gehe da jetzt mal rüber und ...« Tante Sophie war schon halb aufgestanden, als Elli ihren Arm packte. »Nein!«
»Warum denn nicht?«
»Weil ...« Weil sie nicht bloßgestellt werden wollte? Das würde Tante Sophie aber nicht verstehen. Glücklicherweise griff Aristide ein.
»Lass sie, mein Herz. Das muss sie selber machen.«
»Wirklich?«
Er nickte lächelnd.
»Na, wenn das mal gutgeht.«
»Ah, la bouffe.« Der Hauptgang wurde aufgetragen.
»Weißt du«, beugte sich Tante Sophie zu ihr. »Du solltest das nicht so ernst nehmen mit der Blonden.«
»Na, hör mal.«
»Ja, wenn er dachte, dass du mit Berger zusammen bist.«
Das stimmte allerdings. Während die Franzosen sich über den Lammrücken hermachten, wobei sie sich schnell einig waren, dass er zu wenig blutig, *saignant,* war, dachte Elli über die veränderte Situation nach. Sie wäre ihrer Tante gerne böse gewesen, weil sie Alex auf eine falsche Fährte geführt hatte. Aber leider hatte sie selbst alles dafür getan, um Tante Sophie an ein Verhältnis mit Berger glauben zu lassen. Sie wäre gerne auch noch auf Alex böse gewesen. Nach dem, was Marielle erzählt hatte, war er schon vorher mit dieser Inka zusammen gewesen. Obwohl? Marielle hatte nur gesagt, dass er sie Tom gegenüber vorher schon einmal erwähnt hatte. Das konnte alles Mögliche heißen. Auch dass er sich nicht weiter um sie bemüht hatte, konnte sie ihm

nicht vorwerfen. Schließlich hatte er keine Ahnung gehabt, wer sie war oder wie er sie finden sollte. Sie konnte es drehen und wenden, wie sie wollte, sie hatte sich alles selber eingebrockt.

»Es ist nicht immer so, wie es aussieht«, sagte Aristide jetzt.

»Selbst wenn er mit der Blonden zusammen ist«, schaltete sich Luc eins ein, »heißt das noch lange nicht, dass er sie liebt.«

»Aber es heißt auch nicht, dass er sie nicht liebt«, setzte Luc zwei die Fachsimpelei fort. »Man kann auch eine Frau lieben, mit der man zusammen ist.«

»Aber schau sie dir doch an, verglichen mit Elli ist sie doch … also, da vergleicht man einen Ferrari mit einem Kleinwagen.«

»Einen Kleinwagen mit großer Haube.«

Die beiden brachen in ein rasselndes Raucherlachen aus. Und steckten die anderen damit an, sogar Elli musste lachen, obwohl ihr nicht danach zumute war. Aber das befreite sie ein wenig von dem Druck, der in ihrem Inneren herrschte. Wenigstens hat er sich eine Langweilerin genommen, dachte sie und schaute zum Brauttisch hinüber. Und als hätten sie es verabredet, wandte auch Alex sich ihr in diesem Moment zu. Wieder kreuzten sich ihre Blicke. Es war kein Vorwurf in seinen Augen, nur etwas Fragendes. Aber das war nicht der Grund, weswegen sich ihr Puls beschleunigte. Sondern das Gefühl, dass seine ganze Aufmerksamkeit nur auf sie gerichtet war. Dass für ihn nichts anderes mehr existierte. Dabei wurde ihr klar, wie schmerzlich sie dieses Gefühl vermisst hatte. Warum tust du das?, fragte sie in Gedanken. Warum tust du mir weh?

Himbeeren mit Pfirsich auf Honig-Frischkäse-Crème

Mein Kopf bewegte sich wie von selbst, als ich das Lachen drüben am Musikertisch vernahm. Und da war er dann wieder.

Dieser Blick! So hatte sie damals von ihrem Tisch im *Montmartre* aus auf die Straße geschaut, ohne mich zu sehen. Es war der Blick der Kriegerin, die einen Kampf verloren hat. Die aber bereit war, ihre Niederlage einzugestehen. Um weiterzukämpfen. Und erst jetzt begriff ich, was dieser Blick forderte.

Dieses Begreifen knüpfte an jenen Traum an, in dem ich sie auf einem schneebedeckten Feld gesehen hatte. Dass sie sich mir in diesem Traum entzogen hatte, lag nicht an den Widrigkeiten oder dem Wind, der meine Worte geschluckt hatte. Sondern daran, dass ich den Sprung über den Zaun nicht gewagt hatte und vor dem Eisgraben zurückgeschreckt war. In diesem Moment, da mich ihr Blick traf, wusste ich, dass der einzige Weg, der mich zu ihr führen würde, von dieser klaren Unbedingtheit sein musste, die ich nun in ihren Augen erkannte. Dass ich sie nur für mich gewinnen konnte, wenn ich alles riskierte.

Diese Erkenntnis war so klar und so wirklich wie die Geburt, deren Ablauf ich heute zum Teil miterlebt hatte. Wenn ich in diesem Augenblick darüber nachgedacht hätte, wäre es mir vielleicht absurd vorgekommen, dass diese beiden Erfahrungen eine durchaus vergleichbare Qualität besaßen. Aber ich dachte nicht nach, sondern sah nur diese wunderschöne Frau, die mir alles bedeutete. Und für die ich barfuß über Glasscherben gelaufen wäre, wenn mich ihr das nähergebracht hätte. Zwischen uns lag de facto nur eine Tanzfläche, und beinah wäre ich aufgestanden und zu ihr hinübergegangen. Weil die Hindernisse, die zwischen uns lagen, mir nun nur noch wie substanzlose Geister erschienen. Dass sie mit einem Mann zusammen war, den ich verabscheute? Ich würde ihn aus dem Weg räumen. Dass sie mich belogen hatte? Es war egal. Sie hatte mir auch eine Wahrheit gegeben, die alles andere aufwog. Sie hatte das, was ich als Spiel begonnen hatte, zu einer Wirklichkeit verdichtet, die alles

übertraf, was ich bisher erlebt hatte. Gegen diese Wirklichkeit hatte keine Lüge Bestand. Beinah wäre ich also aufgestanden ...
»... weil Alex darauf gewettet hat.«
Der Satz sickerte mit Verzögerung in mein Bewusstsein. Langsam, als müsste ich Abschied nehmen, löste ich mich von Ellis Anblick und richtete meine Aufmerksamkeit auf die Runde, in der es auffallend still geworden war. In den Gesichtern las ich unterschiedliche Regungen. Wobei die von Waldo noch am leichtesten zu deuten war. Er sah aus, als wäre ihm gerade ein Zahn abgebrochen. Kein Wunder, schließlich war es sein Mariechen gewesen, das mein Geheimnis gerade fröhlich ausposaunt hatte. Serdar schaute irgendwohin, Leyla war halb verwundert, halb amüsiert. Gar nicht amüsiert schien Herbert, seine ganze Jovialität war wie aus dem Gesicht gewischt. Offenbar endete die bei den heiligen Sakramenten. Den Blick meiner beiden Tischnachbarinnen brauchte ich erst gar nicht mehr zu überprüfen. Tom blies die Backen auf und goss sich den Wein hinter die Binde. Am besten war Lisa. Die bebte geradezu vor Empörung.
»Ist das wahr?«, fragte Herbert mit grabestiefer Stimme.
»Was denn, Herbert?«, erwiderte ich ruhig.
Die Kellnerinnen verschafften uns eine kleine Pause, indem sie den Nachtisch auftrugen. Mariechen war puterrot geworden und traute sich nicht mehr, den Blick zu heben. Sie tat mir leid, darum beugte ich mich etwas in ihre Richtung und sagte leise: »Ist schon okay, Mariechen.« Es half nicht viel, aber mehr konnte ich nicht tun.
»Sie haben auf die Ehe gewettet?«, fragte Frau Schenk, als die Kellnerinnen fertig waren, und konnte dabei ihre Abscheu nicht verbergen.
Ich dachte über die Frage nach. Das war so nicht richtig, aber ehe ich etwas sagen konnte, schob Inka ein abfälliges »Kein

Wunder« hinterher. Um sich gleich darauf ein Stück Pfirsich in den Mund zu schaufeln.

»Das war nicht recht«, meinte Herbert kopfschüttelnd. »Die Ehe ist etwas Besonderes. Darauf zu wetten, das ist … eine Beleidigung.«

»Hey, ihr habt das falsch verstanden«, sprang Serdar in die Bresche. »Alex hat eine Frau zum Heiraten gesucht. Wie er das macht, ist doch seine Angelegenheit.«

»Es mag ja sein«, setzte Lisa an, »dass so etwas bei euch …«

»Lisa!«, unterbrach Tom sie bestimmt.

»Was?«, zischte sie.

Tom schaute sich langsam in der Runde um. Ich fand, er sah ziemlich entspannt aus.

»Für eine Wette braucht es immer jemanden, der dagegenhält.«

»Was soll das heißen?«, fragte Lisa mit geballten Fäusten.

»Dass ich dagegen gewettet habe.«

»Du?«

»Ich auch«, sagte Waldo. »Und der lange Lulatsch, der wahrscheinlich gerade seinem Sohn beim Nuckeln zusieht, ebenfalls.«

Serdar wiegte den Kopf und meinte: »Also, ich hätte auf Alex gesetzt.«

Herbert und seine Frau wechselten einen Blick, Lisas Mund sah aus wie ein zugezurrter Tabaksbeutel, und Inka kratzte die letzten Reste Crème von ihrem Teller. Lautes Stühlerücken am Musikertisch durchbrach die etwas angestrengte Stille an unserem Tisch. Das Orchester machte sich für den Hochzeitswalzer bereit. Tom legte seine Serviette ab und wandte sich an seine Frau: »Es ist Zeit für unseren Tanz, Lisa.« Dann erhob er sich.

Ich beugte mich zu Inka: »Möchten Sie vielleicht meinen Nachtisch haben?«

Sie hielt inne, eine leichte Röte zog über ihren Hals die Wangen hoch. Immerhin hatte ich es nun endlich geschafft, sie zu einer sichtbaren Reaktion zu bewegen.

Der Augenblick der Wahrheit rückte näher. Als Aristide mit seinen Musikern zur Bühne ging und Elli mit Tante Sophie am Tisch zurückblieb, fühlte sie sich mit einem Mal schrecklich verwundbar. Was sollte sie jetzt tun? Es kam ihr so vor, als hätte sie mit ihrer umfassenden Beichte ihrer Tante und den Franzosen gegenüber auch noch die letzten Schutzhüllen abgelegt. Jene Hüllen, die sie sich im Laufe der Jahre angeeignet hatte, um in ihrem Beruf bestehen zu können. Doch irgendwann hatte sie dann wohl vergessen, zwischen beruflichem und privatem Leben zu unterscheiden. Aristide hatte recht gehabt, sie hatte sich und andere belogen. Aber das Leben hatte ihr einen Streich gespielt.

Sie hatte sich sicher gefühlt als Elsa. Aber es gab keine Elsa, es hatte immer nur Elli gegeben. Es war Elli gewesen, die sich nach Liebe gesehnt hatte und die darum beinah mit Berger ins Bett gegangen wäre. Jetzt kam es ihr wie eine Flucht vor sich selbst vor, dass sie unter falschem Namen mit dem richtigen Mann zusammengetroffen war.

Dem richtigen Mann?

Sie saß nur wenige Schritte von ihm entfernt und fühlte sich so unsicher wie nie zuvor. Was hatte sie sich nur vorgestellt? Dass sie dort hinübermarschieren und die blonde Inka mit dem tollen Dekolleté beiseiteschieben würde, um sich dann Alex zu schnappen? Um sich ihn über die Schulter zu werfen und nach Hause zu schleppen? Elli schloss die Augen, weil sie ahnte, dass ihr ein quälender, ein grässlicher Abend bevorstand.

Die Franzosen stimmten ihre Instrumente. Gleich würde der Hochzeitswalzer einsetzen. Zuerst würde das Brautpaar alleine tanzen, dann kämen nach und nach die anderen hinzu. Sie würde Alex und Inka zusammen tanzen sehen, und wie sie sich dabei anschauten und anlächelten, während sie hier mit ihrer Tante an einem leeren Tisch saß. Wie sollte sie das nur ertragen?

Als sie die Augen wieder öffnete, führte Tom seine Frau gerade auf die Tanzfläche. Lisas Wangen glühten vor Aufregung. Tom aber wirkte ernst und konzentriert wie ein Torero vor dem Kampf. Dann setzte die Musik ein.

Als die ersten Takte erklangen, konnte Elli sich ein kleines Lächeln nicht verkneifen. Aristide hatte natürlich nicht irgendeinen Walzer ausgesucht, es war der *Waltz* 2 von Shostakovich. Und sie spielten ihn mit der Einführung. Tom und Lisa warteten in Tanzhaltung, bis der eigentliche Walzertakt einsetzte, dann begannen sie sich zu drehen.

Elli fiel auf, dass Lisa sich ziemlich steif bewegte. Vermutlich hatte sie reichlich üben müssen. Tom hingegen verfügte über die lässige Eleganz eines erfahrenen Tänzers. Ihr schoss der Gedanke durch den Kopf, dass Marielle die bessere Tanzpartnerin für ihn wäre.

Marielle!

Das war ihre Rettung. Die Freundin würde vermutlich schon vorne an der Bar sitzen und neugierig wie eine Katze durch den Gang hinter dem Tresen spähen. Sobald die Walzerzeremonie durch war, würde Elli nach vorne gehen, und Alex könnte ihretwegen mit seiner blonden Braut um die Wette tanzen. Ihr war klar, dass das wieder ein Ausweichen, beinah eine Flucht war. Aber sie wusste nicht, was sie sonst tun sollte. Vielleicht würde ihr später etwas einfallen, oder vielleicht würde Marielle etwas einfallen. Erst mal musste sie hier raus. Sie musste nur diesen einen Tanz durchhalten.

Da erhoben sich Lisas Eltern von ihren Plätzen und traten auf die Tanzfläche. Im nächsten Moment beugte Alex sich zu seiner

blonden Freundin. Elli krampfte die Hände im Schoß zusammen. Alex stand auf. Inka blieb sitzen.
Während er quer über die Tanzfläche langsam auf sie zukam, ließ er sie nicht aus den Augen. Mit jedem Schritt, den er zurücklegte, schien die Musik der Franzosen intensiver zu werden. War ihre Verwirrung daran schuld? Ihre Aufregung? Oder war es Aristide, der mitbekam, was geschah, und seine ganze Magie in die Musik einfließen ließ? In diesen Sekunden hielt Elli alles für möglich.
»Da kommt ja Alex. Bestimmt will er mit dir tanzen. Wie schön.«
Oder mit dir, dachte Elli, wagte aber nicht, es auszusprechen. Mein Gott, was war nur los mit ihr? Sie fühlte sich wie ein junges Mädchen beim Abschlussball. Dann stand er vor ihrem Tisch.
»Darf ich bitten?«, fragte er höflich und bot ihr seine Hand. Elli rührte sich nicht. Da beugte er sich zu ihr und sagte leise: »Wenn du nicht sofort mit mir auf die Tanzfläche kommst, muss ich mit dieser blonden Pest tanzen. Das kannst du mir nicht antun.«
Elli versuchte, das Lachen zu unterdrücken, aber es ging nicht. Also ließ sie es frei.
Und nahm seine Hand.

VIII

Mann, die Jungs sind echt gut«, meinte Serdar, als er zu mir an die Bar kam.

Ich löste meinen Blick von Elli, die im vorderen Teil des Lokals mit Marielle an der Bar stand.

»Die Franzosen?«

»Jo, die wissen, wie man den Leuten einheizt.«

Wir schauten zur Tanzfläche, auf der sich dichtgedrängt die Paare bewegten. Mittendrin tobten auch die beiden Cellisten herum, die es irgendwann von den Stühlen gerissen hatte, ohne dass ihre Kumpels sich davon in ihrer Musik bremsen ließen. Die beiden jungen Frauen, die Luc eins und zwei sich gegriffen hatten, waren begeistert. Ihre verdutzten Partner weniger.

Serdar bestellte sich ein Bier. »Sie spielen jetzt schon zwei Stunden. Ich glaube, sie sollten bald mal Pause machen. Sind ja nicht mehr die Jüngsten.«

»Es gibt da noch so einen DJ, der dann weitermacht. Auf jeden Fall haben sie schon mal Schwung in den Laden gebracht.«

»Das kann man wohl sagen. Herbert hat sich Leyla gegriffen. Irgendwann muss ich sie retten.«

Elli hatte sich an der Bar aufgestützt und spielte mit ihren Haaren, während sie Marielle zuhörte. Ich hatte noch nie so lange mit einer Frau getanzt.

»Ich schätze, die haben den Abend gerettet«, meinte Serdar.

»War ganz schön explosiv an unserem Tisch.«

»Das kann man wohl sagen«, wiederholte er sich und nahm sein Bier in Empfang. »Tom wird es nicht leicht haben«, meinte er dann. »Prost!«

Wir stießen an. Ich hatte mir einen Gin Tonic bestellt. Mit Tanqueray.

»War ja klar, dass ich euch hier finde.«
Serdar schaute über Waldos Kopf hinweg. »Ich habe eben eine Stimme gehört.«
»Na toll, kaum ist der eine Klugscheißer weg, steht schon der nächste am Tresen.«
»Hey Waldo. Unser Held. Wie du Herberts Frau durch die Gegend geschwungen hast, das war echt klasse.«
»Die Gute hat schlappgemacht. Wundert mich nicht, so geht es allen Frauen, nachdem ich sie in den Fingern hatte.«
Serdar haute ihm auf die Schulter. »Du gefällst mir, Kleiner. Was willst du trinken?«
Ich spürte Ellis Blick. Ihre Augen leuchteten. Marielle hatte sich mit dem Telefon am Ohr etwas von ihr abgewandt. Ich prostete Elli zu. Während wir tranken, schauten wir uns einfach nur an. Wir hatten nicht viel geredet. Genau genommen …
… hatten wir gar nicht geredet.

Es war Ewigkeiten her, dass sie Walzer getanzt hatte. Als sie Alex auf die Tanzfläche folgte, versuchte sie, sich zu erinnern, was sie tun musste. Rechter Fuß zuerst, so war das doch gewesen, oder nicht? Da bemerkte sie, wie Aristides Augen ihr folgten. Der Franzose lächelte. Das beruhigte sie. Dann stellte Alex sich auf und zog sie an sich. Als er seine Hand an ihren Rücken legte, sanft und fest zugleich, zogen wie von selbst Bilder durch ihren Kopf. Bilder jener Nacht … seine Hand auf ihrer Haut … Hitze, Atem, Lust. Dann nahm er sie mit in den Tanz.
Und sie vergaß die Zeit.

Tom, Marielle, Elli; mittlerweile hatte ich so eine Ahnung, wie es dazu gekommen war, dass ich ihr hier begegnet war. Das hieß aber auch, dass sie sich ganz schön etwas hatte einfallen lassen,

um auf dieser Feier aufkreuzen zu können. Hast du das wegen mir gemacht?, fragte ich sie stumm über die Distanz hinweg, während sich unsere Blicke nicht voneinander lösen konnten. Ihr kleines, schlaues Lächeln ließ mich beinah glauben, dass sie meine Frage gehört hatte.
»Tut mir leid wegen der Wette«, riss Waldo mich aus meiner Andacht.
»Was? Ach, das macht nichts.«
»Also, ich glaube ja, dass diese Inka eine ganz heiße Aspirantin wäre.«
»Hey Mann, hast du nicht gesehen, mit wem Alex die ganze Zeit getanzt hat?«
»Ja schon, war das nicht die kleine Freche aus dem *Montmartre*? Wie ist die denn hierher…«
»Na Jungs, kleine Manöverbesprechung am Tresen?«
Herbert wischte sich mit einem Taschentuch über die Stirn. Seine Wangen waren gerötet. »Machen Sie mir mal ein Bier!«, befahl er der rothaarigen Barfrau. »Und einen Korn dazu. Wollt ihr auch einen?«
Wir schüttelten unisono den Kopf.
»Mächtig geschwoft, was, Herbert?«
»Kann man sagen, Junge. Ganz bezaubernd, deine Frau.«
»Sehe ich auch so. Ist sie noch bei Bewusstsein?«
»Ha! Will ich meinen. Du hast es aber nicht so mit dem Koran, was?«, fragte er und zeigte auf das Bier, das Serdar in der Hand hielt.
»Ich gehöre zu einer speziellen Glaubensrichtung, für die das Biertrinken keine Sünde ist.«
»Wirklich? So etwas gibt's?« Herbert tupfte noch mal auf seiner Stirn nach. Waldo und ich tauschten einen Blick. Hatten wir auch nicht gewusst.
»Jo, ist eine ganz neue Richtung. Haben sich die Gastarbeiter

aus dem Ruhrpott ausgedacht. Noch sind wir eine Minderheit, aber irgendwann übernehmen wir den Laden.«
»Na, dann werde ich auch Moslem. Prost Jungs.«
Herbert nahm einen kräftigen Zug, wischte sich mit einem befreienden »Aah« den Mund ab und schickte gleich den Korn hinterher.
Als ich wieder zu Elli rüberschaute, stand sie allein am Tresen. Eine der Barfrauen brachte ihr gerade einen Cocktail, der ziemlich fruchtig aussah. Sie nahm den Strohhalm in den Mund und betrachtete mich mit einem amüsierten Funkeln in den Augen über ihr Glas hinweg. Mich durchfuhren auf einmal Erinnerungen, die sehr viel mit unseren Lippen und unserer Haut zu tun hatten. Es war an der Zeit, mich aus dieser Männerrunde loszueisen, um zu ihr rüberzugehen.

Als sie begriff, dass er keine Erklärungen von ihr verlangte, dass er gar nicht wissen wollte, was mit ihr und Berger war oder warum sie ihn belogen hatte; als sie erkannte, dass er keine Abbitte erwartete und ihr auch nicht das Gefühl gab, generös über ihre Fehler hinwegzusehen; dass er wirklich nur die Frau wollte, die er in den Armen hielt, da fielen alle Bedenken von ihr ab. Es machte sie leicht, beinah schwerelos. Das war auch gut so. Denn nun griff Aristide zu seinem Akkordeon.
Und spielte Tango.

»Ah, da ist ja mein Schwiegersohn. Trink du wenigstens einen Korn mit mir. FRÄULEIN!«
»Ne, lass mal, Herbert.«
»Papperlapapp, Fräulein, bringen Sie mal noch zwei Korn!«
Tom verzog das Gesicht. Das bekam Herbert aber nicht mit, weil er ihm gerade den Arm um die Schultern legte und uns angrinste. »Prächtiger Schwiegersohn, was?«

»Klar, Herbert.«
»Super Typ.«
»Alles klar mit Lisa?«, fragte ich.
»Der geht es gut. Aber sie will, dass ihr DJ jetzt die Musik macht.« Er zuckte mit den Achseln. »Dem ist aber das Mikro ausgefallen. Der Franzose mit dem Schnauzer meinte, dass sie noch eines im Bus hätten. Da will ich gerade hin.«
»Erst mal stoßen wir an, mein Junge. Komm, man heiratet schließlich nur einmal! Jedenfalls, wenn man katholisch ist.« Dabei konnte er sich einen kleinen Seitenblick zu mir nicht verkneifen. Ich glaube, seit er das mit der Wette wusste, war ich ihm nicht mehr so ganz geheuer.
»Mensch, Herbert, ich vertrage dieses Zeug nicht.«
»Wer Trecker fährt, kann auch Korn saufen«, fiel Waldo unserem Kumpel in den Rücken.
»Also Jungs, auf das Brautpaar.«
»Auf das Brautpaar.«
»Jo.«
»Prost.«
Tom kippte den Korn und bekam einen gequälten Gesichtsausdruck. »Verdammt, ich muss mal an die frische Luft«, stöhnte er.
»Mach das, Junge, ich bestelle schon mal eine neue Runde.«
Ich witterte eine Gelegenheit. »Ich komme mal mit.« Tom schien abwehren zu wollen, aber dann bemerkte er meinen beschwörenden Blick und schwieg.
»Ich habe ein Date«, erklärte ich ihm, als wir in den vorderen Teil des Lokals kamen. Da sah er auch schon Elli am Tresen stehen und nickte verstehend.
»Gönn dir mal ein paar Minuten Ruhe«, riet ich ihm. »Wenn jemand nach dir fragt, sage ich, dass du beten gegangen bist.«
Er zeigte sein kleines melancholisches Lächeln, bevor er zu dem

Fahrer des Musikerbusses ging, um sich den Schlüssel zu holen, während ich mich zu Elli an den Tresen stellte.

Sie tanzte mit der Selbstvergessenheit einer Träumenden. Und dennoch war sie wacher als je zuvor. Alex führte sie mit sicherer Hand, aber noch mehr führte sie die Musik. Es gab keinen Grund mehr zu zweifeln. Wenn er sich weigerte, sich zu ihrem Richter aufzuschwingen, hatte sie auch nicht das Recht, über ihn zu urteilen. Elli entschied sich zu vertrauen.
Und zu lieben.

Es gab so viel, was ich ihr sagen wollte. Dabei waren es keine großen Worte, die mir vorschwebten. Nichts von ewiger Liebe. Dass sie die Einzige wäre und dass, was vorher gewesen war, nun keine Rolle mehr spielte.
Obwohl das alles stimmte, war es trotzdem nicht das, was ich sagen wollte. Ich wollte von dem Leberfleck unter ihrem rechten Ohr reden und wie sehr mir ihre Frisur gefiel. Ich wollte von ihrer Hand schwärmen, die so gut in meiner lag. Und dass ich wieder mit ihr tanzen wollte, hier oder in Paris oder in der allerletzten Kaschemme der Welt. Ich wollte ihr sagen, dass ich mit ihr Musik nicht einfach nur hörte. Sondern dass mit ihr jeder Moment reine Musik war. Dass sie mein Lied war.
Das waren so ungefähr die Dinge, die ich ihr sagen wollte. Und ich hätte es bestimmt auch getan. Wenn da nicht auf einmal dieser Typ ins Lokal gekommen wäre.
Ich erblickte ihn über Ellis Schulter und erkannte ihn sofort, er mich auch. Und er war nicht erfreut, ich auch nicht. Elli bemerkte die Veränderung in meinem Gesicht und dass ich jemanden hinter ihr fixierte. Noch bevor sie sich umdrehte, fragte sie leise: »Berger?«

Ich nickte. Sie legte mir die Hand auf die Brust. »Darum kümmere ich mich.«

Es bedurfte keiner Hellseherei, um zu erraten, weshalb Alex' Gesichtszüge sich plötzlich verhärteten. Sie hatte mit Bergers Auftauchen gerechnet, seitdem ihr Tante Sophie von seinem Anruf erzählt hatte. Aber sie hatte es verdrängt. Wollte nicht daran denken. Wichtigeres war geschehen. Dennoch empfand sie es als folgerichtig, dass er nun hier auftauchte. Die Wahrheit, die sie gefunden hatte, wollte verteidigt werden.
Sie erkannte, dass Alex bereit war, sich vor sie zu stellen. Es war eine alberne Geste, doch sie liebte ihn dafür. Sie gebot ihm Einhalt. Und dann, bevor sie sich umwandte, um sich ihren anderen Lügen zu stellen, legte sie ihm die Hand an die Wange.
Und lächelte.

Mein erster Impuls war, den Typen zu packen und vor die Tür zu setzen. Aber ihr Blick hielt mich davon ab, und hinter ihrem Lächeln erkannte ich die Härte, über die sie verfügte. Da wusste ich, dass es keinen Sinn hatte, hier den Neandertaler zu machen. Sie wandte sich um, als Berger auf uns zutrat.
»Kann ich Sie einen Moment sprechen?«, fragte er. Seine Stimme war beherrscht, doch ich merkte ihm seine Anspannung an, und das nicht nur, weil er es vermied, mich anzuschauen.
»Sicher«, antwortete Elli.
»Unter vier Augen.«
Elli schwieg einen Moment. Dabei sah sie ihm offen ins Gesicht. Ich kannte die Wirkung dieses Blickes.
»Nein«, antwortete sie. »Das geht zu weit. Ich bin hier mit Freunden. Das ist eine private Feier. Wenn Sie mir etwas sagen wollen, müssen Sie das jetzt tun.«
Er presste die Lippen zusammen. Ich wunderte mich über den

Aufruhr, der in ihm zu toben schien. Aber dann, mit einem Mal, kapierte ich, was zwischen den beiden gelaufen war. Es war ein Spiel. Um Macht und um Sex. Und vielleicht hätte er es sogar gewonnen. Wenn er sich nicht verliebt hätte.

»Privat?«, wiederholte Berger, wobei eine Spur Hohn in seiner Stimme mitklang. »Und dass Sie unser Orchester an eine Hochzeitsgesellschaft verhökern, ist das auch privat?«

Elli reagierte nicht. Wartete ab. Berger war noch nicht fertig.

»Ich darf Sie daran erinnern, dass wir eine Abmachung haben. Ihre Stellung in unserer Firma dafür zu nutzen, private Geschäfte zu tätigen, ist absolut unstatthaft. Ich würde es bedauern, wenn unsere Zusammenarbeit auf diese Weise enden würde.«

Berger musste ziemlich verzweifelt sein, wenn er das ganz große Geschütz herausholte. Nach meinen Erfahrungen ging so etwas meistens schief. In diesem Fall war es nicht anders. Ellis Antwort war knapp und klar:

»Ich nicht.«

Aufmerksam musterte ich Berger. Er hatte verloren, und er wusste es. Nun käme vielleicht der einzige Moment, in dem ich möglicherweise eingreifen müsste. Denn wenn er sich jetzt noch zu einer Unverschämtheit hinreißen ließe, wäre ich gezwungen, ihm freundschaftlich den Ausgang zu zeigen. Aber das erwies sich als unnötig. Er brauchte noch zwei, drei Sekunden, um seine Niederlage zu begreifen. Dann drehte er sich auf dem Absatz um und zog ab. Elli und ich sahen ihm hinterher, bis er verschwunden war. Dann atmete sie einmal tief durch.

»Und was machen wir jetzt?«, fragte sie mich.

Ich setzte gerade zu einer Antwort an, als Lisa mit wehendem Brautkleid auf uns zugestürmt kam.

»Wo ist Tom?«, herrschte sie mich an.

Elli wunderte sich, wie leicht ihr die Entscheidung gefallen war. Aber kaum, dass sie die Worte ausgesprochen hatte, wusste sie, dass es der richtige Weg war. Sie hätte es keinen Tag länger bei Berger ausgehalten. Dann kam die Braut angerauscht und ging auf Alex los. Diese Feier begann langsam, etwas anstrengend zu werden.

»Der ist ein Mikro holen gegangen.«

»Ein Mikro?«

Anscheinend wusste Lisa nichts von dem technischen Problem.

»Ja, aber ich glaube, er wollte außerdem auch einfach mal raus an die frische Luft. Mal kurz durchatmen und zur Besinnung kommen.«

»Zur Besinnung? Wieso?«

Elli beäugte Lisa neugierig. Was war nur los mit dieser Frau? Warum war sie so biestig? Sie machte es einem wirklich leicht, sie unsympathisch zu finden. Gerade deswegen nahm Elli sie etwas genauer unter die Lupe. Und kam sehr schnell drauf, was mit Lisa los war: Sie hatte Angst.

»So ging das schon die ganze Zeit. Wann immer ich Tom brauchte, haute er ab. Die ganzen Vorbereitungen habe ich allein gemacht. Tom war das egal. Lieber ist er zu euren Saufabenden ins *Montmartre* gegangen«, beschwerte sie sich nun. »Das muss ein Ende haben.«

Elli entschied, dass sie mit ihrem Verständnis für Lisa nicht übertreiben sollte. Und sie bewunderte die Ruhe, die Alex ihr gegenüber bewahrte.

»Hey Lisa«, meinte er nun besänftigend. »Tom war immer der Vernünftigste von uns. Und er weiß ganz genau, was er an dir hat.«

Er schien einen Moment nachzudenken, dann sagte er: »Komm, wir schauen mal, wo er steckt. Er wollte zum Bus. Wahrscheinlich hat er sich dort ein bisschen langgemacht.«

Es wirkte. Irgendetwas hatte Alex an sich, dass diese aufgeregte Frau sich wenigstens so weit beruhigte, dass sie nicht mehr um sich biss. Als Elli bemerkte, dass Lisas Vater, der auf der Saalseite des Tresens stand, ein wenig misstrauisch zu ihnen herüberspähte, entschloss sie sich mitzugehen, damit er nicht auf komische Gedanken kam, wenn seine geliebte Tochter mit einem anderen Mann nach draußen ging. Sie lächelte ihm beruhigend zu und folgte Lisa und Alex ins Freie.

Auf dem kiesbedeckten Vorhof des Lokals standen einige Raucher um einen überdachten Gasheizofen herum. Elli wunderte sich, dass Marielle, die auf eine Zigarette vor die Tür gegangen war, nicht unter ihnen war. Erst als sie schon auf dem Weg zum Parkplatz waren, begann langsam eine Ahnung in ihrem Kopf zu reifen. Marielle, die einen Anruf bekam und daraufhin hinausging; Tom, der kurz danach den Schlüssel vom Fahrer des Musikerbusses holte, um angeblich etwas aus dem Bus zu holen. Oh, Gott, sie würden doch nicht etwa …? Vor Schreck war sie ein paar Schritte zurückgefallen. Nun schloss sie eilig zu Alex und Lisa auf. Sie wollte Alex ihre Befürchtung unauffällig mitteilen und fasste nach seinem Arm. Doch der dachte anscheinend, sie fühlte sich auf dem Kies unsicher in ihren hochhackigen Schuhen und hakte sie unter.

»Ich schätze, er wird im Bus sitzen, den Mond angucken und über sein Leben nachdenken. Das braucht dich nicht zu beunruhigen. Er hat mir selbst gesagt, wie sehr er sich wünscht, mit dir eine Familie zu haben. Und weißt du was, ich beneide ihn darum.«

»Alex, warte doch mal …«

»Da ist der Bus ja schon. Ich glaube, ich sehe da auch jemanden. Es ist alles in Ordnung, Lisa.« Alex packte den Griff der Seitentür. »Da ist er.«

In dem Moment, da er die Schiebetür mit einem Schwung öffne-

te, bemerkte er Ellis verzweifelt warnenden Blick und runzelte verwundert die Stirn. Dadurch entging ihm das, was Elli und Lisa bereits in voller Pracht vor sich sahen: ein heller, nackter Hintern zwischen zwei schwarz bestrumpften Frauenbeinen.
Lisa krümmte sich wie unter einem Schlag und stieß einen kehligen Laut aus. Jetzt hatte auch Alex mitbekommen, was los war. In grenzenloser Verblüffung starrte er auf Tom und Marielle, die sich hastig voneinander trennten, was ihrem Publikum kurzzeitig eine unverstellte Sicht auf ihrer beider Anatomie bescherte. Elli empfand die Situation als vollkommen irreal. Beinah hätte sie sich nach der versteckten Kamera umgeschaut, und es hätte sie nicht gewundert, wenn Tom nun gesagt hätte: »Es ist nicht, wie du denkst, Schatz.« Fast hätte sie losgeprustet, aber dann fing Lisa an zu schreien.
Es war nicht einfach nur ein Wutschrei oder ein hysterischer Schrei. Es war ein Schrei, in den sie die ganze panische Verzweiflung ihrer zutiefst verwundeten Seele presste: »AAAAAAAHHH!«
Lisa schrie, bis sie keine Luft mehr bekam. Dann beugte sie sich vor und würgte. Und schrie wieder. Die Leute, die vor dem Lokal gestanden hatten, kamen angerannt. »WAS IST?«
Lisa hatte die Arme um den Oberkörper geschlungen und schrie immer noch. Tom zerrte seine Hose über die Hüfte, Marielle versuchte, ihr Kleid zu ordnen. Ihr schwarzer Slip hing noch an ihrem Knöchel, was Elli kurz an eine andere Szene erinnerte, bei der ein schwarzer Slip eine Rolle gespielt hatte. Da ertönte Herberts Stimme: »Lisa, mein Gott, was ist mit dir?«
»Scheiße«, quetschte Tom hervor und versuchte gerade, mit noch halboffener Hose aus dem Bus zu klettern, als Lisa sich mit zu Klauen gekrümmten Fingern vor ihn stellte, ihr Gesicht zu einer Fratze verzerrt.
»DU SCHEISSFICKER«, kreischte sie und stürzte sich auf

ihn. Tom verlor das Gleichgewicht, als seine Braut sich wie eine Harpyie auf ihn warf, und fiel zurück ins Wageninnere. Da Marielle aber gerade dabei gewesen war, hinter ihm aus dem Bus zu steigen, befand er sich mit einem Mal wieder zwischen ihren Beinen und drückte sie in den Sitz. »Hey!«, rief sie verärgert, riss dabei das Bein, an dem ihr Slip hing, in die Höhe und traf versehentlich Lisa. Die reagierte mit einem Knurrlaut und ging noch wütender auf Tom los, der verzweifelt versuchte, sein Gesicht zu schützen. Aber Lisa kratzte ihm tiefe Striemen in die Haut. Jetzt sprang Alex hinzu, packte Lisa um die Taille, um sie von Tom wegzuziehen. Das machte sie nur noch wilder. Sie trat, sie biss und schlug um sich.

»Verdammt, Lisa!«, rief Alex in höchster Not.

»Was machst du mit meiner Tochter?«, brüllte Herbert und stürzte sich auf Alex.

»Himmel, Herbert!« Alex wurde jetzt von zwei Seiten bedrängt. Zwei der anderen Gäste versuchten, Herbert zu bremsen, aber der war nicht zu halten und zerrte an Alex' Kragen. Derweil packte Elli Lisa am Arm und zog sie beiseite, damit Alex wenigstens an dieser Front Ruhe hatte. Aber Lisa wehrte sich. Da hatte Elli die Nase voll. Sie wirbelte sie am Arm herum und verpasste ihr eine schallende Ohrfeige. »Schluss jetzt!«, rief sie.

Augenblicklich erschlaffte Lisa und sackte in die Knie. Das bremste auch Herberts Furor, der erschreckt auf seine Tochter hinabsah. Er hatte Alex an den Rockaufschlägen gepackt, während die beiden anderen Männer ihn an den Oberarmen festhielten. Alex hatte seine Hände erhoben, um zu signalisieren, dass er sich nicht wehren würde. Alle vier waren bei Ellis Befehl mitten in der Bewegung erstarrt. Herbert sah nur noch seine Tochter.

»Lieschen?«, fragte er und ließ Alex los. »Was ist mit dir?«

Vorsichtig rückten die zwei anderen Friedenstifter von ihm ab, während Tom sich nun schon zum zweiten Mal innerhalb weniger Minuten bemühte, von Marielle herunterzukommen. Als er es geschafft hatte und gerade dabei war, sein Hemd in die Hose zu stopfen, ruckte Herberts Kopf zu ihm herum. Zuerst starrte er nur völlig verständnislos auf seinen Schwiegersohn, als könne er nicht begreifen, dass auch Tom hier war. Dann fiel sein Blick auf Marielle.

Die hatte ihr Kleid zwar wieder einigermaßen arrangiert, doch ihr linker Strumpf war bis zum Knie herabgerutscht, und an ihrem Knöchel hing immer noch der Slip. Ihre Haare waren zerwühlt, ihr Make-up verschmiert, ihre Augen groß, ihre Wangen gerötet. Selbst der Papst hätte erkannt, dass er eine frisch gevögelte Frau vor sich hatte. Als sie merkte, dass sie im Mittelpunkt der Aufmerksamkeit stand, versuchte sie es mit einem kleinen, entschuldigenden Lächeln, das die ganze Situation noch absurder machte.

Herbert stierte erst sie an, dann Tom. Sein Mund öffnete und schloss sich rhythmisch, sein Gesicht lief puterrot an.

»Herbert«, erklang mit einem Mal die zittrige Stimme von Lisas Mutter, die es nun ebenfalls bis auf den Parkplatz hinaus geschafft hatte und zwischen den Neugierigen nach vorne drängte. »Was ist denn los?«

Als wäre dies das Signal, das seine Starre löste, schnappte Herbert erschrocken nach Luft und riss die Augen auf. Dann taumelte er zwei, drei Schritte rückwärts, krallte seine Hand in die Brust. Stolperte über eine Steinkante und fiel schwer wie ein voller Sack rückwärts ins Blumenbeet.

Eine Sekunde lang war alles still.

»Papa?«, rief Lisa mit Kleinmädchenstimme.

»Herbert?«, fragte seine Frau ängstlich.

Dann brach das Chaos aus.

IX

Um Gottes willen!«, rief Eric. »Er hat tatsächlich einen Herzinfarkt bekommen?«

»Ja, aber es geht ihm schon wieder besser«, beschwichtigte ich. »Er muss allerdings noch zur Beobachtung im Krankenhaus bleiben.«

Eric schaute Waldo an, als wollte er von ihm die unglaubliche Neuigkeit bestätigt haben. Doch Waldo zuckte nur mit den Achseln. »Ich stand mit Serdar an der Theke und habe nichts mitbekommen. Erst als der Rettungswagen kam, sind wir raus, und da war schon alles gelaufen. Schade, war bestimmt eine Riesennummer.«

Es war Sonntagnachmittag, wir saßen im *Montmartre* an demselben Tisch am Fenster, an dem sich seinerzeit die Betrügerrunde eingefunden hatte. Die Erinnerung daran schmerzte nicht mehr.

Eric hatte uns zusammengetrommelt. Silke hatte ihm freigegeben, weil heute ihre gesamte Familie ins Krankenhaus gekommen war. Eric hatte eigentlich mit uns auf seinen Sohn anstoßen wollen. Aber weder Waldo noch mir stand der Sinn nach einem Drink. Also schlürften wir Milchkaffee, während wir Eric über die Ereignisse des gestrigen Abends ins Bild setzten.

»Verdammt«, murmelte Eric und schaute aus dem Fenster in den Hamburger Nieselregen. »Was für ein Hammer. Und Tom?«, fragte er dann, an mich gewandt.

»Pfft, Tom? Der hat jetzt ganz schlechte Karten. Die Feier war natürlich gelaufen. Lisa und ihre Mutter sind mit ins Krankenhaus gefahren. Die meisten der anderen Gäste sind bald danach verschwunden. Dass Tom gleichfalls weg war, haben wir erst gar nicht gemerkt. Aber ich kann verstehen, dass er sich nicht erst groß verabschiedet hat. Was hätte er auch sagen sollen: Danke, dass ihr gekommen seid?«

»Glaubst du, er ist nach Hause?«, fragte Waldo.

»Nein, Marielle war nämlich auch verschwunden, was ebenfalls nicht erstaunlich war. Entweder ist Tom mit zu ihr, oder er hat sich ein Hotelzimmer genommen.«

»Er ist bestimmt mit zu ihr«, meinte Waldo. »Nach dem, was du erzählt hast, waren sie ja noch nicht fertig.«

Eric und ich betrachteten ihn gleichermaßen befremdet.

»Glaubst du wirklich, dass Tom nach der Aktion noch ans Vögeln gedacht hat?«

»Warum nicht, ich denke immer ans Vögeln.«

»Hoffnungsloser Fall«, murmelte Eric.

»Wir waren dann die Letzten, die noch im Saal saßen und die Flaschen leer gemacht haben.«

»Wer? Du, Waldo und Mariechen?«

»Und Serdar und Leyla.«

»Ach, Serdar war auch da?«

»Und die Franzosen.«

»Franzosen? Was für Franzosen?«

»Und der Hausdrachen von Alex.«

»Hä?«

»Und die kleine Freche, wie hieß sie noch?«

»Elli.«

Erics ratloser Blick wanderte zwischen Waldo und mir hin und her.

»Tja«, sagte ich. »Das war eigentlich der beste Teil der Party.«

... denn nun saß ich am richtigen Tisch. Wir hatten noch ein paar zusätzliche Stühle für uns rangezogen, und Elli stellte uns einander vor. Mich beäugten die Franzosen neugierig, aber nicht unfreundlich. Richtig interessiert waren sie, als Serdar sich als Sän-

ger outete. Es war ein ziemliches Durcheinander, weil weder er noch Leyla Französisch konnten. Elli und ich versuchten zu übersetzen, so gut es ging, aber irgendwann wurde es den anderen zu bunt, und sie holten ihre Instrumente, Gitarren, Akkordeon, Violinen. Serdar begann, eines seiner Lieder zu singen, die Franzosen hörten kurz zu, dann nickten sie grinsend und setzten mit ein. Ab da verstanden sie sich auf einmal blendend. Wir fingen an zu tanzen, dann kam noch die Belegschaft dazu …

»… und dann haben wir bis heute Morgen weitergefeiert.«

»War 'ne irre Party«, stimmte Waldo mir zu.

»Ich hätte nie gedacht, dass Serdar das alles draufhat. Der ist so richtig zu Hochform aufgelaufen. Die haben improvisiert, was das Zeug hält. Zwischendurch haben wir getrunken und uns in einem komischen Türkisch-Französisch-Deutsch unterhalten. Dann hat Sophie, also Frau Dornbach, mit Waldo getanzt.«

»Mit dem Drachen?«, fragte Eric entgeistert.

»Hey, Vorsicht. Die Frau hat richtig Schwung in der Hüfte.«

»Ich frage mich eher, ob Serdar und die Franzosen das auch im nüchternen Zustand hinkriegen. Das könnte eine tolle Aufnahme werden.«

»Frag ihn doch, da kommt er gerade.«

Serdar betrat das *Montmartre* mit einer fröhlich hüpfenden Maali an der Hand.

»Ooh, Jungs«, begrüßte er uns mit heiserer Stimme, während die Kleine auf meinen Schoß kletterte. »Ich bin völlig durch. Ich habe nicht mal eine Stunde Schlaf gehabt, und meine Stimme ist für immer dahin.«

Dann fiel sein Blick auf Eric, und ihm fiel ein, dass da noch etwas war. »Hey Alter, du hast einen Sohn bekommen?«

»Jaah«, machte Eric vorsichtig, weil er sich offenbar an Serdars Temperament erinnerte, von dem er auch gleich eine Kostprobe

bekam. Serdar packte ihn am Arm, zog ihn vom Stuhl hoch und umarmte ihn. »Herzlichen Glückwunsch, Mann! Ein Sohn ist eine tolle Sache.«
Dann fiel ihm ein, dass Maali mit am Tisch saß. »Eine Tochter natürlich auch.«
Wir stimmten ihm zu.
»Was willst du haben?«, fragte ich die Kleine, als die Kellnerin an unseren Tisch kam.
»Saft.«
»Was für Saft. Orange, Apfel, Ananas?«
»Saft.«
»Orangensaft«, entschied ihr Vater. »Und Tee.«
»Mit Strohhalm.«
»Habt ihr etwas von Tom gehört?«, fragte er, nachdem die Kellnerin wieder weg war. Wir schüttelten den Kopf.
»Verrückter Hund.«
»Wollt ihr meine Theorie hören?«, fragte Eric.
»Wow, Eric hat eine Theorie.«
»Lass hören«, sagte ich und versuchte, meinen Daumen aus Maalis Faust zu bekommen, um einen Schluck Kaffee zu trinken.
»Immer raus«, krächzte Serdar.
»Diese Idee mit der Heirat, das war, weil seine eigene Familie so kaputt ist. In Verbindung mit seinem Katholizismus ist dann die Idee entstanden, mit Lisa auf heile Welt zu machen. Aber im Grunde hat er das nie gewollt. Gestern Abend ist ihm dann klargeworden, dass er sich selbst eine Falle gestellt hat. Dass er mit dieser Marielle gevögelt hat, das war sein Weg, sich freizubeißen.«
Das war für unsere noch nicht ganz ausgenüchterten Gehirne ein ziemlicher Brocken, aber wir nickten alle gewichtig und taten so, als ob wir verstanden hätten, was Eric meinte.

»Was ist gevögelt?«, fragte Maali.
»Oh, verdammt.«
»Fluchen tut man nicht.«
»Hört mal, Jungs, wir müssen ein bisschen aufpassen.«
»Klar«, machte Eric zerknirscht.
»Aber wenn das stimmt«, gab Waldo zu bedenken, »heißt das ja, dass er erwischt werden wollte. Warum ist er dann aber nach draußen auf den Parkplatz gegangen?«
»Hm, da ist leider etwas dran.«
»Ich frage mich gerade«, begann ich etwas zu formulieren, was sich schon seit einiger Zeit in meinen Kopf eingenistet hatte, »ob ich nicht dazu beigetragen habe, dass es so weit gekommen ist?«
»Du? Wieso das denn?«
»Na ja, ihr wisst doch, dass Tom keinen Schnaps verträgt?«
»Mann, der eine Korn kann ja wohl nicht ...«
»War nicht nur ein Korn, Waldo. Ich habe Tom in der Kirche einen Flachmann mit Whisky zugesteckt. Ich dachte, dass er einen Schluck zur Stärkung braucht. Aber vielleicht hat er danach ja den ganzen Flachmann leer gemacht. Auf jeden Fall war er den ganzen Abend über ein bisschen neben der Spur.«
»Hey Leute, hört doch auf«, platzte Serdar dazwischen. »Die kaputte Familie, sein Glaube, die Falle, aus der er sich befreien wollte. Und jetzt auch noch du mit deinem Flachmann. Das ist doch alles Quatsch. Tom war einfach nur ...« Er beugte sich zu mir und legte die Hände auf Maalis Ohren. Dann sagte er rasch, bevor sie sich befreien konnte: »Der Typ ist einfach scharf auf die Frau. Und sie auf ihn. Es ist ganz einfach, die können nicht anders.«
»Nein, nein, nein!«, rief Maali und wand sich aus seinem Griff. Glücklicherweise brachte die Kellnerin in diesem Moment gerade Saft und Tee, was die Kleine augenblicklich ablenkte. Ich

kam zu dem Schluss, dass Serdar recht hatte, es war in gewisser Weise eine Erleichterung. Nach einigem Geschlürfe und Strohhalmgeblubbere fiel mir noch etwas ein:
»Sagt mal, irre ich mich, oder hat hier wirklich keiner so richtig Mitleid mit Lisa?«
Eric schaute Waldo fragend an, dann wandten sich beide an Serdar. Schließlich schüttelten alle drei den Kopf. Maali auch.

... vielleicht sprachen wir deswegen nicht über das, was auf dem Parkplatz passiert war. Alle hatten es mitbekommen, und ich hatte den Eindruck, dass die Franzosen das weitaus weniger dramatisch sahen als wir Deutschen. Aber das war nicht der Grund, dass niemand darüber redete. Es war, als ob dieser erste Teil der Feier gar nichts mit uns zu tun hatte. Ich glaube, wir fühlten uns alle so, als hätten wir unter falschem Namen in einem Stück mitgespielt, mit dem wir nicht das Geringste zu tun hatten. Und als wären wir erst jetzt in unserer eigenen Wirklichkeit angekommen. Es erinnerte mich ein wenig an den Tisch der Betrüger an jenem Abend im Montmartre. *Zu diesem Zeitpunkt tanzte ich gerade mit Elli. Nicht mehr besonders wild, wir waren alle schon ziemlich betrunken und müde. Genau genommen wiegten wir uns nur noch leicht zu einer sehnsüchtigen Musik. Sie hatte ihre Arme um meinen Hals gelegt, ich meine um ihre Taille.*
»Bist du morgen wieder verschwunden?«, fragte ich leise.
Sie nahm den Kopf von meiner Schulter und sah mir in die Augen ...

»Wie es jetzt wohl mit ihnen weitergeht?«, fragte Eric.
Darüber hatte ich auch schon nachgedacht. »Ich glaube nicht, dass man das noch reparieren kann.«
»Also gleich wieder scheiden lassen?«

Ich zuckte mit den Achseln. »Nicht so einfach, schließlich sind sie katholisch.«
»Jetzt wird er bestimmt kein Treckerverkäufer mehr. Schade eigentlich.«
»Lisa wird ihm die Hölle heißmachen.«
»Denke ich auch.«
»Das alles spricht nicht gerade für die Ehe«, meinte Eric. Damit provozierte er Serdars Widerspruch.
»Nun mal langsam. Ein Mann sollte eine Frau haben und die auch heiraten. Was ist denn sonst mit den Kindern?«
Eric bedachte Serdar mit einem säuerlichen Blick. »Wieso? Was soll mit den Kindern sein?«
Serdar ging auf, dass er heikles Terrain betreten hatte.
»Schon gut, Mann«, lenkte er ein.
Eine Weile brüteten wir vor uns hin, während Maali mit meinen Fingern zählen übte. Dann sagte Eric: »Wir sind schon eine komische Runde.«
»Wieso?«
»Na ja, es ist alles versammelt. Tom ist verheiratet und praktisch schon wieder geschieden. Ich habe mit Silke ein Kind, ohne dass wir verheiratet sind. Waldo ist nur liiert, aber es ist noch alles drin. Serdar ist verheiratet mit Kind. Und du?« Er guckte mich an, als hätte er mich beim Schummeln erwischt. »Was ist eigentlich mit dir?«

… ich wollte nicht zurück in die nüchterne Welt, in der es Hochzeiten und Verwandte, Betrug und Erklärungen gab. Und ich glaube, den anderen ging es genauso. Wahrscheinlich blieben wir deswegen so lange in dem Lokal, bis wir uns kaum noch auf den Beinen halten konnten. Die Franzosen hatten uns bereits alle eingeladen, sie in der Provence zu besuchen. Irgendwann kam einer auf die Idee, dass man doch gleich losfahren sollte.

Alle waren begeistert. Nur der Fahrer nicht, der die ganze Zeit über nüchtern geblieben war. »Ihr spinnt ja wohl«, lachte er. Dann verfrachtete er uns in den Bus, um uns heimzufahren. Ellis Kopf lag an meiner Schulter, als wir durch die leeren Straßen in die Morgendämmerung fuhren.

»Ja, was ist jetzt eigentlich mit der Kleinen?«, fragte Waldo mich.

»Welche Kleine?«, kam es von Eric.

»Elsa«, sagte Waldo.

»Elli«, korrigierte ich.

»Elsa? Du meinst die Elsa, die seinerzeit hier im Café war?«

»Gestern hieß sie aber Elli. Wieso eigentlich?«

Ich reagierte nicht gleich, weil ich etwas abgelenkt war. Draußen überquerte nämlich gerade eine Frau in einem dunklen Trenchcoat die Straße.

»Hallo! Ist da jemand zu Hause?«, hakte Waldo nach.

»Ähm, sie heißt Elli und ist die Nichte meiner Vermieterin.«

»Die Nichte deiner Vermieterin?«, wiederholte Eric verdutzt. »Und wer war dann die Krankenschwester?«

Das hatte ich mich auch schon gefragt.

»Ich habe keine Ahnung.«

Elli hatte uns bereits durch die Scheibe hindurch erblickt. Darum kam sie gleich an unseren Tisch. Eric starrte sie verblüfft an.

»Das ist doch nicht zu fassen«, meinte sie kopfschüttelnd zu mir. »Kaum lässt man dich mal eine Stunde aus den Augen, schon hast du eine andere Frau auf dem Schoß.«

Eric blies in die Backen. »Da geht er hin, mein Porsche.«

»Porsche?«, piepste Maali hellhörig.

Teil 5

Die Entscheidung

(Fast Mitte April)

I

Ich kämpfte mich durch den Wald. Dichtes Gestrüpp versperrte mir den Weg. Ich musste weiter, aber das Dickicht schien lebendig, bösartig lebendig. Und es widersetzte sich meinen Versuchen voranzukommen. Schlingpflanzen wanden sich um meine Füße, dornige Ranken hakten sich im Stoff meiner Kleidung fest. Zweige peitschten mir ins Gesicht. Verzweifelt mühte ich mich ab, den Weg wiederzufinden. Welchen Weg? Ich wusste es nicht. Ich erinnerte mich nicht. Es gab nur die Gewissheit, dass ich ihn verloren hatte und dass jede Minute, die verstrich, mich weiter von ihm wegführte. Doch mit einem Mal, gerade als ich schon glaubte, ich käme keinen Meter mehr weiter, gaben die Ranken mich frei, und ich stolperte auf eine weite Lichtung, die sich einen Hang hinabzog bis in eine Senke, die ich nicht mehr einsehen konnte. Erleichterung erfasste mich. Doch im nächsten Moment hatte ich das Gefühl, dass etwas nicht stimmte. Die Lichtung, sie war nicht der Weg. Sie war dessen Endpunkt. Ich musste zurück. Doch hinter mir schloss sich mit leisem Rascheln das Dickicht. Ich suchte nach einer Öffnung, doch das Grün um mich herum war undurchdringlich wie eine Wand. Ich war in Freiheit und dennoch gefangen.

Da entzog sich mir der Wald. Oder entfernte ich mich von ihm? Ich versuchte, es zu verhindern, denn obwohl ich das tückische Dickicht fürchtete, wusste ich dennoch meinen Weg dahinter. Aber eine Kraft, so unwiderstehlich wie die Schwerkraft, zog mich den Hang hinab. Auf die Senke zu. Ich sträubte mich, ging in die Knie, krallte mich am Boden fest. Denn ich wusste, sobald ich einmal in der Senke gelandet war, käme ich nie wieder aus ihr heraus. Ich klammerte mich an Erde, Gras, an Wurzeln, doch je mehr ich versuchte, der Kraft, die mich hinabzog, zu widerstehen, umso stärker wurde sie. Ich erkannte, dass nicht das Dickicht mein Feind gewesen war, sondern dieser mörderische Sog, vor dem es mich hatte bewahren wollen. Ich kam nicht dagegen an, war schon kurz davor aufzugeben. Da vernahm ich eine Stimme: »Alex!«

Ich kannte diese Stimme. Der Sog wurde stärker, aber seine Kraft schien dennoch nachzulassen.

»Alex!«

Ich suchte den Ursprung dieser Stimme, denn ich wusste, dass sie von jemandem kam, der sich auf meinem verlorenen Weg befand.

»Alex!«

»Was?«

Elli hatte sich über mich gebeugt.

»Du hast geträumt.«

»Uff.«

Die Lichtung, die Senke, das Gefühl verlorenzugehen, alles löste sich auf im seidigen Frühlicht. Unendlich erleichtert zog ich ihren Kopf zu mir herab. Sie lachte an meinem Hals. »Was war denn los?«

»Ich weiß es schon nicht mehr.«

Sie schmiegte sich an mich. »Du?«

»Hm.«

»Ich habe Hunger.«

»Dann muss ich wohl mal ein Wildschwein jagen gehen.«

»Zwei. Eins für dich, eins für mich.«

»Du bist unersättlich.«

»Hm.« Eine neugierige Hand tastete unter der Bettdecke herum. Und wurde fündig.

»Ich denke, du hast Hunger.«

Sie schob sich über mich. »Das hat Zeit.«

Fasziniert beobachtete ich ihre Verwandlung. Wie sie sich auf mir bewegte und jeden Moment genoss. Wie das Licht auf ihrer

Haut schimmerte und der Duft ihres Körpers meine Sinne überwältigte. Ich liebte die hemmungslose Unschuld ihrer Lust. Engumschlungen blieben wir liegen, während das Licht, das durch das Lamellenfenster einfiel, lange Bahnen auf den Boden zeichnete.

»Wie spät es wohl ist?«, fragte Elli.

Ich verstand das als Aufforderung, etwas zu unternehmen. Also erhob ich mich und tapste über die Holzdielen zum Fenster. Elli nutzte die Gelegenheit, die dünne Bettdecke zu sich heranzuziehen und sich in sie einzuwickeln. Als ich das Fenster öffnete, drang der Klang eines Grillenkonzertes ins Zimmer. Man hörte sofort, dass es französische Grillen waren, dieses nasale Gezirpe, dieses *patati patata.* Dann stieß ich die Fensterläden auf. Und der Anblick haute mich erst mal um.

Die sanften Hügel, die von Ginster und Zypressen geteilten Felder, der Hang mit den leicht geschwungenen Reihen der Rebstöcke und über allem ein Licht wie aus den Frühtagen der Schöpfung.

»Und?«, fragte Elli.

»Der Tag ist jung«, sagte ich, »und verdammt schön.«

»Ob Tante Sophie und Aristide schon auf sind?«

Ich entdeckte zwei Gestalten im Weinberg, eine Frau mit Strohhut und einen leicht hinkenden Mann. Die Frau zupfte gerade etwas von einem Zweig und warf es dem Mann ins Genick, worauf der sich umdrehte und mit dem Zeigefinger drohte.

»Ich glaube schon«, antwortete ich. Dann wandte ich mich ihr zu. Das Sonnenlicht fiel auf die weiße Bettdecke, unter der sich ihr Körper abzeichnete. Elli räkelte sich wohlig in der Wärme. Dies alles zusammen, der Traum, die Landschaft, der Anblick der Frau, die ich liebte, war es, was es mir einfach machte zu fragen: »Würdest du mich heiraten?«

Sie hörte mit ihrer Katzengymnastik auf, faltete die Hände vor

dem Bauch und bedachte mich mit einem leicht amüsierten Blick. »Das wurde aber auch Zeit. Die Frist ist fast abgelaufen.«
»Was für eine Frist?«
»Na, wegen der Wette.«
Die Wette! Ich hatte lange darüber nachgedacht und war zu einem Entschluss gekommen.
»Es geht nicht um die Wette.«
Die Frau, der ich gerade einen Heiratsantrag gemacht hatte, hob erstaunt die Augenbrauen.
»Ich würde dich ohnehin erst nach meinem Geburtstag heiraten wollen. Denn ich habe die Absicht, die Wette zu verlieren. Ich will nicht, dass auch nur der Hauch des Verdachts entsteht, ich würde dich aus diesem Grund heiraten wollen.«
Sie sagte kein Wort, sah mich nur unverwandt an. Ich versuchte, in Worte zu fassen, was mir schon seit geraumer Zeit, genauer gesagt, seit Toms misslungener Hochzeit im Kopf herumgeisterte.
»Das mit der Wette war reine Idiotie. Hat aber immerhin dazu geführt, dass wir uns begegnet sind. Ich will aber nicht, dass unser gemeinsames Leben mit einem Zweifel oder einem falschen Ton beginnt. Es mag dir albern vorkommen, aber ich habe das Gefühl, dass das Schicksal mich prüfen will. Und wenn ich eines gelernt habe, dann dass man das Schicksal nicht bescheißen kann.«
Verstand Elli, was ich ihr sagen wollte? Ich war mir nicht sicher.
»Ich kann dich nicht dafür benutzen, eine Wette zu gewinnen. Das würde alles entwerten. Ich habe dich gefunden, was ist dagegen schon eine verlorene Wette? Und meine zwar wertvolle, aber ziemlich unnütze Plattensammlung ist eben das Opfer, das ich zu bringen habe.«
»Das Opfer.«
»Hm.«

»Dem Schicksal.«
»Gewissermaßen.«
»Aha.«
»Aha? Ist das alles, was du dazu zu sagen hast?«
»Oh, nein, ich habe noch einiges mehr dazu zu sagen. Und zwar zunächst einmal: Für einen Heiratsantrag musst du dir schon ein bisschen mehr Mühe geben. So ein lässig dahingelümmeltes, noch dazu im Konjunktiv formuliertes ›Würdest du mich heiraten?‹ geht schon mal gar nicht.«
»An was hattest du denn so gedacht? An Kniefall, Rosen, Liebesschwüre?«
Sie bekam wieder diesen Sphinxblick, hinter dem sich alles verbergen konnte: die Romantikerin, die grenzenlos Leidenschaftliche, die kühle Geschäftsfrau, die Killerin.
»Ich will es glauben können«, sagte sie. »Lass dir etwas einfallen.«
Sie hatte natürlich recht. Statt mich meiner Selbstfindungsproblematik hinzugeben, hätte ich lieber mehr Mühe darauf verwenden sollen, sie zu überzeugen. Schließlich ging es um einen Heiratsantrag. Was ich damit von ihr wollte, war nicht weniger, als dass sie von nun an nur noch mit mir schlafen sollte.
Ich dachte darüber nach, was mich bewogen hatte, sie zu fragen. Schließlich hatte sie mir in keiner Weise signalisiert, dass sie das von mir erwartete. Überhaupt hatte sie in den viereinhalb Monaten, die wir nun miteinander verbracht hatten, nicht ein einziges Mal irgendetwas von mir gefordert. Es hatte auch keine schleichende Inbesitznahme gegeben. Keine Utensilien, die sie in meiner Wohnung deponierte, keine harmlose Frage nach dem Schlüssel und erst recht keinen dieser wunden Blicke, die mir sagen sollten, dass ich irgendwelche namenlosen Erwartungen enttäuschte. Diese viereinhalb Monate waren wie ein Rausch gewesen. Elli hatte noch in der Woche nach Toms Hochzeit ihren Job gekündigt.

So ohne weiteres war das natürlich nicht gegangen. Elli war im *ArteForum* nicht so leicht zu ersetzen wie eine Buchhalterin. Außerdem war Berger nicht nur ein zurückgewiesener Verehrer, er war auch Geschäftsführer einer auf Gewinn basierenden Firma. Die Verhandlungen für ihren Ausstieg waren weitaus komplexer verlaufen als die bei ihrer Anstellung. Letztlich lief es darauf hinaus, dass sie weiterhin als freie Mitarbeiterin die *Herbsttöne* betreute, mit der Option auf weitere Festivals. Elli musste anerkennen, dass Berger sich als guter Verlierer erwies.

»Ich habe immer gewusst, dass Ihre Eigenständigkeit siegen wird«, sagte er kühl, als sie ihn rundheraus fragte, warum er weiterhin mit ihr zusammenarbeiten wollte. »Aber ich will wenigstens maximal davon profitieren.«

Eigenartigerweise begriff sie seinen Standpunkt. Er ähnelte, wenn auch weitaus weniger kühl und berechnend, ihrer eigenen Haltung Alex gegenüber.

Zu Anfang war sie erschrocken über sich gewesen. Die Heftigkeit, mit der sie sich in diese Liebe stürzte, hatte sie sich nie zugetraut. Doch sie hatte kein einziges Mal das Gefühl, dass sie ihm damit Macht über sich gab. Alex war ebenso eigenständig wie sie. Er war der erste Mann, der ihr auf Augenhöhe begegnete. Darum fand sie es auch gar nicht seltsam, als er ihr vorschlug, ein paar Proben mit Serdar und dem Kammerorchester zu wagen.

Das Unmögliche funktionierte. Die ersten Wochen waren ein Rausch aus Sex und Musik. Sie konnte es nicht trennen, die Gefühle der einen Vereinigung verschmolzen mit denen der anderen. Sie hatte alle Mühe, bei diesem Zusammenspiel einen kühlen Kopf zu bewahren. Darum dauerte es auch ein Weilchen, bis sie merkte, dass ein wichtiges Element fehlte.

»Wieso? Was soll denn da fehlen?«, fragte Alex. »Die sind doch großartig, wir können sofort mit den Aufnahmen anfangen.«

Elli kaute auf ihrer Unterlippe. Aristide und die Doppel-Lucs

beobachteten sie amüsiert. Auch Serdar vertraute mittlerweile auf ihr Urteil. Voller innerer Unruhe versuchte sie, eine Form für das zu finden, was ihr Instinkt forderte. Sie bedachte alle Eigenschaften der Musiker, Serdars ungestümes Temperament, Aristides schwermütiges Akkordeon, die spöttische Eleganz der Zigeunergitarren. Und mit einem Mal wusste sie, was fehlte.
»Ich kenne da noch einen Geiger«, sagte sie.

Was wollte diese rätselhafte Frau?
Die Antwort war dann ganz einfach. Aber noch vor einem Jahr hätte sie weit außerhalb meines Verständnisses gelegen. Erst die ganze Kette von Ereignissen, die dazu geführt hatte, dass wir schließlich in Aristides Haus in der Provence aufwachten, ließ mich die Wahrheit erkennen.
Elli hasste Halbheiten!
Genauso wenig wie ich wollte sie, dass aus einer Geste eine Gewohnheit, aus der Gewohnheit ein Recht und aus dem Recht etwas Unausweichliches wurde. Sie war meine Kriegerin. Wenn es mir gelang, sie für mich zu gewinnen, würde sie diesen Schritt aus freiem Willen und mit vollem Herzen tun. Genau das erwartete sie auch von mir.
»Ich will dich heiraten«, sagte ich darum jetzt zu ihr, »weil ich in dich verliebt und verrückt nach dir bin. Aber das ist es nicht allein. Ich will dich heiraten, weil mir schon jetzt ein Leben ohne dich undenkbar scheint. Weil ich nur noch mit dir schlafen will und mit dir lachen, reisen und streiten möchte. Ich frage dich heute, weil dies ein Tag ist, der wie gemacht für einen Anfang ist, und weil ich noch viele solche Tage mit dir erleben will. Ob das alles funktioniert?« Ich zuckte mit den Achseln. »Ich weiß es nicht. Eine Garantie gibt es nicht. Aber ich verspreche dir, dass ich jeden Tag und jede Minute bereit bin, dafür zu kämpfen.«

Sie sagte immer noch nichts, guckte mich nur an. Ich ging langsam auf sie zu.
»Und wenn dir das immer noch nicht reicht, werde ich Serdar dazu bringen, eine Zwangsheirat zu arrangieren.«
Ich machte einen Satz zum Bett. Sie sprang mit einem Schrei auf, schlang sich die Decke um den Leib und rannte zur Tür. Ich hechtete vor und versperrte ihr den Weg. Sie wendete blitzschnell und flüchtete ins Bad. Ehe ich sie erreichen konnte, hatte sie die Tür versperrt.
»Ist das jetzt ein Nein?«, rief ich durch die verschlossene Tür.
»Nein.«
»Also ein Ja?«
»Nein.«
»Was willst du denn noch?«
Sie schloss die Tür auf und guckte durch den Spalt. Dann wiegte sie den Kopf. »Also, das war jetzt schon mal nicht schlecht.«
»Nicht schlecht? Das war richtig gut.«
»Ja, okay, das war gut. Aber es fehlt noch etwas.«
»Was denn?«
Sie öffnete die Tür, kam auf mich zu und legte die Arme um meinen Hals. Dabei rutschte die Decke nach unten.
»Ich will nicht, dass unsere Ehe mit einer verlorenen Wette beginnt.«
»Na ja, also …«
»Weißt du, dieses ganze Gerede von Schicksal und Opfer ist ja schön und gut, aber ich finde, das solltet ihr Männer unter euch ausmachen. Ich hätte gerne einen Porsche zur Hochzeit.«
»Äh … okay, aber … wie soll das gehen? Ich meine … ich habe in vier Tagen Geburtstag. Wir müssten zurück nach Hamburg, uns auf dem Standesamt anmelden und einen Termin machen. All diese Papiere und der ganze Kram, das schaffen wir nie.«
»Hmm«, schnurrte sie und knabberte an meinem Ohr, »weißt

du eigentlich, dass der Bürgermeister des Dorfes ein Freund von Aristide ist? Und dieser *Maire* hat gesagt, dass das bei ihm ganz einfach wäre.«

»Du hast ... du hast den Bürgermeister, also den *Maire* schon gefragt, ob ...?«

»Ganz unverbindlich«, beteuerte sie mit großen Augen.

»Wie unverbindlich?«

»Er erwartet uns um halb zwölf.«

Ich dachte kurz nach. »Das könnten wir schaffen. Wenn wir zusammen duschen.«

»Kommt nicht in Frage.« Sie löste sich von mir und verschwand blitzschnell wieder im Bad. Ich wollte hinterher, aber sie hatte bereits wieder abgeschlossen.

»War das jetzt eigentlich ein Ja?«, rief ich durch die Tür hindurch.

»Frag mich das noch mal in zwei Stunden auf der *Mairie*«, antwortete sie und ließ das Wasser rauschen.

Ich entschied, dass es Schöneres zu betrachten gab als eine Badezimmertür, und ging wieder zum Fenster. Auf dem Weg dorthin nahm ich mir einen Pfirsich aus der Obstschale, dann setzte ich mich auf das Fensterbrett, aß den Pfirsich und ließ mich von der Sonne wärmen. Die Luft war mild und voller Versprechen. Nun verstand ich auch den Gesang der Grillen, dieses *patati* und *patata.* Es war ein Lied über das Leben, die Liebe und die Süße des Anfangs.

Es war ein guter Tag zum Heiraten.

Jo Kramer

Der Mann danach

Roman

Jonas ist der Mann, der auf den Plan tritt, wenn der angebliche Mr. Right gegangen ist. Dann nämlich hat Jonas seinen Einsatz, um die Hinterlassenschaften des Ex zu beseitigen und die Wohnungen der Verlassenen zu renovieren – und manchmal auch ihre Herzen. Nur sein eigenes Herz scheint Jonas nicht sanieren zu können, denn er hütet ein tragisches Geheimnis um seine einstige große Liebe. Doch sein Leben ändert sich, als er der scheinbar so abweisenden Hella und ihrer vorwitzigen kleinen Tochter Maja begegnet.

»Ein Romanheld, wie Frauen ihn sich wünschen – und eine Geschichte, die auch uns Männer zum Lächeln bringen wird.«
Gernot Gricksch

Knaur Taschenbuch Verlag